Team I.A.T.F

Operation Broken Heart

Abschied für immer

Tanja Hagen

ISBN: 9781073196791
Imprint: Independently published

Kontakt:
T. Hagen
Kiefernstr. 194
27249 Mellinghausen

iatf@tanjahagen.de
Autor: www.tanjahagen.de

Text Tanja Hagen

Cover von Cover Up by Bianca Holzmann (www.cover-up-books.de)
unter Verwendung der Bilder von ©Shutterstock

Lektorat: Claudia Perc

Korrektorat: Gudrun Media

Widmung

Für meine Großeltern, auch wenn ihr nicht mehr da seid, im Herzen seid ihr immer dicht bei mir.
Opa, nun weiß ich warum ich schreibe.

Namen und Handlungen sind alle fiktiv und haben mit keinen realen Personen oder Plätzen etwas gemeinsam.

Cayden Harrison versucht alles, um Dennis sein Wissen zu vermitteln, aber dem Deutschen gelingt es nicht, seinen Ansprüchen zu genügen. Gleichzeitig beginnen finanzielle Sorgen an ihm zu nagen und doch bemüht er sich, die Wünsche seiner Adoptivtochter weiter erfüllen zu können. Dass Dennis ihm weismachen will, dass er beobachtet wird, entschärft die Stimmung zwischen den Männern nicht im Geringsten. Er hat die Wagen längst bemerkt, die immer wieder auch vor seinem Haus stehen. Doch kann er sich keinen Reim darauf machen, wer Interesse an seinem Leben haben sollte. Als Jordan am Trainingsgelände der Coronado Base auftaucht, verändert sich das Leben der kleinen Familie dramatisch.

1.

»Ich fasse es nicht. Wie oft denn noch?« Cayden stieß ein lautes gefrustetes Schnauben aus. Dennis wagte es nicht, von seinem Okular aufzusehen, und schloss einfach die Augen, als er mit der Wange erschöpft am Gewehr lehnte. Er konnte Caydens durchdringenden Blick auf sich spüren. Es fühlte sich an, als würden Dolche ihn durchbohren. Dieser Mann konnte nicht der sein, den seine Kollegin Yvonne immer in höchsten Tönen gelobt hatte. Sie vergötterte diesen jähzornigen Mann, der erneut schnaubend eine Patronenhülse zur Seite kickte. »Sie hat gesagt, du hast es drauf. Ganz ehrlich? Du triffst nicht mal einen Brontosaurus, wenn er vor dir steht.«

Auf diesen nicht nur seltsamen, sondern auch völlig übertriebenen Vergleich hin, hob Dennis den Kopf. Was er sah, war genau das, was er erwartet hatte. Cayden hatte ein wütendes Funkeln in den Augen und tiefe Falten auf der Stirn. Selbst die zusammengekniffenen Lippen konnte er durch Caydens dichten Bart sehen. Sein Trainer führte sich mehr wie ein Tyrann als wie ein Mentor auf.

»Was schaust du mich an? Da hinten ist dein Ziel.« Mit ausgestrecktem Arm deutete Cayden auf die Metallplatten, die in fast tausendfünfhundert Metern aufgestellt waren und ihm seit Tagen immer wieder alles abverlangten. Nur mit Hilfe seines Zielfernrohres konnte er die Stahlplatten, die er treffen sollte und bisher auch getroffen hatte, deutlich sehen. Aber er traf eben nicht so, wie Cayden es sich vorgestellt hatte. Mal waren die Schüsse zu weit oben gewesen, dann zu weit an der Seite und schließlich war einer neben der Platte in den Boden geschlagen und hatte eine Staubwolke aufgewirbelt. Das war der Grund für Caydens jetzigen Ausraster gewesen.

Es war zum Verzweifeln. Es wollte ihm nicht gelingen, die Schüsse so zu platzieren, dass Cayden zufrieden war. Wenn seine Kollegin mit auf dem Gelände war, waren seine Treffer nicht zwingend besser, aber die Stimmung war ruhiger und er konnte sich besser entspannen und somit auch besser konzentrieren. Dann wurden die Schüsse im Laufe des Trainings besser und nicht wie bei Cayden schlechter. Es war dieser verdammte Druck, den der Scharfschütze aufbaute, mit dem Dennis immer noch nicht klarkam. Dazu waren die Distanzen, über die er hier treffen musste, weit größer als die, die er in Deutschland hatte bewältigen müssen. Überhaupt war er in den letzten drei Wochen so oft auf dem Schießplatz gewesen, wie in den letzten Jahren in Deutschland nicht. Hier lief einfach alles anders.

Bei seiner Ankunft hatte er damit gerechnet, dass er die größten Probleme mit Sean Harrison, dem Captain des Teams haben würde, da er ihn aus Yvonnes Beschreibungen als Sklaventreiber und ständig brüllenden Sadisten kennengelernt hatte. Aber das war nicht passiert. Seans Tonart war schroff und hart, aber das störte Dennis nicht. Er konnte beim Training mit den anderen mithalten und war selten Seans direkter Ansprache ausgesetzt. Hier auf dem Platz war er vielleicht nicht der Schlechteste, aber der, in den die größten Erwartungen gesteckt wurden. Dennis begann daran zu zweifeln, dass er eben diese erfüllen könnte. Die Trainingseinheiten, die er solo mit Cayden hatte, machten ihn emotional fertig. Dagegen war das Gebrüll ihres Captains, welches teilweise bei Sonnenaufgang begann und erst nach Sonnenuntergang endete, ein Spaziergang. Selbst das Schwimmen in der eiskalten San Diego Bay empfand Dennis als angenehmer als die Zeit hier im Staub des Schießplatzes.

»Also nochmal. Und konzentrier dich. Im Notfall hast du keine zweite Chance, da muss der erste Schuss sitzen. Sonst riskierst du bestenfalls dein Leben und im Schlechtesten das all deiner Kollegen«, murrend legte Cayden sich neben ihm auf den Boden, um durch ein Fernglas genau sehen zu können, ob und wie Dennis sein Ziel traf.

Dennis war sich sicher, dass es die Anwesenheit des ehemaligen SEALs war, die ihn so nervös machte. Als würde die Unzufriedenheit seines Trainers auf ihn abfärben. Der Versuch, sich von seinen Gedanken zu lösen, um sein Ziel ins Visier zu nehmen, scheiterte daran, dass er Caydens Atem so deutlich hören konnte, als wäre es sein eigener, der genervt schnaubend das Konzentrieren unmöglich machte. Noch nie hatte ihn das Atmen eines Menschen derart aus der Ruhe gebracht. Tief Luft holend, warf er einen Blick durch das Zielfernrohr. Das Fadenkreuz war seitlich neben der Stelle, die er treffen musste. Also genau richtig, wenn er sich nicht verrechnet hatte. Als er abdrückte, sah er nicht, wie sonst, durch das Zielfernrohr, sondern schloss die Augen und lauschte auf das entstehende Geräusch, welches mit einem deutlichen Pling nach einem Sekundenbruchteil die Flugbahn der Kugel beendete. Wo genau er getroffen hatte, wusste er nicht, sondern wartete auf eine Reaktion von Cayden. Allerdings kam von seinem Trainer nur ein zustimmendes Murren. Also hatte er genau so getroffen, wie es sein sollte. Sonst wäre Cayden sicher bereits wieder ausfällig geworden. Nur warum hatte er nun nicht ein Wort des Lobes oder der Zustimmung für ihn übrig? Lediglich dieses tiefe Brummen, welches sicher nur die zuordnen konnten, die ihn länger kannten. Erneut nahm er sein Ziel ins Visier und drei weitere Kugeln schlugen sicher gegen die dicke Stahlplatte. Aber auch dieses Mal kam kein lobendes Wort über Cadyens Lippen. Es war einfach nur frustrierend. Er wollte Cayden bereits ansprechen, als er Schritte vernahm, die sich von hinten näherten.

»Hey, wir können loslegen.« Wesley Stone tauchte hinter ihnen auf und ließ das schwere Gewicht, das auf Dennis gelegen hatte, verschwinden. Der Einzelunterricht war beendet und Cayden konnte seinen Frust auf das gesamte Team verteilen.

»Wird auch Zeit.« Cayden erhob sich und begrüßte den Neunundzwanzigjährigen mit einem kurzen Handschlag. Dennis stand ebenfalls auf, um seine ankommenden Teammitglieder zu begrüßen, die er vor Stunden verlassen hatte, um sich hier den strengen Augen von Cayden zu unterwerfen. Cayden begann, zusammen mit Yvonne die zweiundzwanzig Anwesenden in

Gruppen aufzuteilen. Es stieß Dennis sauer auf, dass der Scharfschütze zu Yvonne so freundlich war, dass er nicht einmal mehr die schlechte Stimmung, die noch vor Minuten deutlich in der Luft gelegen hatte, spüren konnte. Scheinbar, war das wieder der Cayden, von dem Yvonne immer geschwärmt hatte. Vielleicht hatte der Mann tatsächlich zwei Seiten. Und eine von beiden konnte ihn wahrscheinlich nicht leiden und war deswegen so mies gelaunt, sobald er auf den Platz kam.

In den folgenden Stunden wurde ihm zwar, wie in den letzten drei Wochen seit seiner Ankunft, bewusst, dass auch die anderen den harten Ton von Cayden ertragen mussten, aber er bildete sich ein, dass er längst nicht so streng war wie bei seinem Einzeltraining. Immer wieder versuchte Dennis, sich zu erklären, warum dem so war. Hatte er irgendetwas getan, was Caydens Verhalten rechtfertigte? Ihm wollte jedoch nichts einfallen.

»Peng.«

Dennis zuckte zusammen, als er die Stimme von Nuyen Sato vernahm, der neben ihm stand und auflachte.

»Was ist los? Du bist nicht bei der Sache«, erklärte der Mann mit den unübersehbaren asiatischen Zügen ihm.

Dennis schüttelte den Kopf, erwiderte aber nichts. Er griff sich ein weiteres Magazin von dem Tisch, auf dem sie ihre Munition für diesen Tag lagerten und wartete darauf, dass Yvonne das Zeichen gab, dass der Platz wieder frei war. Es wäre der fünfte Durchgang an diesem Tag, bei dem sie sich schießend in kleinen Teams durch einen Parcours bewegen mussten. Diese Aufgabe war eine von denen, die ihm keinerlei Schwierigkeiten bereitete. Was auch daran lag, dass seine Kollegen ihn als vollwertiges Teammitglied aufgenommen hatten und es nie Streitigkeiten um den Ablauf gab.

Bei Sonnenuntergang war nicht nur er erschöpft. Auch die anderen wirkten müde. Sie hatten sechs Stunden hier verbracht und er hatte festgestellt, dass kein anderes Team heute so viel Zeit hier verbracht hatte. Es waren immer wieder Gruppen gegangen und andere waren gekommen. Nur sie waren geblieben. John hatte eine Rückfahrgelegenheit besorgt, wofür alle dankbar waren, da niemand mehr Lust hatte, in der

Dämmerung über eine Stunde zurückzulaufen. Wenn sie in ihrer Unterkunft wären, würde er wohl nur noch in sein Bett fallen, während andere sich bestimmt noch auf ein Bier in dem gemütlich eingerichteten Gemeinschaftsraum treffen würden. Dennis hingegen hatte wirklich nur noch einen Wunsch. Schlafen. Selbst den Gedanken an eine Dusche verschob er auf den nächsten Morgen.

»Hey, du siehst alles andere als zufrieden aus. Was ist los? Ist doch gut gelaufen.« Yvonne tauchte neben ihm auf und musterte ihn aus ihren grünbraunen Augen. Sie waren nur noch wenige Meter von dem Bus entfernt, der sie zurückfahren würde und er sah sich suchend nach Cayden um. Auf keinen Fall sollte der Scharfschütze mitbekommen, wie er über ihn sprach, das würde sicher nur noch mehr böses Blut geben. Als er den dunkelblonden Mann nicht entdeckte, platzte der gesamte Frust der letzten Stunden aus ihm heraus.

»Snipes kotzt mich an. Dem kann man nichts recht machen. Selbst wenn man trifft, findet er noch was zu motzen. Und an jedem miesen Schuss geilt er sich über Stunden auf«, murmelnd fuhr er sich durch die Haare und wusste, dass seine Wortwahl nicht die schönste war. Aber es gab einfach nichts Schönes mehr an der gesamten Situation. Kurz nach seiner Ankunft gab es Zeiten, zu denen Dennis sich auf gerade diese Trainingseinheiten, die er nun so verfluchte, gefreut hatte. Jetzt wurde es mit jedem Tag mehr zu einem nicht enden wollenden Albtraum. Er war sogar froh, dass er Cayden erst in zwei Tagen wiedersehen würde.

»Er will halt, dass du dein Bestes gibst«, erklärte Yvonne ihm, den Blick auf dem Parkplatz gerichtet, wo nur noch wenige Wagen standen. Ihm blieb ihre nachdenkliche Stimmlage jedoch nicht verborgen. Zweifelte sie an dem, was sie sagte, oder sogar an Cayden, auf den sie doch so große Stücke hielt? Ihr musste seine mit jedem Tag ruppigere Art doch auch aufgefallen sein. Schließlich kannte sie ihn nun schon einige Jahre.

»Klar, das Beste.« Dennis malte mit den Fingern Anführungszeichen in die Luft und rollte mit den Augen. »Deswegen ist er so ekelhaft, wenn es mal nicht läuft. Ist dir aufgefallen, dass er jeden rund gemacht hat? Und zwar ganz egal, ob die Leistung gepasst hat oder nicht. Die Einzige, die sich keinen Spruch eingefangen hat, warst du. Selbst Sean hat er angeschissen.« Er sah Yvonne vorwurfsvoll an, als er in den Bus einstieg. Es war doch verständlich, dass sie Cayden in Schutz nahm. Er war ihr Mentor und derjenige, der sie in dieses Team gebracht hatte. Er hatte sicher einige Male die Hand für sie in Feuer gelegt oder schützend über sie gehalten. Dennis begann, Vergleiche zwischen Cayden und Sean zu ziehen, den er aufgrund Yvonnes Erzählungen für viel brutaler gehalten hatte. Vielleicht war sie der Meinung, dass sie nun Caydens Verhalten decken musste. Sie hatte immer gesagt, dass Sean der war, den niemand zufrieden stellen konnte. Inzwischen war Dennis der Meinung, dass Cayden den üblen als Trainer verdient hatte. Sean versuchte nur mit seinen, wenn auch teilweise sehr diskriminierenden, Sprüchen das Team zu motivieren.

»Quatsch, er hat sich in den letzten Monaten einfach nur rapide verändert.« Yvonne sank auf einen der staubigen Sitze des Busses und hielt ihn am Handgelenk fest, als er weitergehen wollte. Sie deutete mit dem Kopf auf den Platz neben sich. Sein Blick wanderte durch die verstaubten Scheiben nach draußen, wo er Syrell sehen konnte, der in ein Gespräch mit John vertieft war. Eigentlich war der Platz neben Yvonne immer für Syrell.

»Stell dich nicht so an, setz dich hin, bevor Sean auch noch stresst«, raunte sie ihm zu, als ihr Captain den Bus betrat und seinen Blick über sie schweifen ließ. Dennis nahm neben ihr Platz.

»So habe ich mir das nicht vorgestellt«, murmelnd ließ er seinen Blick auf Sean ruhen, der immer noch im Gang stand.

»Es hat niemand gesagt, dass es leicht wird.« Flüsternd rutschte sie näher an ihn heran. »Es wird zwar irgendwann insgesamt leichter werden, aber der Druck wird bleiben. Daran gewöhnt man sich. Es ist halt anders als die Polizeiarbeit. Spätestens wenn wir in einen Einsatz müssen, wirst du für diesen Dauerdruck dankbar sein.«

Dennis ließ bei ihren letzten Worten den Kopf in den Nacken fallen und schloss die Augen. Diese Sätze hatte er in den letzten Wochen nicht nur ein- oder zehnmal gehört. Er bildete sich ein, sie täglich tausende Male gehört zu haben. Aber es hatte sich seit seiner Ankunft hier und der Aufnahme im Team nichts geändert. Es blieb gleich beschissen.

»Das kommt noch.« Wieder hielt Yvonne ihre Stimme leise und einmal mehr verfluchte er seine Entscheidung, in die USA gekommen zu sein. In Deutschland würde er nun schon seit einigen Stunden auf dem Sofa liegen und den Feierabend genießen. Dort würde er sich nicht noch stundenlang über die Kommentare von Cayden ärgern, die ihn am Schlafen hinderten, obwohl er so müde war, dass er im Stehen einschlafen würde, wenn da nicht diese Gedanken wären.

»Da wärst du nie glücklich geworden. Ich sehe doch, dass es dir hier gefällt. Wart doch mal ab, wie die Trainingsmission wird.« Yvonne unterbrach seinen wirren Gedankengang. Dennis stöhnte auf. Er konnte sich immer noch nicht daran gewöhnen, dass Yvonne fast immer genau wusste, was er dachte. Immer wieder stellte er sich die Frage, wie sie diese seltsame Eigenschaft in Deutschland hatte verbergen können. In den Jahren, in denen sie als seine Kollegin beim MEK gearbeitet hatte, waren ihm nie die seltsamen Dinge aufgefallen, die sie sagte oder auch tat.

»Du bist bei der Mission aber auch nicht dabei. Mich haben dann alle voll im Visier«, erwiderte er.

»Das hätten sie auch, wenn ich dabei wäre«, antwortete sie ihm mit einem unzufriedenen Unterton. Aufgrund ihrer Schwangerschaft nahm sie nur noch am Training teil und selbst dort nicht überall, um das ungeborene Leben nicht zu gefährden.

»Und wenn ich sie nicht zuhause festkette, fährt sie ohnehin mit.« Syrell tauchte neben ihnen auf und mischte sich in das Gespräch ein, als er sich hinter ihnen auf eine leere Sitzbank setzte.

Yvonne stieß einen entrüsteten Laut aus. Dennis war klar, dass es ihr schwerfallen würde, das Team und ihren Verlobten alleine ziehen zu lassen. Es war ihm nicht entgangen, dass sie oft, wenn sie sich unbeobachtet fühlte, nachdenklich wirkte. Die Entscheidung kürzer zu treten und vielleicht nie wieder mit dem Team auf einen Einsatz zu gehen schien ihr schwerzufallen.

»Ich geh wieder«, murrte sie wohl mehr zu sich als zu ihm, als Antwort auf seine Gedanken.

»Werden wir sehen.« Syrell rutschte ans Fenster und schlang von hinten seine Arme um Yvonne. »Du wirst nun erstmal an anderer Stelle gebraucht. Hier kannst du so oder so herkommen. Es verbannt dich ja niemand.«

2.

»Hey, Cay.« Samira kam breit grinsend auf Cayden zu. Schon ihrer Tonlage konnte er entnehmen, dass sie etwas auf dem Herzen hatte. Obwohl er sich in Gedanken noch nicht von den letzten Stunden gelöst hatte, versuchte er, die Dreizehnjährige anzulächeln.

»Was ist los, Maus?«

Zur Begrüßung schlang sie ihre Arme um ihn und er strich ihr über den Rücken. Momente wie dieser erdeten ihn immer wieder. Sie holten ihn zurück zu dem, was wichtig war. Zu seiner kleinen Familie. Hier konnte er die Arbeit vergessen und verdrängen, dass dem Team nicht nur ein guter Scharfschütze fehlte, sondern durch Yvonnes Fehlen bei Einsätzen sogar ein zweiter. Seit sie und Syrell bekanntgegeben hatten, dass sie ein Kind erwarteten, versuchte er alles, um aus Dennis, Nuyen, Wesley und Willie adäquaten Ersatz zu machen. Aber es fühlte sich an, als wären die vier noch Jahre von dem entfernt, was sie leisten mussten. Tief in seinem Herzen fühlte er sich dafür verantwortlich, dass die IATF bestens auf den Ernstfall vorbereitet war. Nur war er sich sicher, dass sie es im Moment nicht waren.

»Wir wollen eine Klassenfahrt machen. Jay sagt, ich soll dir das zeigen.« Wo Samira den Zettel plötzlich hergeholt hatte, den sie ihm nun mit freudestrahlenden Augen entgegenhielt, wusste er nicht, aber er konnte auf dem Briefkopf bereits das Emblem der Schule erkennen, ohne überhaupt die Zeilen gelesen zu haben.

»Dann zeig mal her.« Er nahm ihr das Stück Papier ab, obwohl es das Letzte war, was er in diesem Moment sehen wollte. Ahnend, was dort niedergeschrieben war, überflog er die Zeilen. Er lass nur die Worte Yosemite National Park, Camp und zweihundertfünfzig Dollar Anzahlung. Nur halbherzig las er noch die Einladung zu einem Elternabend, der in knapp einer Woche stattfinden sollte. Ausatmend reichte er das Papier an Samira zurück und schloss kurz die Augen. Beim Betreten des kleinen Hauses hatte er drei Rechnungen, die er zuvor aus dem Briefkasten genommen hatte, auf die Ablage der Garderobe gelegt. Diese verfluchten Rechnungen wollten ihn auffressen.

»Hat Jay den Termin schon aufgeschrieben?« Durchatmend öffnete er die Augen wieder und ließ seinen Blick Richtung Küchentür wandern, wo er Jordan vermutete. Er war nicht in der Lage, Samira in die Augen zu sehen. Während er darauf wartete, dass Jordan in der Tür auftauchte, erklärte Samira ihm, dass Jordan den Termin schon dick in ihren Kalender geschrieben hatte und ihr versprochen hatte, sich den Abend frei zu nehmen, sollte sie Nachtschicht im Krankenhaus haben. Außerdem teilte das Mädchen ihm freudig mit, mit wem sie sich während der Klassenfahrt das Zimmer teilen wollte und zählte ein gefühltes Dutzend Dinge auf, die sie noch besorgen mussten. Im Geiste sah er bereits die Kreditkartenabrechnung vor sich.

»Machen wir«, erklärte er, ohne auch nur die Hälfte von dem verstanden zu haben, was sie gesagt hatte. Der Gedanke an die Klassenfahrt lag schwer auf ihm, als er nach den Rechnungen griff und die Küche betrat. Jordan lächelte ihm am Herd stehend entgegen und rührte in einem Topf, während er darüber nachdachte, wie sie die Klassenfahrt finanzieren wollten.

»Hey, da bist du ja. Sami hat dich schon vermisst. Sie wollte dir unbedingt von der Klassenfahrt erzählen. Entschuldige, dass ich das nicht früher erwähnt habe. Es hat schon einmal einen Zettel gegeben. Ich habe es vergessen.«

»Ja, sie hat es mir schon erzählt und gezeigt.« Cayden trat hinter Jordan und legte seine Arme um ihre Taille. Er genoss es, ihre Nähe zu spüren. Jordan ließ ihren Kopf, immer noch mit dem Löffel im Topf rührend an seine Schulter fallen. Einen Moment war er in der Lage, ihr Halt zu bieten, wo es in letzter Zeit immer sie gewesen war, die ihm Halt gegeben hatte. Sie hatte ihn aufgefangen. Nicht nur einmal. All die Tiefschläge der letzten Monate hatte sie nicht entmutigt. Seine Verletzung, der Umstand, dass er nicht in der Lage war, seine Hand so ruhig zu halten, wie es vielleicht nötig wäre, um eine Waffe zu benutzen, dann die finanziellen Sorgen. Immer hatte sie ihn aufgebaut. Jetzt in dieser Sekunde konnte er das erste Mal spüren, wie sehr es an ihr gezehrt hatte und dass auch ihre Kräfte aufgebraucht waren.

»Wie war dein Tag?« Er streichelte über ihren Bauch.

Sie hob leicht den Kopf, sah ihn aber nicht an und er bemerkte, wie sie wieder die Fassade errichtete, durch die nach Möglichkeit nichts dringen sollte, was sie belastete.

»Stressig, wie immer. Wir haben heute erfahren, dass noch ein Kollege aufhört und in ein anderes Krankenhaus geht.«

Cayden konnte an seiner Hand spüren, wie sie tief die Luft einsog.

»Noch mehr Stunden, die wir arbeiten müssen. Und die Überstunden werden wir ewig nicht bezahlt bekommen, oder wir müssen sie abbummeln.« Sie löste sich von ihm und drehte am Knopf des Herdes.

»Der war gut.« Er griff nach ihrer Hüfte und konnte sie mit einer sanften Berührung dazu bewegen, sich zu ihm herumzudrehen. Der Löffel, mit dem sie in der Soße gerührt hatte, fiel mit einem Klirren im Topf zur Seite und er legte seine Lippen auf ihre. Er wusste, dass seine Reaktion auf das Thema Überstunden unangebracht gewesen war. Es war einfach aus ihm herausgeplatzt. Wenn es nach ihr gehen würde, würde sie lange daheim bleiben, um die aufgelaufenen Stunden abzuarbeiten, aber das ging nicht. Oder besser gesagt: Ihre Ehre als Ärztin ließ es nicht zu. Sie wollte die Menschen, die sie im Krankenhaus betreute, nicht im Stich lassen. So war sie halt. Sie war schon immer nur auf das Wohl ihrer Patienten bedacht gewesen. Deswegen hatte er sich schließlich auch in sie verliebt. Wenn man ihre Überstunden auszahlen würde, könnten sie finanziell aufatmen. Vielleicht hatten sie sich mit den Raten für das Haus einfach übernommen. Jordan verdiente nicht schlecht und auch er hatte sich bis vor kurzem nicht über sein Einkommen beschweren können.

»Lässt du mich los? Das Essen ist fertig«, hauchte sie ihm zu. Viel zu gerne hätte er sie noch viel länger im Arm gehalten.

»Ungern«, murrend entließ er die Frau, die ihn aus ihren tiefblauen Augen schmunzelnd ansah.

»Ich hab Hunger.« Samira tauchte in der Küchentür auf und ging, noch während sie sprach, auf den bereits gedeckten Tisch zu.

»Die riecht das doch.« Grinsend sah er Jordan an, die Spaghetti abgoss.

»Riecht auch super«, warf Samira vom Tisch aus ein.

»Teenager riechen nicht nur fertiges Essen Meilen gegen den Wind. Die wissen auch ganz genau, wann sie ungelegen kommen. Deswegen tauchen sie immer dann auf, wenn man sie gerade nicht brauchen kann. Oder wollen dann telefonieren, wenn man gerade wichtige Gespräche führt.« Den letzten Satz richtete Jordan an Samira, während sie die Schüssel mit den Spaghetti zum Esstisch trug, der nur wenige Meter neben der Küchenzeile stand. Ihr Wohnzimmer befand sich im gegenüberliegenden Raum, wo sie so oft es ging, zusammen ihre Freizeit verbrachten. Meist sah Jordan an ihn gekuschelt fern und Samira tauchte in einem Buch ab. Abende wie dieser waren inzwischen nicht mehr ganz so selten, wie noch zu der Zeit, in der er im aktiven Dienst gestanden hatte. Aber in letzter Zeit hatte Jordan sich oft bereit erklärt, Nachtdienste zu übernehmen, und so saß er viel zu oft alleine mit Samira auf der Couch und vermisste die Nähe seiner Lebensgefährtin.

»Morgen darf ich mir was zu essen wünschen.« Cayden füllte bei seinen Worten die Tomatensoße in eine Schüssel.

»Nur wenn Jay kocht.«

Sein Blick zur Seite zeigte ihm ein gespielt entsetztes Gesicht von Samira, die sichtlich damit rang, nicht loszulachen.

»Sonst beschwerst du dich auch nicht.« Der Druck, der auf ihm lag, fiel ab. Es tat unendlich gut, mit Samira und Jordan zusammen zu sein. Gemeinsam mit ihnen zu essen und zu hören, wie ihre Tage verlaufen waren. Dabei war es oft nur Samira, die zu Wort kam und von ihrem Schulalltag berichtete. Hin und wieder fielen in letzter Zeit auch die Namen von Jungen und die Wörter *süß* und *niedlich*. Wie lange würde es noch dauern, bis er nicht mehr der Einzige war, der das Mädchen mit den dunkelbraunen Augen beschützen würde? Wann würde sie das erste Mal mit verweinten Augen heimkommen? Und würde er sich dann daran hindern können, den Verursacher für die

Tränen zur Rechenschaft zu ziehen? Er konnte sich daran erinnern, dass auch er im Teenageralter Mädchen zum Weinen gebracht hatte. Das gehörte doch dazu, oder? Kopfschüttelnd zwang er sich zur Ordnung.

Erst als er nach dem Essen ins Arbeitszimmer ging, wo er kurz die Rechnungen ablegen wollte, holten ihn seine Sorgen wieder ein. Er öffnete die Tür in den kleinen Raum, welcher direkt neben dem Hauseingang lag. Die unbezahlten Rechnungen lagen auf dem schwarzen Schreibtisch und forderten ihn durch ihre bloße Anwesenheit dazu auf, sich hinzusetzen. Mit einem tiefen Seufzer setzte er sich auf den Schreibtischstuhl und starrte die Zettel an. Es war nicht viel, was jeden Monat fehlte, aber es reichte aus, dass er sich sorgte. Sein Gehalt als Ausbilder beim Team und zusätzlich als Trainer bei einem Schießstand reichte einfach nicht aus. Das war der Grund, warum er seit einiger Zeit mit dem Gedanken spielte, sich selbstständig zu machen. Im Sicherheitsgewerbe würde er mit seinem Lebenslauf sicher ein Bein auf den Boden bekommen. Ehemalige Soldaten, gerade aus Eliteeinheiten, waren gern gesehen und fanden schnell Jobs. Sei es in Form von Personenschutz, was Cayden anstrebte, oder, etwas besser bezahlt, als private Soldaten im Ausland. Aber das wollte er Jordan nicht antun. Er würde sich darauf beschränken, in den USA, am besten in San Diegos näherer Umgebung, zu arbeiten. Und wenn es das Beschützen von irgendwelchen Schauspielern oder Politikern war. Dabei müsste er nicht, wie zuvor in der IATF und davor als SEAL, ständig sein Leben riskieren und damit rechnen, dass ihn eine Kugel traf. Dass eben dieses Szenario hier auf irgendeinem roten Teppich stattfinden würde, war gering.

Er konzentrierte sich wieder auf die Rechnungen und schob seine Pläne zurück. Zögernd begann er, die Unterlagen zu sortieren. Welche mussten dringend bezahlt werden, welche hatten noch Zeit. Wo waren bereits Mahnungen eingegangen?

»Hey, magst du Sami schon gute Nacht sagen? Sie will noch lesen und wer weiß, ob sie zuhört, wenn sie erst ins Buch vertieft ist.« Jordans Frage ließ ihn den Blick heben. Seine Lebensgefährtin lehnte im Türrahmen und musterte ihn fragend. Nickend erhob er sich und spürte, wie Jordans Aufmerksamkeit auf ihm lag. »Wir schaffen das.« An der Tür angekommen, hielt sie ihn davon ab, aus dem Raum zu gehen.

»Ja.« Er wollte bestätigend nicken, als sie ihm einen Kuss auf die Lippen hauchte, aber er konnte seinen eigenen Worten keinen Glauben schenken.

Samiras Reich lag neben dem Wohnzimmer. Cayden betrat den Flur und verharrte kurz an einem Bild, welches Samira an ihrem ersten Schultag in den USA zeigte. Auch wenn das Bild nur etwas älter als ein Jahr war, so hatte sie sich seitdem weiterentwickelt. Leise betrat er das Zimmer seiner Adoptivtochter. Von dem Mädchen, dass sich verzweifelt in Nigeria an ihn geklammert hatte, war nichts mehr zu sehen. Erst recht nicht in Momenten wie diesem. Sie lag mit einem Buch in der Hand auf dem Bett und war völlig in die Welt abgetaucht, die der Autor auf die Seiten gezaubert hatte.

Als sie in das Einfamilienhaus gezogen waren, hatte er sich seelisch darauf vorbereitet pinke Farbe und Einhornsticker kaufen zu müssen, die dann im Laufe der Zeit mit Postern von Stars überklebt werden würden. Aber Samira hatte sich völlig anders entschieden. Neben einer kleinen Couch, die mit Kleidung übersäht war, hatte sie nur auf einen Schreibtisch, ein Bett, Bücherregale und Klebesterne bestanden. Es war ihm und Jordan nur schwer gelungen sie davon zu überzeugen, dass sie ebenfalls einen Kleiderschrank benötigte. Wenn er nun allerdings den Berg auf dem Sofa sah, zweifelte er daran, dass sie wirklich einen Schrank benötigt hatte. Selbst der Fernseher, den sie von einem Kollegen geschenkt bekommen hatte, war fast nie in Benutzung. Immer wenn sie Bear trafen, zog er seinen Freund damit auf, dass er Samira anstelle des Fernsehers lieber einen Büchergutschein hätte schenken sollen. Aber der gebürtige Russe war davon überzeugt, dass Samira sicher auch ab und an einen Film anschauen würde. Schließlich konnte man in seinen Augen mit Freunden schlecht einfach zusammen lesen. Spätestens dann musste man einen Film schauen. Leise machte er einen Schritt in das Zimmer, aber Samira reagierte nicht.

»Hey, gute Nacht du Leseratte.« Cayden setzte sich auf die Kante ihres Bettes. Das Mädchen warf einen Blick über den

Rand des Buches, aber Cayden zweifelte daran, dass sie ihn überhaupt wirklich zur Kenntnis nahm. Sie schien ihm mit ihrer Geste nur zeigen zu wollen, dass sie wusste, dass er da ist.

»Nur das eine Kapitel noch«, murmelnd wandte sie sich wieder dem Buch zu und Cayden musste bei ihren Worten grinsen. Er fand es faszinierend, dass sie in der Lage war, so in die geschriebenen Zeilen abzutauchen, dass sie alles um sich herum vergessen konnte.

»Zwei Stunden noch, dann legst du das Buch zur Seite, sonst ist das Ende vom Kapitel wieder so spannendend, dass du das nächste auch noch lesen musst und erst einschläfst, wenn du das Buch beendet hast.« Er legte seine Hand auf das aufgeschlagene Buch und drückte die Seiten hinunter, so dass Samira ihn ansehen musste. Es fiel ihm schwer, ihrem flehenden Blick standzuhalten.

»Cay, bitte, zweieinhalb Stunden.« Kleine Fältchen bildete sich auf ihrer Stirn. Sie legte das aufgeschlagene Buch auf die Bettdecke und faltete die Hände bettelnd.

»Sami, bitte. Ich mag heute nicht diskutieren.«

Forschend musterte sie ihn, als würde sie abschätzen, ob sie ihn irgendwie dazu bringen könnte, ihr die gewünschte Verlängerung zu gewähren.

»Aber am Wochenende darf ich.« Entschlossen sah sie ihn an.

»Klar, von mir aus von Sonnenuntergang bis Sonnenaufgang …«

»Also mir wäre Sonnenaufgang bis Sonnenuntergang lieber.« Jordan, die in der offnen Tür stand, fiel ihm ins Wort. »Die Nacht ist zum Schlafen da«, erklärte sie weiter.

»Och, Jay … Cay hat aber auch immer in der Nacht gearbeitet, da darf ich doch nachts lesen.« Samira rollte mit den Augen.

»Aber die Zeit ist schon lange vorbei. Gute Nacht Maus.« Er stand auf und machte einen Schritt auf das Kopfende ihres Bettes zu, wo er ihr einen Kuss auf die Stirn gab. Auch Jordan wünschte ihrer Adoptivtochter eine gute Nacht und verließ vor ihm das Kinderzimmer. Als er an der Tür stehend das Licht ausschaltete, flammte als erstes ein kleines Nachtlicht auf, welches seinen Platz auf dem Schreibtisch gefunden hatte, ehe Samira ihre Leselampe einschaltete. Das kleine weiße Nachtlicht spendete so viel Licht, dass es möglich war, alles gut zu erkennen und doch so wenig, dass Samira in den Nächten schlafen konnte.

Noch vor wenigen Wochen hatte jede Nacht die Deckenleuchte gebrannt, was aber dafür gesorgt hatte, dass sie schlecht hatte durchschlafen können. Dann waren sie in einem Supermarkt auf die kleine schlichte weiße Lampe gestoßen. Sie besaßen bereits eine ganze Schublade voller Nachtlichter, aber keines hatte es bis dahin geschafft Samira in der Nacht die Sicherheit zu vermitteln, die sie benötigte. Diese Lampe, für nur wenige Dollar hatte dann das geschafft, was viele weit teurere vor ihr nicht gelungen war. Samira schlief die Nächte durch und fühlte sich sicher. Es gab nur noch wenige Nächte, in denen sie schreiend aufwachte und so auch ihn und Jordan aus dem Schlaf riss.

»Cay?« Samira sah ihn an.

»Ja?« Er lehnte den Kopf an die Türzarge und beobachtete das Mädchen, das langsam ein Teenager wurde und das ohne ihn und Jordan vielleicht nicht mehr am Leben wäre.

»Passt du auf, dass niemand reinkommt?« Kurz blitzte in ihren Augen wieder die Angst auf, die er schon so oft gesehen hatte. Dann wirkte sie jünger und unendlich verletzlich.

»Klar.« Er lächelte sie an, obwohl es ihm schwerfiel, ihr in diesem Moment in die Augen zu sehen. Es schmerzte, ihre Angst zu sehen. Er könnte ihr noch so oft versichern, dass sie hier in Sicherheit war. Tief in ihrem Inneren würde das Gefühl der Unsicherheit bleiben.

Wenige Minuten später sank er neben Jordan auf das Sofa.

»Sie hat wieder gesagt, dass ich aufpassen soll, damit niemand reinkommt.« Einen Arm um Jordan legend zog er sie enger an sich. Es war so selten geworden, dass sie beide am Abend hier sitzen konnten. Jordan zog die Beine auf die Sitzecke und schmiegte sich eng an ihn. In den letzten Monaten war er oft an den Abenden alleine gewesen. Jordan hatte Nachtschichten übernommen, da ständig Kollegen fehlten und sie ihre Patienten nicht alleine lassen wollte. Dann hatte er meist bis tief in die

Nacht hier gesessen und in die Stille gelauscht. Oft hatte sein Verstand ihm dann Streiche gespielt und er hatte Dinge gehört, die nicht dagewesen waren. Er hatte versucht, diese Schatten dadurch zu vertreiben, dass er fernsah, aber auch das hatte nur selten geholfen. Dann waren es laute Geräusche aus den Filmen gewesen, die ihn so manches Mal zu Tode erschreckt hatten, weil er eingedöst war, ohne es zu merken. Er hatte begonnen jedes Geräusch zu analysieren. An den Motorgeräuschen von vorbeifahrenden Wagen hatte er versucht, die Marken zu erkennen. Selbst wenn Samira sich im Bett bewegt hatte, hatte er das Rascheln der Bettdecke gehört. Er hatte sich eingebildet, jedes Geräusch doppelt so laut wahrzunehmen, wie es eigentlich war.

Auch wenn Jordans Patienten ihre Hilfe benötigten. Er wünschte sich, dass sie öfter bei ihm war. Er benötigte ihre Nähe, damit der Wahnsinn ihn nicht packen und mit sich reißen konnte.

»Auch das wird weniger werden.« Mit ihren Worten brachte Jordan ihn zurück zu dem, was er bezüglich Samira gesagt hatte. »Was denkst du wegen der Klassenfahrt?« Prüfend sah sie ihn an.

»Wenn wir noch ein paar Rechnungen aufschieben, sollte es klappen.« Nachdenklich ließ er seine Finger durch ihre blonden Haare gleiten und starrte auf den schwarzen Bildschirm des Fernsehers. In Gedanken sah er bereits wieder die Rechnungen im Arbeitszimmer vor sich.

»Das meine ich nicht.«

Verwundert hielt er in seiner Bewegung inne. »Sondern?«

»Meinst du, sie kommt ohne uns zurecht? Das wäre das erste Mal, dass sie länger nicht hier ist und vor allem, dass sie so weit weg ist. Wir können ja nicht innerhalb von einer Stunde bei ihr sein …«

»Sie ist ja nicht alleine. Ihre Freundinnen sind dabei. Ich glaube, sie wird andere Dinge haben, die sie nachts beschäftigen. Du weißt doch, wie Klassenfahrten sind. Die ganze Nacht quatschen und am Tag im Stehen schlafen.« Cayden dachte an seine eigenen Fahrten zurück und fragte sich, ob seine Eltern je erfahren hatten, was dort alles passiert war.

»Hm, wahrscheinlich hast du recht. Was das Geld angeht, wir sollten wirklich mit der Bank reden, dass wir andere Konditionen brauchen. Dann zahlen wir halt länger ab, dafür können wir wieder leben.« Sie löste sich von ihm, setzte sich auf und sah ihn ernst an.

»Und wenn sie nicht einverstanden sind? Ich werde schauen, dass ich mir woanders was suche. Irgendwas, damit das Einkommen wieder passt. Außerdem …« Er streichelte mit der Hand über ihren Bauch, lehnte sich zu ihr vor und wollte ihr einen Kuss geben, doch sie legte ihren Zeigefinger auf seine Lippen.

»Noch ist da nichts, es ist nur ein Wunsch. Mehr nicht. Deswegen musst du nicht wieder zum Superhelden werden. Ich mag es, wenn du hier bist. Wenn ich weiß, was du machst.« Erst jetzt nahm sie ihren Finger von seinen Lippen und ließ seinen Kuss zu. Aus der Berührung wurde schnell ein schwer zu bändigendes Feuer. Ihre Zunge forderte Einlass, tastete sich langsam vor und flehte ihn an auf den Tanz einzugehen. Ihre Hände fanden einen Weg unter sein Shirt und streichelten warm über seine Brust. Verlangend legte er seine Hände in ihren Nacken und hielt sie so gefangen. Ihre Streicheleinheiten lösten ein Brennen auf seiner Haut aus. Ihre Finger berührten kaum seine Haut, als sie vom Bauch über die Seite zu seinem Rücken wanderten, wo sie sich mit den Fingern vergrub. Er konnte das Feuer spüren, welches in ihr zu lodern begann.

3.

»Hey, willst du ein Bier?«, rief Wesley Dennis nach, als der am Aufenthaltsraum vorbeikam, aus dem er das Lachen seiner Kollegen und die Geräusche von aufeinandertreffenden Billardkugeln vernehmen konnte. Die Männer hatten unüberhörbar Spaß, doch in ihm gab es nur noch eine bleierne Müdigkeit, die alles verhindern wollte, was nichts mit Schlafen zu tun hatte.

»Nein, danke. Ich bin fertig für heute.« Ohne stehenzubleiben oder auch nur auf die Reaktion seines Kollegen zu warten, ging er weiter über den Flur. Auf den schwarzen Fliesen war unübersehbar zu erkennen, wo sie die letzten Stunden verbracht hatten. Überall lag Sand. Am Ende gelangte er an die einzige Stelle des Gebäudes, welche noch nicht renoviert worden war. Das Treppenhaus strahlte ihn mit seinem Buntsteinputz an. Die Wände wiesen Spuren der Renovierung auf. Überall waren Kratzer und tiefe Löcher in den Wänden, wo es ihnen oder den Handwerkern nicht gelungen war, Material oder Möbel um die Ecken zu bekommen. Die Treppenstufen mit ihren alten Fliesen waren, wie der Flur, ebenfalls mit Sand übersät, der unter seinen Schuhen knirschte, als er in den dritten Stock ging, wo er sein Reich hatte. Zu gerne hätte er den Fahrstuhl genutzt, aber dieser war schon lange außer Betrieb und würde wohl auch nicht wieder in Betrieb genommen werden. Zu groß war die Angst ihrer Vorgesetzten, dass sie in einem Notfall steckenbleiben würden. Außerdem war der Weg über die Treppe für sie weit schneller. Dennis hatte aber auch schon von dem Plan gehört, den Fahrstuhl auszubauen und eine Rutschstange zu montieren, wie man sie aus Feuerwehrwachen kannte.

Träge schloss er nur wenige Meter weiter die Tür zu seinem Reich auf. Man hatte aus drei ehemaligen Hotelzimmern kleine Wohnungen mit eigenen Bädern und kleinen Küchenzeilen geschaffen, die kaum noch einen Unterschied zu anderen Wohnungen aufwiesen, wie ihm schon viele versichert hatten. Für ihn war es jedoch immer noch ungewohnt, auf den knapp sechzig Quadratmetern zu leben. In Deutschland hatte er eine Wohnung mit fast einhundert Quadratmetern sein Eigen genannt. Jetzt konnte er mit wenigen Schritten direkt vom Bad in die Küche gehen und sein Sofa stand nur deswegen mitten im Raum, damit es nicht direkt vor dem Fernseher stand. Der einzige Unterschied zu anderen Appartements war wohl der, dass hier jeder seinen eigenen Waffenschrank hatte und es auch normal war, wenn ihre Waffen eben nicht in diesem verwahrt wurden. Dennis nahm seine Pistole, die er wie alle anderen auch immer am Bein in einem Holster trug, heraus, legte sie auf den Wohnzimmertisch neben eine leere Colaflasche und sank auf die dunkelgraue Couch. Den Kopf in den Nacken legend schloss er die Augen. Es würde nur Minuten dauern, dann würde er einschlafen, dessen war er sich sicher. Aber er wollte noch duschen und auf keinen Fall in der Uniform auf dem Sofa schlafen. Nach wenigen Minuten, in denen er immer wieder um ein Haar in den Schlaf abgedriftet war, schlug er die Augen wieder auf, beugte sich vor und öffnete seine Schuhe. Als er die Füße herauszog, rieselte Sand auf den Laminatboden. Seufzend musterte er die kleinen, fast weiß wirkenden Körner, die auf dem dunklen Holz lagen. Sein Blick schweifte weiter und er entdeckte noch mehr Sand. Er musste dringend putzen. Alles hier wirkte von Tag zu Tag mehr wie ein Sandkasten.

Mit der Hand über das Gesicht fahrend schloss er die Augen wieder. Wie konnte es sein, dass man sich nicht mal zum Duschen aufraffen konnte? Dabei würde das warme Wasser sicher guttun und vielleicht auch verhindern, dass ihn am nächsten Tag ein Muskelkater heimsuchte. Aber da war kein Funke des Antriebs mehr in ihm, der ihn zum Aufstehen bewegen wollte. In die Ruhe lauschend hörte er immer wieder andere Teammitglieder über den Flur laufen. Sie kamen und gingen und er war wohl tatsächlich der Einzige, der nun noch in seinem Zimmer saß und nicht mit dem Rest des Teams ein Feierabendbier oder auch nur eine Cola trank. Ein Klopfen an der Tür ließ ihn zusammenfahren. Mit dem Geräusch hatte er nicht gerechnet.

»Ja.« Sich aufsetzend warf er einen Blick über die Schulter zur Tür. Sollte er hingehen und die Tür öffnen? Noch ehe er den Gedanken zu Ende gebracht hatte, öffnete sie sich und Wesley betrat seine Wohnung. Er trug nur ein T-Shirt und eine Jogginghose. Am Oberarm des ehemaligen SEALs prangte ein Tattoo, welches man kaum noch erkennen konnte, da eine riesige Narbe die klaren Linien verwischt und teilweise hatte verschwinden lassen. Wo genau diese Verletzung herkam, wusste Dennis nicht, aber sie war ihm schon öfter aufgefallen.

»Echt kein Bock noch ein Bier oder so zu trinken? Die anderen sind alle da.« Der Blick des dunkelhaarigen Mannes lag auf ihm. »Ich mein ja nur … Also es sieht schon komisch aus. Irgendwie, als würdest du uns aus dem Weg gehen. Das da unten ist doch so´n Gruppending.« Jetzt bohrte sich der Blick von Wesley förmlich in ihn. Dennis wusste, auf was sein Kollege, der im Militär soviel mehr Erfahrung als er hatte, hinaus wollte. Es ging um Teambildung. Darum, die anderen kennenzulernen. Sich zu binden, damit man im Notfall wirklich alles gab, um die anderen zu schützen. Er war einfach müde, aber wahrscheinlich würde er noch Stunden hier sitzen und vor sich hinstarren, weil er sich nicht dazu aufraffen könnte, duschen zu gehen. Nun hätte er wenigstens dazu einen triftigen Grund.

»Ich dusch kurz, dann komm ich runter.« Er stand auf und nickte Wesley zu, der die Geste nur knapp erwiderte. Auch wenn jeder seiner Muskeln danach schrie, ins Bett zu gehen, würde er seinem Kollegen den Gefallen tun und mit ihnen zusammen ein Bier trinken.

Eine Stunde später stieß er einen wüsten Fluch aus, da sein Dartpfeil nur Millimeter neben dem von Lexi landete, die jubelnd die Arme nach oben riss. Er hatte soeben nicht nur fünfzig Dollar verloren, sondern musste nun auch eine Woche Tresendienst im Gemeinschaftsraum, der im Keller des alten Hotels lag, leisten. Somit war er nach Möglichkeit in der nächsten Woche der Erste, der diesen Raum betrat und der Letzte, der ihn verließ. Eine Woche in der er noch weniger Schlaf bekommen würde als ohnehin schon. Leicht verärgert darüber, dass er auf die Wette eingegangen war, schob er eine Fünfzigdollarnote in eine Blechspardose. Hier sammelten sie

Wettschulden oder Spenden für ihre kleine Bar oder gemeinsames Pizzaessen.

Lexi grinste ihn frech an. »Noch ´ne Runde?«

»Ne, danke. Ich hab genug für heute.« Er wandte sich ab und bekam noch mit, wie sie sich Wesley als nächstes Opfer aussuchte. Auch wenn er wissen wollte, ob auch der einsachtzig große, trainierte Mann gegen ihre Kollegin verlor, ging er am Billardtisch vorbei und nahm neben Joe auf einem Barhocker Platz.

»Schenkst du mir noch eins ein?« Dennis sah zu Patrik, der auf der anderen Seite der Bar stand. Nach einem kurzen Blick schüttelte sein junger Kollege den Kopf. »Ne, ich glaub, jetzt bist du dran.« Patrik verließ seinen Platz und ließ sich neben ihm nieder. »Mein Thekendienst ist beendet.« Der blonde Mann, den man auf höchstens achtzehn schätzen würde, schob Dennis sein Glas zu und hob auffordernd die Augenbrauen.

»Wär ich bloß oben geblieben«, murrend erhob Dennis sich.

»Dann wärst du auch irgendwann dran gewesen. So bekommst du wenigstens jeden Tratsch mit.« Joe, dessen dunkelbraune Haare wirr von seinem Kopf abstanden, schob ihm ebenfalls sein Glas zu, als er hinter dem Tresen angekommen war.

Tief durchatmend öffnete Dennis eine Bierflasche. »Ihr könntet ja auch aus der Flasche trinken.«

»Du kannst auch einfach das Bier in die Gläser tun«, erwiderte Joe und zog sein Glas zu sich. »Was los?« Jetzt bohrte sich der Blick aus den grünen, stechenden Augen in ihn. Dennis bildete sich ein, dass der Sechsundzwanzigjährige jeden seiner Gedanken hören wollte. Konzentriert öffnete er die zweite Flasche und schenkte den Inhalt in das Glas, welches er Patrik zuschob.

»Und?« Hakte Joe erneut nach.

»War ´nen Scheißtag«, murrte Dennis und bemühte sich, seinem Kollegen nicht in die Augen zu sehen. Er konnte die Blicke von Joe und Patrik auf sich spüren. Ob diese Aussage reichte, damit seine Kollegen ihn in Ruhe ließen?

»Und deswegen willst du dich auf deinem Zimmer verkriechen wie ein schmollender Teenager?« Joe lachte auf und

Dennis hob seinen Blick. Der Vergleich stieß ihm sauer auf. Er war kein Teenager, aber er war nicht gewillt, sich den ganzen Tag von Cayden niedermachen zu lassen. Auch wenn das vielleicht zu Caydens Job als Trainer gehörte. Dennis war davon überzeugt, dass auch mal ein positives Wort über die Lippen seines Ausbilders kommen müsste.

»Ich bin halt auch mal k. o.« Er wollte von dem, was ihm durch den Kopf ging ablenken, da er befürchtete, dass Joe ihm im nächsten Moment erklären würde, dass Caydens Umgangston völlig normal wäre. Auf eine solche Diskussion hatte er in diesem Moment einfach keine Lust.

»Wir sind alle total k. o., aber deswegen verkriechen wir uns nicht schmollend in der Ecke. Dennis, so funktioniert das nicht. Das Team wächst nicht nur im Training zusammen. Das passiert auch hier.« Joes Stimme wurde ernster.

»Ach, hier sitzen und Bier trinken gehört dazu?«, raunte Dennis gereizt, wusste aber, dass der gesamte Satz ein Fehler gewesen war.

»Schon mal was von Teambuilding gehört?« Joe hob gereizt eine Augenbraue.

»Ja verdammt, aber wenn ich müde bin, bin ich müde, da muss ich mich nicht noch besaufen«, knurrte er aggressiv zurück. Dabei wusste er, dass es hier und jetzt nicht um das Bier ging, was sie zusammen tranken.

Joe musterte ihn kurz. »Denk drüber nach.« Dann erhob er sich und ging zum Billardtisch, wo einige Männer zusammenstanden.

»Denk drüber nach. Wir können keine Singleplayer brauchen. Wir brauchen Teamplayer.« Auch Patrik stand kopfschüttelnd auf.

Mit geschlossenen Augen atmete Dennis durch. Seine Äußerungen waren mehr als unüberlegt gewesen. Die beiden Männer hatten recht und das ärgerte ihn. Diese Gruppe, die nun begann eine Runde Billard zu spielen, kannte wohl jedes noch so gut gehütete Geheimnis jedes Teammitglieds. Nur er wusste gerade mal die Namen und bei einigen das Alter. Er hatte sich bisher weder richtig einbringen können, noch hatte er sich informiert, obwohl sie ihn in ihrer Mitte aufnahmen. Die

Einzige, über die er fast alles wusste, war Yvonne, und das auch nur, weil sie sich schon so viele Jahre kannten.
Seine Aufmerksamkeit blieb auf den Männern liegen. Er beobachtete die, die mit Billardqueues bewaffnet die Kugeln über den Tisch rollen ließen und die, die einfach nur dastanden und zusahen. Wer waren diese Typen? Soldaten, das wusste er. Einige waren gute Schützen, andere im Nahkampf so gut, dass sie ohne Probleme mit bloßen Händen töten konnten. Einige konnten mit Sprengstoff Türen innerhalb von Sekunden so öffnen, dass nur die Tür aus den Angeln gesprengt wurde, wieder andere verbanden selbst schwerste Verletzungen so, dass die Blutungen gestillt wurden. Aber mehr wusste er nicht. Hatten sie Familie, Freunde, Hobbys? Womit könnte man sie motivieren, welche Gedanken gaben ihnen Halt? All das waren Dinge, die er in Erfahrung bringen sollte. Nur war seine Motivation genau dass zu tun, nicht vorhanden.

4.

Halb elf. Cayden trank bereits die vierte Tasse Kaffee und seine Laune war im Keller angelangt. Dabei hatte der Tag friedlich beim Frühstück mit seinen Frauen angefangen, ehe Jordan zur Arbeit und Samira in die Schule aufgebrochen war. Aber seit fünf nach acht war seine Stimmung im Minutentakt gesunken. Seine Aufmerksamkeit lag auf dem Sekundenzeiger der Uhr, die über der Küchentür hing. Immer wieder drehte der Zeiger seine Runden und nichts geschah, abgesehen davon, dass Caydens Blutdruck stieg, was er nicht dem Kaffee zuschreiben konnte. Denn Kaffee störte seinen Blutdruck nicht. Was ihn störte, war der Umstand, dass er um acht mit Collin verabredet gewesen wäre. Cayden hasste die Unpünktlichkeit seines ehemaligen Kollegen, der trotz der vielen Macken, die er entwickelt hatte, in den letzten Monaten zu einem guten Freund geworden war. Mit dem Gedanken spielend, dass er Collin anrufen könnte, starrte er aus dem Küchenfenster zur Straße hinaus. Aber der Mann, der durch eine Explosion sein rechtes Augenlicht verloren hat, würde ohnehin nicht ans Telefon gehen. Das war ebenso typisch wie die Unpünktlichkeit, die erst seit dem Anschlag zu Collins Eigenschaften gehörte.

Obwohl Cayden sich in Gedanken bereits überlegte, wie lange er noch warten wollte, ehe er einfach fahren würde, fiel ihm etwas auf, dass anders war, als an den anderen Tagen. Auf der Straße vor seinem Haus fehlte ein Wagen, der seit Wochen immer dort stand. Die dunkle Limousine, in der immer zwei Männer saßen, war nicht da. Der Wagen war Jordan als erstes aufgefallen, seitdem stellte Cayden sich immer wieder die Frage, zu wem er gehörte. Das Einzige, was er genau wusste, war, dass die Männer keine Polizisten waren. Er hatte sogar schon mit dem Gedanken gespielt, seine alten Kollegen, um Hilfe zu bitten. Irgendwie musste man herausbekommen, zu wem die Männer gehörten und vor allem, warum man ihn beobachtete. Seit ihm klar geworden war, dass die irgendwie immer da zu sein schienen, grübelte er darüber, welchen Grund ihre Anwesenheit hatte. Aber ihm wollte niemand einfallen, der Interesse an seinem Leben haben könnte.

Vielleicht sollte er tatsächlich Rafael Bishop um Hilfe fragen. Der NCIS-Agent, der fast nur noch für die IATF arbeitete, wäre sicher in der Lage, an Informationen zu kommen. Wenn es sich bei den Männern jedoch um Menschen handelte, die ihm etwas antun wollten, hätten sie es bereits getan. Außerdem wusste er niemanden, der an ihm Rache nehmen könnte. Alle, die einen Grund hätten, waren bereits tot oder soweit weg, dass sie unmöglich vor seiner Haustür auftauchen konnten. Zumindest hoffte er das. Außerdem war es unwahrscheinlich, dass Terroristen in einem solchen Wagen unterwegs waren. Diese schwarzen Limousinen gehörten meist zur Regierung. Nur, was um alles in der Welt wollte die Regierung von ihm?

Endlich ertönte die Klingel und holte ihn so aus den Gedanken. Mit großen Schritten eilte er zur Haustür. Es schellte ein zweites Mal, ehe er die Tür überhaupt erreicht hatte. Mit mehr Kraft als nötig und vor Wut rasendem Puls riss er die Tür auf.

»Wir hatten morgens gesagt. Um genau zu sein, acht Uhr. Acht Uhr am Morgen, nicht am Abend. Es ist gleich elf. Und wenn du mir nun sagen willst, dass das egal ist, weil die Bahnen eh den ganzen Tag für mich reserviert sind, denk bitte dran, dass es Leute gibt, die noch was anderes als nur zu warten zu tun haben.« Cayden pochte mit dem Zeigefinger auf seine Armbanduhr.

»Soll ich wieder gehen und um zwei wiederkommen?« Der Mann mit der schwarzen Augenklappe auf dem rechten Auge machte einen Schritt zurück, und deutete an, gehen zu wollen. Cayden schüttelte den Kopf. Die Stimmung zwischen ihm und Collin war bereits jetzt, nach wenigen Minuten, angespannt. Cayden hatte Collin vor Jahren bei der Ausbildung kennengelernt, aber erst seit dem Anschlag war aus der Bekanntschaft eine Freundschaft geworden. Nur wenige Tage nachdem Collin sein Augenlicht verloren hatte, hatte eine Kugel Caydens Leben verändert. Wie es dazu gekommen war, dass die Kugel in seinem rechten Oberarm gelandet war, wusste er selbst heute noch nicht. Sie war einfach auf einmal da gewesen. Auch wenn er bereits vor der Verletzung vorgehabt hatte, seine Laufbahn bei der IATF und beim Militär zu beenden, hatte ihm diese Verletzung keine andere Möglichkeit mehr gelassen.

Während bei Collin die Verbrennungen und Schnittwunden im Gesicht abheilen und er damit leben musste, die Welt nur noch mit einem Auge wahrzunehmen, hatte Cayden verzweifelt versucht, zu alter Form zurückzufinden. Aber die Spuren, die ihr Kampf gegen einen Terroristen hinterlassen hatte, der soviel Tote auf dem Gewissen hatte, wie kaum ein anderer, würde sie beide für ewig zeichnen. Weder würden Collins Narben verschwinden, noch würde Cayden je wieder das Feingefühl am Gewehr beweisen, wie er es vor seiner Verletzung hatte. Dieser Mann hatte sie fürs Leben gezeichnet. Lange war Cayden der Meinung gewesen, dass es ihn weit schlimmer getroffen hatte, als den Mann, dessen Wurzeln in New Mexiko lagen. Aber erst als sie bei der Suche nach Harry zusammengerückt waren, war ihm aufgefallen, dass sie nichts unterschied. Sie waren beide verbittert und hatten das verloren, was sie am liebsten gemacht hatten. Da half es auch nichts, sich immer wieder vorzuhalten, dass er diesen Schritt auch ohne die Verletzung gegangen wäre. Die Kugel hatte seine Pläne zunichtegemacht. Er konnte zwar als Ausbilder arbeiten, aber seinen Schülern konnte er keine praktischen Beispiele zeigen. Er konnte ihnen nur sagen, wie sie es machen sollten. Er selbst war kaum in der Lage, auf lange Distanzen ein Ziel sicher zu treffen. Und dieser Umstand ärgerte ihn maßlos.

»Und?« Collin holte ihn aus seiner geistigen Abwesenheit.

»Nein, vergiss es. Wir fahren jetzt. Ich habe gesagt, ich bin spätestens um acht da. Ich hab nun schon ein dutzend Nachrichten geschickt und gesagt, dass ich später komme. Da sind ein paar Leute schon richtig pissig, weil ich zu spät dran bin.« Er griff nach seiner Jacke und schob Collin zurück, als er aus der Tür trat.

»Starr mich nicht so an. Du fährst.«

Collin zuckte mit den Schultern und machte sich auf den Weg zu seinem Honda Civic.

»Warum willst du ausgerechnet mich dabei haben? Die können doch alle schießen. Reicht doch, wenn ich die ersten

Stunden dabei bin.« Collin zog die Tür seines Wagens auf und musterte Cayden über das Wagendach hinweg, als er die Beifahrertür des mattschwarzen Wagens öffnete. Collin unterstützte ihn meist nur bei den ersten Trainingsstunden im Schießstand, wenn er die neuen Schüler noch nicht einschätzen konnte. Dann übernahm er alleine und schaffte es auch, die pünktlich bei seinen Schülern zu sein. Mit Collin war es unmöglich, pünktlich zu sein. Die innere Uhr von Collin funktionierte seit Monaten nicht mehr richtig. Er kam, wenn ihm danach war, ging, wann er wollte, und stand auf keinen Fall auf, wenn ein Wecker klingelte. Collin lebte einfach in den Tag hinein, da war es egal, ob es irgendwelche Termine gab, an die er sich halten musste oder ob er Verabredungen hatte. Aber Cayden schätzte die Anwesenheit des Sechsundzwanzigjährigen bei den Trainingsstunden. So konnten sie die Augen bei mehreren Schülern gleichzeitig haben. Collin nahm auf dem Fahrersitz Platz und musterte ihn einen Moment, ehe er den Wagen startete.

»Weil ich dachte, du hast Lust auf ein kleines Battle. Wir haben den Stand heute komplett für uns und meine Gruppe hat heute ihre letzte Stunde. Da schauen wir immer, wer wie gut ist.« Cayden war auf die Straße konzentriert, als er Collins Frage beantwortete und er hoffte, dass sein Fahrer nicht bemerken würde, dass da noch mehr wahr, weswegen er ihn heute dabei haben wollte.

»Also machst du heute nicht den Oberlehrer?« Collin lenkte den Wagen auf die Straße.

»Nein, im Gegensatz zu anderen haben die in den letzten Wochen echt was gelernt«, murrte Cayden. Er konnte die Bezeichnung Oberlehrer nicht leiden. Das Einzige, was er von seinen Schülern sowohl im Schießstand als auch auf dem Militärgelände erwartete, war, dass sie ihm zuhörten und das umsetzten, was er verlangte. Waffen waren kein Spielzeug. Ein einziger unaufmerksamer Moment und es gab Verletzte oder Tote, nur weil man sich nicht an die Regeln gehalten hatte. Auf dem Schießstand musste er jedes Mal von vorne beginnen. Wo durften die Waffen gelagert werden, wer durfte welche Waffe führen und kaufen und welche Bedingungen musste man erfüllen. Diesen trockenen Theorieteil benötigte er auf dem Gelände der Base nicht und trotzdem war er der Meinung, dass ihm genau dort niemand mehr zuhörte, wenn er etwas sagte.

»Wer nervt dich denn so?« Collin löste kurz seine Aufmerksamkeit von der Straße, um ihn von der Seite zu mustern.

»Der Neue. Der, von dem Poison sagt, er wäre super. Manchmal habe ich das Gefühl, er will einfach nichts lernen, oder er kann nicht. Mal läuft es, dann so gar nicht, oder, und dass kann er super, er trifft fast. Dann ist er immer nur Millimeter neben dem Ideal. Aber daneben ist daneben. Dabei ist alles richtig und trotzdem geht die Kugel nicht dahin, wo sie hin soll. Der würde dir als Sniper den Arm wegfetzen, dich aber nicht ausschalten, weil er um zwanzig Zentimeter daneben lag.« Es war das erste Mal, dass er die Punkte, die ihn an Dennis Arbeitsweise störten, direkt aussprach. »Und ich hab das Gefühl, er will sich nicht ins Team einbinden. Man kann die Distanz spüren, wenn die anderen dabei sind«, legte er nach und strich sich durch die Haare, während Collin auf eine Ampel zufuhr.

»Hm. Das eine kann man lernen, dass andere entwickelt sich sicher noch.« Collin war voll und ganz auf den zähfließenden Verkehr konzentriert. »Alle bescheuert heute!« Knurrend trat er mit aller Kraft auf die Bremsen, als vor ihnen plötzlich die Rücklichter eines Sportwagens aufflammten, der einem anderen Wagen ausgewichen war. »Ruf ihn an, er soll auch herkommen.«

»Wer?« Cayden löste seinen Blick vom Verkehr und starrte Collin verwirrt an.

»Dennis. Jede Stunde, die er irgendwo üben kann, hilft ihm«, erklärte Collin, immer noch die Rücklichter des Sportwagens anstarrend.

»Komm, ne.« Cayden schüttelte energisch den Kopf. Dennis war der Letzte, mit dem er den Tag verbringen wollte. »Außerdem sind die sicher irgendwo draußen.«

»Dann ruf ich John an.« Collin griff in die Mittelkonsole, wo ein Handy lag.

»Du spinnst doch.« Cayden dachte darüber nach, Collin das Handy abzunehmen, er sah aber davon ab, da es ihm während der Fahrt als zu gefährlich erschien.

»Ich glaube, du willst nicht, dass dein Team einen Ersatz für dich findet«, konterte Collin, ehe Cayden weitere Gründe dafür eingefallen waren, warum er Dennis nicht dabei haben wollte. Sein Nebenmann setzte die Drohung, John anzurufen, an einer roten Ampel haltend um, was Cayden mit den Zähnen knirschen ließ. Collin ignorierte seine Geste, das Gespräch umgehend zu beenden gekonnt und starrte, während er sprach, einfach nur die Ampel an.

»Hey Thomsen, was treibt ihr?« Eine Pause entstand, in der Collin den Wagen an der nun grünen Ampel wieder in Bewegung setzte. »Meinst du, ihr könnt Falk entbehren? Ich bin mit Snipes auf dem Weg zum Gun Range und habe gehört, dass eurem Neuen ein paar Stunden zusätzliches Training guttun würden.«

Cayden schnaubte wütend. In seinen Augen war die Bezeichnung ein paar Stunden weit untertrieben.

»Super, du kennst die Adresse. Schick ihn einfach her. Wir sind in fünf Minuten da.« Collin beendete das Gespräch und Cayden ertappte sich dabei, wie er mit den Zähnen knirschte.

»Das zahl ich dir heim.« Leise drohend versuchte Cayden, sich zu beruhigen. Sie hatten nur noch wenige hundert Meter vor sich und seine Laune war nun, nachdem sie zwischenzeitlich wieder gestiegen war, wieder soweit im Keller, dass er sich nicht mehr vorstellen konnte, einen ruhigen Vormittag zu verbringen. Der Nächste, der ihn ansprechen würde, würde seine Stimmung mit aller Wucht abbekommen.

»Sag mal, kommt Santa auch?« Collin lenkte den Wagen auf den länglichen Parkplatz am San Diego Gun Range.

»Nein«, mürrisch verließ die Aussage Caydens Lippen. Santa nannten sie Duncan Tremblay, den sie hier kennengelernt hatten. Duncan war Angestellter einer Sicherheitsfirma und hatte bereits mehrfach versucht, sie für seine Chefin zu rekrutieren. Außerdem hatte er einige Stunden Einzeltraining bei Cayden gebucht, die er in seinen Augen nicht nötig gehabt hätte. Auch wenn der Mann zum älteren Semester gehörte, war er schnell und geschickt mit der Waffe. Außerdem konnte er scheinbar alle Vorschriften vorwärts wie auch rückwärts aufsagen und war jemand, mit dem man auch nach dem Training noch gerne eine Weile zusammenstand.

Cayden mochte ihn und auch Collin hatte bisher noch kein schlechtes Wort über ihn verloren. Einzig, dass Collin vorgeschlagen hatte, ihn als Weihnachtsmann zu engagieren, hatte kurzfristig für Unmut gesorgt. Aber selbst das hatte Duncan nach wenigen Minuten als Witz aufgefasst. Cayden hingegen war sich nicht sicher gewesen, ob es sich um einen Witz gehandelt hatte. Schließlich war es wirklich so, dass der Fünfundvierzigjährige auch als Kaufhausweihnachtsmann sein Geld hätte verdienen können. Vor kurzem hatten sie mit Duncan nach einer Trainingsrunde Pläne für eine eigene Security Firma geschmiedet, als der erneut versucht hatte, ihnen einen Job bei Assured Security Watch, wo er arbeitete, zu vermitteln. Aber weder für Cayden noch für Collin, kam es in Frage, den gesamten Tag in Kaufhäusern Diebe zu jagen, oder auf irgendwelche verzogenen Gören oder versnobte Erwachsene als Bodygard aufzupassen.

Was sie sich jedoch vorstellen konnten, war ein eigenes Unternehmen zu gründen und als Personenschützer für hochrangige Politiker zu arbeiten. Diese waren nicht so arrogant wie manch ein Firmenmogul oder deren Zöglinge. Außerdem wurden von der Regierung immer wieder private Unternehmen gesucht, die sich um genau solche Politiker während ihrer Aufenthalte in den USA kümmerten, da zum einen der Secret Service nicht alle beschützen konnte und zum anderen private Firmen günstiger waren als die eigenen Soldaten. Selbst Duncan war nach einigem Zögern sehr interessiert gewesen. Diese Idee hatte sich in letzter Zeit in Caydens Kopf festgesetzt und genau darüber wollte er später mit Collin sprechen. Er hatte keine Lust, ewig Privatunterricht zu geben und nur von den Trainingseinheiten auf dem Platz konnte er nicht leben. Dann müsste er seinen Dienst auch anderen Einheiten zu teil werden lassen, was er nicht wollte.

»Willst du heute noch aussteigen? Erst machst du mich an, weil ich zu spät bin und dann kommst du nicht aus dem Wagen.« Collin riss ihn aus den Gedanken, in denen er sich vorstellte, wie viele Fragen zu seiner Verletzung ihm von anderen Soldaten bevorstehen würden, sollte er sich als Ausbilder für die SEALs melden. Ohne seinen Freund eines Blickes zu würdigen, stieß er die Beifahrertür auf und warf sie, als er ausgestiegen war, mit Wucht wieder ins Schloss.

»Alter, das ist kein Panzer. Mach nicht so´n Gesicht, sonst rennen dir deine Schüler weg, ehe du drinnen angekommen bist.« Collin deutete auf die große Glastür, die in das Gebäude führte.

»Bist du mein Kindermädchen, oder was? Ich hätte ohne dich fahren sollen.« Wütend machte er sich auf den Weg zu seinen Klienten, die schon seit fast zwei Stunden auf ihn warteten und wahrscheinlich etwas von seinen Tantiemen streichen würden, auch wenn sie die Zeit sicher zum Üben genutzt hatten. Normalerweise wurden die Stände nach Stunden berechnet. Der Betreiber des Schießstandes zahlte ihn nach Stunden aus und hielt immer einige Stände frei, damit er auch spontan Unterricht anbieten konnte. Die Gruppe war sicher froh, wenn sie mehr oder weniger kostenlos den Schießstand nutzen konnte, weil er zu spät dran war.

Die Wut auf Collin wuchs mit jedem Meter, dem er sich der Glasfront näherte, weiter. Erst kam sein Freund viel zu spät, dann bestellte er Dennis her, den er jetzt gerade absolut nicht um sich haben wollte, da er einen entspannten letzten Tag mit seinen Schülern verbringen wollte und nun wollte Collin ihm auch noch sagen, wie er sein Leben zu leben hatte. »Wegen dir gehen mir ein paar hundert Dollar durch die Lappen. Und das nur, weil du nicht früh genug aus dem Bett gekommen bist. Bist wieder in Selbstmitleid versunken, oder was?« Cayden biss sich auf die Unterlippe. Der letzte Satz war mehr als überflüssig gewesen.

»Du bist ein Idiot.« Collin ging an ihm vorbei und Cayden rechnete damit, dass sein Freund sich im nächsten Moment zu ihm umdrehen und ihm die Meinung sagen würde. Aber das tat er nicht. Er verschwand einfach durch die Tür ins Gebäude ohne sich nochmals zu ihm umzusehen.

Ja, er war ein Idiot. Nicht nur wegen des gerade Gesagten. Ihm war schon während der Fahrt bewusst geworden, dass Collins Vorwurf, was das Finden eines Ersatzes für ihn betraf, richtig war. Er war ein verdammter Egoist. Er konnte das Team nicht mehr unterstützen, selbst wenn er noch im Team wäre, könnte er es nicht. Sie benötigten einen weiteren Topschützen und irgendjemand musste ihn ausbilden. Was er aber nicht wollte, war, dass in einigen Jahren jemand zu ihm sagen würde, dass sein Nachfolger womöglich weit besser war, als er es je gewesen war. Insgeheim hoffte er, dass Dennis alles hinwerfen und zurück nach Deutschland gehen würde. Nur, wenn er das tat, würde das Team sich jemand anderen suchen und auch sicher finden. Aber wie fähig wäre dieser jemand dann?

Cayden strich sich über das Gesicht. Dennis fehlte es einfach noch an Erfahrung und Routine. Er öffnete die Augen wieder, als er das Geräusch eines Wagens vernahm, der auf den Parkplatz fuhr. Cayden rief sich zur Ordnung. Es war sein verdammter Job Dennis auszubilden und ihn auf das vorzubereiten, was auf ihn zukommen würde. Dennis musste begreifen, dass der Job in der IATF nicht im Geringsten mit seinem alten bei der Polizei zu vergleichen war. Hier mussten sie bei jedem Einsatz die Waffen benutzen, bei der Polizei war es immer die letzte Option. Es war sein Job aus Dennis einen perfekten Scharfschützen zu machen und nicht, ihn zu vergraulen. Denn nur mit Dennis konnte das Team bald wieder die volle Leistung bringen. Wenn er alles dafür tat, dass Dennis hinwarf, würde man ihm später sicher ein eventuelles Scheitern des Teams nachsagen. Und genau das wollte er nicht. Schließlich hatte er das Team mit aufgebaut.

»Hey.«

Cayden drehte sich in die Richtung, aus der die Stimme kam, die er kannte. Dennis kam mit sicheren Schritten, aber skeptischem Gesichtsausdruck, auf ihn zu.

»Hey.« Er nickte dem blonden Mann zu, der knapp zwei Meter von ihm entfernt stehenblieb. »Komm mit rein.« Cayden deutete auf die Eingangstür. Er wusste nicht, wie er ein Gespräch beginnen sollte, nachdem seine Gedanken in den letzten Minuten so viele seiner Fehler aufgezeigt hatten.

5.

Am späten Nachmittag verließ Dennis den Schießstand wieder. Die letzten Stunden waren so ganz anders gelaufen, als er es erwartet hatte. Nicht nur, dass der Schießstand sich ganz anders dargestellt hatte, als er es sich vorgestellt hatte. Es war kein dunkler muffiger Ort, der nach Schießpulver roch und wo sich Waffennarren trafen. Der helle Eingangsbereich war ein Verkaufsraum für Waffen und Munition, in dem man ausgiebig beraten werden konnte und wo es ebenfalls eine Möglichkeit gab, einen Kaffee zu trinken. Der Stand selbst war mit fünfzehn Bahnen erstaunlich groß und dadurch, dass Caydens Schüler schon vor Caydens Ankunft trainiert hatten, hatte niemand ein Problem damit gehabt, dass er sich dazugesellt hatte. Auch der Betreiber des Standes war sehr offen, da er der Meinung war, dass Soldaten den Bürgern am besten zeigen konnten, wie sie verantwortungsbewusst mit Schusswaffen umgehen konnten. Dazu war Caydens erstaunlich entspannte Art gekommen, die Dennis selbst jetzt noch irritierte. Da war nicht der wütend brüllende oder dreinschauende Trainer gewesen, den er noch am Tag zuvor auf dem Gelände der Naval Base erlebt hatte. Cayden war ruhig und gelassen gewesen. Er hatte den Schülern über die Schulter geschaut, sie korrigiert und sogar gelobt. Bei ihm hatte er zwar mit Lob gesparrt, aber es war nicht ein böses Wort gefallen. Die gesamte Zeit war die Kritik ruhig, sachlich und hilfreich gewesen. Es war, als wäre Cayden ein anderer Mensch.

Immer noch verwundert von Caydens Verhalten stieg Dennis in den Ford Ranger, den er vom Team zur Verfügung gestellt bekommen hatte. Das Fahren hier in San Diego war für ihn immer noch völlig ungewohnt und er war jedes Mal froh, wenn jemand anderes sich bereiterklärte zu fahren. Der Verkehr war mindestens so schlimm wie in Hannover zur Rushhour und da er sich hier überhaupt nicht auskannte, musste er sich immer auf das Navi verlassen, welches ihn immer wieder an Stellen lotste, wo es fünf Minuten zuvor zu einem Stau gekommen war.

Den Wagen Richtung Straße lenkend, hing er immer noch in Gedanken an Caydens seltsamer Wandlung. Der Blick nach links und rechts zeigte ihm den zähfließenden Verkehr, in den er sich irgendwie eingliedern musste. Jedoch entdeckte er noch etwas, abgesehen von mürrisch dreinschauenden Autofahrern. Am Straßenrand stand ein Toyota, von dem er sich einbildete, er hätte schon dort gestanden, als er angekommen war. Der Wagen an sich war nichts Seltsames, wohl aber der Umstand, dass ein Mann darin saß, von dem Dennis sich sicher war, ihn bereits vor Stunden dort gesehen zu haben. Länger als notwendig blieb Dennis auf der Einfahrt stehen und wartete darauf, dass der Mann, der verbissen in seine Richtung sah, losfuhr. Doch der blieb dort, wo er war. Erst als hinter Dennis ein Wagen hupend seine Weiterfahrt forderte, gliederte er sich in den Verkehr ein. Irgendetwas an dem Fahrer des Wagens war seltsam. Wenn er wirklich über Stunden in dem Wagen gesessen hatte, musste das einen Grund haben. Nur welchen?

Von diesem Gedanken konnte Dennis sich erst lösen als er fast an seiner Unterkunft, dem ausgedienten Hotel, welches der IATF als Wohn- und Einsatzzentrale diente, angekommen war. Noch während er seinen Wagen zwischen einigen anderen abstellte, entdeckte er Yvonne und Syrell, die nur wenige Meter von der großen Eingangstür entfernt standen. Auch fielen ihm Wagen auf, die sonst nicht hier standen. Hatte er etwas verpasst? Kurz zog er sein Handy und seinen Pager aus seiner Hemdtasche, aber weder der Pager noch sein Mobiltelefon zeigten ihm eine Nachricht an. Mit einem flauen Gefühl in der Magengegend stieg er aus dem Wagen. War es vielleicht bereits das Briefing für die Trainingsmission? Er sah, wie Syrell im Gebäude verschwand und Yvonne auf ihn zukam.

6.

»Was ist passiert?« Yvonne blieb knapp hinter dem Ford stehen, den Dennis gewissenhaft abschloss. Sie konnte spüren, dass Dennis etwas beschäftigte, aber auch, dass er weit entspannter war, wie noch am vergangenen Tag nach dem Training mit Cayden, wo Dennis den Schießplatz frustriert verlassen hatte. Sie wartete darauf, dass Dennis zu ihr kam.

»Er war wie ausgetauscht. Kein Rumblaffen, keine blöden Sprüche. Es war das erste Mal, dass er seine Kritik sachlich rübergebracht hat«, erklärte Dennis ihr, als er neben ihr stehenblieb und unentschlossen Richtung Hotel sah. »Was ist hier los?« Er deutete auf den Wagen von Bear, der kurz vor ihr und Syrell angekommen war. Sie spürte, dass er mit seiner Frage von dem ablenken wollte, was auf dem Schießstand passiert war. Dabei war es genau das, was ihn in diesem Moment am meisten beschäftigte. Yvonne konnte Dennis anmerken, dass er Caydens Verhalten nicht einordnen konnte, sich aber auch keine weiteren Gedanken dazu machen wollte. Er hatte Angst, dass Cayden schon am kommenden Tag auf dem Schießplatz der Base wieder zum sadistischen Trainer mutieren würde. Yvonne ärgerte sich seit Tagen darüber, dass Cayden sich so seltsam aufführte. Sie hatte ihn als geduldigen und ausdauernden Lehrer und Mentor kennengelernt und nicht als den jähzornigen Mann, der sich ihr seit einigen Monaten darbot. Sie wusste, dass da mehr war, als nur sein Austritt aus der IATF, was für ein unerträgliches Verhalten sorgte. Nur gelang es ihr nicht, das Problem zu erkennen. Er ging ihr auf dem Schießplatz aus dem Weg und auch sonst versuchte er unverkennbar, ihre Anwesenheit zu meiden. Als hätte er Angst davor, dass sie seine Probleme ansprach.

»Collin war auch da, oder?« Sie warf einen Blick zur Seite. Dennis war auf den Himmel und die beginnenden Dämmerung konzentriert und nickte knapp.

»Ja, der ist okay. Entschuldige, ich geh duschen.« Dennis schulterte seinen Rucksack, den er zuvor auf den Boden vor seine Füße gestellt hatte und machte sich auf den Weg zum Eingangsbereich. Sie schloss die Augen und versuchte, das zu sortieren, was sie kurz zuvor noch gespürt hatte. Ein warmer Wind strich ihr durch die Haare und sie genoss die Stille des Moments. Sie war nicht wirklich in der Lage, sich auf irgendetwas zu konzentrieren. Kurz ließ sie ihre Gedanken treiben.

»Hey Kleines, willst du nicht reinkommen?«

Ein warmer Schauer lief ihr über den Rücken, als sie Syrells tiefe warme Stimme vernahm, und sie spürte, wie er näherkam. Es war, als würde sich eine schützende Blase um sie legen, als er sich näherte. In letzter Zeit tat er alles, um sie vor der im Team herrschenden mentalen Unruhe zu schützen. Dabei wollte sie nicht geschützt werden. Sie wollte wissen, was die anderen empfanden und wie sie damit klarkamen, dass einige Teammitglieder fehlten und andere ausgestiegen waren. Sie wollte wissen, ob jemand sauer auf sie war, da sie in naher Zukunft nicht einmal mehr am Training teilnehmen würde. Dann würde sie sich ganz ihrer neuen Rolle widmen, vor der sie zur Zeit noch mehr Angst hatte, als vor Einsätzen. War sie in der Lage, dem kleinen Lebewesen, welches in ihrem Schoss wuchs, gerecht zu werden? Dieses kleine Würmchen war der Grund für ihre eigene Unruhe. Daher war sie froh, wenn sie sich mit der Unruhe des Teams beschäftigen konnte. Dann musste sie nicht darüber nachdenken, wie ihr Leben in etwas mehr als sechs Monaten aussehen würde. Ihre Hand wanderte schützend auf ihren Bauch, als Syrell hinter ihr stehen blieb.

»Genieß doch einfach mal die Zeit.« Warm strich sein Atem an ihrem Hals entlang, als er seine Hände auf ihre legte und sich seine Wärme in ihrem Körper verteilte. Sie ließ ihren Kopf nach hinten fallen. Darauf vertrauend, dass Syrell sie halten würde, versuchte sie, sich zu entspannen. Aber da war ein Gedanke, der dafür sorgte, dass sie nicht abschalten konnte. Sie war nicht in der Lage, sich auf Syrell einzulassen, der sie in ihre Traumwelt entführen wollte. Dieser eine Gedanke hielt sie, wie an einen starken Baum gekettet, zurück.

»Ich mach mir Sorgen um Snipes.« Leise sprach sie ihre Sorge aus und spürte, dass auch Syrell nicht frei von dieser

Sorge war. Die Männer kannten sich seit Jahren und auch ihr Freund spürte die negativen Veränderungen in ihrem ehemaligen Kollegen.

»Entspann dich. Lass wenigstens mal kurz die Sorgen los. Das ist nicht gut für euch beide. Du sollst dich nicht auf diesen ganzen Mist konzentrieren. Das übernehme ich und ich werde mit ihm reden.«

Je mehr sie versuchte, sich von den Sorgen zu lösen, die sie beschäftigten, umso fester hielten sie die Gedanken und legten sich wie dunkle Schatten über sie. Sie war sich nicht sicher, ob es nur der Gedanke an Cayden war, der so dunkel über ihr lag. Sie bildete sich ein, dass da noch mehr war, was sich bedrohlich in ihre Nähe schob.

»Wollen wir nach Hause fahren? Die kommen sicher auch ohne uns klar.« Syrells Lippen legten sich auf ihren Hals.

»Nein.« Sie schüttelte den Kopf. Sie wollte einen entspannten Abend mit ihren Freunden verbringen und die neuen Kollegen noch näher kennenlernen. Außerdem stand noch ein Spiel gegen Joe an der Dartscheibe aus, welches sie gewinnen wollte.

»Indy! Poison! Reinkommen! Wir haben einen Einsatzbefehl. Wo ist Dennis? Ich will euch in fünf Minuten oben im Konferenzzimmer haben.« Seans Stimme hallte mit Nachdruck vom Eingang zu ihnen herüber.

»Der ist duschen!«, rief sie ihrem Captain zu, als dieser sich bereits umgedreht hatte und fast in der Tür verschwunden war. Auch wenn sie ihn nur schemenhaft erkennen konnte, so konnte sie doch sehen, wie angespannt er bereits auf die Entfernung wirkte.

»Bringt ihn mit!« Sean verschwand aus ihrem Sichtfeld und dieses seltsame drückende Gefühl, welches auf ihr gelegen hatte, verstärkte sich.

»Klingt nicht gut«, murmelte Syrell und löste sich von ihr.

»Fühlt sich auch nicht gut an«, fügte sie leise hinzu. Syrell trat zurück und Yvonne hatte das Gefühl, als würde sie in die Tiefe stürzen. Sie hatte nicht registriert, dass sie sich auf Syrells Traumwelt eingelassen hatte. Verzweifelt griff sie ins Leere, um ihrem Schwindel Einhalt zu gebieten. Es war ein beängstigendes

Gefühl, wenn ihr Geist ihr vorgaukelte, den Boden unter den Füßen zu verlieren.

»Hey, schau mich an.« Syrells Worte erreichten sie nur eine Sekunde später. Durch seine Berührung gelang es ihm, ihrer Illusion ein Ende zu bereiten. Auch wenn kurz ein Schwindelgefühl nach ihr griff, endete das, was ihr Geist ihr vorspielte, schnell, und sie fand den Weg zurück in die Realität.

»Alles okay?« Er hatte den Kopf forschend auf die Seite gelegt, was dafür sorgte, dass ihm Strähnen seiner rabenschwarzen Haare ins Gesicht fielen.

»Ja.« Yvonne zwang sich zu einem Lächeln.

»Du lügst.« Er hob den Kopf wieder. Es bildeten sich kleine Falten auf seiner Stirn. Er wusste, dass sie ihm nicht die Möglichkeit geben würde, sie davon zu überzeugen, dass es vielleicht besser wäre, wenn sie den Rest des Abends auf dem Sofa verbrachten. »Lass uns reingehen.« Sein Gesichtsausdruck machte ihr klar, dass er sie durchschaut hatte.

Im Laufschritt machten sie sich auf den Weg in den Gebäudekomplex, wo sie in der dritten Etage vom Treppenhaus in den Flur abbogen.

»Dennis! In zwei Minuten im Konferenzzimmer. Einsatzbesprechung.« Yvonne hämmerte gegen die braune Tür von Dennis Reich und bekam ein Stöhnen als Antwort. Etwas weiter den Flur runter öffnete sich eine andere Tür und Will Tenner trat aus seiner Unterkunft. Nachdem er die Tür geräuschvoll ins Schloss geworfen hatte, rannte er an ihr und Syrell vorbei.

»Du solltest dich beeilen. Zu spät kommen kostet Leben!«, bellte Will Dennis an, der irgendwo hinter der geschlossenen Tür war. »Müsst ihr Kindermädchen spielen?« Er warf einen Blick über die Schulter, als er das Treppenhaus erreicht hatte.

»Halt die Klappe und mach, dass du nach unten kommst.« Syrells Worte waren nur ein leises Murren.

»Solltet ihr auch. Die fünf Minuten vom Boss sind gleich um.« Will verschwand mit einem Lachen um die Ecke und sie konnten nur Sekunden später hören, wie er die Treppe nach oben spurtete.

Vier Minuten später betrat Yvonne als letzte, hinter Syrell und Dennis den großen Konferenzraum. Sean warf ihnen einen kurzen Blick entgegen und sah dann kommentarlos mahnend auf seine Armbanduhr. Dieser Blick war ausreichend. Sie wussten, dass sie zu spät waren.

Die Luft, in dem mit schweren braunen Vorhängen abgedunkelten Raum, war muffig. Schon mehrfach hatten sie versucht, die abgestandene Luft beim stundenlangen Lüften zu vertreiben. Aber es schien, als hätte sich der Muff in Gardinen und dem alten Nadelfilz am Boden festgesetzt. Wahrscheinlich würde es hier erst frisch riechen, wenn auch dieser Raum renoviert war. Wann das allerdings passieren würde, wusste niemand. Sie konnten nicht mehr auf ihn verzichten und somit konnte auch keine Gruppe Handwerker den Raum über Tage blockieren. Also würde er Yvonne auch weiterhin an den Kartenraum ihrer weiterführenden Schule in Deutschland erinnern. Nicht nur weil er so dunkel war, sondern vor allem wegen des unverkennbaren Geruchs, zu dem sich nun auch noch der von Schweiß mischte. Yvonne ließ ihren Blick durch den Raum wandern. Die Stühle, die in geraden Reihen vor einer weißen Leinwand standen, waren bis auf ihre Plätze besetzt. Die Laptops und PCs, die auf Tischen an den Wänden entlang standen, waren alle in Betrieb und überall auf den Bildschirmen waren verschiedene Luftaufnahmen und Videos zu sehen.

»Hinsetzen. Wir haben einen Einsatz.« Sean warf ihr und Syrell einen weiteren Blick zu. Dennis hatte sich bereits gesetzt und deutete mit einem Nicken auf die zwei Stühle neben ihm. Schweigend setzte sie sich neben ihren alten Kollegen, während Sean bereits weitersprach und auf das Foto deutete, das auf der Leinwand erschienen war. »Das ist Andrew Larkin. Er ist Mitarbeiter einer Erdgas-Förderfirma, die seit einiger Zeit in Kolumbien trotz deutlichem Protests der Bevölkerung mit Fracking arbeitet. Er ist einer der Hauptaktionäre der Firma und hat sich immer wieder öffentlich für das Fracking ausgesprochen. Er ist amerikanischer Staatsbürger und gut mit dem Wirtschaftsminister befreundet, er wurde vor drei Stunden in Bogota von einer Gruppe Bewaffneter gekidnappt.« Sean nickte Rafael zu, der bis dahin schweigend an einem der Laptops gesessen hatte. Nur Sekunden später verschwand das Bild des dunkelhaarigen Mannes Anfang Fünfzig und es tauchten Bilder einer Überwachungskamera auf, die über den Beamer an der Decke auf die Leinwand projiziert wurden. Es waren zehn Bewaffnete zu sehen, die das Hotel stürmten und nur wenige Minuten benötigten, ehe sie Larkin ruppig aus dem Hotel zerrten.

»Es gab keine Verletzten. Sie haben gezielt nach ihm gesucht. Er wurde vor dem Hotel in einen Wagen gesetzt. Wir konnten den Wagen innerhalb weniger Minuten ausfindig machen. Auch die anderen Männer sind über verschiedene Wege hier hingefahren.« Rafael war aufgestanden. Auf der Leinwand tauchte die Luftansicht eines Straßenzuges auf. Es gab einige Häuser auf großen Grundstücken, die zumindest aus der Luft nicht unbedingt gepflegt wirkten. »Wir haben einen zuverlässigen Informanten vor Ort und eine Drohne in der Luft. Bis jetzt wird Larkin in diesem Haus in El Carmen festgehalten. Es gibt bisher keine Forderungen. Wir gehen aber davon aus, dass sich das ändern wird.« Rafael ließ seine Aufmerksamkeit über sie wandern.

»Gehören die Typen zu irgendeiner Organisation?« Joe ergriff das Wort.

»Ja, wir müssen davon aus gehen, dass sie der FARC angehören und somit schwer bewaffnet und gut ausgebildet sind. Deswegen holen wir Larkin auch und verlassen uns nicht darauf, dass die kolumbianische Polizei die Sache regelt. Solange sie noch keine Forderungen gestellt haben, gehen sie wahrscheinlich auch davon aus, dass niemand Larkin vermisst. Aber wir arbeiten gegen die Uhr.« Rafael nickte Sean zu.

»Dennis, LittleOne, Bitch, Gambit, Rod und Casanova, packt eure Sachen. Der Rest ist auf Abruf. Die Lockheed ist bereits getankt. Porter und Sawyer warten auf euch. Sie fliegen euch nach Bogota. Vor Ort steigt ihr in einen Black Hawk um. Gambit übernimmt die Einteilung des Teams. Holt Larkin da raus. Am besten unverletzt. Ihr startet in dreißig Minuten. In der Morgendämmerung habt ihr die besten Chancen vor Ort. Rein, Paket holen, wieder raus. Ohne Verluste.« Seans Blick wanderte über die Angesprochenen. »Indy und Sticks, ihr fahrt sie zum

Flieger. Der Rest bleibt als Backup hier. Wegtreten.« Mit dem letzten Wort von Sean wurden Stühle geschoben und das kleine Team verließ ihm Laufschritt den Raum.

Yvonne atmete durch. Bis sie wieder in einen Einsatz gehen würde, würden noch viele Monate, wenn nicht sogar Jahre vergehen und bereits jetzt vermisste sie das Adrenalin, welches ihr sonst in Momenten wie diesen immer durch die Adern gerauscht war. Sie wollte bei ihren Kollegen sein, wusste aber, dass sie künftig nur über Funk dabei sein würde, und dass das, was sie sehen würde, Bilder von Drohnen und Bodycams sein würden, die seit Kurzem zu ihrer festen Ausrüstung gehörten. Bis vor Kurzem hatten sie sich rein auf das verlassen, was sie über Funk zu hören bekamen. Neue Vorschriften und einige finanzielle Mittel machten es nun möglich, dass sie bei Einsätzen, wie viele andere Teams auch, ihre Männer begleiten konnten. All das allerdings nur unter der Bedingung, dass die Satellitenverbindung stabil genug war. Yvonne stand ebenfalls auf und wollte den Raum verlassen. Sie würde warten, bis Syrell zurück war und dann entscheiden, ob sie die nächsten Stunden hier verbringen oder ob sie einige Stunden in ihr Haus fahren würden. In den nächsten sechs Stunden würde nicht viel passieren.

»Poison, warte mal.« Seans Aufforderung erreichte sie, als sie an der Tür angekommen war. Sie drehte sich mit prüfendem Blick zu ihrem Captain um.

»Redest du gleich nochmal mit Dennis? Ich glaube, der ist ganz schön nervös.« Sean kam auf sie zu.

»Ist doch kein Wunder. Es ist sein erster Einsatz. Er ist immer davon ausgegangen, dass sein erster eine Trainingsmission wird.« Sie stand nur einen knappen halben Meter von Sean entfernt, der sich nachdenklich durch den Bart strich. »Für Zweifel ist es nun zu spät, Sean.« Sie konnte spüren, dass er sich nicht mehr sicher war, ob seine Teamzusammenstellung die Sinnvollste war. »Er bekommt das hin.« Sie war bemüht, ihren eigenen Worten Glauben zu schenken. Wenn Dennis in den letzten Tagen zufriedener mit sich selbst gewesen wäre, würde sie kein Problem sehen, aber er zweifelte an sich. Und schuld an diesen Zweifeln war Cayden.

»Wäre gut, wenn ihr später hier seid, wenn es losgeht. Den Rest lasse ich die Taschen packen.« Sean fuhr sich mit der Hand durch die Haare, was dafür sorgte, dass sie wild in alle Richtungen abstanden.

»Sind wir.« Sie nickte ihm und anschließend John zu, der kurz von einem Computerbildschirm aufgesehen hatte. Vielleicht könnte sie das Team mental stützen, wenn sie hier über Funk mit ihnen in Verbindung stand. Sollte Dennis bei dieser Bewährungsprobe scheitern, würde nicht nur Cayden ihrem alten Kollegen das Leben zur Hölle machen. Sean und John würden das Trainingspensum ebenfalls anziehen und ob Dennis diesem Druck dann standhalten würde, bezweifelte sie stark. Sie hatte es sich leichter vorgestellt, ihn hier zu integrieren. Aber ihr alter Vorgesetzter in Deutschland hatte Dennis gebrochen. Er zweifelte fast ständig an dem, was er tat und auch an dem, was er konnte. Er setzte sich selbst Ziele, die er unmöglich erreichen konnte und war dann am Boden zerstört, wenn sie in weite Ferne rückten. Nur, wie sollte sie ihm das Selbstbewusstsein zurückgeben, welches er noch vor Jahren gehabt hatte? War das überhaupt möglich?

Eine Viertelstunde später stand sie neben Dennis, der seine Rucksäcke auf die Ladefläche des schwarzen Ford Ranger geworfen hatte. Er wirkte nervös und war mit den Gedanken weit weg.

»Du bekommst das hin. Mach einfach alles so, wie wir es immer trainiert haben.« Sie bemerkte, dass ihre Worte ihn nicht erreichten. Vorsichtig stellte sie sich vor ihn, und versuchte, ihm in die Augen zu sehen. »Hey, du bekommst das hin.« Um ihren Worten Nachdruck zu verleihen, berührte sie Dennis an den Schultern, was ihm ein Blinzeln entlockte.

»Ich habe damit gerechnet, dass wir erst eine Trainingsmission haben, bevor er mich losschickt«, flüsterte Dennis. Sein Blick wanderte zu Lexi, die bereits in den Wagen steigen wollte.

»Das ist Berufsrisiko. Wenn jetzt einer in Schwierigkeiten steckt, holen wir ihn jetzt raus und wenn Sean und John der Meinung sind, dass du der richtige Mann dafür bist, dann haben sie recht. Sie wissen, was sie machen.«

»Da wäre ich mir nicht so sicher. Ich würde kein Greenhorn mitschicken.« Lexi funkelte sie über den Wagen hinweg an.

»Auch ein Greenhorn hat irgendwann seinen ersten Einsatz. Los, steig ein.« Joe deutete Lexi, einzusteigen. »Das klappt schon.« Nickend gab der Mann mit den stechend grünen Augen auch Dennis zu verstehen, dass die Besprechung am Wagen beendet war und sie aufbrechen mussten.

»Ich bleib wie Sean und John über Funk bei euch. Vertrau den anderen und sorg dafür, dass sie dir vertrauen, dann kann nichts schiefgehen.« Yvonne deutete nickend auf die offenstehende Wagentür. Erst als Dennis in den Wagen gestiegen war, spürte sie den Druck, der auf allen lag, ebenfalls. Natürlich konnte immer etwas schiefgehen, aber das konnte sie Dennis doch nicht so offensichtlich bei seinem ersten Einsatz sagen. Außerdem war er sich, wie alle anderen auch, über die Gefahren im Klaren. Und über diese Gefahren sprachen sie nie. Sie hatten sie deutlich vor Augen, aber sie wurden nicht angesprochen. Es gab beim letzten Briefing eine kurze Analyse der Gefahrenquellen und der Punkte, bei denen besondere Aufmerksamkeit gefordert wurde. Mehr nicht.

7.

»Hey.« Jordans Stimme holte Cayden aus dem Reich der Träume. Ein kurzer Blick auf die Digitalanzeige des DVD Players verriet ihm, dass es weit nach Mitternacht war und er neben Samira noch beim Schauen der Abendnachrichten eingeschlafen war, was er so nicht geplant hatte. Samira lag am anderen Ende ihrer großen Couchgarnitur und schlief tief und fest.

»Du bist spät dran.« Er setzte sich langsam auf und musterte Jordan. Sie sah müder und abgeschlagener aus als sonst. Ein unheimlicher Verdacht griff nach ihm. Er kannte diesen leeren Blick von ihr.

»Wir hatten einen Notfall.« Tränen stiegen ihr in die blauen Augen. Er rutschte ein Stück zur Seite und deutete ihr, sich zu setzen. Sie hätte nicht weitersprechen müssen. Dieser Moment war einer derer, an denen er sich nicht mehr sicher war, ob sie mit dem Beruf Ärztin die richtige Wahl getroffen hatte.

»Es tut mir leid.« Da sie keine Anstalten machte, näher zu kommen, griff er nach ihrem Handgelenk und zog sie langsam zu sich. »Setz dich erstmal.« Kurz dachte er darüber nach, sie zu fragen, ob er ihren Patienten gekannt hatte, verwarf den Gedanken dann aber. Sie würde es ihm so oder so in den nächsten Minuten oder auch Stunden sagen. Es war normal geworden, dass sie mit ihm über solche Momente sprach. Sie sagte dann immer, dass es ihr dann leichter fiel, damit zu leben – es war dann leichter zu ertragen. Das war seine Art, ihr zu helfen. Dann hörte er zu, damit sie sich die Last von den Schultern reden und vielleicht das ein oder andere für sich aus einer anderen Perspektive sehen konnte.

»Ich hasse es.« Sich neben ihm auf das Polster der Couch setzend sah sie kurz zu Samira. »Ich bin so froh, dass du hier bist – dass ihr hier seid.« Nun richtete sie ihren Blick auf ihn und schmiegte sich an ihn. Als hätte sie Angst, er könnte einfach verschwinden.

»Ich geh auch nicht wieder weg.« Sanft streichelte er durch ihre Haare, die samtweich durch seine Finger glitten. »Willst du noch was essen?« Er befürchtete, dass sie ablehnen würde. An Tagen wie diesen aß sie meist nichts. Selbst für ein Eis konnte er sie dann nicht begeistern. Dabei war er der Meinung, dass sie auch an diesen dunkeln Tagen essen musste. Wie erwartet schüttelte sie den Kopf.

»Ich will nur noch ins Bett.« Sie schmiegte sich noch enger an ihn.

Wenn sie, wie heute, einen Patienten verloren hatte, schmerzte es ihn zu sehen, wie zerbrechlich sie wirkte. Wie sehr es sie immer wieder mitnahm. Nur fand er nie die passenden Worte, um ihr den Schmerz zu nehmen. Aber passende Worte gab es wahrscheinlich auch nicht. Worte konnten den Schmerz nicht beschreiben und auch nicht lindern. Er konnte ihr nur die Schulter zum Anlehnen bieten, die sie benötigte. Sonst wirkte sie immer so stark, als könne sie nichts erschüttern, als gäbe es nichts, das sie berührte, nichts, was sie aus der Bahn werfen konnte. Da waren keine Diagnosen, die sie verzweifeln ließen. Sie war bereit, für jeden ihrer Patienten zu kämpfen. Sie bot jedem eine Schulter und schaffte es immer wieder, die Männer und Frauen zu motivieren, die schlimmste Verletzungen davongetragen hatten. So vielen gab sie tagtäglich das Selbstbewusstsein zurück. Für dieses Talent bewunderte Cayden sie. Sie war so stark, so mutig und so tapfer. Sie kämpfte an einer Front, an der es nie Gewinner geben würde und doch schaffte sie es, den Opfern klarzumachen, dass jeder Tag lebenswert war und dass es sich jeden Tag lohnte zu kämpfen.

»Wir hatten es fast geschafft. Nur ein paar Wochen noch, dann hätte er ohne Hilfe laufen können. Er hat so riesige Fortschritte gemacht in letzter Zeit …« Jordan stockte und starrte den schwarzen Bildschirm des Fernsehers an. Cayden schluckte. »Er hat doch so gekämpft.« Sie richtete ihren Blick auf ihn. »Lass mich nie alleine … lass uns nicht alleine.« Bei ihren letzten Worten sah sie zu Samira, die immer noch nicht bemerkt hatte, dass Jordan angekommen war. »Er hatte vier Kinder … vier, Cay. Warum hört man dann einfach auf zu kämpfen? Warum schmeißt man dann alles hin?« Sie schüttelte den Kopf. Ihm war klar, dass sie wusste, dass sie nie eine Antwort auf Fragen dieser Art erhalten würde. Aber sie würde diese Fragen immer wieder stellen. Wohl in der Hoffnung, doch irgendwann eine Antwort zu finden.

»Ich lass euch nicht alleine.« Zart legte er seine Hand an ihr Kinn, und zwang sie so, ihn anzusehen. »Ich verspreche es dir.« Die Tränen in ihren Augen zu sehen, schmerzte wie ätzende Säure.

Es war noch nicht lange her, da hatte sie alles versucht, um ihn von seiner Entscheidung, seinen Job aufzugeben, abzuhalten. Der Gedanke, dass sie dann vielleicht regelmäßig hier gesessen und alleine für sich geweint hätte, brannte heute einmal mehr auf seiner Seele. Genau wegen dieses Bildes, dass sich vor seinen Augen auftat, hatte er seinen Job aufgegeben. Er wollte nicht, dass sie so aufgelöst war. Erst recht nicht, wenn er dann der Grund für ihre Tränen gewesen wäre. Auch wenn er es eine Weile selbst nicht geglaubt hatte, so war er froh, dass er eine Entscheidung gegen seinen Job als Soldat und für seine zwei Frauen getroffen hatte. Auch wenn es Dinge gab, die sich im Moment als schwer gestalteten, konnte er sich trotzdem keinen besseren Ort vorstellen, an dem er in diesem Moment sein wollte.

»Sicher, dass du nicht doch noch was essen willst?« Vorsichtig ließ er seinen Daumen über ihre Wange gleiten und fing so ihre Tränen auf.

»Sicher. Ich hatte was von unser tollen Kantinen-Tortilla.« Sie lächelte gequält und er verkniff sich einen Kommentar. Die Tortillas hatte er bisher nur einmal gegessen und sich geschworen, es nie wieder zu tun. Das meiste im Krankenhaus war essbar, teilweise sogar sehr gut, aber die Tortillas waren eine Farce.

»Okay, ich bring jetzt Sami ins Bett und dann dich.« Der Gedanke, sich an Jordan zu schmiegen, motivierte ihn zum Aufstehen. Erst nachdem er ihr einen Kuss auf die Stirn gegeben hatte, wandte er sich Samira zu. Ihre Haare standen wild in alle Richtungen ab und sie gab einen leisen Protestlaut von sich, als er sie von der Couch hob.

»Du kannst auch gerne selbst laufen«, flüsterte er ihr ins Ohr und musste grinsen, als sie sich bei seinen Worten eng an ihn schmiegte. Fünf Minuten später richtete er Samiras Bettdecke, die ihren Kopf ins Kissen vergrub und etwas vor sich hin nuschelte, was er nicht verstehen konnte. »Schlaf gut, Prinzessin.« Gedankenverloren strich er ihr die wirren Haare aus dem Gesicht. Er hatte die Stunden mit ihr auf dem Sofa genossen. Es gab einfach keinen Moment, an dem er seine Entscheidung, sie mitgenommen zu haben, bereute. Selbst die nicht, in denen sie ihn wie heute darum bat, mal wieder zum Friedhof zu fahren, um das Grab von Logan Collister zu besuchen. Auch wenn diese Besuche bei ihm immer wieder für ein Ziehen in der Magengegend sorgten, wusste er, dass sie auf ewig eine besondere Bindung zu dem Mann haben würde, den sie nie wirklich kennengelernt hatte. Sie hatte sich vor kurzem von ihrem Taschengeld eine Sonderausgabe von Tom Sawyer gekauft, aber noch nicht einmal darin gelesen. Das war für sie, die Bücher förmlich verschlang, seltsam. Auch dass das Buch so in ihrem Regal stand, dass man es nicht übersehen konnte, machte klar, dass diese Geschichte etwas Besonderes für sie war. Logan hatte ihr vor seinem Tod aus einer abgegriffenen Version von Tom Sawyer vorgelesen und sie hatte, obwohl sie damals kein Wort englisch verstanden hatte, an den Lippen des jungen SEALs geklebt. Nie würde Cayden ihre Worte vergessen, als sie Logan das Buch als Grabbeigabe auf den Sarg gelegt hatte. Er solle Gott vorlesen, hatte sie ihm damals erklärt – Cayden schluckte.

»Schlaf gut.« Nochmals wiederholte er seine Worte. Nicht, weil er sich eine Reaktion erhoffte, sondern weil er meinte, sich so besser von seinen Gedanken trennen zu können. Er konnte die Vergangenheit nicht ändern. Er wünschte sich für Samira einfach nur, dass sie nie wieder einen solchen Satz sagen müsste. Weder zu ihm, noch zu Jordan oder gar irgendwann zu ihren eigenen Kindern.

Leise schlich er aus dem Kinderzimmer, die Tür anlehnend atmete er kurz durch, ehe er zurück ins Wohnzimmer ging. Jordan hatte sich die dunkelblaue Wolldecke bis unter die Nase gezogen und wirkte noch nachdenklicher als zuvor. Ohne sie anzusprechen, setzte er sich neben sie auf das Sofa, legte seinen Arm um sie und zog sie an sich.

»Die Kleine schläft, wollen wir ins Bett gehen?« Er ließ seinen Kopf an ihren sinken und genoss ihre Nähe.

»Klein ist gut. Ist dir klar, dass sie schon fast eine Frau ist?«, flüsterte Jordan.

»Ja, und sie wird eine wunderschöne Frau und ich werde alles dafür tun, damit nie einer kommt und ihr das Herz bricht«, erklärte er ihr entschlossen. Vor seinem inneren Auge sah er sich mit Waffe in der Tür stehen und jeden kontrollieren, der mit Samira ausgehen wollte.

»Willst du sie hier fesseln?« Als könnte Jordan seine Gedanken lesen, stupste sie ihn mit dem Finger in die Seite.

»Vielleicht?« Schmunzelnd gab er ihr einen Kuss.

»Das ist Blödsinn. Lass sie die Erfahrungen machen. Lass einen Typen kommen, der ihr Herz bricht. Lass sie Liebeskummer haben. Du kannst ihr Tipps gehen, aber verbiete ihr nicht, diese Erfahrungen selbst zu machen. Mein Herz wurde in dem Alter oft gebrochen. Mich hat es stärker gemacht. Nur so kann sie die Liebe ihres Lebens finden.« Jordan sah ihm in die Augen.

»Wird schwer.« Mit einem intensiven Kuss verhinderte er, dass sie etwas erwidern konnte.

»Wenn sie ein Junge wäre, würdest du sie nicht wie ein Löwe beschützen«, erklärte sie, als sie sich nach einigen Minuten schwer atmend von ihm löste.

»Quatsch.« Er bemühte sich, überzeugend zu klingen, obwohl er wusste, dass Jordan den Nagel auf den Kopf getroffen hatte. Von einem Jungen würde er vielleicht sogar erwarten, dass er sich die Hörner abstieß.

»Oh doch und nun komm.« Sie stand auf, griff nach seiner Hand und zog ihn hinter sich her ins Schlafzimmer.

Eine Stunde später lag er auf der Seite und ließ seine Hände über Jordans verschwitzen Rücken gleiten. Sie lag mit dem Kopf auf seiner Brust und war vor wenigen Minuten eingeschlafen. Ihr Sex war ungewohnt sanft gewesen und doch hatte er jede Minute genossen. Sonst war sie stürmisch und meist trug er Kratzspuren davon. Heute hatten sie sich gegenseitig mit kaum spürbaren Berührungen zur Ektase getrieben. Dort wo sie sonst keine Rücksicht auf blutende Schrammen genommen hatte, hatte sie heute den Anschein gemacht, als hätte sie Angst ihn zu verletzen. Ihren warmen Rücken streichelnd glitt er ebenso zart, wie ihre Berührungen gewesen waren in den Schlaf.

8.

»Es gibt nichts Neues. Es hat sich niemand vom Haus entfernt«, erklärte John ihnen über Funk. Dennis schloss die Augen einen Moment. Tief in ihm war etwas, dass sich wünschte, ihre Zielperson hätte das Haus verlassen. Dann hätten sie noch etwas mehr Zeit. Zeit, um sich geistig auf das vorzubereiten, was ihm bevorstand, außerdem war er müde. Die anderen machten überhaupt nicht den Eindruck, als hätte der sechsstündige Flug an ihnen gezerrt. Aber er war auch der Einzige neben ihren Piloten, der während der gesamten Zeit nicht geschlafen hatte. Nuyen hatte ihm zwei Stunden nach dem Start Schlaftabletten angeboten, aber er hatte abgelehnt, aus Angst, dass er dann im entscheidenden Moment nicht einsatzbereit wäre. Diese Entscheidung bereute er nun bitter. Das Dröhnen der Hubschrauberturbinen bohrte sich in seinen Kopf und der Gedanke, gleich einen Lauf von über drei Kilometern absolvieren zu müssen machte ihm das Denken nur noch schwerer. Er fühlte sich nicht bereit. Er befürchtete, dass er versagen würde und dass ihm schon nach wenigen hundert Metern die Kraft ausgehen würde.

Jamain, der sie in der Lockheed bis nach Bogota gebracht hatte, flog sie nun in einem Black Hawk nach El Carmen. Er würde sie etwas außerhalb des kleinen Ortes absetzen und sie hatten dann knappe fünfzehn Minuten Zeit, um das Haus zu erreichen, welches immer noch von einem Informanten beobachtet wurde. Laut dieses Mannes, der sich sehr bald von dort entfernen würde, wussten sie, dass es vier Wachmänner gab, die um das Haus patrouillierten und das sich mindestens vier weitere im Inneren des Hauses befanden.

Während sie im Flugzeug gesessen hatten, hatten die Kidnapper, die der Gruppierung der FARC angehörten, erste Forderungen gestellt. Sie wollten fünfzig Millionen Dollar, die innerhalb von zwölf Stunden in bar übergeben werden sollten, ansonsten würde Larkin sterben. Außerdem wurde gefordert, dass an einer Bohrung in der Nähe von Bogota die Arbeiten umgehend eingestellt wurden.

»Fünf Minuten.« Jamain sorgte dafür, dass die Nervosität, die kurz von ihm abgefallen war, wieder nach Dennis griff.

»Du kümmerst dich mit Bitch um die Wachmänner, dann gehen wir zusammen rein. Raum für Raum, so wie wir es im Killhouse geübt haben. Vergiss den Move-Befehl nicht. Wenn wir Larkin haben, sammelt McFly uns wieder ein. Das Ganze ist in zehn Minuten zu schaffen. Die Zeit läuft ab dem Moment, wo die erste Wache ausgeschaltet ist.« Joe sah sie alle durchdringend an.

»Denkt daran, laut unserem Informanten ist das Haus voll unterkellert. Wir müssen damit rechnen, dass Larkin im Keller ist. Also durchsucht Gruppe eins das Erdgeschoss, Gruppe zwei das Untergeschoss. Wenn das Erdgeschoss sauber ist, geht diese Gruppe ins Obergeschoss. Damit wir keine bösen Überraschungen erleben, sichert die andere Gruppe dann das Erdgeschoss.« Nun mischte sich John wieder über Funk in ihre Planung ein, was Joe aufstöhnen ließ.

»Eagle, ich habe die Lage hier im Griff. Es weiß jeder was er zu tun hat.« Joe fiel John gereizt ins Wort. Sie hatten eben diesen Plan schon vor Stunden ausgearbeitet.

»Also ich bleibe dabei, dass ich nicht glaube, dass die Hütte voll unterkellert ist. Das Ding hat ganz sicher nicht mal einen Kellerraum. Die Häuser sollten billig sein, da hat doch keiner einen Keller ausgegraben. Zwei Etagen haben mit Sicherheit das Budget schon fast gesprengt.« Wesley hatte seine Bedenken an den Aussagen des Informanten bereits im Flugzeug kundgetan.

»Der Typ ist Informant für die CIA«, erklärte John und Dennis befürchtete, dass die Diskussion, die sie schon vor Stunden geführt hatten, nun neu aufflammen würde. Dabei hatten sie beschlossen, erst im Haus eine genaue Entscheidung über ihr Vorgehen zu treffen. Auf Johns Erklärung hin lachten Wesley und Joe auf.

»Wir finden Larkin, aber ich wette einen Hunni drauf, dass die Hütte keinen Keller hat.« Wesley klatschte sich mit Joe ab. Dennis verstand nicht, warum sie so sehr davon überzeugt waren, dass der Informant nicht glaubwürdig war. Wesley schien seine Gedanken zu erraten.

»Das verstehst du, wenn du ein paar Mal mit solchen Typen zusammengearbeitet hast. Die Erfahrung lehrt dich dann, dass man ihnen zwar trauen kann, aber man sollte ihnen nicht alles glauben. Am besten ist es immer noch, wenn du dem vertraust, was du auch selbst gesehen hast. Die Typen sind halt nicht die hellsten Kerzen auf der Torte, so sagt man doch bei euch in Deutschland, oder«?

»Sechzig Sekunden die Dame und die Herren.« Jamain beendete Wesley Erklärung und ließ mit seiner Ankündigung eine gruselige Stille einkehren. Joe deutete ihm, das Tuch welches er um den Hals trug, vor sein Gesicht zu ziehen. Rod zog die Tür des Black Hawks auf und Dennis Körper wurde mit Adrenalin geflutet. Die Gesichter seiner Kollegen waren hinter Skull-Bandanas verschwunden und er konnte nur noch ihre Augen klar erkennen.

Als sich die Türen des Helikopters öffneten, schlug ihnen lauwarme Luft entgegen. Dennis stand in dritter Reihe und konnte beobachten, wie die Seile an denen sie sich abseilen sollten, erst an einem Galgen befestigt und dann aus dem Hubschrauber geworfen wurden. Alles ging viel schneller, als er es sich vorgestellt hatte. Plötzlich stand er an der Tür und wurde von hinten angetrieben. Ohne zu denken, griff er nach dem Seil und ließ sich daran hinuntergleiten.

»Go, go. Ich bleibe in der Nähe.« Jamain drängte über Funk zur Eile als Dennis Füße den Boden berührten, er geduckt einige Meter lief und dann kniend darauf wartete, dass der Hubschrauber wieder verschwand. Diese Situation hatten sie bisher nicht geübt. Er musste sich darauf verlassen dass er die Anweisungen, die er erhalten hatte, richtig umsetzte und dass, sollte er Fehler machen, ihn sofort jemand darauf hinwies. Dennis versuchte Rod im Auge zu behalten, der in seiner Nähe blieb. Mit einer Handbewegung gab er ihm zu verstehen, den Kopf unten zu behalten, als der Hubschrauber wieder in die Luft stieg. Nach wenigen Sekunden war von dem Black Hawk nur noch ein dunkler Schatten am dunkelblauen Himmel zu erkennen, wo sehr bald die Sonne aufgehen würde. Ihr

Zeitfenster, um in der Dunkelheit zuzuschlagen, war denkbar klein. Es gab keine Zeit für Fehler, falsche Informationen oder andere nicht geplante Dinge. Wieder war es eine knappe Geste, die dieses Mal von Joe kam, woraufhin Dennis sich das Nachtsichtgerät vor die Augen zog. Die Welt, von der er bis gerade nur Schatten erahnen konnte, bekam wieder Konturen. Alles um ihn herum wurde in Grün und Grautöne getaucht. Eine weitere Geste von Joe gab das Zeichen für den Aufbruch. Rennend machten sie sich auf den Weg in den Ort. Dennis behielt Lexis Rücken, die nur wenige Meter vor ihm war, genau im Auge. Sein Sichtfeld war durch das Nachtsichtgerät stark eingeschränkt und der Schweiß, der ihm auf der Stirn stand, bahnte sich unaufhaltsam einen Weg in seine Augen. Sein Puls begann unangenehm in seinen Ohren zu hämmern.

»Da vorne ist es.« Joes Hand schnellte nach oben und Dennis wunderte sich, warum man in der Stimme seines Kollegen noch keine Erschöpfung hören konnte, wo er selbst befürchtete, sein Atem sei so laut, dass die Anwohner aus dem Schlaf schrecken könnten.

Die letzten Meter legten sie langsamer zurück. Dennis Aufmerksamkeit wanderte über die Umgebung. Er rechnete jeden Moment damit, bewaffnete Männer auf sich zustürmen zu sehen, aber es passierte nichts. Er folgte Lexi, die genau zu wissen schien, wo sie hinwollten. An einem Strauch blieb sie stehen und winkte ihm, zu ihr zu kommen. Dann richtete sie ihre Aufmerksamkeit auf die Front des Hauses. Er wagte einen ersten genauen Blick auf das Grundstück und das Haus, welches fast zwanzig Meter von ihrer Position entfernt war.

»Ihr habt grünes Licht.« Johns Ansage jagte eine neue Welle Adrenalin in Dennis Venen. Konzentriert suchte er das Grundstück ab. Es hatte doch geheißen, es würde Wachleute geben. Wo waren sie? Würden sie ihnen gleich in den Rücken fallen?

»Sieht irgendwer was?« Auch Lexi schien irritiert zu sein.

»Negativ. Abgesehen von euch haben wir gerade nichts auf den Bildern.« Die Antwort kam aus San Diego von Rafael.

»Dann müssen wir wohl rein.« Wesley tauchte hinter ihm auf und legte seine Hand auf Dennis Schulter. Nun wurde es ernst.

Durchatmend erhob er sich. Er würde zusammen mit Lexi das Grundstück als Erster betreten.

»Wie gerne würde ich meinen Donnerstag so verbringen wie jeder andere auch.«

»Klar, mit Kaffee und Frühstück«, antwortete Joe auf Lexis Feststellung.

»Ach kommt. Frühstück und Kaffee ist doch Mist. Achtzig Prozent der Bevölkerung turnt um diese Zeit durch fremde Vorgärten ... Deckung.« Nuyen feuerte zwei Schüsse ab, die aufgrund ihrer Schalldämpfer nur dumpf zu hören waren »... und legen komische Typen um.« Nuyen beendete seine ironische Erklärung eines perfekten Tagesbeginns, als sei nichts passiert. Dennis bemerkte einen Schatten, der sich um die Ecke des Hauses auf sie zu bewegte. Er zog den Abzug nach hinten, ohne genau zu wissen, wer da kam. Es war erstaunlich einfach. In diesem Moment empfand er keine Skrupel. Dabei hatte er sich genau davor gefürchtet. Er hatte befürchtet, nicht dazu in der Lage zu sein, abzudrücken. Er hatte befürchtet, dass er zu lange nachdenken würde. Nun hatte er es einfach getan, und zwar ohne nachzudenken. Nach wenigen Sekunden hatte er mit Nuyen und Rod die hintere Tür erreicht, während Lexi, Joe und Wesley sich Zutritt über die vordere Tür verschafft hatten. Rod hatte die Tür schnell mit einem gezielten Tritt geöffnet. Die Wahrscheinlichkeit, dass gleich jeder im Haus wusste, dass sie da waren, war groß. Sie mussten sich beeilen. Kurz nachdem sie das Haus betreten hatten, fielen im vorderen Bereich Schüsse.

»Los! Beeilung!« Rod schob ihn weiter. Sie durften keine Zeit mehr verlieren. Sie mussten Larkin finden, und zwar schnell. Wenn sie Pech hatten, würde man Larkin vor ihren Augen hinrichten oder womöglich sogar mit ihm verschwinden.

»Wartet. Dennis links, das sind Kindersachen. Da sind Kinder im Haus!« Yvonnes Entdeckung ließ ihn in seiner Bewegung verharren und einen Moment länger auf das schauen, was sie über die Bodycam gesehen hatte. Da hingen tatsächlich kleine Shirts und Hosen auf einer Leine. Kurz schloss er die Augen. Weder er noch ein anderer aus dem Team wollten ein oder gar mehrere Kinder in ihre Handlungen einbeziehen. Kinder waren die Letzten, die sie nun antreffen wollten.

»Joe, hast du gehört? Wir haben Kinder im Haus und vielleicht auch eine oder mehrere Frauen!« Rod gab die Warnung weiter, obwohl sie Joe mit Sicherheit ebenso erreicht hatte wie alle anderen auch. Leise Flüche waren zu hören. Sie mussten nun weit vorsichtiger sein, als sie geplant hatten.

»Informant, dass ich nicht lache. Das muss der doch gewusst haben«, knurrte Joe. »Los weiter. Passt auf, auf wenn ihr schießt.«

Der Gedanke, dass plötzlich ein Kind vor ihm stehen könnte, jagte Dennis einen eisigen Schauer über den Rücken. Er vernahm weitere Flüche, die alle von der Gruppe kamen, die über den anderen Eingang ins Haus gekommen waren. Zeit zu fragen, was passiert war, hatte er jedoch nicht. Rod öffnete eine weitere Zimmertür und Dennis musste den Raum mit Nuyen sichern, während ihr Kollege sich umsah. Es war nur ein kleines Zimmer, welches wahrscheinlich als Abstellraum diente. Aber auch hier entdeckte er Kindersachen. In einem Regal standen Spielsachen. Ein ungutes Gefühl griff nach ihm.

»Los weiter, hör auf zu träumen, Falk.« Nuyen war bereits fast wieder aus dem Raum. Sie hatten pro Zimmer nur wenige Sekunden und konnten sich weder Pausen noch Fehler erlauben. Er trat neben seinen Kollegen und gab Rod zu verstehen, dass sie bereit waren. Hinter der Tür verbarg sich ein komplett leeres Zimmer, was ihm einen erstaunten Laut entlockte. Rod öffnete eine weitere Tür und Dennis starrte in den Lauf einer Waffe. Fast im selben Moment in dem Nuyen neben ihn trat, drückte Dennis ab. Der Mann vor ihm brach zusammen und Nuyen deutete zur Seite, wo ein Gitterbett stand, in dem ein Kind schlief.

»Fuck.« Sein Puls hämmerte wild in seinen Ohren. Auf einen solchen Moment war er nicht vorbereitet gewesen. Weder auf den Mann, der wahrscheinlich im nächsten Moment abgedrückt hätte, noch darauf, dass nun ein Kleinkind zu weinen begann. »Scheiße.« Erneut fluchend machte er einen Schritt auf das Bett zu.

»Wir haben Larkin. Los raus hier.« Die Worte kamen über das Headset und stammten von Wesley.

»Aber …« Dennis stockte. Sie konnten das Kind doch nicht hier zurücklassen. Neben einer Leiche, in einem Haus voller Leichen.

»Los raus. Ich ruf die Polizei, die werden sich um das Kind kümmern. Aber macht, dass ihr da raus kommt.« Rafaels Stimme erreichte sie über Funk. Er klang angespannt und verärgert. »Bewegt euch. Steht da nicht rum. Raus!«, blaffte er so laut ins Mikrofon, dass es zu einem Pfeifen kam.

»Ist ja gut.« Rod deutete Dennis die Richtung. Dass er das Kleinkind weinend zurücklassen musste, brannte auf seiner Seele.

Fünf Minuten später hockten sie geduckt an der Straße und warteten darauf, dass Jamain den Black Hawk in Position brachte. Die Stimmung war angespannt und Dennis ließ seinen Blick immer wieder über die Anwesenden schweifen. Wesley hockte neben Larkin und drückte dessen Kopf nach unten, als erste Steine und Sand vom Rotor des Hubschraubers aufgewirbelt wurden. Das brennende Gefühl, welches der aufgewirbelte Dreck auf Dennis Stirn und der Augenpartie trotz der Schutzbrille hinterließen, ließen ihn blinzeln. Da war immer noch die Angst, dass im nächsten Moment von irgendwoher Schwerbewaffnete auf sie zustürmen würden. Nuyen legte seine Hand auf seine Schulter und der ausgeübte Druck war dass Signal, dass sie in den Hubschrauber steigen konnten, der nur wenige Meter weiter direkt auf der Straße stand.

»Bewegt euch, ich will hier kein Parkticket ziehen.« Jamain klang ebenso angespannt wie der Rest der Anwesenden. Dennis entdeckte, als er auf den Boden des Hubschraubers sank, den Grund für die Stimmlage des Piloten. Es gab eine Hochspannungsleitung, die an der Straße entlangführte und die Rotorblätter rasten immer wieder nur gefühlte Zentimeter an dem Kabel vorbei. Als Jamain abhob, fühlte es sich an, als würde der Druck, der zuvor geherrscht hatte unter ihnen auf der Straße zurückbleiben. Dennis konnte zwar in einiger Entfernung das Blaulicht der gerufenen Polizei erkennen, aber sie würden keine Gefahr mehr für sie darstellen.

Der Boden verschwand aus seinem Sichtfeld und er schloss die Augen. Im Geist ging er nochmals die vergangenen Minuten durch, die wie ein Film an ihm vorbeigezogen waren. Hatte er alles richtig gemacht? Hatte er niemanden durch seine Unerfahrenheit in Gefahr gebracht? Er rief sich jede Situation und jedes Zimmer nochmals in Erinnerung. Das war eine Macke, die er bereits seit Jahren hatte und die er einfach nicht mehr ablegen konnte. Er wusste auch Monate später noch genau ob irgendwo ein Topf oder ein Besen gestanden hatten und konnte fast auf den Zentimeter genau sagen, wo er seine Gegner aufgegriffen hatte. Seine alten Kollegen hatten diese Eigenschaft an ihm geschätzt, aber er befürchtete, dass sie ihm hier zum Verhängnis werden könnte. War es gut, die Bilder eines Einsatzes so genau im Kopf zu haben? Das Kinderzimmer tauchte vor seinen Augen auf. Ein kleines Spielzeugauto, welches am Boden gestanden hatte, neben einigen Bausteinen. Dann der Weg über den Flur durch die Wohnküche in der zwei Menschen am Boden gelegen hatten. Einer davon waren die langen Haare wirr ins Gesicht gefallen. Eine Frau. Er riss die Augen auf und starrte direkt in die von Joe.

»Darüber wird nicht hier und jetzt gesprochen.« Durchdringend bohrte sich der Blick seines Kollegen in ihn.

»Aber …«

»Vergiss es schnell wieder«, raunte nun auch Wesley ihm von der Seite zu.

Dennis atmete ein, hielt einen Moment die Luft an und wollte etwas erwidern, unterließ es dann aber doch, als ihm die Blicke seiner Kollegen auffielen. Was auch immer im Eingangsbereich des Hauses passiert war, genau würde er es wahrscheinlich nie erfahren. Hatte einer seiner Kollegen das Kind zum Waisen gemacht? Seine Aufmerksamkeit wanderte auf seine Hände, die in den schwarzen Handschuhen steckend, zitterten. Er bemühte sich, das Zittern zu unterdrücken, doch es gelang ihm nicht.

»Das ist normal, irgendwann hört das auf.« Nuyen hatte sein Problem bemerkt und zuckte mit den Schultern. Trotz der Worte von Nuyen schob Dennis seine Hände in die Taschen seiner Hose, was am Boden sitzend sicher seltsam aussah. Aber niemand schenkte ihm einen Blick. Die Anspannung war von einem drückenden Gefühl abgelöst worden.

Ihr Rückflug nach Bogota verlief schweigend und Dennis bemerkte die bleierne Müdigkeit, die nach ihm griff. Spätestens im Flugzeug würde er in einen komatösen Schlaf fallen.

9.

»Hast du gesehen, wer es war?« Wütend drehte sich Rafael zu John, der mit den Schultern zuckte und sich hilfesuchend zu Sean umdrehte, der wiederum seinen Blick aus dem Fenster richtete, sich aber nicht umsah. Yvonne spürte, wie die Stimmung im Raum kippte.

»Völlig egal.« Nun drehte Sean sich doch zu ihnen um. Tiefe Falten standen auf seiner Stirn, als er auf den Schreibtisch zu ging, an dem Rafael lehnte. »Tut absolut nichts zur Sache«, wiederholte ihr Captain mit Nachdruck.

»So egal ist das nicht«, konterte Rafael mit einem tiefen Schnauben und griff nach einem Aktenordner.

»Doch, die hatte eine Waffe und nun tu nicht so, als hättest du es nicht gesehen. Die hätte unsere Leute erschossen, wenn sie nicht schneller gewesen wären. Du weißt genau, dass es in solchen Momenten nur zwei Möglichkeiten gibt. Du oder dein Gegenüber und DU …« John deutete auf Rafael »… hättest auch abgedrückt.«

»Ich muss das melden und dann muss ich mir die Bänder nochmal genau anschauen. Wenn die nicht bewaffnet war …« Rafael schüttelte den Kopf und hatte mit dem Ordner in der Hand die Tür bereits fast erreicht.

»Was ist los mit dir? Du bist doch sonst nicht so.« Syrell schüttelte verwundert den Kopf und Yvonne konnte spüren, wie sehr das Verhalten des Agenten jeden im Raum irritierte. Sie hatte damit gerechnet, dass Rafael dem Team den Rücken freihalten würde, auch wenn es nicht rechtens war, was gerade passiert war.

»Genau! Ich kann mit Mattis sprechen, der segnet dass alles ab. Du tust so, als hätte es jemand auf deinen Kopf abgesehen.« Sean fiel Syrell ins Wort und schien ebenfalls an Rafaels Loyalität dem Team gegenüber zu zweifeln.

Yvonne überlegte kurz, ob sie sich in das Gespräch einmischen sollte, unterließ es dann aber. Die Stimmung war zu geladen und jeder von ihnen wusste, dass Wesley und Lexi einen

Fehler gemacht hatten, als sie in die Wohnküche eingedrungen waren. Ob den beiden ihr Fehler allerdings bewusst war, würden sie erst erfahren, wenn sie wieder in San Diego wären. Die beiden waren in den Raum gestürmt und hatten ohne Vorwarnung geschossen. Sie hätten ihr Gegenüber auffordern müssen die Waffen zu senken. Diese beschissenen Vorschriften machten ihnen immer wieder das Leben schwer. Es waren zwar nur Sekunden, die diese Aufforderung benötigte, aber es war lang genug, um selbst erschossen zu werden, weil man die Zeit mit reden verbrachte.

»Rafe, hör doch auf.«

»Nein, verflucht! Ich steh seit Wochen bei der CIA ganz weit oben auf der Liste derer, die sie aus dem Weg haben wollen«, fuhr Rafael Sean an.

»Ja und selbst wenn sie einen Fehler gemacht haben. Ich hatte mit John die Verantwortung, es war unsere Mission, du hast damit nichts zu tun. Du hast einfach nur hier gestanden«, bellte Sean zurück.

»Ich habe aber nicht vor, meinen Job beim NCIS zu riskieren.« Rafael baute sich nur knapp vor Sean auf.

»Vielleicht solltest du nicht ständig auf zwei Hochzeiten tanzen.« Tief brummend verließ dieser Vorwurf Seans Lippen.

»Vielleicht solltet ihr euch hier nicht gegenseitig anfallen. Es ist passiert, fertig.« Yvonne stand auf. Es fiel ihr schwer, die aggressive Stimmung zu ertragen, die sich zwischen ihren Kollegen aufbaute. »Außerdem liegen da zwei Waffen in der Küche.« Sie deutete auf den Bildschirm, auf dem man das Bild jedoch nicht mehr sehen konnte.

»Genau, und die Scheiß Polizei, die ich wegen des Kindes rufen musste, wird irgendwelche Regierungsfuzzis holen, die es dann so aussehen lassen, als wäre die Frau nicht bewaffnet gewesen. Du glaubst immer noch an das Gute im Menschen, oder? Es gibt keinen in Kolumbien, der damit einverstanden ist, dass Unternehmen mit Fracking den letzten Rest Gas und Öl aus dem Boden holen«, fuhr Rafael nun sie an.

»Wir haben das Video.«

»Ach hör auf. Das wird als gefälscht hingestellt und …«

»Schluss. Nun kommt mal wieder runter. Noch ist gar nichts passiert. Rafael, beruhig dich und wart ab was passiert. Ich rufe Mattis an, schilder ihm die Lage und dann sehen wir weiter. Außerdem hättest du nicht die Polizei rufen müssen. Es wäre mein oder Seans Job gewesen, nicht deiner. Und nun raus hier. Alle!« John schob sich zwischen Rafael und Sean. Erzürnt schnaubend verließ Rafael das Büro.

»Er hat recht.« Sean atmete durch und sah Rafael nach, der vor Wut kochend den Raum verlassen hatte.

»Abwarten.« John schüttelte den Kopf. »Ich geh ins Bett. Bis morgen. Fünf Uhr draußen.« Er verschwand aus der Tür und ließ sie mit Syrell und Sean zurück, der sich nur Sekunden nach John verabschiedete.

Syrell griff nach ihrer Hand. Diese internen Streitigkeiten und die ständigen, immer komplizierter werdenden, Vorschriften nervten sie alle. Jeder versuchte, sich peinlichst genau an die Vorgaben zu halten, um nicht zu riskieren, dass sie im Gefängnis landeten. Und bei diesen Versuchen riskierten sie immer wieder ihr Leben. In den letzten Wochen hatte sie sich bereits öfter eingebildet, dass das Wohl der Täter weit über dem der Opfer und ihrem stand, welches sie immer wieder aufs Spiel setzen.

»Lass uns gehen. Ihr braucht ein paar Stunden Schlaf.« Syrell zog sie an sich. Sie liebte es, wenn er ihr ungeborenes Kind mit ansprach. Noch mehr liebte sie es in der letzten Zeit, wenn er seine Hände auf ihren Bauch legte und ihr so ein schützendes Gefühl vermittelte.

»So, das magst du also?« Er stand dicht vor ihr und legte seine Hände auf ihren Bauch. Gleichzeitig war sein Blick so intensiv, dass sie einen Moment nicht in der Lage war zu blinzeln. Er nahm sie förmlich mit seinem Blick gefangen. So gelang es ihm, sie dazu zu bewegen, einen Moment an nichts zu denken. Sie spürte nur die Wärme seiner Hände, die sich langsam erst auf ihrer Haut und schließlich bis weit darunter verteilte. Es tat so unendlich gut, seine Berührungen und seine Nähe zu spüren. Zu wissen, dass er da war und dass er ihr Kraft für all das, was noch auf sie zukam, geben würde. Er würde sie keinen Tag mehr alleine lassen. Eine tiefe Zufriedenheit griff nach ihr und ließ sie die Probleme der letzten Minuten vergessen. All dass, was ihr kurz zuvor noch Kopfschmerzen bereitet hatte, war plötzlich egal.

»Hey, wollt ihr das nicht in eure eigenen vier Wände verlegen? Ich glaube kaum, dass hier wer Lust hat, euch beim Turteln zuzuschauen.«

Wo Terence in diesem Moment hergekommen war, wusste sie nicht. Syrells Blick wanderte an ihr vorbei zur Tür, von wo sie das Lachen des Mannes mit den zwei verschieden farbigen Augen vernahm.

»Komm, sonst wollen die noch mitmachen.« Grinsend dirigierte Syrell sie auf den Flur, wo im selben Moment eine Tür ins Schloss fiel. »Gar nicht neugierig«, kommentierte Syrell das Geräusch so laut, dass es sicher die gesamte Etage gehört hatte. »Wir verbringen einfach den ganzen Tag im Bett.«

Yvonne atmete durch, was Syrell dazu veranlasste stehenzubleiben und sich zu ihr umzudrehen. Den Kopf auf die Seite legend kniff er das rechte Auge zu, was ihm kleine Fältchen unter das Auge zeichnete.

»Ach komm, es ist nur ein Tag. Nicht dein ganzes Leben.« Sanft zog er sie, immer noch ihre Hand haltend, an sich.

»Wir können es doch nicht ewig aufschieben.« Sie sah ihn flehend an. Er wusste doch, wie selten ihre freien Tage waren. Sie hatte sich vorgenommen, Kinderzimmermöbel zu kaufen, auch wenn sie noch viele Monate Zeit dazu hatte und der Gedanke daran, ihr eigenes Kind im Arm zu halten immer noch fremd war. Außerdem mussten sie dringend das Design der Einladungskarten für ihre Hochzeit aussuchen und eine Gästeliste musste sie auch noch erstellen.

»Ivy, bitte.« Syrell blieb erneut stehen und sah sie kopfschüttelnd an. »Einen Tag nur du und ich und unser kleiner Wurm.« Kurz richtete er seinen Blick auf ihren Bauch. »Das Kinderzimmer läuft genau so wenig weg, wie die Einladungen und die Liste schreibst du doch schon seit Tagen.« Flehend musterte er sie und sie konnte spüren, wie sehr er sich diese Zeit mit ihr wünschte.

»Na gut.« Syrell dieses Zugeständnis zu geben fiel ihr schwer. Er berührte sanft ihre Wange und strich mit dem Daumen über ihre Haut. In dieser einen Berührung steckte soviel Liebe, dass sie die Augen schloss und das Kribbeln genoss, welches sich langsam vom Gesicht aus in ihrem gesamten Körper ausbreitete. Kurz waren sie alleine. Alleine in einem großen Raum, in dem sie niemand stören konnte.

Dann tauchte wie aus dem nichts ein drückendes Gefühl in ihr auf. Es würde für eine sehr lange Zeit der letzte Tag sein, den sie alleine genießen konnten. Wo diese Traurigkeit herkam, die sie heimsuchte, konnte sie nicht sagen. Ihr war nur klar, dass dieser Tag mit Syrell wichtig war, und dass sie die Zeit nutzen musste. Und zwar jede Minute und jede Sekunde so intensiv es ihr möglich war. Syrells sanfter Kuss holte sie aus der Traumwelt. Als sie die Augen öffnete, konnte sie den Schmerz, den sie gefühlte hatte, auch in seinen Augen sehen.

Eng an ihn geschmiegt, in der Hoffnung, dass sie so diese Traurigkeit loswerden konnte, verließen sie wenig später das alte Hotel, in dem eine drückende Stille herrschte. Syrells Schweigen war nur schwer zu ertragen und sie war froh, als sie endlich an ihrem Haus ankamen.

»Was ist das?« Fragend drehte sie sich noch in der Eingangstür stehend zu ihm um. Schulterzuckend und mit ratlosen Gesichtsausdruck schlang er seine Arme um sie.

»Ich weiß es nicht, aber ich pass auf euch auf, was auch immer es ist.«

Etwas riss sie einige Stunden später brutal aus dem Schlaf und es waren nicht die Sonnenstrahlen, die sich einen Weg in ihr Schlafzimmer bahnten. Es war wieder dieses seltsame drückende Gefühl, welches ihr sogar das Atmen schwer machte. Als wolle es sie ersticken.

Nur Sekunden nach ihr schreckte Syrell nassgeschwitzt und mit wirren Haaren aus dem Bett. Sein erster Blick war orientierungslos. Als müsse er sich erst genau umsehen, um zu wissen, wo er war. Wieder fehlten ihnen beiden die Worte, um das zu beschreiben, was sie gespürt hatten. Yvonne wusste nur, dass es das Gleiche gewesen war wie in der Nacht im Hotel, ehe sie heimgefahren waren. Dieses verfluchte Schweigen zwischen ihnen schmerzte fast mehr wie die Trauer, die sie aus dem Schlaf gerissen hatte. Es war beängstigender als die Panik, die zu der

Trauer gehört hatte. Sie schluckte und versuchte, ihren Puls wieder unter Kontrolle zu bekommen, während Syrell zurück auf sein Kissen sank. Mit ausgestrecktem Arm bot er ihr den Platz an seiner Brust an, obwohl er selbst noch mit dem rang, was ihn geweckt hatte. Wortlos lehnte sie sich an ihn, schmiegte sich dicht an seine Brust und lauschte seinem Herzschlag, der langsam seinen ruhigen Takt wiederfand.

»Ich mag das nicht.« Sie wusste, dass sie wie ein kleines Kind klang, aber ihr wollten keine anderen Worte einfallen. Es war das erste Mal, dass sie sich wünschte, ihre Mutter würde sie in den Arm nehmen und sagen, dass gleich alles wieder gut wäre.

»Wir werden irgendwann erfahren, was es zu bedeuten hat. Vielleicht ist es ja auch völlig unwichtig.« Syrell ließ seine Finger über ihre Seite wandern. Es fühlte sich an, als würde er ihr mit seinen Streicheleinheiten langsam die Angst vor dem Einschlafen und davor nehmen, dass dieses Gefühl zurückkehrte. Langsam glitt sie zurück in den Schlaf.

Erst Stunden später war da wieder etwas, dass sie aus dem Land der Träume holte. Dieses Mal jedoch nicht so abrupt. Träge rekelte sie sich und bemerkte, dass die Stelle neben ihr im Bett leer war. Einige Minuten lauschte sie in die Stille des Hauses, dann vernahm sie Syrells Stimme. Neugierig schwang sie die Beine aus dem Bett, warf sich ein viel zu weites dunkles Shirt über und schlüpfte in ihre Jogginghose. Barfuß machte sie sich auf den Weg ins Erdgeschoss und blieb erstaunt auf der letzten Stufe der Treppe stehen, als sie Dennis Stimme vernahm.

»Meinst du, das gibt Probleme?« Ihr deutscher Kollege klang müde.

»Sean und John biegen das hin. Mach du dir keinen Kopf. Du hast keinen Fehler gemacht und ob die anderen einen gemacht haben, bezweifel ich auch.«

Yvonne schloss die Augen, als sie Syrells Worte vernahm. Es ging um den Einsatz und vor allem um die Frau, die von ihren Kollegen getötet worden war.

»Du musst nicht auf der Treppe stehen.« Syrells Stimme ließ sie die Augen wieder öffnen. Durchatmend hoffte sie, die Kraft zu finden, sich am Gespräch zu beteiligen.

»Hey, entschuldige. Wir sind gerade zurückgekommen und ich konnte nicht schlafen. Der Mist geht mir nicht aus dem Kopf.« Dennis drehte sich, auf der Couch sitzend, zu ihr um.

»Alles okay.« Sie ging auf die Couch zu und setzte sich neben Dennis. Syrell stand nachdenklich an der Küchenzeile. Würde ihre Zweisamkeit schon jetzt enden? Kurz wanderte ihr Blick auf die Uhr. Kurz nach eins. Sie hatten tatsächlich den halben Tag im Bett verbracht.

»Da ist noch was, was ihm aufgefallen ist.« Syrell klang seltsam bedrückt und abwesend. Yvonne richtete ihren Blick fragend auf Dennis.

»Ich war ja beim Schießstand. Da stand ein Wagen mit ´nem Typen drin, als ich wegfuhr. Ich bin fest davon überzeugt, dass der da auch schon stand, als ich angekommen bin. Bevor du nun sagst, da kann ja jeder parken. Ist dir schon mal aufgefallen, dass, seit ich hier bin, am Schießplatz an den Tagen, an denen Cayden das Training führt, immer irgendeine schwarze Limousine auf dem Parkplatz steht?« Dennis sah sie forschend an.

Yvonne schüttelte den Kopf. Einen solchen Wagen hatte sie nie bemerkt. Überhaupt hatte sie nie auf Wagen oder Menschen geachtet, die auf dem Gelände der Base standen. Dort hatte sie sich immer sicher gefühlt und nicht auf mögliche Bedrohungen geachtet.

»Ich hab ihn ein paar Mal gesehen, mir aber nichts dabei gedacht. Vielleicht hat Cayden Probleme. Also andere, als wir dachten.« Nun musterte Syrell sie prüfend.

»Nein, das glaube ich nicht.« Wer sollte denn Interesse an einem Exsoldaten haben? Zudem würde man niemanden auf das Gelände lassen, der keine passenden Ausweise hat. »Nein. Wobei das sein Verhalten erklären würde.« Erst hatte sie energisch den Kopf geschüttelt. Je länger sie aber darüber nachdachte, je eher konnte sie sich das teils seltsame Verhalten von Cayden erklären.

»Wir sollten in Ruhe mit ihm reden.« Syrell stieß sich von der Arbeitsplatte ab, an der er gelehnt hatte und kam auf sie zu.

»Ich wollte euch auch nicht stören. Ich …« Dennis zuckte mit den Schultern.

»Schon gut. Der erste Einsatz ist immer irgendwie komisch. Leg dich hin, wir sehen uns morgen früh. Und dann werde ich mal mit Snipes reden.« Syrell nickte Dennis zu, der sich erhob.

»Entschuldigt, dass ich euch gestört habe.«

Als Dennis gegangen war, sank Syrell neben ihr auf die Couch.

»Meinst du echt, dass er Probleme haben könnte?« Sie musterte den Vater ihres ungeborenen Kindes.

»Wer weiß. Vielleicht hat er Schulden oder so. Ich rede morgen mit ihm. So von Kerl zu Kerl.« Grinsend legte er seine Lippen auf ihre.

10.

»Cay, hast du schon das Geld für die Klassenfahrt überwiesen?« Samira stand mit gepackter Schultasche bereits in der Tür, als sie sich zu ihm umdrehte.

»Ich mache es gleich morgen.« Er warf ihr den Autoschlüssel zu, den sie routiniert auffing und Richtung Auto rannte. Heute war einer der Tage, an denen sie allein im Haus waren. Jordan hatte Nachtschicht und würde erst in einigen Stunden kommen, unter der Voraussetzung, dass sie nicht in der Klinik eingeschlafen war. Es war kurz vor sieben und er hatte Samira versprochen, sie zur Schule zu bringen und anschließend zum Schießplatz zu fahren wo er einen Teil des IATF-Teams treffen würde.

»Cay, der geht wieder nicht auf.« Ihre Stimme halte zu ihm herüber, als er dabei war seine Stiefel zu schnüren.

»Dann benutz ihn, wie man einen Schlüssel in meiner Jugend benutzt hat«, rief er Samira zu. Der elektrische Türöffner versagte in den letzten Tagen immer öfter und er war froh, dass sein Wagen ein Türschloss hatte und sie so die Türen trotzdem öffnen konnten.

»Kommst du?«

»Ja.« Stöhnend richtete er sich auf, trat aus dem Haus und zog die Tür hinter sich zu. Jordan hatte ihm in der Nacht eine seltsame Nachricht geschickt, die ihm einfach nicht aus dem Kopf gehen wollte. *»Wir müssen reden.«* Dahinter hatte sich ein zwinkender Smiley und ein Herz befunden. Mehr nicht und sie hatte anschließend auch nicht mehr auf seine Nachrichten reagiert. Nun musste er notgedrungen bis in die Abendstunden warten.

»Wir kommen zu spät.« Samira stand auf dem Tritt der Beifahrerseite und streckte sich, um über das Dach des Wagens sehen zu können.

»Nicht wir, wenn dann du und auch das nicht.« Als er sich auf den Fahrersitz setzte, fragte er sich insgeheim, welchen Beruf er ergriffen hätte, wenn er auch mit einer solchen

Motivation in die Schule gegangen wäre. Wahrscheinlich wäre er dann Professor geworden.

Zwanzig Minuten später sprang Samira aus dem Wagen, rannte um ihn herum, riss die Fahrertür auf, drückte ihm einen Kuss auf die Lippen, spurtete davon und ließ ihn mit großen Augen zurück. Er konnte noch sehen, wie sie eine Freundin begrüßte und dann im Schulgebäude verschwand. Einen Kuss hatte er schon seit Monaten nicht mehr von ihr bekommen und Jordan hatte behauptet, dass sie nun aus dem Alter raus wäre in dem sie diese intimen Geschenke verteilte. Mit einem Lächeln auf den Lippen zog er die Wagentür zu. Heute Abend müsste er dringend ihre Klassenfahrt anzahlen. Das Beste wäre, er würde sie komplett zahlen, da der Restbetrag ohnehin in wenigen Tagen fällig werden würde. Gefühlt würde Samira schon morgen aufbrechen.

Er ertappte sich dabei, wie er eine Gruppe Jungen musterte, die lachend an seinem Mustang vorbeigingen. Wie lange würde es noch dauern, bis einer dieser pubertierenden Teenager sein Mädchen abholen wollte? Würden sie dann gut auf sie achtgeben? Irgendwie sah er sich bereits bewaffnet in der Tür stehen, den jungen Mann bedrohen, der Samira eines Tages zu ihrem ersten Date abholen würde. Kopfschüttelnd und hoffend, dass dieser Tag noch lange auf sich warten ließ, startete er den Motor seines Wagens.

Eine halbe Stunde später parkte er seinen Mustang an dem großen Schießplatz der Coronadobase und war erstaunt Syrell zu sehen. Er war hier mit Dennis, Lexi, Nuyen und Wesley verabredet. Der Rest der IATF würde erst am Nachmittag dazustoßen. Er hatte sich vorgenommen, die vier nochmals bis an ihre Grenzen zu bringen, da es sich um das letzte lange Training für einige Wochen handeln würde. Sean hatte eine Trainingsmission und viel Theorie für die kommende Zeit angedeutet. Somit würde er mehr Zeit mit Samira verbringen können, da auch nur eine Gruppe im Gun Range auf ihn wartete, die nur wenige Stunden in der Woche seine Zeit forderte. Mit einem skeptischen Blick auf Syrell stieg er aus dem Wagen. War der Indianer nun als Freund oder Kollege hier? Der Blick von Syrell machte ihm nach nur wenigen Sekunden klar, dass seine Anwesenheit nichts mit der Arbeit zu tun hatte, was seine Anspannung aber nicht verringerte.

»Hey.«

»Hey.« Er warf die Wagentür hinter sich zu, ging auf Syrell zu und umarmte ihn freundschaftlich. Nachdem er ihm kurz auf die Schulter geklopft hatte, löste er sich wieder von ihm. »Was machst du hier? Dich hatte ich nicht herbestellt.«

»Ich wollte mit dir reden.«

Cayden hob erstaunt eine Augenbraue. »Das klingt, als wenn ich mit Samira über das nicht aufgeräumte Zimmer reden will. Was gibt´s?« Da war etwas in der Stimme des Freundes, was ihm nicht behagte. Diese Unterhaltung steuerte schon nach wenigen Worten in einen Bereich, in den er in letzter Zeit nur wenige vorgelassen hatte.

Sein Privatleben.

»Dennis ist in letzter Zeit immer wieder ein Wagen aufgefallen, der hier vielleicht nicht hergehört, wenn du hier warst. Ich hab ihn auch schon gesehen und Dennis hat am Schießstand auch einen Typen gesehen, der wohl den ganzen Tag vor der Hütte am Tor gewartet hat.«

»Der soll seine Nase aus fremder Leute Angelegenheiten halten«, knurrte Cayden Syrell in Bezug auf Dennis an und ging auf den Kofferraum seines weißen Mustangs zu, wo er seine Remington MSR aufbewahrte.

»Jetzt klingst du wie ein kleines Kind. Hast du Probleme?« Syrell folgte ihm, blieb an der Seite des Wagens lehnend stehen und musterte ihn so intensiv, dass Cayden meinte, den Blick brennend auf seiner Haut zu spüren.

»Das geht euch nichts an.« Cayden warf den Kofferraum zu und schenkte Syrell einen wütenden Blick. Er könnte nun sagen, dass er die dunklen Wagen auch mehrfach gesehen hatte, aber was würde das bringen? Dann würden noch mehr Fragen auftauchen von denen er nicht eine einzige im Ansatz beantworten konnte. Seine Finanzprobleme waren sicher kein Grund, warum man ihn verfolgen musste.

»Snipes?« Syrell durchbohrte ihn mit seinem Blick förmlich. »Steckst du in Schwierigkeiten?«

Jetzt würde es nicht mehr lange dauern, dann wüsste Syrell sicher über seinen Kontostand und die damit verbundenen Schwierigkeiten Bescheid.

»Lass den Mist, bleib aus meinem Kopf raus.«

»Wie schlimm ist es?« Immer noch lag der Blick seines Freundes prüfend auf ihm und er wusste, dass er verloren hatte. Syrell hatte ihn dank seiner Gabe durchschaut. Er konnte nur von Glück reden, dass Yvonne nicht da war. Sie würde ihm wahrscheinlich auf den Cent genau sagen, welche Rechnung auf seinem Schreibtisch wie hoch war.

»Ich bekomme das hin.«

»Lüg mich nicht an. Du weißt, dass du immer um Hilfe fragen kannst. Auch wenn es um Geld geht.«

»Indy, ich bekomme das hin. Ich hab mich dazu entschieden, das Team zu verlassen, und somit habe ich mich auch dazu entschieden, weniger zu verdienen. Wir bekommen das hin. Das ist nur eine Phase, es wird wieder besser werden«, blaffte er seinen Freund an, der sichtbar tief einatmete.

»Vergiss nicht, dass du immer noch zum Team gehörst. Wenn du Probleme hast, sind wir da.« Syrell drehte sich einfach um und verschwand.

»Gehöre ich nicht mehr«, murmelte er mehr für sich, als für Syrell, doch sein Freund schien ihn gehört zu haben, denn er blieb stehen und warf ihm einen Blick über die Schulter zu.

»Doch. Wenn du reden willst – du weißt, wo wir sind.« Mit den Worten ging er einfach weiter und ließ ihn mit seinem Gewehr in der Hand am Kofferraum stehend zurück. Vielleicht war es wirklich an der Zeit, dass er versuchte herauszubekommen, zu wem die Wagen gehörten. Sein Finanzproblem hingegen würde er alleine lösen und wenn das hieß, dass sie die Raten für das Haus verringern und einige Jahre länger abzahlen müssten. Er nahm sich vor, die Bank um einen Termin zu bitten. Wahrscheinlich könnte er auch seinen Bruder bitten, für ihn zu bürgen, sollte die Bank eben dies verlangen. Seufzend schüttelte er den Kopf. Nachdenklich machte er sich auf den Weg zu der Stelle, an der Dennis, Lexi, Nuyen und Wesley bereits auf ihn warteten und in ein Gespräch vertieft waren. Ihre Gewehre lagen bereits am Boden und sie sahen ihn erwartungsvoll an, als er sich räusperte. Die nächsten Stunden würden sie sich damit beschäftigen, Ziele in mehr als tausend Metern zu treffen, was aufgrund der Größe des Geländes hier gut möglich war.

»Hey Boss.« Nuyen hob grüßend die Hand.

»Nicht quatschen, machen«, murrte er die vier an. Seine Aufmerksamkeit blieb einen Moment länger, als er geplant hatte, auf Dennis liegen. Er erinnerte sich an den Nachmittag auf dem Schießstand und an die durchweg gute Leistung von Dennis. Der nächste Gedanke, der ihm in den Kopf schoss, war die Frage, warum Dennis Syrell und sicher auch Yvonne von den Wagen erzählt hatte. Er deutete, in seine Gedanken versunken, auf die Gewehre und war froh, dass seine Geste von allen richtig gedeutet wurde.

Nach einer Stunde erhob Dennis sich auf sein Geheiß hin.

»Sag mal, was fällt dir eigentlich ein? Wenn ich Hilfe von Sy oder Ivy brauche, werde ich mich an sie wenden. Da musst du nicht losrennen und den beiden sagen, dass ich Probleme habe.« Der Ärger hatte sich die letzte Stunde immer weiter in ihm aufgebaut und wenn er ihn nun nicht ausgesprochen hätte, wäre es in den nächsten Minuten zu einem Streit wegen etwas völlig Belanglosem gekommen.

»Ich hab ihnen nicht gesagt, dass du Probleme hast. Ich hab nur gesagt, dass mir Autos aufgefallen sind, die in letzter Zeit immer nur hier standen, wenn du auch hier warst. Sogar am Gun Range hab ich ´nen Wagen mit ´nem Typen drin …«

»Ist dir eigentlich bewusst, dass es noch andere Leute gibt, die da ein und ausgehen? Woher willst du wissen, dass der was von mir wollte«, blaffte er Dennis an.

»Klar gibt es noch andere, aber was machen diese Luxusschlitten hier. Immer dann, wenn du auch da bist und immer da auf dem Parkplatz.« Dennis deutete auf den angrenzenden Parkplatz, auf dem sein Mustang heute das einzige zivile Auto war. Ansonsten standen dort nur Wagen in Militärfarben oder mit Kennzeichen, die zum Militär gehörten.

»Abgesehen davon, dass ich keine Ahnung habe, wer die Typen sind, geht es dich nichts an«, brüllte er Dennis an, der beeindruckt einen Schritt nach hinten machte und gegen Lexi stieß, die ihm einen Fluch zuwarf. Dennis drehte sich um und verharrte einen Moment in seiner Bewegung.

Ein Schuss löste sich und die Kugel schlug nur wenige Zentimeter neben ihm im Boden ein. Dennis stieß ein wildes Fluchen aus, rief ihm und den anderen zu, sie sollten in Deckung gehen. Er zögerte einen Moment. Eine weitere Kugel schlug einen Meter neben ihm ein. Das war kein versehentlicher Schuss, da zielte jemand auf ihn.

»Fuck.« Er ließ sich auf den Boden fallen und warf Dennis einen kurzen Blick zu. Sie lagen zu fünft mitten auf einem riesigen sandigen Präsentierteller. Auch die Gruppe Soldaten, die ein gutes Stück entfernt trainiert hatte, robbte auf dem Boden in Richtung einiger Sträucher. Cayden konnte hören, wie jemand ein hektisches Telefonat führte und meldete, dass sie unter Beschuss standen. War das der Grund, warum heute keiner der Wagen da war, die sonst immer auf dem Parkplatz standen? Sein Puls raste und er konnte die Worte von Lexi kaum hören, die sich ebenfalls zu den Sträuchern begeben wollte. Kurz richtete er seine Aufmerksamkeit auf den Parkplatz. War da wirklich keiner der Wagen? War das hier ein Anschlag? Warum folgten keine weiteren Schüsse? In der Ferne entdeckte er den Wagen von Jordan, der nur wenige Meter neben seinem stehen blieb. Ohne auf die Worte seiner Kollegen zu achten, starrte er zu Jordans Wagen. Sie öffnete die Fahrertür, stieg aus und sah sich suchend um.

»Jordan, nein! Steig ein!«, brüllte er ihr zu, wusste aber nicht, ob sie ihn über die Distanz überhaupt hören konnte. »Steig ein!« Erneut wollte er sie mit seinen Worten erreichen. Er hörte einen weiteren Schuss. Die Kugel traf das Metall eines Wagens. Wer auch immer da schoss, er war in Reichweite des Wagens.

»Steig ein!« Cayden sprang auf. Ihn trennten dreihundert Meter von Jordan. Er sprintete los, wissend, dass er nun ein gutes Ziel bot. Hinter sich hörte er Dennis rufen. Was er schrie, hörte er jedoch nicht. »Steig ein!« Immer wieder rief er ihr zu. Dann endlich bemerkte sie ihn und sah ihm verwundert entgegen. Kurz bevor er sie fassen konnte, hörte er eine weitere Kugel. Jordans Augen wurden riesig. Sie fiel ihm entgegen.

»Nein!« Schreiend gelang es ihm, sie aufzufangen, ehe sie zu Boden ging. Im Fallen riss sie ihn mit. »Jordan, nein!«

»Wir müssen hier weg! Sofort! Los komm.« Dennis tauchte neben ihm auf.

Jeder seiner Herzschläge schickte eine brennende Mischung durch seine Adern, die ihm das Atmen schwer machte, als er Jordan zu sich umdrehte. Fassungslos starrte er auf eine klaffende Wunde in ihrer Brust. Sie hatte die Augen geschlossen und lag einfach nur in seinen Armen. Schlaff und leblos. Er befürchtete, er würde das Bewusstsein verlieren.

»Jordan.« Er rang nach Luft.

»Lass sie los. Leg sie hin.« Dennis wollte ihn zurückziehen. Cayden hörte, wie der Deutsche seinen Kollegen zurief, dass Jordan getroffen sei. Verzweifelt zog er sie weiter an sich. Hoffend, ein Lebenszeichen zu erhalten. Das beginnende Chaos um ihn herum nahm er kaum wahr. Er war sich nicht einmal sicher, ob er noch atmete. Er wusste nur, dass Jordan es nicht tat. Er wusste, dass sie keine Chance gehabt hatte. Einen solchen Treffer konnte man nicht überleben. Konnte ihn nicht auch eine Kugel treffen? Jetzt und hier? Es zerriss ihn, sie in seinen Armen zu halten und doch wollte er sie nicht loslassen.

»Snipes, lass sie los.«

Cayden blinzelte. Lexi kniete neben ihm und sah ihn flehend an. Nur wenige Zentimeter neben ihr saß Wesley.

»Lass sie los.« Wesley Hände legten sich auf seine, die bereits von Jordans Blut getränkt waren. Er spürte, wie sich Hände von hinten auf seine Schultern legten und ihn so langsam aus seinem Zustand holten, in dem er gehofft hatte selbst sterben zu dürfen.

»Die anderen sind unterwegs. Lass sie jetzt kurz los. Bitte.« Es war Nuyen, der unüberhörbar mit seinen Emotionen rang, als er ihn ansprach.

»Nur kurz.« Lexi nickte ihm ermutigend zu.

Tief Luft holend wurde ihm klar, dass ihm Unmengen Tränen über die Wangen flossen. Zitternd ließ er zu, dass Wesley Jordan aus seinem Schoss nahm. Er war nicht in der Lage, den Blick von ihr zu lösen. Schluckend sah er zu Dennis, der geschockt einfach nur dastand. Da waren so viele Fragen und keine verließ seinen Mund.

»Willst du hierbleiben, oder willst du dich ins Auto setzen?« Wesley schob sich in sein Sichtfeld.

»Ich bleibe.« Schluckend strich er sich die Tränen aus den Augen.

»Okay, wir bleiben hier und warten auf die anderen.« Wesley schien in diesem Moment der Einzige zu sein, der klare Gedanken fassen konnte.

»Was …« Musste er die Frage stellen, erübrigte sich nicht die Tatsache, dass er wissen wollte, was passiert war? Sie wussten doch bestimmt, was er sagen wollte.

»Wir wissen es noch nicht. Aber die andere Gruppe ist unterwegs und wird sich wohl gleich melden.« Wesley saß neben ihm, mit dem Rücken an Jordans Wagen gelehnt, während er selbst immer noch ihre Hand hielt.

11.

Dass sich Yvonnes Fingernägel in seinen Handrücken gruben, interessierte Syrell nicht mehr, als er aus dem Wagen stieg, den sie sich zu fünft einfach von Kollegen ausgeborgt hatten, die am Strand ein privates Training gemacht hatten. Sean lief großen Schrittes auf ihre Kollegen zu, die an Jordans Wagens standen und saßen. Die gesamte Fahrt hierher hatte er gehofft, dass Jordan entgegen dessen, was Dennis am Telefon erschrocken berichtet hatte, noch am Leben war. Aber schon die Körperhaltungen, die er sah, sprachen dafür, dass Dennis sich nicht geirrt hatte.

Eine dunkle drückende Aura legte sich über sie, als er neben Cayden auf die Knie sank. Sein Freund klammerte sich an Jordans Hand und starrte mit leerem Blick vor sich hin. Er warf Yvonne einen kurzen Blick zu, die kreideweiß hinter ihm stand.

»Ich kümmer mich um ihn.« Seine Aufmerksamkeit wanderte zu Darrel, der Yvonne zurückzog.

»Du musst nicht so tun, als wäre ich nicht da.« Caydens Blick klarte auf, wanderte dann aber gleich zu Jordan. »So knapp, Sy. So knapp. Eine Sekunde und ich hätte sie gehabt.« Mit seiner freien Hand deutete er mit Daumen und Zeigefinger einen Abstand von wenigen Millimetern. Syrell fehlten die Worte. Einen Moment saß er einfach schweigend neben Cayden. Auch Sean und Nathan knieten neben ihrem Bruder, bis eine Gruppe Soldaten ankam, die die Ermittlungen übernehmen würden und auch Jordan mitnehmen mussten. Dieser Moment zerrte an Syrell.

»Du musst sie loslassen. Wir können später wieder zu ihr.« Auch wenn er nicht wusste, wann später sein würde, so wusste er, dass Cayden noch Gelegenheiten bekommen würde, um sich von Jordan zu verabschieden und um Zeit mit ihr zu verbringen.

Zu dritt gelang es ihnen, Cayden zum Aufstehen zu bewegen. Aber nicht dazu, sich von Jordans Wagen zu entfernen. Am Boden zeugte wenig später nur noch eine riesige Blutlache von dem, was geschehen war. In allen Gesichtern konnte man den

Schock lesen und Cayden stand einfach nur zwischen ihm, Sean und Nathan.

Eine halbe Stunde nachdem man Jordan weggebracht und Cayden die ersten Worte mit ihm gewechselt hatte, die sich alle darum gedreht hatten, was er erlebt hatte, tauchte Rafael auf.

»Ich müsste mal mir dir reden.« Der Mann, der seit über einem Jahr nicht nur beim NCIS arbeitete, sondern auch für das Team der IATF, sprach Sean an.

»Vergiss es, sag es uns allen. Das geht uns alle an.« Sean hob die Hand und forderte mit einem Pfiff die Anwesenden auf, sich zu versammeln. »Das ist ein Familiending, Rafe«, legte er nochmals nach, als alle sich um sie versammelt hatten.

»Okay.« Rafael atmete durch. »Wir haben eine männliche Leiche oben an der Düne, von wo man auf den Platz schauen kann. Wir haben ein Savage Law Enforcement und eine McMillan gefunden. Der Täter hat sich scheinbar nach den Schüssen auf Cayden und Jordan selbst mit einer Pistole gerichtet, die neben ihm lag. Genaues wissen wir erst wenn wir die Kugeln … ach ihr wisst Bescheid.« Rafael stockte und atmete durch. »Wir haben Papiere bei ihm gefunden.« Wieder entstand eine quälend lange Pause. »Er ist in Italien geboren. Riccardo Liccardi.«

An mehreren Stellen wurde scharf ausgeatmet.

»Der Bruder von Scary?« Yvonne war die Erste, die die Sprache wiederfand und ihrer aller Vermutung aussprach.

Rafael nickte.

»Ich dachte, der ist tot, also schon seit Jahren. Das war doch der Grund, warum Miguel ausgetickt ist.« Darrel formulierte das aus, was wohl viele von ihnen dachten.

»Das müssen wir jetzt klären. Ich halte euch auf dem Laufenden.« Rafael nickte ihnen zu und schob sich aus der Gruppe, die ihn eingekreist hatte.

»Syrell?«

Syrell drehte sich um und entdeckte Karen, von der er nicht wusste, wann sie angekommen war. Sie lehnte an Bear und sah ihn mit Tränen in den Augen an.

»Hm?«

»Samira muss noch abgeholt werden. Ich denke, das hätte Jordan sonst jetzt gemacht.« Karen schluckte hörbar und wischte sich die Tränen aus den Augen. Syrell schloss durchatmend die Augen. Auch wenn er wusste, dass sie sich früher oder später um das Mädchen kümmern mussten, so hatte er gehofft, dass sie diesen Weg noch aufschieben konnten.

»Snipes, wir müssen Sami von der Schule holen und es ihr sagen.« Die Worte fielen ihm schwer. Die Ansammlung ihrer Kollegen löste sich ein wenig auf. Viele standen in kleinen Gruppen zusammen und jeder schien auf das zu warten, was als Nächstes geschehen würde. Cayden nickte langsam. Syrell konnte spüren, wie sein Freund emotionale Kraft sammelte.

»Ich hol sie ab und sag es ihr.« Mit gestrafften Schultern drehte Cayden sich zu ihm und sah ihm das erste Mal bewusst in die Augen. Da war ein Schmerz, der sich tief in ihn gefressen hatte und nun auf ihn übersprang. Und doch versuchte Cayden in diesem Moment, eine Fassade aufzubauen, die unüberwindbar werden würde, wenn sie es zuließen.

»Ich fahr dich. Aber so kannst du nicht zu ihr.« Er deutete auf die blutverschmierte Kleidung seines Kollegen. Zum einen konnten sie Samira so nicht abholen und zum anderen wollte er Cayden in den nächsten Stunden nicht alleine lassen. Selbst Auto zu fahren traute Syrell seinem Kollegen in diesem Augenblick nicht mehr zu.

»Nein, ich bekomm das hin.« Cayden schob sich an ihm vorbei zu seinem Wagen und schien den Hinweis auf seine Kleidung nicht gehört zu haben.

»Du musst dir erst was anderes anziehen.« Yvonne stellte sich ihm in den Weg. »Wir lassen dich nicht alleine, Snipes. Das machen wir zusammen. Du kannst fahren, aber wir fahren mit dir. Und zuerst ziehst du dich um.« Ihre Stimme war erstaunlich fest. Auch Darrel, der neben Yvonne stand nickte bestätigend. Nach wenigen Sekunden war klar, dass sie alle an die Schule fahren würden, um bei Cayden zu sein und Samira beizustehen.

»Welche Schule ist es? Wir holen eben die Autos und kommen nach.« Joe kam von der Seite auf Syrell zu.

»Die Roosevelt Middle School.«

»Vergiss es, ich mach das alleine.« Cayden fuhr Yvonne nach einer gefühlten Ewigkeit des Schweigens an.

»Nein, wir kommen mit.« Immer noch hatte sie eine unglaubliche Stärke in der Stimme und schaffte es, ihre Tränen zurückzuhalten. »Widersprich mir bitte nicht. Heute nicht.« Ihre Stimme begann zu beben. Sekundenlang sahen sich Cayden und Yvonne in die Augen und Syrell befürchtete, dass Cayden aus der Haut fahren oder Yvonne zusammenbrechen würde. Er war nicht in der Lage ihre Emotionen zu erkennen. Sie war voll und ganz bei Cayden. Sein Kollege nickte zögernd und deutete mit dem Kopf auf seinen Wagen.

Cayden weigerte sich vehement dagegen, nach Hause gefahren zu werden, wo er sich hätte umziehen können. Nur mit Mühe gelang es Syrell, ihn davon zu überzeugen, wenigstens das Hemd und die Hose gegen Sachen seiner Brüder zu tauschen, als sie an der Base angekommen waren. Vielleicht gelang es Sean auch, ihn davon zu überzeugen die Blutspuren auf seinen Armen abzuwaschen. Syrell stellte sich die gesamte Zeit die Frage, ob Cayden die Blutflecken in seiner Hose und seinem Hemd überhaupt bemerkt hatte oder ob er sie einfach ausgeblendet hatte, da sein einziger Gedanke Samira galt. Syrell schluckte den Kloß hinunter, der in seinem Hals emporstieg, als Cayden in Seans Begleitung aus der Base kam. Cayden kam direkt auf ihn zu und hielt ihm, den Schlüssel des Wagens fordernd, die offene Hand hin,.

»Lass mich fahren.« Caydens Stimme war erstaunlich fest.

Auch wenn es Syrell nicht gefiel, dass Cayden selbst fahren wollte, ließ er ihn gewähren. Die Stimmung im Wagen wollte ihn erdrücken. Wie auch immer es dazugekommen war, dass Riccardo aufgetaucht und Jordan nun tot war, es hatte das gesamte Team hart getroffen. Die nächsten Tage und Wochen würden hart werden. Sie mussten klären, was passiert war und vor allem Cayden auffangen. Nur befürchtete er, dass ihnen das nicht gelingen würde.

»Indy?« An einer Kreuzung stehend sah Cayden ihn an.

»Ja?« Er musterte seinen Freund, dessen Hände, obwohl sie am Lenkrad lagen, zitterten. Bereits die gesamte Fahrt rechnete er damit, dass er Cayden ins Lenkrad greifen müsste, um ihm zu helfen.

»Kannst du Collin anrufen? Er soll zur Schule kommen.« Nach wenigen Silben richtete Cayden seinen Blick wieder auf die Straße.

»Ich mach das.« Yvonne antwortete, ehe er es konnte, und hielt nach seinem Handy fordernd die Hand zwischen die Sitze.

»Danke.« Caydens Stimme zitterte, als er einen Gang einlegte und an der grünen Ampel abbog.

12.

»Na, immer noch hier?« Jackie kam grinsend auf Samira zu.

»Ja.« Sie warf einen Blick auf ihre Armbanduhr. Wahrscheinlich war Jordan nach der Nachtschicht auf dem Sofa eingeschlafen und deswegen spät dran.

»Kommt Cayden?« Die Augen ihrer Schulfreundin funkelten. Irgendwie schien die Hälfte ihre Freundinnen heimlich für ihren Adoptivvater zu schwärmen, was sie ziemlich nervte. Er war ein Vater wie alle anderen auch. Vielleicht sah er etwas attraktiver aus als andere, die ihre Freizeit mit der Bierdose im Garten verbrachten, aber sonst gab es keinen Unterschied.

»Nein, Jay wollte mich abholen. Sollen wir dich mitnehmen?« Sie lehnte sich an die Bank, an der sie gestanden hatte und genoss es, zu sehen, wie das Funkeln in Jackies Augen mit einem Schlag verschwand. Gleich würde sie sagen, sie würde zu Fuß gehen. Jackie fuhr nur gerne mit ihr, wenn Cayden sie abholte.

»Sicher? Also das mit Jay?« Der Gesichtsausdruck von Jackie veränderte sich und sie deutete mit gehobenem Arm zur Straße.

»Ja.« Nickend richtete Samira ihre Aufmerksamkeit auf die Straße, die an der Schule entlangführte. Sie entdeckte Caydens weißen Mustang, dahinter stand der Jeep von Bear und auch Seans Stingray parkte am Seitenstreifen. Etwas legte sich drückend auf sie, als sie sah wie Cayden, Syrell und Yvonne aus dem Wagen mit dem unverkennbaren schwarzen Streifen stiegen. Dann öffneten sich die Türen der anderen Wagen und auch aus Autos, die sie nicht kannte, stiegen Männer aus, die Uniformen trugen. Sie rang nach Luft. Sie entdeckte Bear und Karen, die in einigem Abstand stehen blieben. Es war etwas passiert. Sie starrte Cayden an, der langsam auf sie zukam. Dicht hinter ihm waren Yvonne und Syrell aber sie war nicht in der Lage den Blick von Cayden zu lösen um in die Gesichter der anderen zu sehen. Sie befürchtete, dass ihr Herz aussetzen würde. Cayden blieb vor ihr stehen und griff mit seiner eiskalten Hand nach ihrer.

»Hey, Maus.« Er räusperte sich.

Cayden rang nach Luft. Er spürte, wie sich Syrells Hand auf seine Schulter legte und ihm so die Kraft gab, Samira in die Augen zu sehen. Sie schüttelte mit Tränen in den Augen den Kopf. Er musste es aussprechen. Er zog sie eng an sich und strich ihr über den Kopf, während er selbst kaum noch in der Lage war, seine Tränen zurückzuhalten. Er musste es ihr sagen. Er konnte sie nicht ewig so in den Armen halten. Nur wie? Sanft schob er sie ein Stück zurück. Die Tränen und die Angst in ihren Augen ließen bei ihm die Dämme brechen. Er spürte, wie Tränen über seine Wangen rannen und auf den Boden tropften. Die Worte wollten seinen Mund nicht verlassen. Vielleicht war all das nicht wahr. Eine zweite Hand legte sich auf seine Schulter. Er wusste, dass seine alten Kollegen hinter ihm standen und ihm den Rücken stärkten. Nur konnten sie ihm nicht helfen, das auszusprechen, was er aussprechen musste. Er fand nicht die Kraft, die richtigen Worte zu wählen.

»Wo ist Jay?« Samiras Stimme erstickte.

»Sie kommt nicht.« Es zerriss ihn innerlich ihr in die Augen zu sehen.

»Warum?« Es war nur ein Hauch ihrer Stimme, die ihn erreichte.

»Sie …« Ein zweites Mal an diesem Tag brach seine Welt zusammen. Tief einatmend sprach er aus, was ihn zu erdrücken drohte. »Sie ist tot.«

Samiras Finger gruben sich tief in seine Brust. Er hatte nicht mehr die Kraft sie zu halten, als sie weinend zusammenbrach und ihn mit sich zog. Ihre Tränen hatten sein Shirt in Sekunden durchtränkt, als er kniend vor ihr saß und sie eng mit den Armen umschlang. Er wollte sie vor der brutalen Wahrheit schützen. Jede Sekunde, die er mit ihr auf dem Boden saß, saugte mehr Kraft aus ihm heraus. Den Tod von Jordan auszusprechen hatte ihn an einen Punkt gebracht, an dem die Verzweiflung bei ihm offene Türen einrannte. Da war keine Kraft mehr. Keine Worte, die das Brennen auf seiner Seele beschreiben konnten. Da war einfach nichts mehr. Er hatte keine Ahnung, wie lange er dort gesessen hatte, als er Collins Stimme vernahm.

»Kommt, ich fahr euch nach Hause.«

Cayden sah auf und direkt in das Gesicht von Collin, der zwar tiefe Falten auf der Stirn hatte, aber sehr ruhig wirkte.

»Maus, lass uns fahren.« Langsam strich er über Samiras Kopf, die immer noch schluchzend in seinen Armen lag. Sie rang mit jedem Atemzug angestrengt nach Luft.

»Nein, nein, nein.« Wieder bohrten sich ihre Finger in seine Brust.

»Sami, komm.« Es war Yvonne, die Samira sanft von ihn löste. »Fahrt nach Hause.«

Als er wieder in die Augen seiner Ziehtochter sehen konnte, waren sie nicht nur tränenverschleiert und rotunterlaufen. Da war wieder diese Angst, die er in ihren Augen gesehen hatte, als sie sie in Nigeria gefunden hatten. Es gelang Yvonne, Samira beim Aufstehen zu helfen. Mühsam erhob er sich ebenfalls. Seine Knie waren weich und all die Kraft, die sonst in ihm wohnte, war verschwunden. Am liebsten wäre er in diesem Moment geflüchtet, aber er wollte Samira eine Schulter bieten, an die sie sich anlehnen konnte.

»Komm.« Er wollte nach ihrer Hand greifen, doch sie entzog sie ihm, was ihm einen schmerzhaften Stich versetzte. Stattdessen ließ sie sich von Yvonne zu seinem Wagen führen.

»Ich bring euch nach Hause.« Wieder war es Collin, der ihn ansprach und seinen Arm um seine Schulter legte. »Ich fahr sie.« Der zweite Satz war an Syrell gerichtet, den Cayden beim Blick zur Seite entdeckte.

»Wir kommen in einer Stunde.«

»Wir kommen nach, wir fahren uns nur kurz umziehen, okay?« Jetzt trat Sean an ihn heran. »Wir sind bei dir.« Sean schluckte und legte seine Hand auf seine Schulter. »Du bist nicht alleine.«

Cayden nickte seinem Bruder zu und sah sich nach Nathan um, der eine völlig aufgelöste Harper im Arm hielt und ihm knapp zunickte.

»Los, lass uns hier weg.« Collin schob ihn zu seinem Wagen.

Kraftlos sank er eine Minute später neben Samira, die ihr Gesicht in den Händen vergraben hatte, auf die Rückbank. Collin startete den Wagen und Cayden starrte fassungslos auf den Menschenauflauf vor der Schule, der sich nun langsam auflöste.

»Jackie wollte mit.« Samira hob mit tränenerstickter Stimme den Blick und sah in den Rückspiegel.

»Okay, wo ist sie?« Collin erwiderte ihren Blick.

»Sami, sie kommt sicher heim.« Cayden schüttelte den Kopf.

»Wenn sie abgemacht haben, dass sie mit euch heimkommt, nehmen wir sie mit.« Collin warf ihm einen durchdringenden Blick zu.

»Da.« Samira deutete auf ein Mädchen mit blonden Haaren, die verloren am Schulgelände stand.

»Ich bin gleich wieder da. Cay, nach vorne.« Befehlend drehte Collin sich zu ihm um, als er den Wagen erneut an den Seitenstreifen lenkte. Er stieg aus und ging auf das Mädchen zu, welches im ersten Moment den Kopf schüttelte, ihm dann doch folgte. Cayden stand neben dem Wagen, als sie sich auf seinen Platz auf der Rückbank setzte. »Steig ein. Ich weiß, wo sie wohnt.« Collin nickte ihm zu, als er wieder auf den Wagen zukam.

»Aber …« Das war doch nicht richtig, dass sie nun Taxiservice für ein Mädchen aus Samiras Klasse spielten.

»Steig ein.« Befehlend sah Collin ihn an.

Während der gesamten Fahrt zu Jackie, die sich ihm kurz heiser vorgestellt hatte, lag die Hand von Samira auf der ihrer Freundin. Es schmerzte ihn, diese Geste zu sehen. Es fühlte sich seltsam an, dass es nicht seine Hand war, die seine Ziehtochter so vehement festhielt. An einem kleinen weißen Einfamilienbungalow halten, wandte Jackie sich dann Samira zu.

»Ruf an, ja?« Auch dem Mädchen standen Tränen in den Augen. Samira nickte nur stumm, während Collin ihr die Antwort abnahm.

»Macht sie.«

13.

Yvonne lehnte, auf dem Sofa im Aufenthaltsraum des Teams sitzend, an Syrell. Auch wenn der Raum mit Menschen förmlich überfüllt war, herrschte eine drückende Stille. Die Barhocker waren besetzt, aber niemand trank. Lexi saß mit leerem Blick auf der Kante des Billardtisches und unterhielt sich leise mit Harper, die an Nathan lehnte, der seiner Freundin durch die Haare strich. Bear und Karen saßen aneinandergeschmiegt auf dem zweiten Sofa. Sean hielt Emelies Hand, die unübersehbar überfordert von der Situation war. Sie kannte kaum einen der Anwesenden und fühlte sich sichtlich unwohl. Dennis hielt eine Cola in der Hand und hatte wie fast alle diesen leeren Blick. Keiner von ihnen konnte begreifen, was, und vor allem warum, es passiert war. Niemand hatte damit gerechnet, dass jemand sie hier angreifen würde. Erst recht kein Einzeltäter, der es bis mitten auf die Base geschafft hatte.

»Wir werden das Training ein paar Tage aussetzen, ich möchte gerne für meinen Bruder da sein und …« Sean atmete schwer durch.

»Klar, wenn wir was tun können, sagt es.« Joe nickte Sean zu und ging dann ein paar Schritte auf ihn zu. »Auch wenn wir deinen Bruder nicht so gut kennen, wie einige andere hier, stehen wir hinter ihm.«

»Danke.« Sean räusperte sich. »Wir müssen rausbekommen, was genau passiert ist. Rafael will morgen nochmal raus und sich die Stellen anschauen. Dennis, LittleOne, ich wäre euch dankbar, wenn ihr euch als erfahrene Schützen das ganze mal anschauen könnt.«

»Ich könnte …« Yvonne brach ab, als sie bemerkte, dass Sean sie ansah.

»Vielleicht kannst du … also ihr … ein bisschen auf meinen Bruder aufpassen.«

Yvonne konnte sehen, wie Sean versuchte, die Fassade des Captains und Ausbilders aufrecht zu erhalten.

»Klar.« Syrell zog sie enger an sich. »Wir sollten eh gleich los.«

Sie saßen und standen nun seit einer Viertelstunde unschlüssig im Raum. Viele schienen darauf zu warten, dass Sean und John sagten, wie es weiter gehen sollte und was sie unternehmen würden.

»Dann lasst uns los. Wer mit will, kommt mit, wer nicht möchte, bleibt einfach hier. Ich denke, es ist keiner sauer, wenn jemand nicht mit möchte.« John warf den neuen Teammitgliedern Blicke zu.

»Wir kommen mit.« Joe deutete auf die Tür. »Wir werden gebraucht.«

Yvonne holte tief Luft. Eine solche Situation war der Horror, vor dem sie sich immer gefürchtet hatte. Jordan war, seit sie mit Cayden zusammen war, zu einer guten Freundin und Vertrauten geworden. Nicht nur für sie. Alle im Team hatten die Ärztin geschätzt und vor allem Harper würde neben Cayden und Samira am meisten unter ihrem Verlust leiden. Jordan hatte in den letzten zwei Monaten etwas geschafft, was keinem Psychologen vorher gelungen war. Sie hatte Nathans Freundin ins Leben zurückgeholt. Die junge Frau, die unter ihren Dämonen gelitten und keinen Facharzt an sich herangelassen hatte, hatte sich wieder geöffnet. Jordan, Harper und Samira hatten Frauentage verbracht. Hatten es sich einfach gutgehen lassen und seither war Harper aufgeblüht. Nicht nur optisch sah sie besser aus. Auch hatte sie ihre Emotionen unter Kontrolle.

Syrell griff nach ihrer Hand und sie entdeckte Tränen in seinen Augen. Das war ein Anblick, den sie nur sehr selten zu sehen bekam. Sein Lächeln, welches nur für sie gedacht war, war gezwungen. Sie spürte, dass ihm an diesem Tag die Kraft ausgegangen war. Es war schrecklich, dass ein einzelner Mann es schaffte, ein solch grausames Gefühl zu verbreiten.

Als sie wenig später mit Syrell an ihrem Wagen stand, umfing er mit seinen Händen ihr Gesicht.

»Ich liebe dich.« Seine Daumen fingen die Tränen auf, die sich aus ihren Augen gestohlen hatten.

»Ich dich auch.« Plötzlich hatte sie das Gefühl, eben diese Worte viel zu selten zu sagen.

»Lass uns zu ihm, er braucht uns. Am besten ohne Tränen.« Wieder war das Lächeln nur gezwungen. Ihr war klar, dass auch ihr Lächeln nicht echt aussah, sondern mit viel Schmerz verbunden war. Auch wenn sie sich genau in diesem Moment am liebsten in eine Ecke verzogen und geweint hätte, so wusste sie, dass sie nun für ihren Freund, Mentor und alten Kollegen da sein musste. Sie mussten seinen Fall bremsen, sonst würde er sich verlieren. Ihr Herz zog sich schmerzhaft zusammen. Würde ihnen das überhaupt gelingen?

»Es muss.« Heiser gab Syrell ihr einen Kuss auf die Stirn.

Als sie später bei Cayden ankamen, war es Collin, der die Tür öffnete und ihnen leise zuflüsterte, dass Cayden mit Jordans Eltern telefonierte. Yvonne ließ Syrell mit den anderen in Wohnzimmer und Küche zurück und machte sich auf den Weg zum Kinderzimmer. Sachte klopfte sie an die Tür und wartete darauf, dass Samira reagierte. Minuten verstrichen. Sie wusste, dass das Mädchen da war und auch, dass sie sie gehört hatte. Sie konnte spüren, wie Samira Kraft sammelte. Dann entdeckte sie Cayden, der mit müden Augen auf sie zukam.

»Geh einfach rein, sie wird nicht antworten.« Er blieb an der Tür stehen und legte seine Hand auf den Griff.

»Warte.« Yvonne legte ihre Hand auf seine und zog sie zurück. Der Moment, in dem sie ihn berührte, riss ihr ein tiefes Loch ins Herz. Noch nie hatte sie eine solche Trauer gespürt. »Es tut mir so leid.« Sie war nicht mehr in der Lage, ihre Tränen zurückzuhalten. Über Stunden war es ihr gelungen, nun brach die Welt um sie herum zusammen. Cayden zog seine Hand weg und verschwand ohne ein Wort Richtung Küche.

»Hey.«

Nur eine Sekunde, nachdem Cayden im Wohnzimmer verschwunden war, hatte sich die Tür geöffnet.

»Hey.« Yvonne räusperte sich und wischte sich die salzigen Tropfen aus den Augen. »Kann ich reinkommen?« Sie warf einen vorsichtigen Blick in das Zimmer.

»Klar.«

Über eine Stunde saß Yvonne schweigend bei Samira und versuchte, den Emotionen standzuhalten, die auf sie einhagelten. Samira wirkte nach außen hin inzwischen erstaunlich gefasst, tief in ihr brodelte es jedoch wie in einem Vulkan kurz vor dem Ausbruch. Wann es aber dazukommen würde, dass sie von ihren Gefühlen überwältigt wurde, konnte Yvonne nicht einschätzen. Sie spürte so viel Trauer, Wut und vor allem eine große Angst, dass es ihr nicht gelang, Ordnung in das Chaos zu bringen.

»Er hat immer gesagt, dass uns niemand was tut.« Mit fester Stimme verließ der Satz Samiras Mund. »Er hat es versprochen.«

»Das konnte niemand wissen.« Yvonne zweifelte daran, dass ihre Worte richtig gewählt waren. Samira sprang auf und rannte aus dem Zimmer. Das Gespräch im Wohnzimmer, welches sie zuvor nur als Rauschen wahrgenommen hatte, erstarb, als Samira Cayden anschrie. Sie warf ihm genau dass vor, was sie ihr gerade in ruhigem Ton gesagt hatte.

»Du hast gesagt, dass alle, die dir böse sind, schon lange tot sind. Du bist ein Lügner! Ein beschissener Lügner! Und du bist nicht besser als die Arschlöcher, die Mama und meine Brüder umgebracht haben.«

Yvonnes Herz setzte aus.

»Sami, warte.«

Caydens Rufen wurde von Bears begleitet. Die Haustür flog krachend ins Schloss.

»Sami!« Jetzt war es Karen, die Samiras Namen rief.

14.

Wie oft an diesem Tag würde man ihm noch das Herz herausreißen? Wie lange sollte er diesem Schmerz noch standhalten? Wann würde er endlich aus diesem Alptraum aufwachen? Er starrte Samira nach, die ihn mit ihren Worten schwer getroffen hatte. Ja, er hatte ihr dieses Versprechen gegeben. Und er war selbst von seinen Worten überzeugt gewesen.

»Ich hol sie.«

Dass Harper aus dem Haus eilte, nahm er nicht wirklich wahr. In seinem Kopf drehten sich Samiras Worte im Kreis. Wie sollte er ihr all das erklären? Warum Riccardo? Warum nicht einfach ein Terrorist? Und warum Jordan? Aber diese Frage hatte er sich schon vor geraumer Zeit beantwortet. Die Kugel war für ihn bestimmt gewesen und wäre er nicht, blind wie er gewesen war, auf Jordan zu gerannt, um sie zu schützen, wäre sie noch am Leben. Er wurde zur Couch geschoben und dazu gezwungen sich hinzusetzen. Um ihn herum lief ein Film ab, von dem er nur Fetzen mitbekam. Auch was seine Freunde sprachen, registrierte er kaum. Einige der Anwesenden verabschiedeten sich, boten aber an, jederzeit für ihn da zu sein. Sean ließ sich irgendwann neben ihm auf die Couch nieder. Nach und nach leerte sich das Wohnzimmer, bis er schließlich mit Collin und Sean alleine war. Wie lange sie tatsächlich allein waren, wusste er nicht mehr, als Collin ihm ein Bier reichte.

»Hier.«

Ohne ein Wort des Dankes nahm er das kühle Getränk entgegen. Es fiel ihm schwer, zu denken. Es gab so viel, was erledigt werden musste. Jordans Eltern würden am nächsten Tag anreisen. Er musste eine Beerdigung organisieren. In der Schule anrufen und Samira für einige Tage abmelden. Dann war da der Gedanke an einen Priester, einen Friedhof, Sarg und Grabstein. Und wieder Samira. Ihre Klassenfahrt. Würde sie noch mitfahren? Sollte er es ihr verbieten? Seine Gedanken drehten sich im Kreis. Sein Blick wanderte zur Uhr. Kurz nach acht am

Abend. Er musste kochen. Er trug doch die Verantwortung für Samira.

Samira.

Langsam begann er zu verstehen, was passiert war.

»Wo ist Sami?«

Warum war er ihr nicht gefolgt? Wo war sie?

»Die ist mit Harper und Nathan zur Pizzeria, Essen organisieren. Sie ist ein wirklich taffes Mädchen, Cay.« Sean lächelte ihm zu und schien seine weiteren Fragen zu ahnen. »Harper hat draußen mit ihr gesprochen, dann ist Nathan auch raus und als die drei wieder gekommen sind, hat sie gesagt, du müsstest was essen. Dann hat Nathan die Frauen eingepackt und tja … nun warten wir. Die anderen sind nach Hause. Ivy sah wirklich mies aus. Aber wenn irgendwas sein sollte, kannst du jeden jederzeit anrufen.«

»Danke.« Cayden sah zu Collin, der ihm ein Nicken als Antwort schenkte.

»Ich bin morgen früh hier, versprochen. Ich komm um acht her.«

»Du? Um acht? Alter, wenn du das schaffst, geb ich einen aus.« Sean lachte kurz auf. Die Stimmung lockerte sich etwas und Cayden gelang es, einen Moment durchzuatmen. Der Druck, der seit Stunden auf ihm gelegen hatte, gab ein wenig nach.

Als es klingelte, war er derjenige, der aufstand und Nathan, Harper und Samira ins Haus ließ, die ihn kurz anlächelte und dann mit Harper in der Küche verschwand. Sie wirkte seltsam. Irgendwie fremd. Auch als sie die Pizzakartons wenig später auf dem Wohnzimmertisch verteilte, war etwas an ihr, das er nicht beschreiben konnte. Ihm graute vor den nächsten Tagen.

»Cay, du musst was essen.« Ihr Blick lag auf ihm und er musste sich zwingen, ein Stück der Salamipizza zu nehmen. Auch er hatte sie in der ersten Zeit hier immer wieder aufgefordert zu essen, wenn ihr Blick der Welt entrückt war und ihre Gedanken ihrer Vergangenheit gegolten hatten. Nun saß sie ihm gegenüber - mit dreizehneinhalb - und sie erklärte ihm, dass er essen musste. Ihre Augen sagten ihm noch so viel mehr, was er in diesem Moment einfach nicht hören wollte. Er musste weitermachen. Er musste sich um die Dinge kümmern, die zu tun waren. Es brachte nichts, wenn er sich nun verkroch. Aber diese Option war einfach zu verlockend.

Immer wieder verspürte er, ehe Collin und die anderen sie weit nach Mitternacht alleine ließen, den Wunsch, aus seinem Alptraum aufzuwachen. Sein Wunsch erfüllte sich jedoch nicht. Der unerträgliche Schmerz in seiner Brust blieb. Der Gedanke, am nächsten Tag mit Collin und Samira in die Gerichtsmedizin zu fahren, und erneut das zu sehen, was er nicht sehen wollte, brannte wie Feuer auf seiner Seele und in seinem Herzen. Alles wirkte fremd. Er wünschte Samira eine gute Nacht, stand ewig im Bad und starrte Jordans Zahnbürste an, ehe er unverrichteter Dinge ins Schlafzimmer ging, wo er das leere Bett anstarrte. Tränen rannen beim Gedanken, dass es nie wieder so sein würde wie am Tag zuvor, über seine Wangen. Es war ihm nicht möglich, ins Bett zu gehen. Über Stunden wanderte er in der Wohnung umher, lauschte immer wieder an Samiras Tür und fragte sich, ob sie schlafen konnte. Um vier sank er völlig entkräftet und emotional ausgebrannt auf die Couch und griff nach der Wolldecke, in die Jordan sich immer eingewickelt hatte.

Wie lange würde der Stoff ihren Geruch tragen?

15.

Das Schrillen des Weckers riss Dennis aus einem alptraumbehafteten Schlaf. Er griff nach seinem Handy und warf einen Blick auf die eingegangenen Nachrichten. In einigen Nachrichten berichtete Yvonne vom Abend bei Cayden und dass sie schließlich auch gefahren sei.

Also war es kein Traum gewesen. Insgeheim hatte er mit dem Klingeln des Weckers gehofft, dass alles nur Einbildung gewesen sei.

»Falk, Sato, bewegt euch.« Joes Brüllen hallte über den Flur des alten Hotels.

Er atmete schnaubend aus. Ob er sich je an das frühe Aufstehen hier gewöhnen würde? Die Bettdecke zurückwerfend schwang er sich aus dem Bett und lief, nur in Boxershorts bekleidet, in das kleine, seinem Zimmer angeschlossene, Bad. Der Spiegel zeigte ihm sein müdes Gesicht mit einem struppigen Bart und tiefen Ringen unter den Augen. Murrend öffnete er den Wasserhahn und wollte sich Wasser ins Gesicht werfen. Jedoch hielt er in seiner Bewegung inne, als er unter seinen Fingernägeln Blut entdeckte. Trotz seines abwehrenden Kopfschüttelns holten ihn die Bilder des vergangenen Tages wieder ein. Einige Sekunden verharrte er über dem Waschbecken, ehe er sich, wie am Abend zuvor, bemühte, die Spuren unter seinen Fingernägeln zu beseitigen.

»Mann, penn nicht! Rafe und die Frauen sind schon da.« Es hämmerte an der Tür.

»Na danke – die Frauen.«

Die erste Stimme hatte Wesley gehört, die zweite Liv, die unüberhörbar nicht begeistert von den Worten seines Kollegen gewesen war.

»Ich würde mich an deiner Stelle nur beeilen, weil der Kaffee fast alle ist.« Sie lachte auf.

»Bin fast da.« Das wenige Wasser, das er sich im Gesicht verteilte, musste als Morgentoilette ausreichen. Er stellte das Wasser ab und schloss kurz die Augen, ehe er zurück in den

Wohnbereich ging, wo er sich anzog. An der Tür stieg er in seine Stiefel, die sandige Abdrücke hinterlassen hatten und rannte aus dem Zimmer. In der Küche angekommen war es Joes strafender Blick, der ihn noch in der Tür ausbremste. Die Aufmerksamkeit seines Kollegen, der als Commanding Officer direkt nach Sean und John das Sagen hatte, lag auf seiner nicht gerichteten Uniform und seinen nicht geschnürten Stiefeln. Erst als das Hemd in der Hose steckte und die Schnürsenkel gebunden waren, wurde ihm eine Tasse Kaffee gereicht. Nach und nach tauchten alle Bewohner auf und es wurde über den Kaffeemangel diskutiert. Am Ende war es Patrik, der sich, noch während sie frühstückten, auf den Weg machte, um neuen Kaffee zu besorgen. Sie waren entgegen seiner Hoffnung, als er hier angekommen war, Selbstversorger, was bisher wunderbar funktionierte, nur den Kaffee hatten sie bereits mehrfach beim Einkaufen vergessen. Und ohne Kaffee waren viele Teammitglieder unausstehlich.

»Wir fahren raus. Der Schießplatz ist gesperrt, soll aber, so schnell es geht, wieder freigegeben werden. Wir müssen klären, ob Liccardi wirklich von der Stelle geschossen hat wo man ihn gefunden hat.« Joyce erhob sich von ihrem Stuhl. Sie wohnte, ebenso wie Liv und Rafael, nicht im Hotel. Die Frauen wohnten bei ihren Lebensgefährten und wo Rafael sein zuhause hatte, wusste Dennis nicht. Überhaupt wirkte der Mann vom NCIS heute noch angespannter als an anderen Tagen.

»Gibt es schon was wegen der Sache mit Larkin und dem Opfer?« Joe musterte Rafael.

»Nein. Ich sag es euch, wenn ich es weiß, aber nun sollten wir los, und du solltest sehen, dass du deiner Arbeit nachgehst«, murrend verschwand Rafael aus der Küche.

»Denk dir nichts dabei.« Joyce richtete ihre Worte an Joe, der tief eingeatmet hatte. »Der ist seit Tagen so komisch. Das hat nichts mit euch zu tun.«

»Die Art sollte er dringend ablegen sonst bekommen wir noch mächtig Ärger miteinander.« Tief grollend erhob Wesley sich, der Joe die Antwort wohl abgenommen hatte, denn ihr CO schwieg.

Eine halbe Stunde später stand Dennis nur wenige Meter von der Stelle entfernt, an der man Riccardo Liccardi gefunden hatte. Skeptisch sah er sich um und musterte Nuyen, der an der Stelle im Dünengras lag, an der man die Leiche des Italieners entdeckt hatte. Immer wieder richtete Nuyen seinen Blick am Okular seines Gewehres vorbei Richtung Platz. Und jedes Mal schüttelte er den Kopf.

»Da passt was nicht.« Er sah sich zu ihnen um. »Lexi, würdest du mal dahin gehen wo wir gestern gestanden haben und dich dann an Jordans Wagen stellen? Dennis komm mal her.«

»Wehe du drückst ab, dann reiß ich dir den Arsch auf.« Lexi spurtete an Dennis vorbei über die bewachsene Sanddüne. Heute war es aufgrund der Sperrung gefahrlos möglich, quer über den Platz zu laufen, über den sonst hunderte Kugeln flogen. Dennis legte sich neben Nuyen, der ihm ein Fernglas reichte, auf den Boden. Es dauerte einen Moment, ehe Lexi die Stelle erreicht hatte, an der die ersten Kugeln auf Cayden abgefeuert worden waren.

»Passt doch.« Verwundert sah Dennis Nuyen an, der nickte und Lexi über Funk den Befehl gab, zum Wagen zu laufen. Selbst jetzt war es noch möglich, sie zu treffen. Dann forderte Nuyen Lexi auf, einen Ast in das Einschussloch im Wagen zu stecken. Die Spitze des Holzes deutete nicht, wie er es erwartet hatte auf sie. Selbst der Umstand dass der Stock nicht gerade war, änderte nichts daran, dass die Richtung nicht stimmte. Er deutete an ihnen vorbei, das konnte er trotz der Entfernung durch das Okular genau sehen.

»Siehst du, was ich meine? Von hier bekommst du die Kugel da nicht so rein und ich wette, dass die Kugel Jordan auch in dem Winkel getroffen hat.« Nuyen sah ihn liegend von der Seite an.

»Willst du behaupten, er hat von wo anders geschossen?« Nun trat Rafael, von Joyce gefolgt, an sie heran und sank neben ihm auf den Boden. Dennis reichte sein Gewehr an den NCIS Agent weiter, der einen prüfenden Blick durch das Zielfernrohr warf.

»Genau das. So geht das nicht. Eine Kugel hat die blöde Angewohnheit, mehr oder weniger geradeaus zu fliegen. So hätte sie erst nach rechts gemusst, und zwar weit.« Nuyen richtete sich auf und musterte die Umgebung.

»Vielleicht hier?« Liv stand einige Meter entfernt zu ihrer Linken und deutete auf den Boden. Wesley ging zu ihr hinüber und musterte den Boden.

»Hier war wer.« Mit seinen Worten kniete er auf den Boden, und starrte durch das Zielfernrohr seines Gewehres Richtung Wagen und Lexi. »Würde passen«, kommentierte er, was er sah.

»Dann ist er von hier da rüber gegangen, um zu treffen«, resümierte Rafael. Dennis hatte sich erhoben und sah sich um. Wenn Liccardi aufgestanden wäre, hätte es einige Sekunden gedauert, um das Gewehr erneut auszurichten. Wäre er gerobbt, würde es Spuren am Boden geben. Wie viel Zeit war zwischen den ersten zwei Schüssen und den folgenden vergangen. Er versuchte, sich zu erinnern. Es waren nur wenige gewesen. Reichte es aus, um laufend die Position zu wechseln? Und warum sollte er genau das überhaupt getan haben? Er hätte Cayden wie auch Jordan von dieser Stelle hier ebenso erwischen können.

»Lass mich da mal hin.« Dennis sprach Nuyen an, der ihn verwundert ansah.

»Glaubst du mir nicht oder was?«

»Doch, ich will was ausprobieren.«

Nuyen machte ihm nach einem kurzen Moment Platz und auch Wesley verließ die Stelle, an der der Schütze ein zweites Mal geschossen hatte. Dennis atmete mehrfach durch, nahm dann eine Stelle am Schießplatz ins Visier, von der er meinte, dass Cayden am Tag zuvor dort gestanden hätte. Langsam ein und ausatmend begann er zu zählen. Zwei Schüsse, dann sprang er auf und warf sich wenige Meter weiter ins Gras. Wieder musste er sein Gewehr ausrichten. Kopfschüttelnd sah er auf und erklärte, dass die Zeit zwischen den Schüssen viel kürzer gewesen war, was Lexi, Nuyen und auch Wesley bestätigten und bei Rafael und Joyce zu Seufzern führte.

»Er hatte aber zwei Gewehre. Wenn beide ausgerichtet waren …«, warf Lexi nach wenigen Minuten ein.

»Dann nochmal.« Wesley legte sein Gewehr an der zweiten Position ab, während Dennis sich erneut an der ersten auf den Boden legte. Dieses Mal passte die Zeit, dafür warf Joyce etwas anderes ein.

»Wenn er den zweiten Schuss von da abgefeuert hat, warum nimmt er dann das Gewehr hier mit her und richtet sich hier? Logischer wäre doch da.« Sie deutete auf die zweite Position. »Warum hatte er überhaupt zwei Gewehre und warum hatte er nicht alle Schüsse von einer Position abgegeben?« Tiefe Falten bildeten sich auf ihrer Stirn.

»Da ist was faul.« Schlussfolgerte Nuyen und sah Dennis an. »Ein zweiter Schütze? Gibt es schon was zu den Projektilen?« Beim Weitersprechen richtete sich der gebürtige Japaner wieder an Rafael, der bereits ein Handy gezückt hatte und telefonierte. Minuten verstrichen und mit jeder wurde Rafael ungehaltener.

»Das ist mir doch egal. Wir brauchen die Ergebnisse, was hat die CIA mit der Sache zu schaffen? Das ist ein Fall für den NCIS …« Eine lange Pause entstand, ehe er wütend bellte »Das ist mir scheißegal, ich komm jetzt ins Büro und dann will ich den Typen persönlich sprechen.« Er beendete mit hochrotem Kopf das Gespräch und wandte sich kurz ihnen zu. »Ich muss weg. Joyce, Liv mitkommen.« Aggressiv fuhr der Agent die Frauen an, die zuvor für die CIA gearbeitet hatten und sich bei Rafaels wütenden Worten verwundert ansahen.

»Das kannst du auch anders sagen«, fuhr Liv Rafael an, folgte ihm dann aber ohne weitere Widerworte. Die Stimmung zwischen den Agenten war ungewohnt angespannt, als sie aus seinem Sichtfeld verschwanden.

Eine Weile stand Dennis schweigend neben Nuyen und Wesley. Es lag etwas in der Luft, das er nicht greifen konnte. Als wäre irgendwo ein Feind, von dem niemand wusste. Als müssten sie auf den ersten gegen sie gerichteten Schuss warten, ehe sie reagieren konnten. Lexi holte ihn, über die Sanddüne spurtend, aus seinen Gedanken und Nuyen brach die Stille.

»Da stimmt was nicht. Vielleicht kann Harry ja …« Nuyen musterte die anderen.

»Bist du wahnsinnig. Der darf im Moment eigentlich nicht mal einen Rechner anfassen.« Wesley schüttelte energisch den

Kopf. Auch wenn der IT-Fachmann des Teams von seinen Anklagepunkten freigesprochen wurde, stand er unter genauester Beobachtung. Ein falscher Schritt, eine falsche Eingabe im Suchfenster seines Rechners und er müsste seine Sachen packen. Dennis schüttelte den Kopf. Auf keinen Fall durften sie Harry in irgendeiner Form dazu bewegen, ihnen Informationen zu beschaffen.

»Ferret.«

»Ferret.«

Lexi und Wesley sprachen den Namen zeitgleich aus.

»Vielleicht kann Harry … also es muss ja keiner wissen, dass Harry Randall hilft…« Nuyen sprach nicht weiter. Sie wussten alle, was er damit sagen wollte.

Sie mussten den Grund für Rafaels schlechte Laune in Erfahrung bringen. Da war etwas, das nicht nur Dennis zu sagen schien, dass es bereits wichtige Informationen gab und dass diese absichtlich zurückgehalten wurden. Die Fahrt zur Base der IATF verlief schweigend. Sie hatten Randall Bescheid gegeben, der den Tag ohnehin im alten Hotel verbracht hatte. Dieser wiederum wollte sich Harry zur Unterstützung bestellen. Mehrfach betonten sie, dass Harry nur zuschauen und auf keinen Fall den Rechner anfassen sollte. Sollte man Harry dabei erwischen, wie er sich in die Systeme der CIA oder des NCIS einwählte, würde er seinen Job verlieren. Dann würde niemand mehr dafür sorgen, dass er im Team bleiben konnte. Die Verantwortung wollte keiner übernehmen. Vielleicht sollten sie einfach darauf warten, dass Rafael zurückkam und ihnen mitteilte, was es zu wissen gab. Vielleicht hatten sie in wenigen Stunden bereits alle wichtigen Ermittlungsergebnisse und einen Schuldigen für Jordans Tod. Denn inzwischen ging Dennis fest davon aus, dass Riccardo Liccardi sie nicht umgebracht hatte.

Als sie im alten Hotel ankamen, lag der Duft von Kaffee und Gebäck in der Luft, was sie aber ignorierten. Eilig machten sie sich auf den Weg zu Randalls Unterkunft, wo sie auf eine angelehnte Tür stießen, hinter der ihr Kollege an einem Rechner saß, Harry hinter ihm stand und Trisha, mit der keiner von ihnen gerechnet hatte, an Randalls Schreibtischstuhl lehnte.

»Was ist denn hier los?« Wesley sprach ihrer aller Verwunderung aus, als sie die Kommunikationsoffizierin entdeckten.

»Klassentreffen«, murmelte Randall abwesend. Trisha beugte sich über die Schulter des rothaarigen Mannes und deutete auf den Bildschirm.

»Und warum erzählt Rafe uns das nicht?« Nun sprach Harry, starrte aber weiterhin auf den Bildschirm. »Mach dass du da rauskommst und wenn der Herr vom NCIS wiederkommt, werde ich ihn mal fragen, was der Scheiß soll.«

»Du fragst gar nichts. Ich mach das«, murrte Randall, tippte auf der Tastatur herum und drehte sich nach wenigen Sekunden zu ihnen herum »Ihr seid zu spät.«

»Zu spät für was? Was ist los?« Plötzlich stand Sean hinter ihnen und ließ sie alle ertappt zusammenzucken. »Was macht ihr hier und was habt ihr am Schießstand rausbekommen?«

»Ich dachte ...« Harry fand als erster die Sprache wieder, schien sich aber nicht sicher zu sein, was er sagen sollte.

»Du bist der Letzte, der im Moment denken soll. Also was macht ihr hier?« Der Blick ihres Vorgesetzten bohrte sich in sie, nachdem er Harry das Wort abgeschnitten hatte.

»Wir glauben, dass Riccardo nicht alleine war.« Dennis erklärte ihrer aller Verdacht. Seans Augen wurden größer.

»Dann rennt da noch wer rum, der es auf meinen Bruder und vielleicht auch die Kleine abgesehen hat?« Fassungslos sah Sean von einem zum anderen und schien nur langsam zu begreifen, was seine eigenen Worte bedeuteten.

»Keine Ahnung, aber Rafael hat von ganz oben die Anweisung bekommen, die Ermittlungen an die CIA abzugeben.« Harry drehte sich endlich vom Bildschirm weg. »Wir haben seine Mails gecheckt.«

»Was habt ihr? Spinnt ihr?« Sean schüttelte den Kopf. Seine Worte klangen jedoch nicht so erbost, wie Dennis es erwartet hatte.

Im weiteren Verlauf des Gesprächs konnte man sehen, wie Seans Blutdruck stieg. Er hatte Angst um seinen Bruder, da er befürchtete, dass immer noch ein Killer auf freiem Fuß war, der es explizit auf Cayden abgesehen hatte. Es gelang ihnen, Liv ins

Hotel zu zitieren, die direkt nach ihrer Ankunft mit dem Handy am Ohr wieder aus Randalls Wohnung verschwand. Sie wirkte unruhig und schien sich nicht sicher zu sein, wie sie auf ihren geäußerten Verdacht reagieren sollte. Dennis bildete sich sogar ein, dass sie sich ertappt fühlte.

»Da ist doch was faul.« Nuyen sank auf das große Sofa ihres Kollegen. »Das stinkt doch zum Himmel. Wo ruft sie an?«

»Keine Ahnung, aber wenn ich Bishop in die Finger bekomme, ist er tot. Ich dachte, der arbeitet für uns«, knurrte Sean, der seit einer Dreiviertelstunde im Raum auf- und ablief. Wenn er einen von ihnen nur noch beim Nachnamen nannte, war Ärger vorprogrammiert.

»Was ist mit mir?« Rafael tauchte in der Tür auf und Sean packte ihn nur wenige Sekunden später am Kragen. Rafaels Überraschung war nicht zu übersehen, aber auch etwas anderes entging ihnen allen nicht. Er schien genau zu wissen, was Sean derart aufbrachte. Sean brüllte Rafael an, der halbherzig versuchte, sich aus dem Griff des SEALs zu befreien. Als der NCIS-Agent mit einem lauten Krachen und einem Griff um seinen Hals von Sean gegen die Wand gedrückt wurde, wollte Dennis eingreifen, wurde jedoch von Nuyen zurückgehalten.

»Warte«, raunte Harry, der von hinten an sie herantrat, ihm zu, während er dabei zusehen musste, wie Rafael kaum noch Luft bekam. »Er wird ihn nicht umbringen, noch nicht.«

»Was spielst du für ein Spiel? Warum sollst du die Ermittlungen abgeben? Ich dulde hier keinen Verräter im Team.« Seans Stimme war nur noch ein leises dunkles Grollen.

»Sean, lass ihn los.« Liv tauchte in der Tür auf und fuhr ihren Captain an. »Es sind Kugeln aus drei verschiedenen Waffen gefunden worden. Die, die Jordan getötet hat, ist aus der McMillan, auf der Liccardis Fingerabdrücke sehr verwischt sind und die Wahrscheinlichkeit, dass er sich selbst gerichtet hat, geht gegen null, weil er kein Yogameister gewesen ist«, erklärte sie im Türrahmen lehnend mit ruhiger Stimme ohne auf Rafael zu achten.

»Woher …?« Rafael rang nach Luft.

»Glaub bloß nicht, dass du der Einzige mit Kontakten bist. Gerichtsmedizin.« Liv grinste breit und Rafael verdrehte die Augen.

»Lass los!« Plötzlich stürmte Harry an Dennis vorbei auf Sean zu und riss ihren Captain brutal zurück. »Lass ihn los, verdammt!« Obwohl Sean seinen Griff bereits gelöst hatte, brüllte Harry Sean an. Rafael sank unkontrolliert an der Wand zu Boden und sein Kopf schlug mit einem dumpfen Geräusch auf dem Boden auf.

»Stell dich nicht so an. Erstens atmet er noch und zweitens hat er es verdient. Der Idiot arbeitet doch auf zwei Seiten. Steh auf du Affe.« Sean wollte auf Rafael zu gehen, aber Harry hielt ihn zurück. Kopfschüttelnd kniete sich Liv neben ihren Kollegen.

»Mach die Augen auf und erklär uns das, bevor er dich umbringt. Sollte er es tun, habe ich nichts gesehen. Ich deck dir nicht den Rücken« Sie gab Rafael einen Stoß, der sich stöhnend von der Seite auf den Rücken rollte. »Steh auf!«, blaffte sie ihn an.

Dennis wusste nicht, was er machen sollte. Auf der einen Seite war er wie alle anderen auch sauer auf Rafael, da er ihnen Informationen vorenthalten hatte, auf der anderen wollte er ihm helfen, als er sich hustend aufsetzte. Aber das kaum erkennbare Kopfschütteln von Randall hinderte ihn daran.

»Und?« Wieder war es Liv, die Rafael fordernd mit einem bohrenden Blick ansah und nicht Sean, der mit vor der Brust verschränkten Armen mitten im Raum stand und vor Wut kochte.

»Die drohen mir mit dem Rauswurf. Die Ermittlungsergebnisse sollen erst zu einem vollständigen Bericht zusammengefasst werden, ehe sie rausgegeben werden. Mein Boss hat gesagt, ich soll die Füße stillhalten, bis die CIA fertig ist …« Rafael hustete und erhob sich. »Ich brauch den Job. Die vom CIA sorgen innerhalb einer Sekunde dafür, dass ich keinen mehr habe, wenn ich mich nicht an ihre beschissenen Spielregeln halte«, knurrte er wütend.

»Schon mal drüber nachgedacht, dass wir dich gerne einstellen würden? Dich aber nicht abwerben können, weil dein

Boss dich behalten will? Das wäre nun deine Chance.« Sean machte einen Schritt auf Rafael zu, der sich Blut aus dem Mundwinkel wischte. »Das hast du dir selbst zuzuschreiben. Mitkommen! Alle!« Sean warf Rafael einen verächtlichen Blick zu, als er aus dem Raum verschwand.

Das anschließende Treffen des Teams dauerte über zwei Stunden und drehte sich fast ausschließlich um Rafael, der bewusst wichtige Informationen verschwiegen hatte. Es war bereits seit dem Tag der Schüsse sicher, dass es zwei Schützen gegeben hatte. Wenn sie mit ihrer Feststellung zum NCIS oder auch zum CIA gegangen wären, hätte man sie abgewimmelt. Rafael wurde von Stunde zu Stunde ruhiger, während er die Fragen von Sean und John beantworten musste und Liv ihn immer wieder mit ihrem Wissen konfrontierte, welches sie aus sicheren Quellen der CIA hatte, da sie dort Informationen von alten Kollegen bekommen hatte. Diese Infos waren ihr zwar im Vertrauen gegeben worden, aber das war ihr unübersehbar egal. Die Stimmung im Raum war geladen und letzten Endes blieben einige Fragen offen.

Wer war der zweite Schütze?

Warum hatten sie es nicht erfahren sollen? Die Frage nach demjenigen, der alles vertuschen wollte, stand ebenso im Raum wie die Frage, warum man überhaupt etwas vertuschen wollte?

16.

Der Tag wollte einfach nicht enden. Cayden bildete sich ein, dass er noch weit schlimmer war, als der vorherige. Er saß neben Collin im Wagen und fühlte sich ausgebrannt wie noch nie in seinem Leben. Immer wieder wanderte sein Blick in den Rückspiegel, wo er Samira sah, die mit leerem Blick aus dem Seitenfenster starrte. Im Wagen hinter ihnen saß neben Jordans Vater Eric ihre Mutter Briana, sie alle hatten einen der schlimmsten Gänge hinter sich gebracht. Sie waren in der Gerichtsmedizin gewesen, um Jordan nochmals zu sehen. Der ältere Herr, der dort arbeitete, hatte ihnen angeboten, dass sie in den nächsten Tagen jederzeit wiederkommen könnten, aber Cayden war sich sicher, dass er es nicht nochmals ertragen würde, Jordan zu sehen. Als nächstes standen ein Gespräch mit einem Priester und einem Bestatter auf dem Plan und er wusste bereits jetzt, dass er nicht mehr in der Lage war, diesen Gesprächen zu folgen. Selbst beim Telefonat mit seinen Eltern, die er erst am Morgen angerufen hatte, hatten seine Gedanken sich wie ein zäher Brei verhalten. Seine Mutter war in Tränen ausgebrochen und sein Vater hatte ihn innerhalb weniger Minuten gleich mehrfach gefragt, was nun aus Samira werden sollte. Diese Frage hatte ihn aufgebracht. Sie war so unnötig gewesen, dass er seine Eltern fast gebeten hätte nicht zur Beisetzung zu kommen. Samira würde bei ihm bleiben, auch wenn gerade sein Vater mit diesem Umstand ein Problem zu haben schien.

»Kaffee?« Collin musterte ihn kurz von der Seite.

»Ne.« Auch wenn er den gesamten Tag noch keinen Kaffee getrunken hatte und sowohl Frühstück als auch Mittagessen ausgefallen waren, hatte er weder Durst auf Kaffee noch Hunger. Da war nur der Wunsch nach Schlaf und der, endlich aus diesem Albtraum aufzuwachen.

»Können wir uns was zu essen besorgen? Ich hab Hunger.« Samira hatte ihren Blick vom Fenster gelöst und sah ihn über den Rückspiegel flehend an. Er wollte ablehnen. Er war nicht in der Lage sich irgendwo anzustellen, um einen pappigen Burger zu kaufen.

»Klar.« Collin antwortete Samira, ehe Cayden seinen Gedanken an das Fastfood beendet hatte.

»Wir können uns auch was kochen.« Er drehte sich zu Samira um.

»Nein.« Sofort wandte sie ihren Blick ab.

»McDonalds?« Collin sprach Samira an, die nickte.

Sie erreichten den nächsten McDonalds nach wenigen Minuten Fahrtzeit. Auch Jordans Eltern waren dem billigen Essen nicht abgetan und begleiteten Samira in den Imbiss, während er an Collins Wagen lehnte und den Asphalt anstarrte.

»Wir hätten zu Hause kochen können«, murmelte Cayden abwesend »Hast du gesehen, wie Briana und Eric sie anschauen? Die haben sich bisher nur zwei Mal gesehen und beim ersten Treffen waren sie erschüttert, dass Samira schwarz ist. Und meinen Job mochten sie auch nicht. Und nun wollen sie sich einschleimen. Die wickeln sie um den Finger.«

»Snipes, sei froh, dass sie mit Sami auskommen. Sie braucht jetzt einen Halt.« Collin lehnte sich an seinen Wagen.

»Ach und den kann ich ihr nicht bieten oder was?«, murrte Cayden wütend.

»Das hab ich nicht gesagt, aber zusammen könnt ihr es besser. Sie werden dir Samira nicht wegnehmen. Sie wollen nur für euch da sein. Kannst du oder willst du das nicht begreifen?«

»Es war eine beschissene Idee, dich zu fragen, ob du uns fahren kannst. Willst du mir nun Ratschläge geben, wo du doch selbst jeden Tag im Selbmitleid versinkst?« In Cayden begann es zu brodeln und der Grund war nicht, wie gerade ausgesprochen, Collin. Es war Samira. Er konnte es nicht ertragen, dass Samira ihn derart mit Nichtbeachtung strafte. In der Nacht hatte er immer damit gerechnet, dass sie aus ihrem Zimmer kommen und sich zu ihm setzen würde. Aber es war nichts passiert. Er wusste nicht mal, ob sie geschlafen, oder, wie er, die gesamte Nacht wachgelegen hatte. Cayden hatte sich nicht getraut, zu ihr zu gehen aus Angst davor, dass er keine passenden Worte finden würde, um sie zu trösten. Und auch aus Angst, dass er ihre Fragen nicht beantworten und ihre Vorwürfe nicht ertragen würde.

Ihr morgendliches Treffen in der Küche war nach einem Blick in den Kühlschrank von ihrer Seite schnell wieder beendet gewesen, nachdem sie O-Saft herausgenommen und ihn in ihr Zimmer mitgenommen hatte. Sie hatte ihr Reich erst wieder verlassen, als Collin um kurz nach acht an der Tür geklingelt hatte. Sie hatte seinem Freund einen guten Morgen gewünscht und war wieder in ihr Zimmer verschwunden. Das nächste Mal als er sie gesehen hatte, war in dem Moment gewesen, in dem Jordans Eltern geklingelt hatten. Samira hatte Jordans Mutter sogar in ihr Zimmer gelassen, wo sie eine halbe Stunde verbracht hatten, während er mehr oder weniger schweigend neben Jordans Vater auf dem Sofa gesessen hatte. Aber mit ihm hatte sie bisher kaum gesprochen. Er wusste nicht, was sie fühlte oder wie es ihr ging. Er wusste nicht einmal, wie er ihr helfen konnte.

»Fass dir erstmal selbst an die Nase.« Collin warf einen prüfenden Blick zum Schnellimbiss.

»Was, kannst du nicht warten?« Cayden lachte kalt auf. Erst war er so freigiebig, dass er Samira hierher gefahren hatte und nun wollte er nicht auf das Mädchen warten. Die Worte seines Freundes hatten ihn nicht erreicht. Er sah nur den Blick, der auf die Tür des Imbisses gerichtet war.

»Ich kann warten, gut und lange. Das habe ich in den letzten Monaten gelernt. Und in Selbstmitleid versinkt hier seit Monaten nur einer. Snipes, reiß dich zusammen. Du trägst Verantwortung für das Mädchen. Und zwar jetzt alleine. Nimm es hin, wenn sie dich im Moment nicht an sich heranlässt, aber sei verdammt nochmal für sie da«, knurrte Collin ihm zu.

»Ich bin da«, blaffte er wütend zurück. Was war das für eine Unterstellung? Er war doch da. Sie konnte immer zu ihm kommen. Aber was tat sie? Machte einen riesigen Bogen um ihn. Dass Samira ihn am morgen nur kurz angesehen hatte, schmerzte immer noch.

»Dann nimm sie einfach mal in den Arm, auch wenn sie nicht will.« Collin senkte die Stimme. Cayden wollte ihm an den Kopf werfen, dass er es tun würde, sie ihm aber ständig aus dem

Weg ging, als er im Augenwinkel sah, wie Samira aus dem Schnellimbiss kam. Er warf Collin einen wütenden Blick zu. Dieses Gespräch war noch nicht beendet. Sobald er mit seinem Kollegen alleine war, würde er es fortsetzen und ihm die Meinung sagen.

»Ich hab dir einen Kaffee mitgebracht.« Samira blieb lächelnd vor ihm stehen und reichte ihm einen Pappbecher.

»Danke.« Verblüfft nahm er ihr den Kaffee ab und bemerkte, dass Collin ihn mit einem Kopfnicken zu mehr als einem Danke aufforderte. Aber er konnte sie doch nicht hier auf dem Parkplatz mit dem Kaffee in der Hand … wieder wanderte sein Blick kurz zu Collin, der noch mehr Nachdruck in seine Gesten legte.

»Hat Cat ´nen steifen Nacken?« Samiras Aufmerksamkeit wanderte an ihm vorbei zu Collin, der sich ertappt durch den Nacken strich.

»Möglich.« Cayden räusperte sich. »Danke, dass du mir einen Kaffee mitgebracht hast.« Sanft strich er Samira durch die Haare. Aber es fühlte sich anders an als noch vor drei Tagen. Er war nicht in der Lage, genau zu sagen, was anders war. Lag es daran, dass er sich zu dieser Berührung zwingen musste? War es, weil Samira sich zurückgezogen hatte? Oder war Collin schuld?

»Du musst ihn auch trinken. Jay hat immer gesagt, dass der hier nur schmeckt, wenn er heiß ist und man sonst Ratten damit töten könnte.« Es war nicht zu übersehen, dass sie sich zu einem Lächeln zwang. Wahrscheinlich sah sie gerade, wie er auch, Jordan mit Grimasse vor sich, weil der Kaffee kalt war. Mit einem Stechen im Herzen zog er Samira an sich.

»Dann trink ich den lieber, das wollen wir den Ratten nicht zumuten.« Er zwang sich zu einem Lächeln, als er Samira wieder losließ und einen Schluck aus dem Kaffeebecher nahm.

Während des gesamten Nachmittages gelang es ihm nicht mehr, Collin alleine zu sprechen. Als sie an seinem Haus ankamen, warteten bereits der Priester und ein Mitarbeiter eines Bestattungsunternehmens auf sie. Es fiel ihm unendlich schwer, die Dinge zu entscheiden, die am Tag des Abschieds wichtig sein würden. Was für ein Sarg … allein dieser Gedanke war wie heiße Lava. Schlussendlich war es Jordans Vater, der entschied, dass es ein heller Sarg aus Fichte werden sollte. Mit rotem Samt ausgelegt und bronzefarbenen Beschlägen. Dann wollte der Bestatter wissen, ob es Sargträger gab oder ob er welche stellen solle. Hier übernahm Collin das Gespräch, und versprach, sich zu kümmern. Der Priester war einfühlend und wollte viel über Jordan wissen. Cayden gelang es einen Moment, den Schmerz zu vergessen und sich an ihr Kennenlernen und die erste Zeit mit Samira zu erinnern. Jordans Mutter erzählte vieles über Jordans Kindheit und Jugend, von dem er noch nie etwas gehört hatte und was ihn einige Male mit großen Augen zu ihrer Mutter sehen ließ.

Als Termin für die Beisetzung wurde der kommende Donnerstag festgelegt. Im Hinterkopf war Cayden erstaunt darüber, dass es so früh war, da er mit langen Ermittlungsarbeiten gerechnet hatte, aber er hinterfragte diese Tatsache nicht. Es wurden Adressen von Freunden und Verwandten notiert, die der Beerdigung bewohnen sollten und es wurde festgelegt, dass man sich anschließend in seinem Haus treffen wollte. Jordans Mutter strahlte eine unglaublich Ruhe und Kraft aus, als sie ihm erklärte, sie würde alles Nötige in die Hand nehmen und sich um die Verpflegung der Gäste kümmern. Wo nahm sie nur diese Kraft her? Diese Frage stellte Cayden sich über Stunden immer wieder. Aber er fand keine Antwort.

Völlig erschöpft schloss er am frühen Abend die Tür hinter den beiden Männern, die ihm immer noch fremd waren, aber sicher alles dafür tun würden, damit Jordan einen angemessenen Abschied bekam. Eine knappe Stunde nach den beiden Männern verabschiedeten sich Jordans Eltern und Collin ebenfalls. Ihre Eltern hatten darauf bestanden, in einem Hotel zu übernachten, und Collin wollte noch bei seinen alten Kollegen vorbeischauen. So saß Cayden um kurz nach einundzwanzig Uhr alleine auf der Couch und starrte den schwarzen Bildschirm des Fernsehers an. In seinem Kopf herrschte Chaos und gleichzeitig fühlte er sich völlig leer.

»Cay?« Samiras Stimme riss ihn aus seinem Zustand.

»Ja?« Er wandte sich sitzend zu Samira um, die in der Wohnzimmertür lehnte. »Komm her«, fügte er leise hinzu, als er ihre Tränen bemerkte. Sie zögerte kurz, kam dann aber doch zu ihm und sank neben ihm auf die Couch. Wenige Zentimeter trennten sie, als sie, wie er auch auf den Fernseher starrend, nach seiner Hand griff. Ihre Haut war warm und unglaublich zart.

»Meinst du, ich kann trotzdem auf Klassenfahrt? Ich meine …« Sie stockte.

Er löste seinen Blick vom Fernseher und wandte sich ihr zu. Das war keine Frage oder Aussage, mit der er gerechnet hatte. Überhaupt hatte er die Fahrt bereits fast vergessen. Er grübelte. Wäre es richtig, sie fahren zu lassen? Schließlich hatte sie einen Teil ihrer Familie verloren. Musste er diese Entscheidung noch heute fällen?

»Der Elternabend ist am Mittwoch«, fügte sie ihrer Frage leise hinzu.

»Ich weiß nicht …« Er bemühte sich, in ihrem Blick eine Reaktion zu erkennen, aber da war nichts. »Ich denke drüber nach, ja?« Einen Arm um ihre Schulter legend zog er sie an sich.

»Sie fehlt mir.«

Er konnte hören, wie Samira bei ihren Worten schluckte.

»Mir auch.« Er konnte sich nicht daran hindern, seine Wange erschöpft an Samiras Kopf zu legen.

Als er Jordan kennengelernt und sie Samira aufgenommen hatten, hatte er immer damit gerechnet, dass sie es sein würde, die sich um seine Angelegenheiten kümmern müsste. Er hatte bei jedem Einsatz befürchtet, nicht heimzukommen. Jedes Mal hatte er zuvor einen Brief geschrieben, in dem er sich verabschiedet hatte. Diese Briefe wurden bis heute unter Verschluss in der Base aufbewahrt. Es wäre doch nur fair gewesen, wenn ihn die Kugel getroffen hätte. Er hatte jahrelang sein Leben riskiert und nun einfach alles hingeschmissen. Jordan hingegen hatte alles getan, um Leben zu retten, und zwar jeden Tag und zu jeder Tageszeit. Sie hätte ihren Job nicht einfach so hingeworfen, weil sie vor irgendetwas Angst hatte. Sie war eine Kämpferin, auch wenn sie jedes Mal am Boden zerstört gewesen war, wenn sie den Kampf um das Leben eines Menschen verloren hatte. Aber nie hätte sie wegen dieser Niederlagen ihren Job hingeworfen. Sie war eine starke Frau. Er hingegen hatte

Angst. Diese Angst hatte ihn seinen Abschied nehmen lassen. Die Angst zu sterben, die Angst, Jordan und Samira alleine zu lassen. Er war ein verdammter Feigling. Wenn er weitergemacht hätte, wäre all das wahrscheinlich nie passiert. Dann wäre er nicht am Schießplatz gewesen und selbst wenn, Jordan wäre nicht zu ihm gekommen, um ihn abzuholen. Sie hätte gewartet, bis er am späten Abend völlig erledigt heimgekommen wäre.

Diese Möglichkeiten fraßen sich tief in ihn.

»Cay?«

Er blinzelte, als er Samiras Stimme vernahm.

»Willst du nicht ins Bett gehen?«

»Nein.« Langsam wurde ihm klar, dass er auf dem Sofa sitzend eingeschlafen war und Samira in seinen Armen lag und ihn prüfend musterte. »Ich bleibe hier. Geh du ruhig.« Tief in ihm wünschte er sich, sie würde bleiben, aber sie entzog sich seinem Arm und stand auf. Würde sie fragen, warum er nicht ins Bett ging? Insgeheim wünschte er sich diese Frage von ihr. Aber das war wohl eine Frage, deren Antwort nur ein Erwachsener verstehen konnte.

»Gute Nacht«, flüsternd wandte sie sich ihm zu.

»Gute Nacht Maus. Schlaf gut.«

17.

Samira war es, die Cayden am Montagmorgen aus dem Schlaf riss. Seine Knochen schmerzten höllisch, als er sich auf der Couch streckte. Vielleicht sollte er die kommende Nacht doch in seinem Bett verbringen. Womöglich würde es etwas bringen, wenn er das Bett neu bezog. Vielleicht hatte er Glück und neue Bettwäsche würde ausreichen, damit Jordans Geruch nicht mehr allgegenwärtig war. Das Sofa würde ihm über kurz oder lang einen Haltungsschaden bringen.

»Ist es okay, wenn ich zur Schule gehe?« Samira stand neben dem Sofa und sah ihn beinahe flehend an. Cayden strich sich den Schlaf aus den Augen. Eigentlich, so hatte er gedacht, sollte sie erst in der kommenden Woche wieder zur Schule gehen. Auch über ihren Wunsch, an der Klassenfahrt teilzunehmen, hatte er noch nicht endgültig entschieden. Wenn er ehrlich zu sich war, hatte er noch keinen einzigen Gedanken daran verschwendet, seit sie ihn am Abend gefragt hatte. Auf der einen Seite wollte er, dass sie teilnehmen konnte, auf der anderen war er unschlüssig, ob es moralisch in Ordnung war, kurz nach einem Verlust, wie Samira ihn erlebt hatte, bereits eine Klassenfahrt zu machen.

»Ja.« Es fiel ihm schwer, das Wort auszusprechen. Aber er konnte sehen, dass sie sich in diesem Moment nichts sehnlicher wünschte, als zur Schule zu gehen. Es würde sie ablenken und vielleicht würde es ihr sogar helfen. Sie könnte mit anderen Menschen über ihre Gefühle reden und man würde ihr beistehen, so wie seine Kollegen es bei ihm taten. »Wenn was ist ruf an, dann hole ich dich ab.« Er schob die Wolldecke zurück.

»Mach ich, danke.« Samira eilte aus dem Wohnzimmer und war nur wenige Minuten später aus dem Haus verschwunden. Als die Tür hinter ihr ins Schloss fiel, überkam Cayden ein schier erdrückendes Gefühl. Er war alleine. Alleine in den vier Wänden, die er sich mit der Liebe seines Lebens geteilt hatte. Mit der Frau die er irgendwann hatte heiraten wollen. Die, die ihn von seinem Job, der lange Inhalt seines Lebens gewesen war, getrennt hatte. Und er hatte es verdammt nochmal gerne getan. Er hatte bei ihr sein wollen. Nun war er alleine. Da war nur Samira, der er den Schmerz nicht nehmen konnte.

Schmerz konnte man nicht erschießen oder in die Luft sprengen, so wie er es immer mit seinen Feinden getan hatte. Schmerz fraß sich tief in einen, hinterließ Narben, die niemand entfernen konnte und brannte oft ewig. Gegen diesen Feind war er machtlos. Er, der doch so oft von seinen Feinden nicht erkannt worden war. Nie hatten sie ihn kommen sehen. Nun hatte er einen unsichtbaren Gegner, dazu einen, den er nicht greifen oder ausschalten konnte. Einen, mit dem er leben musste und der nie die Oberhand gewinnen durfte.

Erst das Klingeln an der Haustür riss ihn fast zwei Stunden später aus einem tranceähnlichen Zustand, in dem er nur vor sich hingestarrt hatte.

»Alter, du hast einen Schlüssel.« Er wollte nicht aufstehen. Collin hatte von ihm einen Schlüssel bekommen, den er ihm sicher in einigen Tagen wieder abnehmen würde. Warum zum Teufel benutzte er ihn nicht.

Erneut klingelte es. »Mann, was soll der Scheiß?« Vor Wut auf seinen Freund kochend erhob er sich. Als er jedoch vom Wohnzimmer in den Flur bog und durch die Glasausschnitte eine Silhouette erkannte, stockte er. Das war nicht Collin. Es war ein Mann, so viel war sicher. Ein Großer noch dazu. Wer sollte ihn am morgen um zehn besuchen kommen? Die Mitglieder seines alten Teams würden sicher erst am Nachmittag auftauchen. Es war niemand aus der IATF. Langsam ging er auf die Tür zu. Seine Sinne waren so gereizt, dass er nach seiner Sig griff, die immer in der obersten Schublade der Garderobe lag.

Wie oft hatte er deswegen mit Jordan gestritten? Immer wieder hatte sie ihn auf die Gefahren hingewiesen, die es barg, wenn er eine Waffe so offen herumliegen ließ. So oft hatte sie ihm gesagt, dass Samira die Pistole vielleicht herausnehmen könnte. Aber er hatte darauf bestanden, sie dort zu lassen. Inzwischen war er mit Samira sogar schon einige Male auf dem Schießstand gewesen und sie wusste, wie man mit der Waffe umging und was zu tun war, damit sich nicht versehentlich ein Schuss löste. Auch könnte sie einen Einbrecher oder jemanden, der sie bedrohte, so ausschalten, dass der nicht an seinen Verletzungen starb.

Die Pistole in der einen Hand, und auf alles vorbereitet, legte er die andere Hand auf die Türklinke, drückte sie hinunter und zog sie wenige Zentimeter auf. Vor der Tür stand ein Mann von fast zwei Metern Größe, mit weißem Haar und einem buschigen langen weißen Bart. Cayden atmete erstaunt aus, schob sich die Pistole, nachdem er sie gesichert hatte in den Hosenbund und öffnete die Tür.

»Was machst du hier?« Verwundert sah er Duncan Tremblay an.

»Ich muss mit dir reden, dringend.« Die tiefe Stimme des Mittvierzigers war unverkennbar und hatte tatsächlich etwas von Santa Claus, wie Collin immer sagte.

»Ich … heute ist es schlecht. Ich häng Zettel am Schießstand aus, wenn ich wieder da bin.« An seine Arbeit als Trainer auf dem Schießstand hatte er in den letzten Tagen nicht einen Gedanken verschwendet. Die letzte Gruppe, die er über Wochen begleitet hatte, war mit ihren Einheiten fertig und er wollte warten, bis sich genügend neue Bewerber gemeldet hatten. Dann würde der Chef des Standes sich bei ihm melden.

»Darum geht es nicht. Kann ich reinkommen?« Duncan warf einen Blick an ihm vorbei in die Wohnung.

»Ist wirklich schlecht gerade.« Cayden wollte die Tür schließen, doch Duncan legte seine Hand an das Glas der Scheibe und verhinderte so, dass Cayden die Tür schloss. »Komm, ich habe im Moment wirklich keine Lust zu reden. Ich melde mich bei dir.« Cayden ahnte, dass Duncan mit ihm über die mögliche Gründung einer Security Firma reden wollte. Aber dazu hatte er im Augenblick keinen Kopf. Er wollte nur, dass der Mann, den er bei seinem letzten Kurs kennengelernt hatte, verschwand.

»Cayden, ich weiß, was passiert ist. Es tut mir unendlich leid.« Duncan atmete schwer durch. Cayden ließ die Tür los, die durch den verschwundenen Gegendruck von ihm scheppernd gegen die Wand des Flurs sprang.

»Woher …«

Duncan könnte es höchstens durch die Presse erfahren haben. Dort war jedoch nur die Rede von einem Unglück auf dem Coronado Naval Gelände die Rede gewesen. Niemand hatte gewollt, dass bekannt wurde, dass es sich um Mord oder einen Anschlag gehandelt hatte. So etwas geschah nicht auf einer Militärbasis mitten in den Vereinigten Staaten.

»Kann ich reinkommen. Das muss doch nicht hier in der Tür sein.« Duncan senkte die Stimme weiter und sah ihn eindringlich an.

Zögernd trat Cayden zur Seite und deutete auf die Küche, ehe er die Tür hinter dem Mann, von dem er wusste, dass er bereits im Sicherheitsgewerbe tätig war, schloss.

»Hör zu, das ist eine verdammt lange Geschichte«, begann Duncan, ehe Cayden ihn erreicht hatte. »Vor ein paar Monaten tauchte bei uns in der Firma ein Typ auf, der dringend Arbeit suchte. Er hatte kein dauerhaftes Visum und so hat Sascha, meine Chefin, ihm eins besorgt, weil sie von seinen Qualitäten überzeugt war.« Duncan drehte sich in der Küche stehend zu ihm um und hatte tiefe Falten auf der Stirn.

Cayden schüttelte verständnislos den Kopf. »Was hat das mit mir zu tun?«

»Warte, geht noch weiter. Der Typ hat sich echt gut angestellt, bis er vor kurzem komisch wurde. Da hab ich mit ihm geredet und er hat mir gesagt, dass er einen Soldaten sucht, der seinen Bruder umgebracht hat. Er hatte deinen Namen. Er war auf der Suche nach dir.«

Caydens Herz setzte aus. »Riccardo Liccardi?« Auch wenn er sich noch so sehr wünschte, dass Duncan nun den Kopf schüttelte, wusste er, dass es Riccardo war, der ihn gesucht hatte. Duncans Nicken ließ ihn schwer schlucken.

»Er hat mir erzählt, dass er Jahre in Afghanistan war. Er hatte sein Gedächtnis verloren und war dort wohl auch glücklich, bis es zu einem Schusswechsel zwischen Taliban oder so und Amerikanern kam, bei dem er verletzt und seine Verlobte getötet wurde. Seine Erinnerungen sind wieder aufgetaucht und er ist zurück nach Italien, wo alle dachten, er wäre tot. Da hat ihn dann so´n komischer Typ angequatscht und ihm gesagt er wüsste, warum sein Bruder tot wäre.«

Duncans Worte begannen, in Caydens Kopf nachzuhallen.

»Er ist dann noch mal nach Afghanistan und ist da dann in irgendeinem Camp gelandet, von da ist er irgendwie hier her. Aber der Vogel, der ihm deinen Namen gegeben hat, hat verlangt, dass er dich umbringt. Ich hab ihm gesagt, er sollte mit dir reden … Cayden wenn ich gewusst hätte, dass er das durchzieht …« Duncan setzte sich auf einen der Küchenstühle und starrte ihn an.

Duncans Worte erreichten ihn nur langsam. Es war, als müsste er jedes einzelne Wort eine Ewigkeit analysieren, um den Inhalt zu verstehen. »Du wusstest, dass der mich umbringen will?« Fassungslos starrte er Duncan an.

»Ich dachte, ich kann nochmal mit ihm reden. Aber dann war er plötzlich weg. Erst als die Navypolice bei uns war …« Duncan zuckte mit dem Schultern.

»Ach, du wolltest mit ihm reden? Was wolltest du ihm sagen? Wie und wo er mich am besten erwischen kann? Warum hast du mir nichts gesagt?« Cayden Puls begann, unangenehm in seinen Ohren zu rauschen. »Hast du es nicht für nötig gehalten, mich zu warnen?« Er ging auf Duncan zu, der ruhig auf dem Stuhl sitzen blieb. »Und dann kommst du her, setzt dich hier hin und erzählst mir, du wusstest von diesem Spinner?« Er gab Duncan einen so kräftigen Stoß, dass er vom Stuhl gefallen wäre, wäre er nicht aufgestanden.

»Wenn ich gewusst hätte, dass er …«

»Arschloch.« Cayden holte aus und versetzte Duncan mit der Faust einen Schlag ins Gesicht. »Weil du dein Maul nicht aufbekommen hast, ist meine Frau tot.« Brüllend ging er auf Duncan los, der zurückwich. Cayden gelang es, den Mann mehrfach schwer zu treffen, der sich zu fein gewesen war, ihn vor Riccardo zu warnen. Immer wieder traf seine Faust Duncan, der mit dem Rücken an der Wand stand, sich aber nicht zur Wehr setzte.

»Snipes, verfluchte Scheiße, was soll das?« Plötzlich wurde er zurückgerissen und sah, wie Duncan zusammenbrach. Aber es war ihm egal. Wenn die Hände, die ihn an den Schultern gepackt hatten, ihn nicht herumgerissen hätten, hätte er weiter auf Duncan eingeschlagen. Da war eine unglaubliche Wut in ihm, die er nicht bändigen konnte. Dass Collin plötzlich vor ihm stand, nahm er kaum wahr. Auch nicht, dass dieser wild auf ihn einredete. Er versuchte verzweifelt, sich zu befreien, da Collin seine Handgelenke gepackt hatte, ihn festhielt und anschrie.

»Der wusste es!«, brüllte Cayden Collin an und entriss sich Collins Gewalt, der strauchelnd zurücktaumelte. Cayden gelang es, Duncan, der sich Blut aus dem Gesicht wischte, am Kragen zu packen. »Steh auf, du Feigling.« Er zerrte den Mann, der um einiges schwerer war als er selbst, auf die Beine, wurde aber erneut zurückgerissen, als er ausholen wollte.

»Snipes, komm zu Vernunft! Verdammt!«, brüllte Collin ihn an.

Caydens Faust traf seinen Kollegen hart am Wangenknochen.

»Du hast es so gewollt.«

Eine Sekunde später fand er sich am Boden liegend wieder. Collins Knie bohrte sich derart hart in seinen Rücken, dass er nicht mehr einatmen konnte. Langsam begannen Sterne vor seinen Augen zu tanzen. Es gelang ihm einfach nicht, Collin von seiner Position zu bekommen. Er war völlig ausgepowert und das nicht nur wegen der Schlägerei. Langsam driftete er in die willkommene Dunkelheit. Stille umfing ihn und er ließ sich treiben.

18.

»Also, das war nun nicht deine beste Idee, Cat.« Tom sah zu Collin, während er zum gefühlt hundertsten Mal in der letzten halben Stunde Caydens Puls kontrollierte. Auch wenn sie etwas sagen wollte, hinderte Yvonne sich daran. Collin war durchaus bewusst, dass es nicht seine glorreichste Leistung gewesen war, Cayden solange am Boden zu halten bis er das Bewusstsein verloren hatte. Ihr Blick wanderte zu Duncan Tremblay. Der große Mann, hatte ihr, Syrell und Tom die Tür geöffnet, nachdem sie hektisch an der Base aufgebrochen waren, weil Collin Syrell angerufen hatte. Cayden hatte auch zehn Minuten nach ihrer Schlägerei das Bewusstsein noch nicht wiedererlangt. Inzwischen wussten sie, was zwischen Duncan, der eine Packung Tiefkühlerbsen auf seine rechte Gesichtshälfte presste, und Cayden passiert war. Allerdings änderte dieses Wissen nichts an Toms besorgtem Blick.

»Wenn der nicht gleich die Augen aufmacht, bekommt er von mir auch noch eine verpasst. Der schläft wie ein Stein.« Tom erhob sich genervt vom Sessel und begann wie kurz zuvor nach Caydens Puls zu suchen. »So ein Idiot.«

Collin hatte Cayden mit Duncans Hilfe auf das Sofa gebracht, wo er immer noch lag und Toms Nerven strapazierte, da dieser sich inzwischen nicht mehr sicher war, ob Cayden nicht doch ernsthaft verletzt war.

Was Yvonne in diesem Moment mehr Sorgen machte als Caydens Zustand, war der Umstand, dass Duncans Geschichte viele Fragen aufwarf, die mit den Ermittlungen von Rafael, Joyce und Liv nicht zusammen passen wollten. Wobei sie seit zwei Tagen nicht mehr wussten, was sie dem NCIS-Agenten glauben konnten und was nicht. Nach der ausgearteten Diskussion zwischen ihm und Sean hatte er sich noch nicht wieder im alten Hotel sehen lassen. Er ging nicht mal mehr an sein Handy. Also hatten Liv und Joyce sich gemeinsam mit Randall, Harry und Trisha die Nächte um die Ohren geschlagen. Sie hatten telefoniert und Fotos vom Gelände der Base an eine der Wände des Konferenzzimmers gehängt, in der Hoffnung, dass ihnen etwas auffiel, was ihnen weiterhelfen konnte. Aber abgesehen davon, dass die Gerichtsmediziner fest davon überzeugt waren, dass Riccardo sich nicht selbst hatte erschießen können, waren sie nicht wirklich vorangekommen.

Trisha hatte sich über Stunden die Bilder der Überwachungskameras angesehen, aber nichts Auffälliges feststellen können. Riccardo war mit dem bei ihm gefundenen Ausweis auf das Gelände gelangt und anschließend zielstrebig auf einen Parkplatz am Strand zugefahren, wo man seinen Wagen später gefunden hatte. Dieser Parkplatz hatte jedoch, wie nur eine Handvoll anderer, keine Videoüberwachung, somit wussten sie nicht, wer noch alles dort gewesen war. Im Prinzip hätte jeder, der sich zu dem Zeitpunkt auf dem Gelände der Base befunden hatte, der Schütze sein können. Jeder hätte die Möglichkeit und Ausbildung gehabt. Aber sie konnten nun schlecht mehrere tausend Soldaten befragen. Ihre Ermittlungen waren zum Erliegen gekommen. Es war nicht einmal möglich, herauszubekommen, wo Riccardo den Ausweis herbekommen hatte. Es schien keinen Verantwortlichen für die Genehmigung des Papieres zu geben und doch war er zu einhundert Prozent echt. Selbst Mattis, den Sean informiert hatte, schien nicht genau zu wissen, wer gerade alles an dem Fall arbeitete. Und was noch schlimmer war, er hatte Sean befohlen zu warten. Dieser Umstand machte klar, dass irgendetwas nicht in Ordnung war. Nur was sollte es sein?

»Ich ruf ´nen Krankenwagen.« Tom schüttelte den Kopf und zog sein Handy aus der Hemdtasche.

»Alter, lass mich schlafen, halt endlich die Fresse und pack mich nicht ständig an!« Knurrend drehte Cayden sich auf die Seite und packte Toms Arm.

»Cat hätte dich …« Tom schnaubte und atmete anschließend durch. Yvonne konnte spüren, wie er sich zwang ruhig zu bleiben. »Mach wenigstens die Augen auf, damit ich sehe, dass du okay bist.«

»Arsch«, murrend tat Cayden, wie Tom ihm geheißen hatte.

»Wie geht es dir?« Tom musterte Cayden genau.

»Ich hab ´nen Kater, und nun lass mich pennen, du Arsch.« Cayden entzog sich, indem er sich auf die andere Seite drehte. Collin strich sich kopfschüttelnd über die Stirn und Yvonne nahm seine Erleichterung wahr. Er hatte nie vorgehabt, Cayden ernsthaft zu verletzen.

»Wann hast du das letzte Mal mehr als vier Stunden geschlafen? Also richtig geschlafen?«

»Kannst du nicht einfach die Fresse halten und verschwinden? Was soll das Gelaber? Du könntest auch nicht schlafen, wenn man Joyce umgelegt hätte.« Cayden wirbelte auf der Couch liegend so schnell herum, dass Tom einen Schritt zurückmachte. »Ach, hast du Angst oder was?« Cayden sprang vom Sofa und stieß Tom zurück.

»Alter, man komm runter.« Collin schob sich zwischen Cayden und Tom.

»Ich soll runterkommen?«, schrie Cayden Collin in einer Art an, die sich tief in Yvonne hineinfraß. So viel Verzweiflung hatte sie noch nie von ihm gehört oder gespürt.

»Komm, setzt dich.« Yvonne ging auf Cayden zu und musste die Tränen zurückkämpfen, die sie übermannen wollten. Sie spürte einen unglaublichen Schmerz und eine innerliche Zerrissenheit, die ihr das Atmen schwer machten.

»Was willst du? Wenn du diesen unfähigen Idioten nicht angeschleppt hättest, dann wäre ich nicht auf dem Platz gewesen.« Cayden packte sie hart an den Oberarmen.

»Lass los.« Heiser brachte sie die Bitte, so ruhig es ihr möglich war, hervor. »Lass mich los.« Sie war nicht in der Lage, ihre Aufmerksamkeit von seinen Augen zu lösen, die sie wutfunkelnd anstarrten.

»Snipes, lass sie los.«

Yvonne vernahm Syrells tiefe drohende Stimme. Die Situation heizte sich von Sekunde zu Sekunde weiter auf. Sie spürte, dass jeder im Raum dazu bereit war, Cayden erneut zu Boden zu schicken. Aber genau das wollte sie nicht. Syrells Präsenz gab ihr einen Moment Sicherheit und Stärke. Sie tat etwas, was sie hasste und was auch Cayden absolut verabscheute. Er konnte es schon nicht leiden, wenn sie seine Gedanken versehentlich las. Nun tauchte sie in das in Cayden herrschende Gefühlschaos ab. Der Schmerz in ihren Oberarmen war unerträglich und doch gelang es ihr, zu Cayden vorzudringen. Dutzend Bilder hagelten auf sie ein, dazu ein unerträglicher Schmerz und die Vorwürfe, die er sich machte. Immer weiter konnte sie in seine Erinnerungen und Emotionen abtauchen. Immer wieder versuchte sie, ihm klar zu machen, dass weder er, noch jemand anders die Schuld an Jordans Tod trug. Dass es nichts brachte, wenn er nun jeden anging, der für ihn da sein wollte. Und dass er für Samira da sein musste.

Blinzelnd und schwer atmend fand sie sich plötzlich auf dem Sessel sitzend wieder. Syrell kniete vor ihr und musterte sie prüfend.

»Bist du okay?« Seine Hände lagen warm und schützend auf ihren. Sie fühlte sich wie nach einem langen Lauf. Ihr Blick wanderte an Syrell vorbei zur Couch, wo Cayden die Ellenbogen auf seine Oberschenkel stützte und sein Gesicht in den Händen vergrub. Sie hatte keine Ahnung, wie sie auf den Sessel gekommen war.

»Ja, was ist mit ihm?« Sie löste ihren Blick von ihrem Mentor und sah in die dunkelbraunen Augen von Syrell.

»Ich glaub, der ist am Boden der Tatsachen angekommen.«

Yvonne wollte Syrell sagen, dass sie davon überzeugt war, dass das erst der Anfang war, tat es aber nicht. Sie wusste, dass auch er es spüren konnte. Sie waren nicht in der Lage, Cayden den Schmerz zu nehmen oder seine Gedanken zu ordnen. Sie konnten nur versuchen, ihn am Boden zu halten. Ein eiskalter Schauer lief ihr über den Rücken.

»Denk bitte nicht daran.« Syrells Hände legten sich an ihr Gesicht, als mit dem Gedanken auch bei ihr ein Feuer aus Trauer entfacht wurde. Würden sie Cayden verlieren? Fehlte ihm die Kraft, um das alles durchzustehen. »Wir kämpfen mit ihm. Keiner bleibt zurück.« Die Worte von Syrell erreichten sie nur im Geist und doch sah sie eine Träne in seinen Augen. Das würde für Cayden der härteste Kampf seines Lebens werden.

Eine Stunde später, Duncan war bereits gegangen, und sie, Syrell, Tom und Collin wollten ebenfalls gehen, öffnete sich die Tür und Samira betrat das Haus.

»Hi?« Verwundert wurden sie gemustert.

»Hey Maus. Schmeiß die Meute mal raus.« Cayden meldete sich vom Sofa zu Wort.

»Ähm, okay?« Mit großen Augen sah Samira Yvonne an.

Es erstaunte sie, dass Samira so viel gefasster als Cayden wirkte. Sie war tatsächlich Herrin der Lage, auch wenn auch in ihr die Trauer brannte. Aber es war kein außer Kontrolle geratenes Feuer. Es war anders als bei Cayden, der das Feuer einfach wüten ließ. Sie achtete genau darauf, wo es brannte und dass es nichts zerstörte, was ihr am Herzen lag. Und das, obwohl sie so jung war.

»Wir gehen auch alleine.« Tom wandte sich zu Yvonne, richtete seine Worte aber an Cayden, den sie vom Flur aus nicht sehen konnten.

»Ruf an, wenn was ist. Egal was und egal wann. Und schau, dass er was isst«, flüsterte Yvonne Samira zu. Sie war sich sicher, dass das Mädchen dieser Aufgabe gewachsen war. Außerdem würde Cayden Samira zuliebe essen, schlafen und zu seinem Leben zurückfinden. Zumindest hoffte sie, dass sie mit letzterem Recht haben würde. Sie musste Recht haben.

Den Nachmittag verbrachten sie in der neuen Base des Teams. Im Konferenzzimmer herrschte reger Betrieb. Sie hatten Liv und Joyce von Duncan erzählt und von dem, was er berichtet hatte. Vielleicht halfen diese Teile, das Puzzle zu vervollständigen und den wahren Schuldigen zu finden.

»Ich bin aber sicher, dass er was ausgelassen hat. Der weiß, was für ein Typ Riccardo auf Cayden angesetzt hat.« Syrell sprach das aus, was sie während ihres Aufenthalts bei Cayden gespürt hatte.

»Dann sollten wir ihn besuchen.« Liv erhob sich. »Und irgendwer sollte Rafe suchen.«

»Das mach ich.« Darrel, der die gesamte Zeit mehr auf sein Handy gestarrt, als dass er ihnen zugehört hatte, erhob sich. »Ich hab auch eine Idee, wo ich ihn finde.« Grinsend schob er sein Handy in die Tasche seines Hemdes.

»Du hast eine Idee, wo er ist?« Verwundert zog Liv eine Augenbraue hoch.

»Wo wärst du an seiner Stelle?« Gewinnend lächelnd sah Darrel zu Liv.

»Zu Hause, aber da ist er nicht. Auf der Arbeit ist er angeblich auch nicht.«

»Angeblich. Ich geh mir angeblich mal anschauen und mach euch ein Foto, wenn ich ihn auf einer Luftmatratze in seinem Büro finde.« Darrel hatte, während er sprach, die Tür erreicht.

»Blödsinn.« Liv schüttelte den Kopf.

»Werden wir sehen.« Darrel verschwand aus dem Raum.

»Dann würden mich seit Tagen dutzende Leute anlügen«, murmelnd wandte Liv sich einem Aktenordner zu.

»Im Moment wundert mich nichts mehr. Wir melden uns, wenn wir bei Tremblay was rausbekommen haben.« Joyce deutete auf die Tür, als sie Liv ansprach.

19.

»Cay, magst du was essen? Ich hab Hunger.«

Cayden öffnete die Augen und wurde von einem hämmernden Kopfschmerz heimgesucht. Die Schmerzen ließen ihn die Augen zukneifen, als er etwas brummte, was ein Nein hätte werden sollen.

»Du musst aber auch essen.«

»Ich habe keinen Hunger.« Dieses Mal reihte er die Worte aneinander, die er zuvor kaum verständlich hervorgebracht hatte. Langsam öffnete er die Augen erneut. »Wobei, eine Aspirin wäre nicht schlecht«, flüsternd setzte er sich auf und rang mit dem Hämmern in seinen Gehirnwindungen. »Scheiße tut das weh.« Er presste murmelnd die Hände an die Schläfen.

»Dann ist wenigstens noch was da, was weh tun kann.« Samiras Stimme erreichte ihn aus der Küche. Hatte er so laut gesprochen und wo hatte sie diese Sprüche her? »Soll ich Karen anrufen? Die würde uns sicher was vorbeibringen. Der Kühlschrank ist fast leer.«

Er konnte hören, wie sie beim Sprechen näherkam.

»Bist du irre?« Nein, verflucht, das hatte er so nicht sagen wollen. Es war Samira, die da mit ihm sprach und keiner seiner Freunde oder Kollegen. Es war ein dreizehnjähriges Mädchen.

»Vielleicht.« Sie betrat das Wohnzimmer und griff nach ihrem Handy, das auf dem Sofa lag.

»Du sollst das Ding nicht immer dahin legen. Was, wenn du dich draufsetzt und es kaputt geht?« Mit jedem Wort wurde er leiser. Nicht, weil er ihr in diesen Tagen keine Vorwürfe hatte machen wollen, sondern weil das Hämmern in seinem Kopf ihm das Denken schwer machte. Samira schüttelte den Kopf und hielt bereits das in einer pinken Glitzerhülle steckende Telefon ans Ohr. Wenn er gekonnt hätte, hätte er ihr das Handy aus der Hand genommen oder den Kopf geschüttelt. Er wollte nicht, dass Karen ihnen etwas zu essen machte. Er könnte selbst kochen oder halt auch einkaufen, wenn es noch sein musste. Vielleicht waren noch Nudeln da. Karen sollte ihn nun nicht sehen, außerdem war er sich sicher, dass er sie jetzt nicht um sich haben konnte. Das würde er nicht ertragen.

»Hi. Ist Karen auch da?« Es entstand eine kurze Pause und Cayden schloss die Augen. »Okay, meinst du, sie könnte mir und Cay was zu essen bringen? Wir sind nicht zum Einkaufen gekommen und außer Toast ist nichts da.« Eine weitere Pause entstand. Sie klang so unglaublich erwachsen, wenn sie telefonierte. Nein, nicht nur dann. Irgendwie immer. Als sie hier angekommen war, hatte sie kein Wort englisch gesprochen, geschweige denn verstanden. Ihre Sätze hatten in der ersten Zeit häufig geklungen wie die von einem Kleinkind. Jetzt drückte sie sich aus wie eine Erwachsene. »Super, danke Karen. Könnt ihr für Cay Aspirin mitbringen? Danke.« Samira beendete das Gespräch und Cayden öffnete die Augen wieder. Sie hatte sich mit einem schelmischen Grinsen nach hinten in den Sessel fallen lassen und sah ihn interessiert an.

»Sie macht uns was und Bear bringt dir Aspirin mit.«

»Danke.« Es fiel ihm schwer, sich zu bedanken. Am liebsten hätte er ihr gesagt, dass er nicht wollte, dass Karen und Bear vorbeikamen. Minutenlang saßen sie schweigend zusammen. Er wusste nicht, was er sagen sollte und sie sah ihn an, als wünsche sie sich nichts sehnlicher, als dass er etwas sagte. Aber er wusste nicht was. In seinem Kopf herrschte abgesehen von dem hämmernden Schmerz eine gähnende Leere.

»Meine Lehrerin hat gesagt, ich soll dich nochmal an den Elternabend erinnern. Wenn du nicht kommen kannst, schreibt sie dir die wichtigen Sachen auf. Aber sie wollte noch mit dir reden.«

Cayden entdeckte ein freudiges Funkeln in Samiras Augen. Knapp zwei Wochen, dann würde sie mit ihren Klassenkameradinnen im Yosemite Nationalpark sein. Dann wäre sie eine Woche nicht da und er wusste nicht, ob seine Entscheidung, ihr diese Reise unter den herrschenden Umständen zu erlauben, richtig war. Was, wenn sie von Alpträumen geplagt würde? Würden ihre Lehrer dann Bescheid geben? Er war sich nicht sicher, ob sie mit der Situation klar kommen würde, sollten die Träume sie wieder einholen. Dann war er nicht da, um sie zu trösten oder auch nur, um ihren Kopf zu streicheln, wenn sie weinend im Bett lag.

»Ich denk dran.« Cayden nickte knapp und zwang sich, nicht an diese Nächte zu denken.

»Ist es okay, wenn Jackie auch kommt? Ich weiß manchmal schimpf ich über sie, aber sie ist meine Freundin und ...« Samira atmete schwer aus.

»Donnerstag?« Der Gedanke an diesen verdammten Donnerstag wollte ihn erdrücken.

Samira nickte knapp und er stellte sich die Frage, ob Jordan Jackie gekannt hatte. Er selbst hatte sie nur wenige Male gesehen wenn er sie nach Hause gefahren hatte. Wenn Samira über Jackie sprach war es oft weil sie sich gestritten hatten. Den Namen Jackie verband er mit einer enttäuschten oder wütenden Samira, aber nicht mit einem Mädchen, dass seine Ziehtochter zu einer Beisetzung begleiten könnte. Samiras flehender Blick lag auf ihm.

»Okay.« Vorsichtig lehnte er sich nach hinten. Da es ihr wichtig zu sein schien, willigte er ein, hoffte aber insgeheim, dass Jackie nicht lange bleiben würde. Wieder trat ein drückendes Schweigen ein. Samira starrte ein Buch, welches sie vor Tagen auf den Tisch gelegt hatte an, griff aber nicht danach. Das war so gar nicht die Samira, die er kannte. Als sie vor knapp zwei Jahren zu lesen begann, hatte sie alles vorgelesen. Selbst die Ernährungshinweise auf Getränkeflaschen beim Essen, Kassenbons, Beipackzettel, einfach alles. Dann hatte sie begonnen, Bücher zu lesen. Nicht mehr nur Winnie Pooh und die Kinderbücher, die sie ihr geschenkt hatten. Plötzlich waren es richtige Bücher, die Jordan nach der Arbeit mitgebracht hatte. Manchmal waren seine Frauen Freitag nachmittags in die Bibliothek geflüchtet, stundenlang weggeblieben und mit einer Ausbeute heimgekommen, die ihn über Jahre versorgt hätte. Mit einem Lächeln dachte er an eine gemeinsame Shoppingtour in einem Einkaufszentrum. Samira hatte über eine Stunde in einem Buchladen zugebracht und Jordan hatte sich in einem großen Bekleidungsgeschäft neu eingekleidet. Anschließend hatten sie ihm die Taschen in die Hand gedrückt und waren weitere

Stunden durch die Passage gebummelt, während seine Arme immer länger geworden waren.

Die Türklingel riss ihn aus seinen Erinnerungen. Samira sprang auf und rannte an ihm vorbei zur Haustür, von wo er nur Sekunden später Karen und Bear hören konnte, die ihre *Kleine*, wie sie Samira immer nannten, begrüßten.

»Hey, Snipes.« Bear setzte sich nur einen Augenblick später neben ihm auf die Couch und stellte ein Sixpack Bier auf den Couchtisch. »Hier, Sami sagte, du brauchst Aspirin.« Sein ehemaliger Kollege reichte ihm eine orangefarbene Dose.

»Danke.« Cayden nahm die Box, öffnete sie und ließ zwei der Tabletten in seine Hand rollen, während Bear zwei Bierdosen aus dem Träger zog und ihm eine der beiden reichte, als er die Pillendose zurückgestellt hatte. Mit den Tabletten im Mund öffnete er die Bierdose und spülte die Aspirin runter. Es tat gut, neben Bear zu sitzen und zu schweigen. Er wusste, dass sein Freund nicht von ihm erwartete, dass er redete. Überhaupt war es anders, als noch vor Stunden, wo so viele Leute durch sein Haus geeilt waren und ihm gut zureden wollten.

»Die anderen haben mir schon gesagt, was los war. War ´nen Scheißtag.« Bear prostete ihm zu. Cayden nickte nur bestätigend. Mehr benötigte er nicht. Ein Nicken, eine knappe Geste mit den Händen oder ein kaum sichtbares Bewegen des Kopfes oder der Augen und sie wussten Bescheid. Auch wenn die anderen, die am Vormittag hier gewesen waren, ebenfalls SEALs oder Soldaten waren. Zu dem Zeitpunkt war die Stimmung zu aufgeheizt gewesen, um nur mit Blicken und Gesten zu kommunizieren. Er war nicht mehr in der Lage gewesen, die Gesten zu deuten, geschweige sie zu sehen. Er hatte nur eine unglaubliche Wut in sich gespürt. Selbst jetzt war sie noch da und flammte wieder auf, wenn er an Duncans Worte dachte. Warum hatte er Riccardo nicht aufgehalten? Zähneknirschend nahm er einen weiteren Schluck Bier.

»Der konnte nichts dafür, Snipes. Ich hab keine Ahnung, was da gelaufen ist. Aber ich habe von unseren Leuten gehört, dass der Ausweis vom Italiener echt gewesen ist. Keine gute Fälschung oder so. Der war echt. Sie wollen schauen, wer das

Ding genehmigt hat.« Es schien, als hätte Bear in seinen Gedanken gelesen.

»Das kann doch nicht so schwer sein. So ein Teil bekommt doch nur, wer auch wirklich da arbeitet«, knurrend sah er von seinem Bier auf. Es war unmöglich, als nicht Angehöriger der Army einen Ausweis für die Base zu bekommen. Selbst Außenstehende bekamen nur Besucherausweise, die sie sichtbar mit sich führen mussten. Und diese Besucher durften ohne Begleitung nicht mal in die Nähe des Schießplatzes.

»Wir bekommen raus, wer dahinter steckt.« Bear wischte sich mit dem Ärmel über den Mund. »Lass uns in die Küche. Ich glaube, das Essen ist fertig. Ich wollte ja grillen ...« Bear beendete seinen Satz nicht, sondern stand schulterzuckend auf.

»Dann hätten wir deinen Grill ins Auto packen müssen und Steaks hatte ich auch keine da. Ich hätte noch mindestens eine Stunde gebraucht.« Karen tauchte im Wohnzimmer auf. »Hey, Cayden.« Sie kam auf ihn zu und musterte ihn mit einem Blick, den er seit vielen Jahren nicht mehr bei ihr gesehen hatte.

Schweigend erhob er sich und ließ sich von ihr in eine Umarmung ziehen. Das war in den letzten Tagen nicht einmal passiert. Plötzlich fasste ein Gefühl nach ihm, welches er aus der Vergangenheit kannte. Es war lange her, dass Karen ihn das letzte Mal in den Arm genommen hatte. Wahrscheinlich war es wegen irgendeines sinnlosen Streits zwischen einem seiner Brüder und ihrem Bruder gewesen. Und es war lange vor der Zeit gewesen, als seine Eltern sich dazu entschieden hatten, aus ihm und seinen Brüdern Superschüler zu machen. Irgendwo da, wo das Leben noch sorgenfrei gewesen war. Damals hatte Karen, die nur ein Jahr älter war als er, oft so getan, als könne sie die Welt retten. Wenn einer von ihnen geweint hatte, war sie es gewesen, die ihn und seine Brüder tröstend in den Arm genommen hatte. Für Erwachsene musste es sicher albern und kindisch gewirkt haben, aber ihre Umarmungen waren ehrlich gewesen. Genau das Gefühl keimte wieder in ihm auf, als ihre Hände über seinen Rücken strichen. Ihr Schweigen tat gut. Diese ganzen Worte, das ewige *›Es tut mir leid, mein Beileid und wenn du Hilfe brauchst‹* waren kaum noch zu ertragen gewesen. Die Anwesenheit von Karen und Bear tat gut. Auch wenn er nicht leugnen konnte, dass es nicht auch gutgetan hatte, seine Kollegen in der Nähe zu wissen, aber es hatte ihn erdrückt. In diesem Moment war es einfach anders.

Kurz nach dem Essen verschwand Karen mit Samira unter dem Vorwand, Mädchensachen besprechen zu müssen, im Wohnzimmer. Bear hatte das Bier von dort in die Küche und schließlich in den Kühlschrank verfrachtet und saß ihm nun schweigend gegenüber.

»Ich hab es ihr erlaubt«, brach es plötzlich aus ihm heraus, was Bear einen irritierten Laut ausstießen, ließ. »Ich hab gesagt, sie kann in zwei Wochen mit auf Klassenfahrt.« Er sprach einfach weiter und starrte seine Bierdose an.

»Ist doch okay, wenn sie es möchte«, antwortete Bear ruhig. Irgendetwas in Cayden hatte damit gerechnet, dass man ihm nun sagen würde, dass es nicht okay wäre. Dass es eine bestimmte Dauer gab, in der man trauern musste und in der man am besten schwarz tragend mit gesenktem Kopf durch das Leben gehen musste.

»Sie ist ein Kind, auch wenn sie vielleicht nicht mehr so aussieht. Kinder gehen mit solchen Ereignissen manchmal anders um als Erwachsene.« Bear wurde leiser. »Als Kind lebst du anders und findest andere Momente wundervoll. Einige gehen auch mit dem Tod anders um. Sie hat schon so viel gesehen. Es tut ihr sicher weh, aber sie weiß, dass sie weitermachen muss. Und sie macht es, weil sie neugierig auf das Leben ist. Lass sie fahren, wenn sie möchte.« Sein ehemaliger Kollege nahm einen Schluck aus der Bierdose. »Jeder verarbeitet sowas auf seine Weise und in seinem Tempo.« Bear sah auf und Cayden wusste, dass er noch mehr sagen wollte, es aber unterließ. Es blieb unausgesprochen, denn es war das dunkle Kapitel ihres Jobs. Einige kamen nie mit dem, was sie erlebt hatten, zurecht. Aber zählte Jordans Tod zu diesen Dingen? Sie war nicht im Einsatz umgekommen, sie war keine Kollegin. Sie war seine Freundin gewesen, ein Teil seines Lebens, seines Ichs. Er biss die Zähne aufeinander, bis ein Knirschen entstand.

»Auf Jordan.« Bear prostete ihm zu.

20.

Yvonnes Kopf dröhnte, als sie sich auf das Sofa des Aufenthaltsraums fallen ließ. All die Dinge, die sie in den letzten Stunden gehört hatte, hatten Unmengen Fragen aufgeworfen. Syrell ließ sich ausgelaugt neben ihr nieder und zog sie an sich. Sie spürte, dass auch er von all dem überfordert war.

»Schau an, wen haben wir denn da?« Sean, der am Billardtisch gelehnt hatte, richtete seine Aufmerksamkeit zur Tür. Yvonne warf ebenfalls einen Blick über die Schulter, auch wenn sie genau wusste, wer dort stand. Rafael betrat tief einatmend, gefolgt von Darrel, den Raum. Ohne ein Wort ging er an ihnen vorbei hinter den Tresen, nahm sich ein Bier aus dem Kühlschrank und machte an der dort angebrachten Liste einen Strich neben seinem Namen.

»Und?« Seans Blick war an dem NCIS-Mann, der einen großen Schluck aus der Dose nahm und dann nach unten sah, kleben geblieben.

»Ich denke, ihr wisst schon alles, wenn ihr mit Tremblay gesprochen habt«, knurrend hob Rafael den Blick.

»Es ist das eine, die Fakten von einem Securitymann zu hören, von dem wir nicht wissen, ob er uns nicht vielleicht anlügt, geschweige auf welcher Seite er spielt, oder von dir.« Sean ging auf den Tresen zu und verstellte Yvonne so die Sicht auf Rafael, der immer noch hinter dem Tresen stand. Sie hörte, wie der Kühlschrank erneut geöffnet wurde.

»Sean, ich kann euch nur sagen, dass da noch jemand gewesen ist und dass es Fingerabdrücke an dem McMillan gibt, die aber nicht zuzuordnen sind. Wem auch immer sie gehören, er oder sie ist nicht im System.« Rafael atmete schwer aus.

»Ein er, und er arbeitet für die CIA.« warf Joyce ein, die bis eben unbeeindruckt vom Gespräch, Dartpfeile auf die Scheibe neben der Tür geworfen hatte. »Einer von unseren Leuten hat Liccardi auf Snipes angesetzt. Die Kugel war zu hundert Prozent für ihn gedacht. Und genau das weißt du auch.« Joyce ging nun auch zur Bar. Sie stütze sich auf dem hellen Holz des Tresens ab und beugte sich weit hinüber.

»Und was gedenkst du, sollen wir nun machen? Glaubst du echt, dass der sich stellt? Meinst du nicht, dass ich ihn nicht schon gesucht habe? Mein Boss schaut mir gerade so auf die Finger, dass er jedes Härchen schon beim Namen kennt. Dearing, die machen uns fertig, wenn wir zu tief graben. Da ist irgendwas faul, ich weiß nicht was, aber es stinkt gewaltig.« Rafael stieß ein gefrustetes Schnauben aus. »Ich wette mit dir, dass am Ende in diesem Scheißbericht stehen wird, dass Liccardi Cayden aus Rache töten wollte und dabei versehentlich Jordan traf. Und da der Täter schon tot ist …«

Yvonne konnte es nicht sehen, aber sie war sich sicher, dass Rafael mit den Schultern zuckte. Eine drückende Stille trat ein. Nicht einmal das Rollen der Billardkugeln, die Patrik und Wesely seit einer Stunde über den Tisch schickten, war mehr zu hören. Es war das eine, den Feind irgendwo im Ausland zu wissen, aber das andere, wenn er sich womöglich sogar in ihren Reihen befand. Dazu noch, wenn er von jemandem gedeckt wurde, dem sie vertrauen mussten.

Selbst kurz nach Mitternacht, als Yvonne und Syrell die Unterkunft der IATF verlassen hatten und zu ihrem Haus zurückgekehrt waren, ließ sie dieser Gedanke nicht los. Sie lag wach im Bett und starrte die Decke ihres Schlafzimmers an, während Syrell neben ihr lag und ihren Bauch streichelte. Aber sie war nicht in der Lage, diese Liebkosungen zu genießen. Ihre Gedanken drehten sich unablässig im Kreis. Warum sollte die CIA ein Interesse an Caydens Tod haben? Und warum behinderten sie die Ermittlungen. Sie arbeiteten doch bei Einsätzen eng mit der Agency zusammen. Sie bekamen von ihren Informanten wichtige Hinweise und konnten dank Drohnen und Satellitenaufnahmen schon in den USA ein Bild auf das werfen, was sie im Ausland erwarten würde. Dazu kam, dass Cayden sich nie in irgendeiner Form falsch verhalten hatte. Zumindest war ihr kein Vorfall bekannt, der die CIA auf den Plan rufen könnte.

»Na ja, dass er Sami mitgenommen hat … eigentlich hätte er es nicht machen dürfen.« Syrell stoppte in seiner Bewegung und sie spürte, wie er mit dem Gesicht näherkam, da sein warmer Atem über ihr Gesicht glitt.

»Aber deswegen kommt doch die CIA nicht.« Das konnte sie sich einfach nicht vorstellen. Warum sollte es für die Agency von Interesse sein, wenn ein Soldat ein Waisenkind in Sicherheit brachte. Die Einreise von Samira war schließlich legal abgelaufen, ebenso die Adoption.

»Keine Ahnung.« Syrell ließ sich plötzlich neben ihr auf das Kissen fallen und starrte ebenfalls die Zimmerdecke an. Eine unangenehme Kälte griff nach ihr.

»Vielleicht wäre Logan noch am Leben, wenn wir sie zurückgelassen hätten«, murmelte er und dachte im nächsten Moment an Taylor. Es fühlte sich an, als würde sich etwas um ihr Herz legen und es am Schlagen hindern wollen. »Vielleicht machen sie Snipes für den Tod von zwei SEALs verantwortlich. Es wäre nicht das erste Mal, dass sie jemanden aus dem Weg räumen und es dann wie einen Unfall oder so aussehen lassen.«

Yvonne schluckte. Die Art, wie Syrell darüber sprach, schmerzte. Er tat es so abgeklärt wie selten und mit so wenigen Emotionen, dass es ihr die Luft nehmen wollte. Sie drehte sich auf die Seite und schmiegte sich eng an ihn. Sie wollte nicht weiter darüber nachdenken, denn dann würde ihr bewusst werden, dass Cayden immer noch in Gefahr schwebte. Sie versuchte, diesen Gedanken zu verbannen, als sie ihren Kopf auf Syrells nackte Brust legte.

»Die Gefahr besteht«, flüsterte er, als er ihren Gedanken aussprach und strich mit einer Hand über ihren Rücken. Da war keine Wärme mehr in seiner Berührung. Sie fühlte sich beinah gezwungen an. Als wollte er ihr eine Angst nehmen, die er ebenso spürte.

»Hör auf.« Sie wollte nicht über diese Option nachdenken, die sich schon über Stunden in ihrem Kopf entwickelt hatte und wie ein dunkler Schatten darauf wartete, sich auf sie zu stürzen und dafür zu sorgen, dass sie kein Auge zutun konnte und vor Sorge umkam.

»Schlaf jetzt.«

Sie konnte spüren, wie Syrell aus dem nachdenklichen Zustand, in dem er sich befunden hatte, wieder auftauchte. Die

Wärme kehrte in seine Stimme zurück. Es fühlte sich nicht mehr an, als wäre er nicht anwesend oder als würde er mit Fremden sprechen. Er streichelte durch ihr Haar und sie konnte seinen sich beruhigenden Herzschlag spüren.

»Du solltest sie wieder wachsen lassen.« Sein leises Lachen ließ seine Brust vibrieren. »Jetzt musst du sie ja nicht mehr verstecken.« Erneut glitten ihre kurzen Haare durch seine Finger, als er von dem dunklen Thema abwich.

»So ist es viel praktischer.« Murmelnd kämpfte sie gegen den Schlaf, der nach ihr greifen wollte.

»Und lang noch viel hübscher.« Auch seine Stimme wurde leiser.

»Willst du sagen, ich bin so nicht hübsch?« Kurz hob sie den Kopf und sah Syrell neckisch an.

»Du wärst selbst mit Glatze die hübscheste schwangere Frau, die ich mir vorstellen könnte.«

Als sie protestierend den Kopf weiter heben wollte, drückte Syrell ihn wieder hinunter auf seine Brust.

»Deine Mutter würde es toll finden, wenn du zur Hochzeit wieder lange Haare hast.« Immer wieder glitten seine Finger durch ihre Haare.

»So schnell wachsen die aber nicht«, hauchte sie. Es würde Jahre dauern, ehe sie wieder auf der Länge wären, mit der sie Deutschland verlassen hatte. Langsam driftete sie in eine von Syrell erschaffene Traumwelt. Es war immer wieder das Reservat, welches vor ihren Augen auftauchte, wenn er sie mit in seine Träume nahm. Auch wenn sie bisher nur wenige Male dort gewesen war, kannte sie das Reservat schon mit all seiner Schönheit. Sie fühlte sich dort zuhause. Dort herrschte der Frieden, den sie so oft vermisste. Die Ruhe, die ihr selbst hier in ihrem Haus oft fehlte, weil sie einfach nicht weit genug von dem weg war, was sie belastete. Dorthin konnte sie flüchten. Im Reservat war etwas, das ihre Albträume in Schach hielt.

Der warme Wind empfing sie am Haus seiner Mutter. Schon bei ihrem ersten Besuch hatte sie sich nicht nur wohl und willkommen gefühlt. Es war ein seltsames, aber schönes Gefühl gewesen, welches sie hier empfangen hatte. Eines, als wäre sie nach einer sehr langen Reise wieder daheim angekommen. Es war ein wenig wie ihre erste Begegnung mit Syrell gewesen, nur weit intensiver. Auch wenn alles fremd war, war es doch vertraut. Die Umarmungen seiner Mutter hatten sich schon beim ersten Mal so angefühlt, als hätte sie sie schon millionenfach zuvor in den Arm genommen. Das Haus war ihr, auch wenn sie nicht gewusst hatte, was sich in welchem Zimmer befand, nicht fremd gewesen. Normalerweise war sie beim Betreten von Häusern, die sie nicht kannte, immer nervös. Hier war es anders gewesen. Einzig das Kennenlernen mit einem Großteil seiner Familie hatte sie schließlich doch nervös gemacht. Die gesamte Zeit stellte sich ihr die Frage, wie sie reagieren würden, wenn Syrell sie als Freundin vorstellte. Schließlich hatte er noch nie zuvor eine Frau mit ins Reservat gebracht. Sie wusste nicht mal, ob es in seinem Leben je zuvor eine ernsthafte Beziehung gegeben hatte. Sie bildete sich ein, das leise Schnauben der Pferde im Paddock vor dem Haus vernehmen zu können. Dann stand sie plötzlich an dem Ort, an dem sie das erste Mal über das Thema Kinder gesprochen hatten. Damals hatte sie ihn noch ausgelacht. Heute legte er sanft seine Hände auf ihren Bauch, als er dicht hinter ihr stand und sie auf den Spiders Rock sahen. Nach und nach brach in ihrer Traumwelt die Nacht ein. Sie konnte die Sterne über dem Canyon leuchten sehen. Es war atemberaubend. Dicht an dicht standen sie zusammen. Kleine, große. Einige in kleinen Haufen, andere etwas abseits. Es war die Milchstraße, die sie am Himmel sehen konnte und sie war mittendrin, als kleiner Punkt im großen Universum.

»All das hat in unseren Legenden die Spiderwoman geschaffen. Sie hat die Tautropfen in ihrem Netz gefangen und es an den Himmel geworfen.« Leise erreichten Syrells Worte sie. Diese Geschichte hatte sie bereits bei ihrem ersten Besuch gehört. Sie hatte auch die Geschichte gehört, die die weiße Spitze des Spider Rocks erklären sollte. Angeblich wurden die unartigen Kinder von der Gestalt, die halb Mensch halb Spinne war, dorthin verschleppt und ihre Knochen sorgten dafür, dass die Spitze der Felsnadeln weiß war. Langsam verblasste das Bild vor ihren Augen und machte einem anderen Platz. Einem, das sie nur von Fotos kannte. Es war der Antelope Canyon. Dort, wo sich das Wasser über Jahrmillionen in den Fels geschliffen hatte, waren Höhlen entstanden, die von oben kaum zu sehen waren. Oberflächlich wirkte alles wie ein langer schmaler Riss. Unten jedoch war es der Zauber aus Licht, Schatten und den teilweisen breiten spektakulären Höhlensystemen, der Touristen magisch anzog. Wie Scheinwerferspots fiel das Sonnenlicht an einigen Stellen in die Höhlen. Die Wände waren mit Streifen in verschiedenen Sand bis Rottönen gezeichnet. Aber da war noch mehr. Es war nicht nur das mystische Aussehen der dreißig Kilometer langen Höhle. Nur konnten die Bilder, in die Syrell sie eintauchen ließ, nicht das vermitteln, was dort war.

»Wir werden hinfahren.« Syrells gehauchte Worte bedachte sie mit einem leisen Schnurren. Dann waren sie wieder unter dem Sternenhimmel des Reservats. Eine tiefe Ruhe vertrieb all die dunklen Gefühle der letzten Tage, und ehe sie in eine traumlose Welt glitt, wünschte sie sich, dass auch Cayden eine solche Nacht erleben könnte. Eine Nacht frei von den Sorgen und Schmerzen der letzten Tage.

Es war nicht der Wecker, der ihren Schlaf beendete, sondern Syrells Handy. Murrend drehte er sich zur Seite und zog sich die Bettdecke über den Kopf. Yvonne lachte leise auf.

»Das hilft nicht.« Flüsternd wollte sie die Decke zurückziehen.

»Doch, ich höre es nicht, also ist es auch nicht da.« Er klammerte sich an der Decke fest, die er immer noch über dem Kopf hielt.

»Dann nicht.« Yvonne legte sich quer über Syrell, der einen gequälten Laut ausstieß und angelte nach seinem Handy, das blinkend und klingelnd auf dem Nachttisch lag. »Büro von Syrell Navajo? Der Boss ist gerade nicht da, der zählt Schafe und meldet sich später.«

Mit einem Ruck hatte Syrell sich aufgesetzt, sie lag auf seinem Schoß und er wollte sie in der Bettdecke einwickeln.

»Was habt ihr denn geraucht? Wir machen Training. In exakt fünfundvierzig Minuten«, brummte Sean auf der anderen Seite in den Hörer.

»Bitte?« Erschrocken über die Kälte in der Stimme ihres Captains deutete sie Syrell, mit seinem neckischen Spiel aufzuhören.

»Ihr zwei in fünfundvierzig Minuten hier.«

Die Verbindung war beendet, ehe sie antworten konnte. Hatten sie nicht ausgemacht diese Woche das Training auszusetzen? Was war passiert?

»Was ist los?« Syrell musterte sie, als sie zurück auf ihre Seite des Bettes kroch,

»Wir sollen in einer Dreiviertelstunde in der Base sein, zum Training.« Yvonne schüttelte immer noch ungläubig den Kopf.

»Hm. Dann sollten wir los und klären, was ihm über die Leber gelaufen ist.« Syrell zog die Augenbrauen zusammen. Mit einem tiefen Stöhnen sank sie zurück auf ihr Kissen. Seans Laune ließ auf schlechte Nachrichten schließen.

Eine halbe Stunde später stand sie gerädert neben Syrell, der in der Tür des Konferenzzimmers lehnte und auf ihren Captain starrte, der ihnen den Rücken zugekehrt hatte. Er hatte sie mit Sicherheit gehört, reagierte aber nicht.

»Was ist los?« Syrell trat in den Raum. Es war kurz nach fünf am Morgen und sie konnte spüren, dass Sean nicht nur müde, sondern auch extrem aufgebracht war.

»Weißt du, was ich die ganze beschissene Nacht gemacht habe?«, blaffte er Syrell an, als er sich ruckartig umdrehte.

»Nein, aber vielleicht erzählst du es mir in Ruhe.«

Yvonne konnte sehen, wie Syrell durchatmete. In Sean war das Tier erwacht und es würde schwer werden, es wieder zu bändigen. Er war nicht nur einfach sauer. Er war so sauer, dass ein Wort ausreichen konnte, ihn zur Explosion zu bringen. Und sie befürchtete, dass Syrells Wortwahl nicht die beste gewesen war, um mit ihrem vor Wut kochendem Captain zu reden.

»Ich war bei Mattis«, grollte Sean und funkelte sie dabei erzürnt an. Syrell stieß anerkennend den Atem aus. Die Nacht beim Verteidigungsminister zu verbringen war alles andere als alltäglich. Entweder es gab eine Mission, die in den nächsten Stunden beginnen würde, oder etwas lag im Argen. Und zwar gewaltig. Mattis war niemand, der sich gerne die Nächte um die Ohren schlug. Dazu war es ausgeschlossen, dass Sean im

Pentagon gewesen war, was bedeutete, dass Scott Mattis hier in San Diego war. Nur, was tat Mattis hier?

»Der hat mich so richtig rund gemacht. Wir haben unsere Nasen aus den Angelegenheiten der CIA rauszuhalten und uns um unsere Arbeit zu kümmern. Er verbietet jegliche weitere Ermittlung bezüglich Jordan. Ebenso hat er Cayden als Trainer entlassen. Er ist hier, um dafür zu sorgen, dass die Ermittlungen einwandfrei verlaufen.«

Syrell stieß ein leises *Scheiße* aus und Yvonne ahnte, dass Cayden noch nichts von dieser Tatsache wusste.

»Wisst ihr, was das heißt?« Vor Wut war seine Stimme nur noch ein tiefes Knurren. »Ich habe keinen Trainer für euch. Wir dürfen meinem Bruder nicht beistehen und da draußen wird noch ewig so´n Arsch rumrennen, der es auf meinen Bruder abgesehen hat. Und wir sitzen innerhalb kürzester Zeit wieder in irgendeinem beschissenen Flieger nach was weiß ich wohin. Mattis meinte, es wäre das Beste, wenn er in den nächsten vierundzwanzig Stunden einen Einsatz für uns hätte, dann würden wir keine Scheiße mehr machen.« Sean schnaubte, als er sich umdrehte und den Flipchart anstarrte.

»Wir können es im Moment nicht ändern.« John trat von hinten an Yvonne vorbei. Sie hatte sein Kommen nicht gehört, wohl aber bemerkte sie, dass er weit ruhiger war als Sean. Die Stimmung im Raum lud sich fühlbar auf. Mattis war bisher immer auf ihrer Seite gewesen. In ihm hatten sie immer einen großen Fürsprecher gehabt. Er hatte Genehmigungen erteilt, für die sie sonst über Monate hätten warten müssen, ihnen Einsätze zugeschoben, die nicht für sie gedacht gewesen waren, oder ihnen den Rücken freigehalten, wenn sie nicht nach Plan gehandelt hatten. Yvonne kannte den Verteidigungsminister als einen Freund und Unterstützer der IATF. Hatte sich dieses Blatt gewendet?

»Nicht ändern?« Drohend kam Sean auf John zu und baute sich nur wenige Zentimeter vor seinem Kollegen, der weit mehr als nur das war, auf. Auch wenn John fast einen Kopf kleiner war, wich er weder zurück, noch zuckte er zusammen.

»Ja. Wir sind alle arbeitslos, wenn wir nun nicht machen, was sie wollen. So ist das Spiel, und das weißt du ganz genau.« John klang immer noch ruhig und gefasst, aber Yvonne konnte spüren, dass auch ihrem zweiten Captain die Entscheidung von Mattis missfiel.

»Vielleicht ist mir das egal?« Sean legte den Kopf auf die Seite.

»Heute, morgen und übermorgen vielleicht, und dann? Wir tragen die Verantwortung für unsere Leute, Harrison. Du führst hier nicht irgendeinen Haufen Rekruten, die du in ein paar Monaten wieder los bist. Das sind Elitesoldaten. Die leben für ihre Arbeit. Reiß dich zusammen.« Johns Stimme wurde leiser und die Spannung im Raum wuchs nochmals, als Sean seinen Blick hob und ihr direkt in die Augen sah. Wut, Zorn, Hass und Trauer schlug ihr entgegen. Der SEAL in Sean war von seinen Emotionen zu Boden gerissen worden. Der Gedanke, die Freundin seines Bruders zu rächen, und den wahren Täter zu finden, war übermächtig. Sean ließ es nur selten zu, dass der Teil in ihm die Überhand gewann, der nicht durch das jahrelange harte Training geschliffen worden war. Bisher hatte sie den Mann hinter der Fassade nur selten gesehen. Seit er mit Emelie zusammen war, war es häufiger geworden, aber immer noch war auf der Arbeit der SEAL anwesend und der Mann mit der emotionalen Seite musste auf andere Momente warten. Jetzt war es ihm gelungen hervorzubrechen und seiner Wut Ausdruck zu verleihen. Sean blinzelte mehrfach und sie befürchtete immer noch, dass es zu einem Ausbruch kommen würde, als er seinen Blick wieder schnaubend auf John richtete.

»Dann sollen die Elitesoldaten ihre Ärsche nun auf den Parcours bewegen«, knurrte er John an, der mit den Schultern zuckte. »Was?« Er war dabei gewesen sich abzuwenden, drehte sich dann aber wieder John zu.

»Dann beweg du deinen Arsch auch. Wir halten nun einfach ein paar Tage zumindest oberflächlich die Füße still. Wenn Mattis ernst macht, steht Cayden am Donnerstag alleine am Grab.« Nun war die Ruhe in John ebenfalls verschwunden, auch wenn er es nach außen hin nicht zeigte.

»Ich wollte …« Sean stockte kurz.

»Du gehst, wie der Rest auch, auf den Parcours, verdammt. Hier hat keiner Lust, seinen Job zu verlieren, zumindest die meisten nicht«, bellte John Sean an, drehte sich um und ging ohne sie oder Syrell anzuschauen, an ihnen vorbei.

»Was steht ihr hier noch rum?«, grollte Sean ihnen zu.

Yvonne sah kurz zu Syrell, der kaum sichtbar mit dem Kopf auf die Tür deutete. Er war weg, der Mann in Sean hatte sich einmal mehr vor dem SEAL versteckt. Die Wut hingegen war geblieben. Dieser unbändige Hass auf irgendetwas ergriff den SEAL und sie würden die Puffer werden. Sie würden diesen Hass zu spüren bekommen.

»Raus!« Sean deutete mit Nachdruck auf die Tür, vor der sie einen Moment zu lange gestanden hatten.

»Aye.« Syrell salutierte und schob sie aus dem Konferenzzimmer. Auf den Fluren des Gebäudes konnte man Johns Brüllen vernehmen. Er trieb jeden unnachgiebig aus den Zimmern. Auch Joes Stimme war nur wenig später zu hören.

»Wir sollten mit ihm reden.« Yvonne rannte neben Syrell die Treppen hinunter. Sie hatten nur wenige Minuten, um abmarschbereit vor dem Gebäude zu stehen, und sie hatten ihre Ausrüstung noch nicht angelegt, die im Keller verwahrt war.

»Das ist jetzt sinnlos. Das ist, als würdest du einen Werwolf an der Verwandlung hindern wollen. Selbst du würdest gerade nicht an ihn rankommen.« Syrell schüttelte den Kopf, als sie den großen Raum betraten, in dem in Schränken das Nötigste ihrer Sachen aufbewahrt wurde. Im Raum hing der Geruch von Schweiß und Schießpulver. Es war voll und laut und jeder Einzelne war auf das konzentriert, was er tat. Aber von jedem konnte sie Verunsicherung spüren. Schließlich war gesagt worden, dass sie diese Woche, wenn überhaupt, nur ein freiwilliges Training absolvieren wollten. Dass John nun alle brüllend zur Eile trieb, während er selbst seine Stiefel schnürte, sorgte dafür, dass viele Fragen im Raum standen. Als Sean durch die Tür in den Raum trat, herrschte eine Sekunde eine gruselige Stille. Einen Augenblick befürchtete sie, ihr Captain würde bereits jetzt beginnen sie anzubrüllen, aber er hielt sich zurück.

»Pass auf euch auf. Geh nicht zu weit.« Syrells Lippen berührten den Bruchteil einer Sekunde ihren Nacken, als er hinter ihr stand. Sie wusste, dass er seine Worte auf das Training bezog. Er wollte auf keinen Fall, dass sie sich überanstrengte. Am besten sollte sie überhaupt nicht hier sein, aber wenn sie den gesamten Tag auf der Couch liegen sollte, würde ihr innerhalb kürzester Zeit die Decke auf den Kopf fallen. Außerdem würde die Zeit, in der sie nicht trainieren konnte, noch früh genug kommen.

»Poison!« Sean bellte durch den Raum, obwohl sie nur wenige Meter entfernt stand.

»Aye.« Sie zwang sich, das Wort nicht genervt auszustoßen. Normalerweise herrschte hier ein anderer Ton.

»Du nimmst LittleOne, Skipper und Bitch mit auf den Schießplatz. Wir kommen nach«, brüllte er durch den Raum.

»Aye.« Sie rollte genervt mit den Augen, sah aber, dass Syrell diese Variante des Trainings für sie weit angebrachter fand. Wahrscheinlich würde Sean heute erst aufhören, wenn der Erste von ihnen zusammenbrach.

»Bewegt euch!« Jetzt brüllte Joe sie an und erntete einen wütenden Blick von Sean.

»Wer gibt hier die Kommandos?« Innerhalb einer Sekunde hatte Sean sich vor Joe aufgebaut und John drängte bereits zwischen die Männer, als Joe antwortete.

»Sie, Sir.«

»Ach nun sind wir wieder beim Sie?« Lexi, die fast am Ende des Raumes an ihrem Spint stand, lachte auf.

»Raus! Sofort! Und Bitch macht fünf zusätzliche Runden nach dem Training!«

Am späten Abend reichte sie Syrell an der Küchenzeile stehend, die zweite Wasserflasche, seit er zurückgekommen war. Sie war bereits vor einigen Stunden, auf Seans Anordnung hin, direkt vom Schießplatz aus heimgefahren, nachdem sie die Trainingseinheiten mit ihren Kollegen beendet hatte.

»Danke.« Er richtete seine Aufmerksamkeit auf sie. »Du hattest Glück, dass er dich heimgeschickt hat. Das wäre zuviel für euch gewesen.« Er ließ sich auf das Sofa fallen.

Es ärgerte sie, dass Syrell seit ihrer Schwangerschaft dachte, sie könne nicht mehr mit dem Team mithalten. Das Schlimmste war jedoch, dass er recht behalten würde, sollte sie nun den Rest der Zeit, die sie vor der Geburt noch hatte, nur auf dem Schießplatz verbringen.

»Das denke ich nicht.« Er öffnete die Augen, nahm einen großen Schluck Wasser und sah sie dann an. »Ich will nur nicht, dass der Kleinen oder dir was passiert. Was, wenn du dich überanstrengst oder …«

»Ich bin nicht aus Zucker.« Sie sog die Luft tief ein und unterdrückte ihren Ärger. »Ich bin schwanger, nicht krank.«

»Das habe ich auch nicht behauptet.« Er schüttelte den Kopf.

»Dann tu doch nicht so, als würde mich ein bisschen Laufen oder Parcours umbringen.« Die Worte verließen ihren Mund viel zu bissig. Die gereizte Stimmung der letzten Stunden hatte auf sie abgefärbt. Viel zu oft hatte Sean sie heute angefahren und Vergleiche mit Cayden angestellt, die sie nicht hatte hören wollen. Sie wollte niemanden während des Trainings anbrüllen oder schlecht machen, das war einfach nicht ihre Art, aber genau das erwartete Sean von ihr.

Syrell stand auf und kam auf sie zu. »Das sage ich doch auch nicht.«

Sie wollte etwas erwidern, doch er legte seinen Zeigefinger auf ihre Lippen und gebot ihr so, ihn ausreden zu lassen. »Ich möchte nur nicht, dass euch etwas passiert.« Sein Blick wanderte kurz auf ihren Bauch. »Stell dir vor, du rutschst im Netz ab …« Er schüttelte den Kopf. Sie wusste, auf was er hinaus wollte und doch gefiel es ihr nicht. Sie bildete sich ein, dass er einen extremen Beschützerinstinkt entwickelte. Tief einatmend legte er seine Hände an ihr Gesicht und zog sie an sich. »Du kannst dich wehren, wie du willst, ich werde dich und die Kleine beschützen. Egal wer kommt und was passiert. Und wenn ich dich beim Training an einen Baum binden muss.«

»Wir wissen doch noch nicht mal, ob es ein Mädchen ist.« Kurz war ihr egal, dass er sie schützen wollte. Seit Tagen sprach er immer wieder davon, dass sie ein Mädchen in ihrem Schoß trug. Dabei war es noch viel zu früh, um es auch nur im Ansatz sagen zu können.

»Ich fühle es. Bitte Kleines, lass mich euch schützen. Ich weiß, dass du eine starke Frau bist und dass du auch alleine auf euch aufpassen kannst, aber wozu bin ich dann hier?« Er zog einen Schmollmund.

»Du kannst, wenn es ein Mädchen ist …«

»Es ist eins«, fiel er ihr grinsend ins Wort.

»… wenn es ein Mädchen ist, dafür sorgen, dass der Typ, der sie zum Abschlussball bringt, nett zu ihr ist.« Sie schmunzelte und dachte an ein Gespräch, welches sie mal aufgeschnappt hatte. Dass Väter die Jungen, die ihre Töchter zum Ball oder auch Kino abholten, vorher genau ins Kreuzverhör nahmen.

»Ich werde ihr einen Mann aussuchen.« Wieder huschte ein neckisches Grinsen über sein Gesicht, welches sie mit einem leichten Schlag auf seinen Oberarm bedachte.

»Gut, dass ich da auch noch mitzureden habe.«

Ehe er ihr erneut ins Wort fallen konnte, presste sie ihre Lippen für einen Kuss fest auf seine. Langsam wanderten seine Hände über ihren Rücken.

»Kommst du mit duschen?« Seine Worte strichen heiß an ihrem Gesicht entlang und entfachten ein leidenschaftliches Feuer in ihr.

21.

Den ganzen Tag war er schon in seiner Wohnung umhergewandert und hatte keine Ruhe gefunden. Schlaf hatte er auch in dieser Nacht keinen gefunden und er war nur wenige Minuten auf dem Sofa eingenickt, ehe Samira ihn am Morgen geweckt hatte, um zur Schule zu gehen. Dann war Jordans Mutter aufgetaucht, die mit riesigen Einkaufstüten ins Haus gekommen und in der Küche verschwunden war. Sie hatte Stunden in einem wahren Back- und Vorbereitungswahn verbracht, der Cayden klargemacht hatte, dass der Donnerstag nicht mehr weit entfernt war. Als sie nicht alle für ihren Zweck nötigen Dinge in seiner Küche entdeckt hatte, hatte er Karen angerufen, was im Nachhinein in seinen Augen ein Fehler gewesen war. Die Frauen hatten die Küche zu ihrem Reich erklärt und ihm war es nur noch gelungen, sie zu betreten um sich etwas zu trinken zu holen.

Überall hatten Schüsseln und Backbleche gestanden. Es hatte den Anschein gemacht, als würden die Frauen die gesamten Soldaten der Naval Base puls Familien erwarten. Kurz nach drei war Samira angekommen und hatte sich direkt in ihr Zimmer zurückgezogen. Ihr Blick war an diesem Nachmittag anders gewesen als noch die Tage zuvor. Leer und müde. Über eine Stunde hatte er anschließend mit sich selbst gerungen und überlegt, ob er zu ihr gehen sollte oder nicht. Schließlich hatte er es doch getan, als Karen gegangen war und auch Jordans Mutter sich mit einer herzlichen Umarmung für den Tag verabschiedet hatte. Der nächste Tag würde sie alle nochmals fordern, erst dann würde langsam Ruhe einkehren. Aber auch der Gedanke daran, machte ihm Angst. Wie oft würde er hier dann alleine sitzen? Als Samira ihn in ihr Zimmer gelassen hatte, fand er sie, auf dem Bett liegend, mit einem Schulbuch vor der Nase. Dass es jedoch kopfüber dalag, schien sie nicht zu stören. Er bemerkte es jedoch sofort. Sie hatte nicht gelesen, zumindest nicht in diesem Buch. Lange hatte er schweigend auf der Bettkante gesessen und sie beobachtet, ehe er es gewagt hatte sie zu fragen, was geschehen war. Ihr erstes Nichts, wandelte sich nach einigen Minuten in ein intensives Gespräch über Mitschüler und Lehrer, die ihr hatten weismachen wollen, dass es besser wäre, sie würde nicht an der Klassenfahrt teilnehmen. Schließlich sei ihre Adoptivmutter gestorben. Es verletzte sie, dass ihre Mitschüler und selbst die Lehrer sie dazu bewegen wollten, daheim zu bleiben. Dabei schien es in diesen Tagen kaum etwas Wichtigeres für sie zu geben, als diese Klassenfahrt. Zwischen all dem Trubel, der um ihn geherrscht hatte, hatte ihn eine Mail erreicht, in der man ihm mitgeteilt hatte, dass er seinen Job als Trainer der IATF verlor. Diese Nachricht hatte ihn noch weiter in das dunkle Loch getrieben, auf das er zusteuerte.

Das war einer der Gründe, warum er nun die Roosevelt-Middle-School betrat. Er war nicht nur wegen des Elternabends hier, der die letzten Feinheiten der am Montag startenden Klassenfahrt regeln sollte. Er hatte noch nicht im Ansatz eine Ahnung, was er noch besorgen musste und ob es ihm überhaupt gelingen würde, alles zu regeln. Schließlich hatte er bis heute noch gar nichts getan, was Samiras Reise anging. Morgen würde sicher auch diesbezüglich nichts passieren und dann blieben ihm nur drei Tage. Tief durchatmend sah er sich um, er hatte keine Idee, wo er hinmusste. Hier gab es unendlich viele Räume und Gänge und er hatte nur fünf Minuten, sonst käme er zu spät. Dann entdeckte er einen weißen Zettel mit einem schwarzen Pfeil, unter dem die Klasse von Samira notiert war. Eilig lief er den Gang entlang und traf schon wenige Meter weiter auf einige Mütter, die, so machte es den Anschein, auch zum Elternabend wollten. Eine sah ihn kurz an, tuschelte dann mit der Zweiten. Schnell wandten beide ihren Blick ab. Nur die dritte, eine Frau, die sicher schon Mitte vierzig war, kam direkt auf ihn zu.

»Mr. Harrison?« Sie lächelte warm und reichte ihm die Hand, ehe er bestätigt hatte, dass sie mit dem Namen richtig lag. »Ellen Delaney. Ich bin die Mutter von Jackie. Mein Beileid zu Ihrem Verlust.« Sie löste ihren Griff.

Wie er diese Worte hasste und doch blieb ihm einmal mehr nichts anderes, als die Form zu wahren. Wieder musste er gute Miene zum bösen Spiel machen, obwohl er wusste, dass niemand böse Absichten mit diesen Worten hegte. Und doch fühlte er sich bei jeder Beileidsbekundung, als würde man ihm das Herz herausreißen.

»Danke Mrs. Delaney.« Er ging neben ihr weiter.

»Jackie sagte, Samira wolle unbedingt mitfahren?«

»Ja.« Er nickte und presste die Zähne aufeinander, in der Befürchtung, dass Mrs. Delaney ihm gleich sagen würde, dass es keine gute Idee sei, Samira mitfahren zu lassen.

»Lassen Sie sie?« Jackies Mutter warf ihm einen kurzen Blick zu, ehe sie zusammen in einen mit Eltern gefüllten Klassenraum traten.

»Ja.« Cayden ließ seine Aufmerksamkeit über die Anwesenden schweifen und entdeckte drei Männer, die er kannte. Es waren Soldaten, die auf der Base arbeiteten und ihm kurz zunickten. Er ertappte sich bei der Feststellung, nie einen Gedanken daran verschwendet zu haben, dass diese Männer Kinder hatten. Schon gar nicht in Samiras Alter.

»Finde ich wirklich gut.« Mrs. Delaney sorgte dafür, dass er seinen Blick wieder auf sie richtete.

»Ich habe heute gehört, dass es viele etwas anders sehen als Sie«, raunte er ihr zu und setzte sich, nachdem sie ihm den freien Platz neben sich angeboten hatte, auf den Stuhl.

»Ich glaube ehrlich gesagt, die Kinder haben da gar kein Problem damit. Die Erwachsenen sind es, die da verkopft sind und ihren Kindern einreden, es wäre nicht okay. Jackie hat erzählt, dass Samira deswegen sehr unglücklich ausgesehen hätte.« Mrs. Delaney sprach leise und trotzdem war ihm schnell klar, dass viele Blicke auf ihnen lagen. Was sicher nur wenig damit zu tun hatte, dass er mit Jackies Mutter sprach, sondern mehr damit, dass er überhaupt hier war.

»Mrs. Peabody lässt gerne auf sich warten. Die hat die Angewohnheit, immer erst kurz vorher daheim wegzufahren. Vielleicht hat Ihnen Ihre Frau …« Mrs. Delaney beendete den Satz nicht, sondern sah ihn fragend an.

»Wir waren nicht verheiratet.« Die Worte schmerzten und doch hatte er nicht das Gefühl, dass Mrs. Delaney ihn für diesen Umstand in irgendeiner Form verachtete. »Nein, hat sie nicht. Sie hat es selbst wegen ihrer Arbeit immer nur selten geschafft, pünktlich zu sein.«

Jackies Mutter lächelte verständnisvoll.

Schmunzelnd wandte sie sich der Tür zu, durch die eine sehr junge dunkelhaarige Frau trat, die zielgerichtet auf das Lehrerpult zuging. Irgendwie hatte er sich Samiras Klassenlehrerin immer anders vorgestellt. In seinen Gedanken war Mrs. Peabody eine Mittfünfzigerin. Ähnlich wie die Lehrer, die er früher an der Schule hatte, diese Frauen, die mit streng nach hinten gebundenem Dutt verzweifelt versucht hatten, ihren Schülern etwas beizubringen. Gab es damals überhaupt so junge Lehrer? Die Frau, die einige Papierstapel auf das Pult legte, ließ nebenher einen Blick über die Anwesenden schweifen. Diese Frau war doch allerhöchstens fünfundzwanzig. Nein, jünger. Cayden ertappe sich dabei, dass er Samira die Fahrt doch verbieten würde. Nicht weil er es moralisch nicht vertreten könnte. Nein, die Frau dort könnte der Grund sein. Konnte sie die Kinder alleine beaufsichtigen?

»Dreiundzwanzig«, raunte Mrs. Delaney ihm zwinkernd zu.

Verflucht. Die hatte doch gerade erst selbst die Schule hinter sich gebracht. Der Blick der Klassenlehrerin blieb auf ihm liegen.

»Es freut mich, dass Sie den Weg zu uns gefunden haben. Wie Sie wissen, treffen wir uns hier heute, um ein letztes Mal die Fahrt zu besprechen, die am Montag beginnen soll. Ich werde Ihnen kurz die letzten Infomaterialien geben.« Sie begann, die Zettel zu verteilen. Die Eltern schwiegen und studierten, was sie auf den fünf Blättern sahen. Dann kam Mrs. Peabody direkt auf ihn zu.

»Mr. Harrison, nehme ich an. Ich hatte Samira die Packliste noch nicht mitgegeben, da ich sichergehen wollte, dass sie wirklich mitkommt. Da Sie hier sind, denke ich, dass sie mich nicht angelogen hat …«

»Samira lügt sicher nicht.« Er ließ die Lehrerin nicht ausreden und innerhalb eines Wimpernschlags lag die Aufmerksamkeit aller auf ihm. Normalerweise störte ihn so etwas nicht, aber die Blicke der Anwesenden waren komplett anders als die seiner Schüler auf dem Schießstand oder die seiner Kollegen.

»Das wollte ich …«

»Genau das wollten Sie. Samira fährt auf eigenen Wunsch mit. Auf diese Fahrt freut sie sich schon, seit sie bekanntgegeben wurde.« Cayden fiel ihr erneut ins Wort.

»Sie müssen bedenken, dass es eine psychische Belastung …«

»Mrs. Peabody, meinen Sie nicht, dass Sie dieses Gespräch vielleicht alleine mit Mr. Harrison führen sollten und nicht hier und jetzt. Außerdem denke ich schon, dass es in Ordnung ist, wenn Samira mitfährt.« Jetzt ergriff Jackies Mutter das Wort.

»Sie haben Recht Mrs. Delaney, Mr. Harrison, wenn Sie später noch einen Moment für mich hätten …« Mrs. Peabody wandte sich von ihm ab.

Cayden schnaubte. Dieses Treffen hatte er sich komplett anders vorgestellt. Wollte diese Frau ihn vorführen?

Die folgenden zwei Stunden war keine Rede mehr davon, dass irgendein Kind nicht mitfahren konnte. Sie konnten sich ein Bild über die Unterbringung machen. Es gab Blockhütten, in denen die Kinder je zu acht schlafen sollten und somit drei Hütten in einem großen Camp belegten, in dem noch weitere Schulklassen sein würden. Auch gab Mrs. Peabody einen groben Abriss dessen, was geplant war. Tagesausflüge, Wanderungen, Besichtigungen und vieles mehr. Alles klang so, wie er es selbst noch aus seiner Schulzeit in Erinnerung hatte. Nur dass eben die Lehrerin viel jünger war. Und dass März nicht zwingend eine warme Jahreszeit war, um eine Klassenfahrt in den Yosemite Park zu machen. Nachdem Mrs. Peabody ihnen alles mitgeteilt hatte, durften die Eltern Fragen stellen. Und das taten sie. Sie stellten viele Fragen. Viele, die in seinen Augen völlig unnötig waren. Bei einem kurzen Blick zur Seite sah er, wie Jackies Mutter an ihrem Handy spielte. Sie war eine von wenigen, die keine Fragen zu haben schien und völlig gelangweilt wirkte. Cayden warf einen Blick auf die Liste. Er konnte jedoch nichts entdecken, was ihm in den nächsten Tagen noch besondere Arbeit machen würde. Sie würden am Sonntag einfach die Koffer packen und er würde Samira am Montagmorgen um neun zur Schule bringen.

Als Mrs. Peabody, die dutzende Male auf die Fragen der Eltern eingegangen war, den Abend endlich beendete, hatte er bereits fast vergessen, dass sie noch mit ihm sprechen wollte. Erst als sie seinen Namen rief, drehte er sich, bereits auf dem Flur stehend, nochmal zu ihr um. Er verkniff sich den Fluch, der ihm auf den Lippen lag und ging zurück in den Klassenraum. Er hatte weder Lust noch Zeit, sich jetzt mit einer Frau zu unterhalten, die selbst noch ein Kind war.

»Setzen Sie sich.« Mit einem gekünstelten Lächeln deutete sie auf einen Stuhl, setzte sich aber selbst auf das Pult.

»Danke, ich stehe lieber.« Er ging auf die Fensterfront zu. Draußen waren im Schein der Straßenlaternen die wenigen Autos zu sehen, die noch auf dem Parkplatz standen und er konnte die Bank sehen, an der er Samira von Jordans Tod berichtet hatte. Ein Kloß bildete sich in seinem Hals.

»Mr. Harrison, ich finde es ja gut, dass Sie Samira in ihrer Entscheidung, mit auf die Fahrt zu gehen, unterstützen. Ich jedoch hege einige Zweifel, ob die Fahrt für sie eine gute Idee ist. Sie ist den letzten Tagen sehr still und in sich gekehrt. Vielleicht sollte sie die Woche daheim bleiben. Sie muss dann auch nicht wie üblich in eine andere Klasse. Sie hätte dann die Möglichkeit, den Verlust in Ruhe zu verarbeiten.« Mrs. Peabody endete und Cayden starrte immer noch aus dem Fenster, inzwischen hatte er seine Aufmerksamkeit auf den schwarzen Himmel gerichtet, wo er einfach keine Sterne entdecken konnte.

»Sie wissen, dass Samira entschieden hat, wieder zur Schule zu gehen, oder?« In Cayden entfachte sich ein Feuer. Diese Frau hatte doch absolut keine Ahnung von dem, was Samira durchmachte oder was sie bereits erlebt hatte. Wie konnte sie dann von irgendwelchen psychologischen Belastungen reden? Das Einzige, was diese Frau als Belastung empfand, war wahrscheinlich fehlender Kaffee am Morgen. Sie hatte sicher nie irgendwelche Menschen sterben sehen oder Blut an ihren Fingern gespürt. Sie wusste nicht, wie verbranntes Fleisch roch oder wie sich wahre Panik anfühlte. Die Art Panik, die er in jedem Einsatz kontrollieren musste. Wie konnte sie es wagen, ihm vorschreiben zu wollen, was für seine Tochter gut war?

»Ja, das sagte sie mir.«

»Wissen Sie …« Er machte eine kurze Pause, da er auf der Suche nach den passenden Worten war, da ihm beim Betrachten des Himmels etwas eingefallen war, das er in den letzten Tagen völlig aus den Augen gelassen hatte. » … wenn man wie ich in Krisengebieten arbeitet und dort Kollegen verliert …« Er drehte sich zu ihr um. »Wissen Sie, was wir machen? Wir können nicht tage- oder wochenlang alles ruhen lassen, um zu verarbeiten. Wir müssen weiter machen. Sofort. Wir haben nicht mal Minuten zum Trauern oder nachdenken.«

»Aber Sie sollten auch wissen, dass das nicht die beste Art der Trauerbewältigung ist«, fiel sie ihm arrogant ins Wort.

»Haben wir eine andere Wahl, wenn wir dort überleben wollen, wo Sami herkommt? Was ist denn die beste Art, um sowas zu verarbeiten? Sich monatelang verkriechen? Dann würde sie noch heute in ihrem Zimmer sitzen.« Er musste sich zwingen, Mrs. Peabody nicht anzufahren.

»Ein wenig Zeit sollte man sich nehmen.« Ihr schien klar zu werden, dass er nicht der Richtige war, um über die Bewältigung von Verlusten zu reden.

»Wissen Sie, ich denke, jeder hat da sein eigenes Tempo.«

Verwundert sah Cayden zur Tür und entdeckte Jackies Mutter. Auch Mrs. Peabody schien irritiert darüber zu sein, dass sie noch da war.

»Mrs. Peabody, ich habe eben noch mit einigen Eltern gesprochen. Es sprechen sich alle dafür aus, dass Samira mitfährt. Vielleicht ist es ihre Art, mit dem Verlust umzugehen. Nur weil man uns und Ihnen vielleicht mal beigebracht hat, dass man eine Trauerzeit einhalten sollte, sollten Sie Mr. Harrison nun nicht klar machen, dass er seine Tochter daheim lassen sollte.«

Eine lange Pause entstand. Weder er wusste, was er sagen sollte, da er sich sehr wohl alleine gegen die Klassenlehrerin von Samira hätte behaupten können, noch die junge Frau auf dem Lehrerpult schien zu wissen, wie sie die Lage deuten sollte. Und doch war sie es, die nach einigen Minuten die Worte wiederfand, was ihn ärgerte.

»Nun gut, Mr. Harrison wenn es Probleme mit Samira gibt, werden wir Sie anrufen. Ich möchte Sie bitten, in der Zeit der Fahrt erreichbar zu sein. Einen schönen Abend noch.« Sie glitt vom Pult und begann, ihre Tasche mit den übriggebliebenen Infomaterialien zu füllen.

»Sie haben meine Nummern.« Cayden atmete tief durch. Da war noch einiges, was er ihr sagen wollte, aber er verkniff es sich. Diese Frau hatte herzlich wenig Ahnung vom Leben und er war froh, dass die Klasse gemeinsam mit zwei weiteren Erziehern aufbrechen würde. Sollte diese Frau die Kinder alleine beaufsichtigen, hätte er alles darangesetzt, dass Samira bei ihm blieb.

Als er den Klassenraum verließ, brannte die Erkenntnis, dass sie in Einsätzen nicht einmal fünf Minuten zum Trauern um die Gefallenen hatten, immer noch. Wie viele Freunde hatte er verloren? Wie oft hatte er einfach weitermachen müssen, um nicht selbst zu sterben. Es war verdammt nochmal viel zu oft und es waren zu viele gewesen.

»Ich wünsche Ihnen noch einen schönen Abend, Mr. Harrison.« Jackies Mutter eilte an ihm vorbei. »Ich muss die Meute noch ins Bett bringen, das hier hat viel zu lange gedauert. Machen Sie es gut, geben Sie auf sich acht und danke für alles, was Sie für uns getan haben.«

Cayden blieb einen Moment stehen und sah ihr nach. Hätte er sich nicht bedanken sollen, dass sie ein gutes Wort für Samira eingelegt hatte? Das hätte sie bestimmt erwartet. Aber sie war weg. Grübelnd stand er mitten im Korridor.

Seine Schulzeit war eine gefühlte Ewigkeit her. Als er in Samiras Alter gewesen war, waren seine Eltern anspruchsvoller geworden. Die Noten waren nie gut genug gewesen und wenn es nach ihnen gegangen wäre, hätten er und seine Brüder die Tage nur über Büchern verbracht. Aber das hatten sie nicht gewollt. Sie waren Jungs. Keine Mädchen, die sich den ganzen Tag mit Büchern, Zöpfen und Nagellack beschäftigt hatten. Baumhäuser bauen, Football und Baseball hatte bei ihnen ganz oben auf der Liste gestanden. Dabei waren ihnen oft auch weniger sinnvolle Dinge eingefallen. Auf verlassenen Grundstücken herumschleichen, obwohl es strikt verboten gewesen war. Einer älteren Frau hatten sie regelmäßig die Pfirsiche vom Baum geklaut. Jungssachen halt. Zum Glück hatten seine Eltern nie einen Anruf aus der Schule erhalten, dass die Lehrer sie wegen ihres Betragens sprechen wollten. Wohl aber war bei regulären Sprechtagen des Öfteren etwas ans Tageslicht gekommen, was daheim für Stress gesorgt hatte.

Langsam ging er den Korridor entlang. Neben den vielen Türen befanden sich die Schließfächer der Schüler und über allem hing ein unverkennbarer Geruch. Konnten Schulen einen eigenen Geruch haben? Roch Bildung nach Büchern? Oder war es der Schweiß der Jugendlichen mit einem Touch Putzmittel, und Druckerschwärze? Würde Samira ihm je Probleme machen? Er konnte es sich einfach nicht vorstellen.

Kurz vor elf in der Nacht schloss er die Haustür auf und schmunzelte, als er den Geruch von Pizza wahrnahm. Er hatte Samira erlaubt eine Pizza zu bestellen. Auf dem kleinen Schrank, in dem er seine Waffe aufbewahrte, lag Wechselgeld und in der Küche fand er einen riesigen Pizzakarton. Die Hälfte der Familienpizza war noch da. Hatte sie falsch bestellt oder war eine falsche Lieferung angekommen? Rätselnd ging er ins Wohnzimmer. Im TV lief eine Serie und Samira lag auf dem Sofa. Sie hatte sich in Jordans Decke eingekuschelt und schlief tief und fest. Auf dem Tisch stand ein Teller, auf dem sich noch zwei Ränder der Pizza befanden und ein halbvolles Glas Wasser.

Vorsichtig ließ er sich auf dem Rand der Couch nieder und streichelte über ihre Seite. So hatte er es bei Jordan auch immer getan, wenn er viel zu spät von der Arbeit gekommen war und sie und Samira auf ihn gewartet hatten. Mit dem Unterschied, dass sie Samira dann meist schon ins Bett gebracht hatte.

»Hey Maus, ich bin wieder da.« Es fühlte sich seltsam an. Fremd und verstörend, dass er neben seiner Adoptivtochter saß und dass es nicht seine Freundin war, die er wecken musste.

Samira stieß ein Murren aus und drehte sich unter der Decke so, dass sie sich mit dem Gesicht von ihm abwandte.

»Willst du nicht ins Bett gehen?« Prüfend legte er den Kopf zur Seite.

»Hast du die Pizza gesehen? Ist deine«, nuschelnd zog sie sich die Decke über den Kopf. Sollte er ihr sagen, dass er keinen Hunger hatte? Dann würde sie sicher wie in den letzten Tagen eine gefühlte Ewigkeit mit ihm diskutieren und bei jedem zweiten Satz wie Karen klingen. Er hatte einfach keinen Hunger und doch erhob er sich. Der Blick in den Kühlschrank machte klar, dass ihre Mahlzeiten in den nächsten Wochen nur aus Kuchen bestehen würde oder aus kleinen Häppchen. Der Kühlschrank war bis in die letzte Ecke vollgestopft mit dem, was Karen und Jordans Mutter vorbereitet hatten. Allerdings entdeckte er, als er die Tür bereits schließen wollte, eine Dose Bier, die neben dem Orangensaft in der Tür stand. Mit der Dose in der Hand nahm er auf einem der Küchenstühle Platz und starrte die halbe Pizza eine Ewigkeit an. Erst nachdem das Bier halb leer war, griff er nach einem der Pizzastücke. Beim Essen stellte er schließlich fest, dass er doch Hunger hatte. Dieses Gefühl hatte er in den letzten Tagen nie wahrgenommen. Er hatte nur gegessen, damit Samira Ruhe gab oder weil man ihn dazu genötigt hatte. Als die Pizza in seinem Magen verschwunden war, wanderte sein Blick auf die Uhr. Mitternacht. Der Tag würde in wenigen Sekunden enden und ein weiterer ohne Jordan würde beginnen. Dazu der, der den endgültigen Abschied bringen sollte. Langsam erhob er sich und wanderte auf den Flur, wo er vor der Garderobe stehenblieb. Aus dem Spiegel sahen ihn müde Augen an. Sein Bart war struppig und ihm wurde klar, dass er seit Tagen nicht geduscht hatte. Er hatte einfach nur herumgesessen oder hatte sich von Collin zu irgendwelchen Terminen fahren lassen. War er so wirklich in der Schule gewesen? Was dachten bloß die anderen Eltern von ihm? Mit einer Hand fuhr er sich durch die Haare. So konnte er Jordan nicht … Ein kalter Schauer lief ihm über den Rücken. Er konnte nicht mal daran denken und doch war ihm klar, dass er das Haus am Morgen so nicht verlassen könnte. Er sah aus, als wäre er vor fünf Minuten aus einem monatelangen Einsatz gekommen, wo es für ihn keine Möglichkeit der Hygiene gegeben hatte. Mit der Hand strich er sich durch die Haare.

22.

Yvonne warf einen Blick in den Rückspiegel. Dennis und Nuyen saßen auf der Rückbank ihres Honda Civic und steckten wie sie in weißen Uniformen, wegen denen es am Tag zuvor lange Diskussionen gegeben hatte. Für die ehemaligen SEALs des Teams hatte sofort festgestanden, dass sie Jordan in den weißen Galauniformen das letzte Geleit geben wollten. Allerdings war es Dennis gewesen, der eingeworfen hatte, dass man zu einer Beerdigung schwarz trug. Dieser einfache Einwand, der sicher schnell abgetan gewesen wäre, hatte für eine hitzige Debatte gesorgt. Über das für und wider der angemessenen Kleidung bei Beisetzungen, darüber dass es schon lange so war, dass sie entweder weiß oder dunkelblau trugen und auch darüber, dass er als Neuling sich anzupassen hätte. Dann hatte sich das Thema plötzlich darum gedreht, wie sie Cayden in Zukunft gegenübertreten wollten und was man Samira Tröstendes sagen könnte. All diese Argumente, die oft von Erlebtem untermalt wurden, hatte Yvonne nach einer Stunde dazu veranlasst, einfach den Gemeinschaftsraum des Teams zu verlassen. Sie hatte weder ein Wort zu Syrell gesagt noch zu jemand anderem. Sie war einfach aufgestanden und nach draußen gegangen, wo die kühle Luft eines späten Märztages sie empfangen hatte. Sie hatte Minuten benötigt, ehe sie wieder durchatmen konnte, zu erdrückend war die Stimmung im Raum gewesen. Zu greifbar die Bilder, die ihre Kollegen vor Augen hatten und von denen sie gesprochen hatten.

Blinzelnd zwang sie sich zur Ordnung, als sie den Wagen auf den Parkplatz der Kapelle am Home of Peace Cemetery lenkte. Sie waren früh dran und doch hatten sich schon viele versammelt. Syrell hatte die gesamte Zeit schweigend neben ihr gesessen. Nicht einmal seine Hand hatte er während der Fahrt auf ihr Bein gelegt, was er sonst so oft tat. Dann konnte sie immer spüren, wie er verkrampfte, wenn sie bremsen musste.

»Ich bin ein schrecklicher Beifahrer, ich weiß.«

Seine Worte ließen sie zur Seite sehen.

»Wir warten dann auf euch.« Dennis öffnete die Wagentür und gab Nuyen, der abwesend aus dem Fenster gestarrt hatte einen Stoß. Ihre zwei Kollegen hatten sich gemeinsam mit Wesley, Jamain und zwei Cousins von Jordan, die Collin kurzfristig angerufen hatte, bereiterklärt, als Sargträger zu fungieren. Yvonne konnte sehen, wie sehr dieser Umstand gerade Nuyen beschäftigte. Auch wenn er sich freiwillig gemeldet hatte, schien er nun daran zu zweifeln, ob er der Aufgabe gewachsen war.

»Hey.« Syrell sorgte dafür, dass sie ihren Blick vom Rückspiegel löste, in den sie gedankenverloren gestarrt hatte. Seine Hand lag warm auf ihrem Bein und sie erkannte seinen Versuch, ihr mutmachend zuzulächeln. Das hier war so anders als das, was sie bisher erlebt hatte. Alte Menschen und Kollegen auf dem letzten Weg zu begleiten war ihr nicht mehr neu. Im Alter starben die Menschen, das war so und damit konnte sie leben, auch wenn es, wie bei ihrem Opa vor Jahren, in ihren Augen ungerecht war, dass die Menschen sie verlassen mussten. Bei ihrer Arbeit war der Tod ständig anwesend. Er schlug immer unerwartet zu und auch diese Art riss tiefe schmerzhafte Lücken.

Aber Jordan?

Sie war von einer Fremden zu einer sehr guten Freundin geworden. Sie war ein herzensguter Mensch gewesen. Sie hatte doch alles in ihrer Macht Stehende getan, um Menschen zu retten. Ausgerechnet sie musste durch eine Kugel sterben, die gar nicht für sie gedacht gewesen war. Abgefeuert von einem Menschen, den sie ebenso wenig kannten wie sein Motiv.

Sie spürte, wie sich Syrells Hand nun warm an ihre Wange legte und dort Tränen fortwischte, die sie nicht bemerkt hatte. Dabei hatte sie sich geschworen, Haltung zu bewahren und nicht zu weinen.

»Kleines, selbst wenn es eine Beisetzung mit militärischen Ehren wäre, dürftest du weinen.« Seine Stimme war brüchig, auch ihm ging die Situation nahe und hinterließ tiefe Spuren.

Yvonne konnte nur nicken. Sie wollte nicht weinen. Nicht vor Samira, das hatte sie sich geschworen. Als Kind hatte es immer wie Feuer auf ihrer Seele gebrannt, wenn sie Erwachsene hatte weinen sehen. Diesen Schmerz wollte sie Samira heute ersparen. Es war schmerzhaft genug, dass Samira sich heute von Jordan verabschieden musste, von der Frau, ohne deren Hilfe sie wohl nicht mehr am Leben wäre.

Als sie wenig später aus dem Wagen stieg, war in jedem Winkel die drückende Stimmung zu spüren. Überall standen kleine Gruppen zusammen, die scheinbar nur darauf warteten, dass jemand den Anfang machte und als erstes die Kapelle betrat. Sie sah sich suchend um, konnte den schweren Geländewagen von Nathan jedoch nirgends ausmachen. Nathan hatte sich weit vor ihnen gemeinsam mit Sean auf den Weg gemacht, um Cayden und Samira abzuholen. Dafür entdeckte sie Collin, der an einem alten Baum stand und telefonierte. War etwas passiert? Da sein Blick ebenso unruhig umherschweifte wie ihrer, dauerte es nicht lange, bis er sie bemerkt hatte. Nach Syrells Hand greifend zog sie ihn hinter sich her auf Collin zu.

»Ist was passiert?« Die Frage verließ ihren Mund bereits wenige Meter, bevor sie Collin erreicht hatten, der kopfschüttelnd zu Boden sah und weiter auf das Telefonat konzentriert war.

»Okay, ich kümmer mich, seht zu, dass ihr herkommt.« Collin beendete das Gespräch und ließ sein Handy in seiner Gesäßtasche verschwinden, ehe er sie und Syrell ansah. Es war selbst nach dieser langen Zeit immer noch ungewohnt für Yvonne, dass er sie nur mit einem Auge fixierte und immer noch erwischte sie sich dabei, wie sie die tiefen Brandnarben, die sein Gesicht zur Hälfte entstellten, anstarrte. »Er hat getrunken.« Collin atmete durch und Syrell entfuhr ein leiser Fluch.

»Wie viel?« Syrell zog sie bei seiner Frage an sich.

»Eine halbe Flasche Whiskey. Keine Ahnung wann er kommt.«

Yvonne schloss die Augen. Hätte Cayden mit diesem Besäufnis nicht noch ein paar Stunden warten können?

23.

In Caydens Kopf tobte ein unerbittlicher Schmerz. Selbst die Aspirin, die Sean ihm gegeben hatte, wollte diesem Stechen kein Ende bereiten. Er saß vor der zweiten Tasse Kaffee und starrte in das fast schwarze Getränk, dessen Wärme er an den Händen spüren konnte, die er haltsuchend um die Tasse gelegt hatte.

Er war ein Idiot. Ein riesiger Idiot.

Langsam nahm er einen Schluck Kaffee, behielt die Tasse in den Händen und starrte den Tisch an. Er hätte doch einfach ins Bett gehen können. Nein, er wollte den Kopf schütteln, unterließ es dann jedoch, da er befürchtete, die nächste Schmerzwelle würde die vorherige übertreffen.

Was tat der feige Exelitesoldat?

Er stellte fest, dass er beschissen aussah, ging kurz vor eins duschen und begann dann in der Wohnung auf und abzulaufen wie ein Tiger im Käfig, weil Samira auf dem Sofa schlief und er nicht in das Schlafzimmer wollte. Seit Tagen machte er um diesen Raum einen Bogen, als wäre er mit ätzender Säure versehen. Nur kurz war es ihm bisher gelungen hineinzugehen und sich Kleidung aus dem Schrank zu holen. Die wenige Wäsche, die er bisher gewaschen hatte, lagerte in Körben neben der Waschmaschine in der Küche. Es gelang ihm einfach nicht, sie zurückzulegen. Er war nach dem duschen dutzende Male am Kühlschrank gewesen.

Tür auf, Tür zu.

Bei jedem Blick hinein, hatten ihn die Torten höhnisch angegrinst, als wollten sie fragen, wann es endlich etwas zu feiern gab. Dann war er irgendwann - es musste gegen vier gewesen sein - im Wohnzimmer gewesen, hatte Samira einige Minuten beim Schlafen beobachtet und war schließlich zu der kleinen Bar gegangen, die Jordan und er sich angeschafft hatten. Hinter der Tür hatten sie einige Flaschen Whiskey gesammelt, aber nie auch nur einen angerührt. Irgendwann hatte Jordan mal kichernd gesagt, der Inhalt der Flaschen wäre nur für Notfälle oder besondere Anlässe. Cayden hatte beschlossen, dass der

Zustand, in dem er sich befand, Notfall genug war. Er war unendlich müde und konnte einfach keinen Weg in den Schlaf finden. Er hatte einfach nach einer der Flaschen gegriffen und sich eines der bauchigen Gläser genommen. So leise es ihm möglich gewesen war, war er nach kurzem Zögern zum Sessel gegangen, wo er sich gesetzt hatte. Das erste Glas hatte er nicht einmal zu einem Viertel gefüllt das zweite dann schon zur Hälfte.

Die Nacht hatte sich quälend in die Länge gezogen und die Flasche war Stunde um Stunde leerer geworden. Doch dieses beschissen leere Gefühl in seinem Herzen war einfach geblieben. Er hatte Samira beim Schlafen beobachtet und sich nichts sehnlicher gewünscht, als auch schlafen zu können. Aber es hatte einfach nicht funktioniert. Nicht nach dem ersten Glas und auch nicht nach dem zweiten, dritten und vierten. Nach dem fünften hatte der Schwindel ihn eingeholt, aber wohl auch nur, weil das vierte und fünfte fast bis zum Rand gefüllt gewesen waren. Als die Flasche fast leer gewesen war, hatte Samiras Handy geklingelt und für seine Adoptivtochter die Nacht beendet. Aber dieser penetrante Klingelton hatte nicht nur Samira aus dem Schlaf geholt, sondern auch ihn zurück in die Realität. Die Flasche war fast leer, sein Kopf dröhnte und er hatte sich direkt neben einem jungen Mädchen betrunken. Er hatte nicht nur ein Glas Wein getrunken, wie er es hin und wieder mit Jordan getan hatte, obwohl er Wein nicht leiden konnte. Er hatte sich fast bis zur Bewusstlosigkeit gesoffen. Und genau das war ihm klar geworden, als Samira ihn erst aus verschlafenen Augen angesehen und dann geschockt gemustert hatte. Die darauffolgende Stunde war in seinem Kopf nur noch eine wabernde Masse. Er wusste noch, dass Samira aufgestanden war und dass sie telefoniert hatte. Das nächste, was er wusste, war, dass Sean vor ihm aufgetaucht war und ihn gemeinsam mit Nathan auf die Beine gezerrt und in die Küche gebracht hatte.

Hatten sie sich in irgendeiner Form mit ihm unterhalten? Er wusste es nicht mehr. Wie er Sean kannte, hatte er ihn angebrüllt und Nathan hatte mit Sicherheit auch nicht mit Vorwürfen hinter dem Berg gehalten. Aber er wusste es einfach nicht mehr.

Sie hatten ihn gezwungen, Wasser zu trinken und erst vor einer Stunde hatte Sean ihm einen Kaffee eingeschenkt.

Träge hob er den Kopf und starrte auf die Küchenuhr. Sie würden zu spät kommen. Musste er überhaupt hin? Konnte er nicht einfach hier sitzen bleiben?

»Hey, los komm, du solltest dir was anderes anziehen.« Sean betrat in seiner noblen weißen Uniform die Küche und musterte ihn.

»Ich geh nicht.« Er erschrak, als er seine Stimme vernahm. Sie war heiser und kaum zu verstehen. Es war, als würde sie einem anderen gehören.

»Klar gehst du.« Sean legte seinen Arm über seine Schulter. »Wir haben deine Uniform schon gefunden, du musst sie nur noch anziehen.«

»Ich geh nicht.« Er ließ den Kopf auf den Tisch sinken.

»Du stehst nun verdammt nochmal auf, ziehst dich um und begleitest Jordan. Es ist deine Pflicht. Ich kann auch anders, das weißt du. Aber Samira ist im Wohnzimmer und die hast du für heute schon genug erschreckt.« Seans Worte wurden zwar leiser aber nicht weniger drohend.

»Ich kann das nicht.« Er wollte weder den Kopf von der Tischplatte heben, noch sich umziehen oder gar zur Beisetzung gehen.

»Und ob du kannst. Los.«

Wie Sean es gelang, ihn in eine aufrechte Position zu bekommen, war ihm wenige Sekunden später nicht mehr klar, nur dass der Alkohol sich einen Weg nach draußen bahnen wollte, spürte er deutlich.

24.

»Oh Scheiße.« Sean sah hinter Cayden her, der die Badezimmertür hinter sich zuwarf. Dass er dazu überhaupt noch in der Lage war, wunderte ihn. So betrunken hatte er seinen Bruder noch nie gesehen und er hatte auch nicht damit gerechnet, dass er überhaupt in der Lage war, sich so zu betrinken. Kopfschüttelnd warf er einen Blick ins Wohnzimmer, wo Nathan neben Samira saß und TV schaute.

»Sag nicht er …« Nathan sah ihn kurz an, beendete seinen Satz jedoch nicht.

»Doch.« Sean nickte.

»Müssen wir nochmal mit Collin sprechen?« Nathan stand auf. »Ich komme gleich wieder«, richtete er sich an Samira, die seit drei Stunden fast regungslos auf dem Sofa saß und auch jetzt keine wirkliche Reaktion zeigte.

»Ich hab ihm eine Nachricht geschickt, wir müssen hier spätestens in einer halben Stunde weg. Ich hoffe, der kotzt sich nun aus und ist wieder ansatzweise fit.« Sean stöhnte auf und strich sich durch die ordentlich gestylten Haare, die nun sicher aus der Form geraten waren. Aber es war wirklich zum Haare raufen. Wie konnte sein Bruder sich derart betrinken? Und wie sollten sie ihn in dreißig Minuten in den Wagen bekommen.

Wenn Samira sie nicht angerufen und gesagt hätte, Cayden wäre betrunken, wären sie erst vor einer Stunde hier aufgetaucht und wahrscheinlich hätte er sich da bereits in einem Schlaf befunden, aus dem sie ihn unmöglich in der kurzen Zeit wieder hätten herausholen können. Es hatte Sean gewundert, dass das Mädchen morgens um kurz nach acht seine Nummer gewählt hatte, die sie nur für Notfälle hatte und bisher auch nie genutzt hatte. Aber eine Beisetzung war ein Notfall, deswegen hatte er das Gespräch angenommen, während er kaffeetrinkend durch sein Appartement gelaufen war. Erstaunt hatte er dann Samira zugehört, die mit erstickter Stimme erzählt hatte, das Cayden seltsam sei und eine fast leere Flasche Alkohol auf dem Tisch stand. Er hatte Samira sogar zweimal gefragt, ob es sich nicht einfach um Bier gehandelt hatte. Dass sein Bruder in der Gegenwart von Samira derart viel trinken würde, hatte er sich einfach nicht vorstellen können. Emelie, die ihn im Pyjama beobachtet hatte, hatte ihm gesagt, er solle sofort losfahren und sie würden sich später an der Kapelle treffen. Der Plan, dass sie getrennt fahren wollten, hatte zwar von Anfang an bestanden, aber dass eine Flasche Alkohol der tatsächliche Grund werden würde, hatte ihm nicht behagt. Emelie hatte sich mit Harper verabredet, um mit ihr zusammen zur Beisetzung zu fahren. Der gesamte Tag funktionierte schon in den Morgenstunden nicht so, wie er es geplant hatte.

Nach einem kurzen Telefonat mit Nathan, der noch nicht mal aufgestanden war, hatte er seinen Bruder nur dreißig Minuten später abgeholt und war hierher gefahren, wo Samira ihm die Tür geöffnet hatte. Cayden hatte er im Sitzen schlafend auf dem Sofa vorgefunden und es hatte ihn und Nathan fast zehn Minuten gekostet, um ihren Bruder aus seinem Suffkoma zu bekommen und ihn Richtung Küche zu bewegen.

»Sami, ziehst du dich schon mal um? Ich kümmere mich darum, dass Cayden auch gleich fertig ist.« Sean war froh, dass Samira mit einem Nicken in ihrem Zimmer verschwand. Mit Cayden würde es nicht so leicht werden.

»Bekommen wir den überhaupt gesellschaftsfähig?« Nathan musterte ihn fragend.

»Wir müssen.« Sean atmete tief durch und ging dann auf die Badezimmertür zu. Sie hatten keine Zeit mehr und sein Bruder hatte nun nur noch eine Wahl.

»Snipes! Reiß dich zusammen. Fünf Minuten duschen und dann kommst du raus, sonst komm ich rein«, blaffte er durch die geschlossene Tür.

»Alter.« Nathan tauchte hinter ihm auf und schüttelte den Kopf.

»Pscht.« Sean hob die Hand mit einem Ruck hoch und verbot Nathan so, noch etwas zu sagen. Ihm war klar, dass seine Art und Weise nicht die war, wie man mit einem trauernden Menschen umgehen sollte, aber es war die, wie er mit einem stockbesoffenen Soldaten umging. Und genau dass war Cayden gerade.

Einige Minuten verstrichen, dann hörte er das Rauschen der Dusche. Mit einem gewinnenden Lächeln drehte er sich zu Nathan um. »Geht doch.«

»Duschen ist nur die halbe Miete«, raunte Nathan ihm zu und verschwand wieder im Wohnzimmer.

Wieder verstrichen Minuten und Sean ertappe sich dabei, wie er unruhig von einem Fuß auf den anderen trat. Es waren definitiv zu viele Minuten. Er hämmerte gegen die Tür. »Los Bewegung!« Würden seine Worte helfen? Seinem Bruder war sicher klar, dass er die Tür nicht mit Gewalt öffnen würde. Sean lauschte und vernahm, wie das Rauschen des Wassers endete. Nun musste Cayden sich nur noch anziehen. Ein Blick auf die Uhr machte klar, dass sie immer noch schlecht im Zeitplan waren und dass sicher alle bereits auf sie warteten. Nach weiteren fünf Minuten öffnete sich die Tür und Cayden stand, wenn auch nicht rasiert, aber in Uniform und durchaus vorzeigbar vor ihm.

»Na bitte. Los jetzt. Nath, Samira, wir können.« Sean schob Cayden neben sich her zur Tür. Nun gab es kein Zurück mehr. Sie mussten diesen Tag irgendwie hinter sich bringen und Cayden bestmöglich zur Seite stehen.

25.

Yvonne fiel das Atmen in der kleinen Kapelle schwer. Sie konnte, wenn sie zur Seite sah, Cayden sehen, der es mit viel Verspätung doch noch geschafft hatte und nun teilnahmslos auf den Sarg starrte. Neben ihm und fest seine Hand haltend Samira, die ihren Blick auf die Blumen vor dem Sarg gerichtet hatte. Überall waren rote und weiße Rosen. Unmengen von ihnen. Auf jeder der Schleifen konnte man lesen, wie fassungslos die Menschen über Jordans Tod waren, und welch große Lücke sie hinterlassen hatte.

Sie griff nach Syrells Hand und zwang sich, nicht zu weinen. Die Stimmung im Raum war so erdrückend, dass sie am liebsten gehen würde. Aber auch dann würden die Gefühle nicht verschwinden. Sie alle hatten einen Menschen verloren, den sie geliebt hatten. Als Frau, Freundin, Mutter, Tochter, Kollegin und Familienangehörige. Jedes Gesicht, in das sie sah, war vom Schmerz des Verlustes schwer gezeichnet. Jede Seele mit tiefen Narben und viele mit offenen Wunden. Noch nie hatte sie eine Beisetzung so emotional erlebt. Noch nie hatte sie die Gefühle so auf sich wirken lassen. Aber ihre Schutzmauer war nicht stark genug, um die eigene Trauer im Zaum zu halten und die der anderen zu ignorieren. Es war, als würde sich eine Faust um ihr Herz legen und es am Schlagen hindern. Wenn es ihr schon so erging, was mussten Cayden und Samira nun gerade durchstehen?

Der Priester erzählte aus Jordans Leben. Was sie als Kind gerne getan hatte. Dass ihre Eltern sie immer davon hatten abhalten wollen, Rodeo zu reiten, sie es aber nie geschafft hatten. Und dass erst ihr Berufswunsch sie von Pferden und Bullen in Texas getrennt hatte. Davon, wie sie Cayden und Samira bei ihrer Arbeit, die sie über alles geliebt hatte, kennengelernt hatte. Dass sie in der Lage gewesen war, all die Steine, die man ihr in den Weg gelegt hatte, als sie Samira adoptieren wollte, mit Cayden zu einem kleinen Heim für eine Familie verbaut hatte, anstatt darüber zu fallen. Und dass genau dieses Heim immer in ihrer aller Herzen sein würde, da Jordan es genau dort gebaut hatte. Sie hatte es gebaut, um die Menschen, die sie geliebt hatte, zu schützen und um anderen einen Platz zu bieten, wo sie Schutz finden konnten. Diese Mauern könnte auch ihr Tod nicht einreißen. Die Erinnerungen an sie würden bleiben.

Mehrfach erwähnte er noch Jordans großartige Arbeit im Ausland bei den Ärzten ohne Grenzen, und dass man sie auch dort vermissen würde. Dann wurde es still in der Kapelle.

Cayden hatte das Gefühl, er würde ersticken. Der Blumenschmuck wurde zur Seite geräumt und er konnte verschwommen Collin erkennen, der in weißer Uniform mit seiner schwarzen Augenklappe als erstes an den Sarg trat. Wenig später waren die sechs Griffe besetzt und ihm blieb nichts anderes übrig, als neben Samira und vor Jordans Eltern hinter dem Sarg die Kapelle zu verlassen. Es war, als würde er durch Morast laufen. Für jeden Schritt musste er viel Kraft aufwenden und die, die in den Sitzreihen der Kapelle standen, nahm er nur am Rande wahr. Verzweifelt klammerte er sich an Samiras Hand, die mit erhobenem Kopf und festem Blick neben ihm ging. Draußen kam er an Menschen vorbei, die er nie zuvor gesehen hatte. Er stellte sich die Frage, woher sie Jordan kannten.

Als sie das ausgehobene Grab erreicht hatten, fiel ihm das Atmen leichter. Aber das drückende Gefühl auf seiner Brust blieb. Das hier sollte die Stelle sein, an der er sie von nun an besuchen konnte. Hier, zwischen so vielen anderen Gräbern.

Er schluckte.

Würde der Schmerz je vergehen?

Ein Gefühl ließ ihn über die Schulter sehen und er traf direkt auf die graublauen Augen von Darrel, der ihm zunickte. Erst jetzt konnte er seinen Kollegen verstehen. Flucht war genau dass, an was er jetzt dachte. Darrel hatte erst die Stadt und dann den Kontinent verlassen, auf dem er seine Liebe verloren hatte. Aber Cayden wusste, dass es nichts bringen würde. Es würde ihn nur von diesem Ort und somit von Jordan trennen. Und von ihr getrennt zu sein war das Letzte, was er wollte.

Eine Stunde später stand er alleine mit Jordans Eltern und Samira am Grab. Er hatte eine gefühlte Million Hände geschüttelt, Unmengen an Beileidsbekundungen entgegengenommen und einfach nur hier gestanden. Unfähig zu denken oder sich zu bewegen. Er war jedem dankbar gewesen, der ihm einfach nur zugenickt hatte und gegangen war. So wie Jackies Mutter, die ihre Tochter begleitet hatte und die er später in seinem Haus sicher wiedersehen würde. Die knappen Gesten einiger waren ihm weit lieber gewesen, als die vielen, teilweise geschwollenen, Worte.

»Wir sollten aufbrechen.« Jordans Mutter kam auf ihn zu. Sie hatte Jordans Augen. Überhaupt hatten die beiden Frauen viel gemeinsam. Ihre Mutter wirkte so stark. Jordan hatte definitiv die Kraft ihrer Mutter gehabt. Diesen unbändigen Willen. Nichts und niemand konnte sie aufhalten, wenn sie sich etwas in den Kopf gesetzt hatte.

»Ich komme gleich.« Er ließ das erste Mal, seit sie an der Kapelle angekommen waren, Samiras Hand los. Oder war das Mädchen es, dass seinen Griff löste und langsam mit Jordans Eltern den Sandweg entlangging. Er wollte einen Augenblick allein sein. Alleine mit seinen Gedanken, alleine mit Jordan. Dabei hatte Samira doch auch das Recht auf einen solchen Moment.

Cayden ließ seinen Blick über die Umgebung schweifen. Aber egal wo er hinsah, da waren nur Gräber. Er wusste selbst nicht, was genau er suchte. Vielleicht etwas Besonderes. Einen großen Baum, der über allem thronte. Einen Engel. Irgendetwas. Schwer schluckend sah er nochmals in das Grab, in dem Blumen und Erde lagen.

»Ich liebe dich.« Seine Stimme erstickte und seine Knie gaben nach. Er würde nicht gehen. Er konnte nicht. Er hatte doch alles so perfekt geplant. Das Haus, sein Leben außerhalb des Militärs, all das hatte er mit ihr geplant. Er hatte sie an seiner Seite haben wollen und jetzt? All die Träume umsonst.

»Hey Snipes.« Eine Hand legte sich auf seine Schulter. Es war Darrel. »Es geht weiter und du bist nicht alleine.« Die Hand übte einen leichten Druck auf seine Schulter aus. Sie war nicht tröstend und die Worte waren nicht so, wie die all derer, die heute schon mit ihm gesprochen hatten. Sie waren einfach nur voller Verständnis.

»Lass uns fahren und komm später noch mal wieder.«

Völlig erschöpft schloss er am späten Nachmittag die Tür hinter Jordans Eltern. Es war Stille ins Haus eingekehrt. Nur wenige waren noch da. Es waren die, die er schon lange kannte. Seine Brüder, ihre Lebensgefährtinnen, Syrell, Yvonne, Bear und Karen saßen in der Küche. Liv saß seit Stunden schweigend neben Joyce auf dem Sofa, auf das er sich jetzt so gerne legen wollte. Paul, Darrel, John und Tom standen im Garten und tranken Bier. Harry und Jamain hatten sich mit Samira in ihr Zimmer zurückgezogen und spielten an der Konsole. Seine kleine Familie, die er vor Jordan gehabt hatte, war wieder zusammen. Als er in das Wohnzimmer trat, erhob Liv sich. Ihr standen Tränen in den Augen und er befürchtete, sie würde ihn im nächsten Moment in den Arm nehmen. Er wollte nicht mehr in den Arm genommen werden. Nicht mehr heute und auch nicht in den nächsten Tagen. Jede Umarmung würde dafür sorgen, dass seine mühsam errichtete Mauer erneut zusammenfiel.

»Ich möchte … ich muss …«, korrigierte Liv sich schnell, »… euch etwas mitteilen.« Ihr Blick lag nur kurz auf ihm.

»Was gibt es?« John drehte sich in der Terrassentür stehend zu ihnen um.

»Kommt bitte kurz zusammen.«

Was sollte das nun? Wollte sie ihre Kündigung einreichen? Oder gab es vielleicht doch wichtige Neuigkeiten zum Mörder von Jordan?

Es dauerte nur wenige Minuten, bis alle sich im Wohnzimmer eingefunden hatten. Liv griff in ihre Handtasche und zog einen kleinen zusammen geklappten Zettel hervor und wollte ihn an ihn weiterreichen. »Ich hätte ihn dir schon viel früher zeigen müssen, entschuldige.« Immer noch hielt sie das Stück Papier in der Hand und Tränen rollten über ihre Wangen.

»Was ist das?« Caydens Nackenhaare stellten sich auf. Ein ungutes Gefühl ergriff ihn.

»Schau es dir an.« Liv war heiser.

Mit zitternder Hand griff er nach dem Stück Papier. Es war erstaunlich glatt. Zögernd klappte er es auseinander und konnte von Yvonne ein leises Seufzen hören. Eine gefühlte Ewigkeit starte er das grau-schwarze Bild an, drehte es in mehrere Richtungen, konnte aber nicht erkennen, was es war. Fragend richtete er seinen Blick wieder auf Liv, die nur mit dem Kopf auf den Zettel deutete. Was sollte das? Prüfend musterte er ihn erneut, dann entdeckte er Zahlen und den Namen einer Ärztin.

Kopfschüttelnd hob er den Blick. Sein Herz war ins Stocken geraten, es schnürte ihm die Luft ab und sein Herz weigerte sich seinen Takt wieder zu finden.

»Nein! Das ist nicht wahr.« Wo er den Sauerstoff hernahm, um zu sprechen war ihm ein Rätsel. Seine Knie versagten ein zweites Mal an diesem Tag den Dienst. Liv nickte stumm.

»Ich wusste nicht, wie ich es dir sagen sollte. Sie hatte es bei sich.«

Diese Scheiße nahm einfach kein Ende. Er hatte nicht nur seine Frau verloren, sondern auch sein Kind.

Seins.

Der Gedanke brannte wie Lava in seinem Kopf und Sterne begannen vor seinen Augen zu tanzen. Seine Finger krallten sich an das Stück Papier, das sein und das Leben von Jordan und Samira verändert hätten.

»Was?« Seans Stimme nahm er nur am Rande wahr.

Tief in seinem Inneren entfachte die Lava einen Schwelbrand, der dafür sorgte, dass er die Luft tief einsog.

»Sie war schwanger, zehnte Woche.« Liv brach in Tränen aus und leise Flüche erreichten sein Ohr, immer noch am Boden kniend.

Den Boden vor sich anstarrend, verstrichen unendlich lange Minuten. Wie ein schwarzes Loch sog die Leere ihn auf, die in seinem Herzen herrschte. Bilder von dem, was in neun Monaten hätte sein können, tanzten wild vor seinen Augen und der Schmerz in seinem Herzen brannte sich unerbittlich in jede seiner Fasern.

»Ich bring ihn um.« Knurrend hob er den Kopf. Sein erster Blick galt Sean, der ihn mit versteinerter Miene ansah. »Wenn ich das Schwein finde, bring ich ihn um«, grollend erhob er sich und verließ das Wohnzimmer, ohne einen der anderen anzusehen. Der Druck, der in seinem Inneren entstand, war unerträglich. Die Wut, der Hass und die Trauer wurden zu einem Gemisch, das er nicht mehr kontrollieren konnte. Seine Faust landete an der Wand, aber er spürte keinen Schmerz. Erneut schlug er auf die Wand ein.

»Hey.« Seans Hand legte sich auf seine Schulter, aber er ignorierte sie. Wieder prallten seine Fingerknöchel gegen die Wand.

»Cayden.« Der Griff wurde fester und sein Bruder drehte ihn zu sich herum. »Du wirst deine Rache bekommen, aber jetzt musst du dich um Samira kümmern.« Sean deutete mit dem Kopf zu Seite, wo Harry aus der Kinderzimmertür trat und nur eine Sekunde später Samira auftauchte. »Geh hin, ich mach das hier weg.« Sean schob ihn einfach weiter und er konnte im Augenwinkel Blutspuren an der Wand erkennen. Irritiert sah er seine Hände an, als er auf Samira zuging, die ihm mit großen Augen entgegensah. An seinen Knöcheln war die Haut abgeschürft und Blut ran über seine Finger.

»Ich bring dir was zum Verbinden«, raunte Harry ihm zu, als er neben seinem alten Kollegen stehenblieb.

»Brauch ich nicht.« Aggressiv verließen die Worte seinen Mund.

»Wenigstens was zum Saubermachen«, legte Harry nach.

Caydens Puls stieg, als er Harry wütend anfunkelte, er war nur eine Sekunde davor, seinen Kollegen am Kragen zu packen und ihn an die Wand zu pressen.

»Cay?« Samiras Stimme riss ihn wie eine Vollbremsung zurück. Kurz knirschte er mit den Zähnen, wandte sich dann aber Samira zu.

»Du blutest.« Sie deutete auf seine Hände.

26.

»Hast du seinen Blick gesehen? Total irre.« Harry stand neben Sean und musterte das Schauspiel im Flur.

Yvonne atmete tief ein. Der Schmerz, der in Cayden tobte, war unerträglich.

»Nicht.« Syrell hielt sie zurück, als sie zu Cayden wollte. Sie wollte mit ihm reden und versuchen, das Feuer zu löschen, welches ihn auffressen würde. »Nicht mehr heute. Wir sollten alle gehen. Die zwei brauchen Zeit für sich«, raunte er ihr zu.

»Er schafft das nicht alleine.« Sie zwang sich, ihre Stimme leise zu halten. Diese dunkle Vorahnung hatte sie schon vor einigen Tagen heimgesucht, aber jetzt war ihr endgültig klar, dass es nicht nur eine Ahnung war, es war die bittere Realität. Wenn sie Cayden nun aus den Augen ließen, würde er fallen und sie würden ihn nicht mehr aufhalten können.

»Heute kannst du ihm nicht helfen.« Syrell schüttelte den Kopf. »Vertrau drauf, dass er heute seinen Fall selbst bremsen kann.« Er zog sie in eine Umarmung. Auch wenn diese Umarmung ihr Kraft geben sollte, tat sie das genaue Gegenteil. Irgendwo in ihrem Hinterkopf hallten plötzlich Worte wieder, die niemand hier ausgesprochen hatte und von denen sie nicht wusste, woher sie kamen.

Du kannst sie nicht alle retten.

Verbissen versuchte sie, sich einzureden, dass sie Cayden nicht retten, sondern ihm beistehen musste, aber es wollte ihr nicht wirklich gelingen. Sie wusste, dass es ihm irgendwann nicht mehr möglich sein würde, das Feuer in Schach zu halten, welches Jordans Tod in ihm entfacht hatte. Würden sie dann rechtzeitig bei ihm sein? Würden sie merken, dass aus dem schon lange anhaltenden Schwelbrand etwas geworden war, dass sich heimlich in jede Ecke gefressen hatte?

»Lass ihm die Chance, es selbst zu löschen.« Syrells Stimme holte sie aus ihren Gedanken. »Er muss es selbst versuchen.«

Einen Augenblick sah sie Syrell an, dann blieb ihr Blick auf Harry liegen, der immer noch von Caydens Verhalten geschockt zu sein schien. Auch die anderen fühlten sich nun sichtlich unwohl. In diesem Moment konnten sie hier wirklich nichts mehr ausrichten. Es war das Beste, wenn sie Cayden und Samira allein ließen, damit sie sich austauschen konnten. Sie mussten über ihren Schmerz reden und einander verstehen lernen.

»Wir sollten sie ein paar Tage alleine lassen.« Syrell sprach das aus, was einige von ihnen dachten und andere nur ungern taten. Gerade bei Nathan und Sean konnte Yvonne spüren, dass sie ihren Bruder nur schweren Herzen alleine ließen. »Er wird sich melden, wenn er uns braucht.«

Sean nickte nachdenklich und Nathan holte so tief Luft, dass es nicht zu übersehen war.

»Das macht er nicht. Dazu ist sein Ego zu groß«, murmelte Nathan. »Ich red mit ihm.« Nathan wollte bereits das Wohnzimmer verlassen und Yvonne ihn aufhalten, als Darrel das Wort völlig unerwartet ergriff.

»Ich rede mit ihm. Fahrt ihr nach Hause. Ich weiß, was in ihm vorgeht.« Darrel schob Nathan zur Seite und warf ihnen vom Flur aus einen Blick zu. »Fahrt!« Er deutete mit dem Kopf zur Tür.

Auch wenn Syrell sie Richtung Haustür schob, warf Yvonne einen Blick über die Schulter, und entdeckte Darrel, der in Samiras offener Zimmertür lehnte und mit Cayden sprach. Was genau er allerdings sagte, konnte sie nicht mehr verstehen, da die allgemeine Aufbruchstimmung die Worte verschluckte.

»Er ist morgen sicher nicht alleine. Jordans Mutter wird kommen und beim Aufräumen helfen.« Sie hatten die Haustür erreicht und Yvonne richtete ihre Aufmerksamkeit wieder nach vorne. Überall an der Straße standen Wagen. Mit einem drückenden Gefühl im Bauch blieb sie an ihrem Honda stehen und schloss den Wagen auf.

»Soll ich fahren?« Syrell musterte sie über das Dach des Wagens hinweg.

»Nein.« Sie schüttelte den Kopf, der sich taub anfühlte. Irgendwie waren in den letzten Stunden die Emotionen aller nur gedämpft bei ihr angekommen. Kurz sah sie direkt in Syrells braune Augen. Seinen Geist konnte sie klar erreichen, bei allen anderen war es, als wäre da ein Schleier gewesen. Auch wenn sie

Caydens Verzweiflung hatte spüren können, war es irgendwie anders als sonst gewesen. Langsam ließ sie sich auf den Sitz ihres Civics fallen.

»Du musst auf dich und die Kleine aufpassen. Sie soll nicht jetzt schon die Schmerzen aller kennenlernen. Sie soll ein lebenslustiges Kind werden. Der Schmerz und die Wut auf die Welt kommt noch früh genug. Wir passen alle auf Snipes auf. Ich will nicht, dass du das machst. Diese Verzweiflung in ihm würde dich viel zu sehr verletzen.« Syrells Blick lag auf ihr, als er in den Wagen stieg. »Dein Job ist es, auf unser Kind aufzupassen. Noch kann ich es nicht.« Seine Hand legte sich warm auf ihren Bauch. »Du passt auf sie auf, ich auf euch und auch auf Cayden.« Seine andere Hand wanderte in ihren Nacken und er zog sie umständlich an sich, um ihr einen Kuss zu geben.

»Du kannst die Welt aber nicht alleine retten.« Yvonne zwang sich, zu lächeln.

»Und auch zu zweit schaffen wir das nicht. Das müssen wir hin und wieder akzeptieren. Weißt du, was ein Sprichwort bei uns sagt?« Sanft glitten seine Finger über ihr Gesicht. Sie wollte den Kopf schütteln, doch dann wäre der Bann gebrochen, in dem sie sich gerade befand und von dem sie nicht wusste, warum Syrell sie mit der sanften Berührung gefangen hielt.

»Ein Volk ist solange nicht erobert, wie die Herzen seiner Frauen stark sind. Dann aber ist es aus und vorbei, egal wie mutig die Krieger und wie stark die Waffen sind. Ich will nicht, dass es Kummer ist, der dich bezwingt, Ivy. Denn das ist dieser eine Feind, den niemand von uns besiegen kann.« Erneut legten sich seine Lippen warm auf ihre. Es fühlte sich an, als würde er ihr einen kleinen Moment all die Trauer nehmen, die den Tag über in ihr geherrscht hatte.

27.

»Komm.« Samira schob ihre Hand in sein Blickfeld. Er hatte eine Bierdose angestarrt, die er sich aus dem Kühlschrank mit ins Wohnzimmer genommen hatte, als die anderen gegangen waren. Langsam hob er den Kopf. Wo wollte sie mit ihm jetzt noch hin? Sollte er ihr vorlesen? Wollte sie schlafen gehen?

»Wohin?« Er strich sich mit den Fingern über die Augenlider, in der Hoffnung so die Müdigkeit loszuwerden, die in ihm herrschte.

»Ich will ins Bett.« Immer noch hielt sie ihm fordernd die Hand vor die Nase.

Langsam wandte er den Blick zu ihr. Sie hatte bereits ihren Pyjama angezogen und gab ihm nun mit einem Blick zu verstehen, dass er mitkommen sollte. Durchatmend stand er auf und hoffte, dass sie nicht erwartete, dass er ihr eine Geschichte vorlas oder gar noch lange mit ihm reden wollte. Sie griff zaghaft nach seinen Fingern und zog ihn hinter sich her auf den Flur. Aber sie bog nicht in ihr Zimmer ab, sondern in seins.

»Was willst du hier?« Er blieb noch in der Tür stehen, mit dem Gefühl im Magen, als würde er ein Minenfeld betreten, sollte er über die Schwelle gehen.

»Schlafen.« Sie drehte sich zu ihm um. Ihre dunkelbraunen Augen sahen ihn flehend an.

»Ich kann auch bei dir schlafen, wenn du nicht alleine sein willst«, schlug er ihr vor. Vielleicht hatte sie Angst vor Alpträumen. Aber davor konnte er sie nicht schützen, im Moment noch weniger als vor kurzem noch. Er hatte doch seine eigenen Träume nicht unter Kontrolle.

»Nein, hier ist Jay auch da.« Sie löste ihren Griff von seiner Hand und kroch auf das Bett. »Hier riecht noch alles nach ihr.« Samira lächelte ihn an und vergrub nur wenige Sekunden später ihr Gesicht in Jordans Kissen.

Genau das war der Grund warum er seit Tagen diesen Raum mied. Alles hier drin erinnerte ihn an Jordan und machte es noch schwerer, den Schmerz zu ertragen. Samira rollte sich zu ihm herum.

»Bitte.« Wieder streckte sie ihm die Hand entgegen.

Ein Teil von ihm wollte ablehnen, er konnte nicht in diesem Bett schlafen. Der andere Teil wusste, dass es sich genau so, wie Samira es beschrieb, anfühlen würde, wenn er sein Gesicht in dem Kissen vergraben würde. Hin- und hergerissen zögerte er. Konnte er passende Argumente finden, um Samira zu sagen, dass er nicht hier schlafen würde? Dass sie zu zweit in ihrem schmalen Bett schlafen konnten, wenn sie Angst vor Alpträumen hatte? Oder sollte er ihr rigoros verbieten in dem Doppelbett zu schlafen? Langsam betrat er das Zimmer, welches er in den letzten Tagen gemieden hatte. Nur wenn er es nicht hatte umgehen können, war er hierhergekommen. Cayden schloss die Augen und betrat das Zimmer. Er wollte Samira nicht enttäuschen. Vielleicht schlief sie ja schnell ein und er konnte wieder gehen. Langsam ließ er sich auf das Bett sinken.

»Kuschelst du mit mir?«

Er wandte sich dem Mädchen zu, dass er so oft noch als verängstigtes untenernährtes Kind vor sich sah, wie in dem Moment, in dem sie sich an ihn geklammert hatte. Er zog die Beine auf das Bett. Eine Sekunde später starrte er auf dem Rücken liegend die Decke an und Samira kuschelte sich eng an ihn. Es war ein seltsames Gefühl, hier mit ihr zu liegen. Es war bei weitem nicht das erste Mal, dass er hier mit ihr kuschelte, und doch war es anders. Früher war oft Jordan irgendwann zu ihnen gekommen und sie hatten es sich zu dritt gemütlich gemacht. Jetzt hatten sie nur noch den Geruch von Jordan als Erinnerung, wobei er sich nicht mal sicher war, ob es nicht vielleicht einfach der Duft des Weichspülers war, der ihm in die Nase stieg. Er spürte, wie Samiras Atem nach einigen Minuten gleichmäßiger wurde und wie ihre Körperspannung verschwand. Sie war eingeschlafen. Sollte er nun gehen? Dieser Gedanke, den er immer wieder mit gleich beantwortete, begann in seinem Kopf zu kreisen. Er würde nur noch eine Minute bleiben, dann würde er ins Wohnzimmer auf das Sofa gehen. Nur noch kurz ausruhen. Langsam und von ihm fast unbemerkt holte der Schlaf ihn ein.

Das Wochenende verbrachte er mit Samira vor dem Fernseher, beim Einkaufen und auf dem Friedhof.

Zwischendurch ließen sich seine Brüder und Freunde sehen und stellten immer wieder die gleiche Frage.

»Wie geht es dir?«

Selbst Bear, Karen, Syrell und Yvonne stellten sie. Nur Darrel nicht, aber Darrel sagte generell wenig. Er stellte weder Fragen, noch hatte er grundsätzlich Ansprüche. Obwohl Cayden klar war, dass gerade Yvonne und Syrell genau wussten, was in ihm vorging und vielleicht auch genau sagen konnten, was ihm helfen würde, fand er ihre Anwesenheit anstrengend. Musste denn immer gefragt werden, wie es ihm ging? War es nicht klar, dass er nicht vor Freude durch die Wohnung hüpfen konnte? Darrel war anders. Er hatte einfach nichts gesagt und damit doch so viel. Am Abend der Beisetzung war Darrel der letzte gewesen, der gegangen war, und er hatte ihm angeboten, ihn anzurufen, wenn er reden wollte. Die Worte des Australiers waren immer noch in seinem Kopf gefangen.

»Ruf einfach an. Ich komm rum. Ich weiß, dass dir alle das Angebot gemacht haben, aber …« Dann hatte Darrel ihn weder in eine Umarmung gezogen, noch hatte er ihm die Hand auf die Schulter gelegt. Er war einfach gegangen.

Samira hatte schon am Freitag begonnen, ihre Koffer zu packen. Es war ihnen tatsächlich bis zum Sonntagabend gelungen, alles hineinzubekommen, was sie benötigte. Am Ende der Packorgie hatte Cayden sich die ernsthafte Frage gestellt, ob die anderen Kinder womöglich mit zwei Koffern reisen würden, da Samira nur gefütterte Hosen und dicke Pullover dabei hatte, da sie keine richtigen Wintersachen mehr bekommen hatten. Überhaupt hatte es ihn gewundert, dass es ihm so schwergefallen war, den Koffer zu packen. Seine Ausrüstung bekam er immer ohne Probleme in seinen Rucksack. Aber ein Koffer schien ganz andere Dimensionen zu besitzen. Doch letztendlich hatten sie es geschafft, den Koffer zu schließen, auch wenn Cayden genau wie Samira daran zweifelte, dass sie ihre Sachen für die Rückreise erneut so hineingestopft bekam.

Nun stand er an dem Bus, in den Samira gerade nach einer kurzen Verabschiedung verschwunden war und entdeckte sie nur eine Minute später am Fenster. Neben ihr saß Jackie, die suchend neben Samira aus dem Fenster sah.

»Sowas hätte es früher nicht gegeben. Schwarze und …«

»Früher ist vorbei«, knurrte er einen älteren Mann an, der wahrscheinlich nicht einmal zu einem der Schüler gehörte. Diese Anfeindungen konnte er nicht leiden. Aber der Gedanke der Rassentrennung war bei einigen immer noch tief im Gedankengut verankert. Und immer wieder wurde er damit konfrontiert. Gerade die ältere Generation musterte Samira oft skeptisch, wenn er mit ihr unterwegs war.

»Hören Sie, so müssen Sie mit mir nicht reden.« Der Mann, der seine Worte nur im Vorbeigehen ausgesprochen hatte und von dem Cayden gedacht hatte, dass er gleich verschwinden würde, blieb stehen. »Ich habe vor vielen Jahren für die Regierung gearbeitet und man sieht ja, wo es hinführt, wenn dann plötzlich alle gleich sein sollen. Schießerein, Mord und Totschlag.«

»Ich habe auch für die Regierung gearbeitet und ich habe sie …« Cayden deutete auf Samira, die mit einem breiten Grinsen an der Scheibe klebte »… hierher gebracht.« Er konnte ihr Lächeln in diesem Moment nicht teilen.

»Ach, sind Sie auch einer dieser Gutmenschen? Hier die Menschen vergessen und woanders Schulen und Krankenhäuser bauen.« In der Stimme des Mannes schwang deutlicher Hass mit.

»SEAL!« Cayden atmete aus und war froh, dass der Mann erstaunt die Luft ausstieß, den Kopf schüttelte und einfach weiterging. Aber mehr hatte er sich auch nicht von ihm erhofft. Er war niemand mehr, der damit prahlte, dass er ein Frogman war, aber hin und wieder, war es einfach richtig. Das Klopfen an der Fensterscheibe ließ ihn wieder nach oben sehen. Samira winkte ihm mit breitem Grinsen zu.

»Das vergeht nie.«

Er schrak zusammen, sah zur Seite und entdeckte Jackies Mutter, die ihrer Tochter zuwinkte.

»Es fühlt sich auch beim vierten Kind und der gefühlt einhundertsten Klassenfahrt noch komisch an, wenn sie fahren. Dann ist es im Haus irgendwie stiller.« Sie nickte ihm knapp zu. »Aber die werden eine tolle Zeit haben.«

»Bestimmt.« Er löste seinen Blick nicht von Samira. Sie strahlte mit Jackie um die Wette. Der Schrecken der letzten Tage schien zumindest für diesen Moment in den Hintergrund gerückt zu sein. Der Bus wurde gestartet und nur wenige Minuten später verließ er die Parkbucht an der Straße vor der Schule. Im Geiste ging Cayden in diesem Moment nochmals den Inhalt von Samiras Koffer durch, hatten sie wirklich nichts vergessen? Hatte er ihren Ausweis in ihr Portemonnaie gesteckt?

»Haben Sie einen schönen Tag, Mr. Harrison. Ich muss zurück zu meiner Meute.« Mrs. Delaney nickte ihm lächelnd zu und verschwand durch die herumstehenden Eltern aus seinem Sichtfeld.

Der Tag war die Hölle. Immer wieder war er in der Wohnung auf- und abgelaufen, hatte den Kühlschrank auf und zu gemacht, dutzende Male sein Handy angestarrt und darauf gewartet, dass Samira sich meldete. Die Kinder durften den Eltern bei der Ankunft eine Nachricht schicken. Danach wurden die Mobiltelefone eingesammelt und nur bei Notfällen wieder herausgegeben. Sie sollten die Nasen nicht nur auf dem Display haben, sondern auch wirklich etwas von ihrer Umgebung sehen. Außerdem kamen sie ohne Handy viel schneller mit anderen Kindern in Kontakt. Der Hintergedanke dieser Sache hatte Cayden von Anfang an zugesagt, allerdings wurde ihm erst jetzt bewusst, dass es auch für ihn ein eiskalter Entzug werden würde. Und wie es bei ihrer Abreise ausgesehen hatte, würde dieser Entzug ihm viel schwerer fallen als ihr. Natürlich war das so. Sie war mit ihren Freunden unterwegs und er saß hier alleine im Wohnzimmer. Erneut erhob er sich und ging zum Kühlschrank, in der Hoffnung dort ein Bier zu finden. Aber es war keins da. Die Tür zuwerfend wandte er sich um und ging in den Flur, wo er einen kurzen Moment auf den Autoschlüssel starrte, der auf dem kleinen Schrank neben der Haustür lag. Er könnte einkaufen fahren. Dann könnte er sich auch etwas zu essen besorgen. Es war schließlich nicht mehr viel da.

Kopfschüttelnd ging er zurück ins Wohnzimmer. Vielleicht würde er dann ihren Anruf verpassen, weil er gerade an der Kasse stand oder im Auto saß und das Gespräch nicht entgegennehmen konnte. Auf dem Tisch lag immer noch Samiras Buch und er entdeckte eine Zeitschrift, die sicher von Jordan war. Sein Herz zog sich schmerzhaft zusammen. Nein, er konnte nicht ewig hier sitzen und warten. Er wusste ja nicht einmal, auf was er eigentlich wartete, abgesehen von Samiras Anruf. Irgendwas verursachte schon seit Tagen eine gewaltige Unruhe in ihm. Diese Nervosität trieb ihn zu der kleinen Bar. Die Tür öffnend warf er einen Blick auf den Inhalt. Flasche für Flasche nahm er in die Hand und dachte darüber nach, wann er sie gekauft hatte und ob Jordan dabei gewesen war. Eine Flasche Talisker Dark Storm behielt er besonders lange in der Hand. Sie hatten ihn gemeinsam gekauft. Kurz grübelte er darüber, wo es gewesen war, dann fielen ihm Jordans Worte ein, sie war entsetzt über den Preis gewesen. Es war in einem Laden in der Shoppingmall gewesen, sie waren auf der Suche nach einem Geburtstagsgeschenk für Karen gewesen. Allerdings hatten sie an diesem Tag keines gekauft. Dafür aber diese Flasche für über sechzig Dollar. Dabei war er sich noch jetzt sicher, dass dieser Preis zur Hälfte deswegen zustande kam, weil der Whisky aus Schottland kam. Mit einem Lächeln schloss er die Tür der Bar und sah Jordan wieder vor sich, die kopfschüttelnd mehrfach versucht hatte, ihm den Kauf auszureden.

»Ich werd ihn nun endlich probieren«, flüsternd sank er auf die Couch.

Langsam goss er sich etwas von der goldenen Flüssigkeit in das Glas, welches er von der Bar mitgebracht hatte. Im Glas spiegelte sich Samiras Buch und er ließ seinen Blick, einen Schluck nehmend, auf die Zeitschrift wandern. Es war eine simple Frauenzeitschrift. Auf dem Cover befand sich eine blonde Frau, die er schon mal irgendwo gesehen hatte, und an der Seite wurde mit Diäten und Klatsch aus der Welt der Promis geworben. Sie hatte ihm bei einem Abendessen mal erzählt, dass sie diese Art von Zeitschriften nur las, damit sie bei den Gesprächen in den Schwesternzimmern mitreden konnte oder wenigstens im Ansatz eine Ahnung von dem hatte, was gerade angesagt war.

Einen Schluck Whisky nehmend schaltete er den Fernseher ein und warf einen Augenblick später einen Blick auf das Sofa.

Auf dem Sportsender lief Baseball und er hatte tatsächlich gehofft, dass nun ein Protest zu hören war. Aber da sass niemand, der ihm sagen wollte, dass Baseball uninteressant war oder welcher Spieler wie gut aussah.

Er war alleine.

Das erste Mal seit sehr langer Zeit war er alleine. Da war kein Team das ein- und ausging, keine Kollegen mit denen er sich die Stube teilte und keine Brüder, die ihn nervten.

Keine Jordan, keine Samira. Es war, als wäre da kein Leben mehr im Haus. Kein Leben mehr in ihm.

28.

»Hast du in den letzten Tagen mal mit deinem Bruder gesprochen?« Syrell lehnte am Spint neben Nathan, der mit nacktem Oberkörper nach etwas suchte. Sie waren gerade aus den Duschen gekommen und konnten nun ein paar wenige freie Stunden genießen, ehe sie zu einer Trainingsmission aufbrechen würden. Wann diese jedoch starten sollte, wussten wahrscheinlich nicht mal Sean und John, da sie sie mit einigen anderen Einheiten abhalten würden. Es war nicht mal sicher, um was es ging. Sicher war nur, dass man sie in den nächsten Stunden aus dem Schlaf reißen würde, ihnen einen Auftrag auf den Tisch legte, und sie dann gemeinsam einen Plan entwickeln mussten, den es dann auch umzusetzen galt.

»Ja, ich war gestern kurz bei ihm.« Nathan hatte sein Shirt gefunden und zog es sich über den Kopf, ohne ihn anzusehen.

»Wie geht es ihm?« Syrell knöpfte sich sein Hemd zu.

»Nicht gut. Er hatte wieder Whisky auf dem Wohnzimmertisch stehen und roch wie ne ganze Schnapsbrennerei.« Nathan sah ihn besorgt an.

»Scheiße. Ich fahr gleich noch bei ihm vorbei.« Syrell glitt mit seinen Händen über seine nassen Haare und band sie zu einem Zopf zusammen. Er erinnerte sich daran, wie er Nathan geholfen hatte, nach einer schweren Zeit wieder zu sich zu finden. Er war nicht darauf erpicht, Cayden ebenfalls auf diesem Weg zu begleiten. Er wollte Cayden davon abhalten, auf den falschen Weg zu geraten, da es schwer war, den richtigen wiederzufinden, wenn man zu lange auf dem falschen unterwegs war. Genau jetzt schien Cayden Hilfe zu benötigen und er war nicht mehr in der Lage, um Hilfe zu fragen. Jetzt musste er ungefragt und ungebeten helfen.

»Ich würde an deiner Stelle schlafen und zu Poison fahren. Die weiß doch noch gar nicht, dass sie ein paar Tage auf dich verzichten muss. Also ich werde die Zeit mit Harper verbringen.«

Syrell wollte seinem Freund an den Kopf werfen, dass er noch genügend Zeit haben würde, die er mit seiner Freundin verbringen konnte, aber er unterließ es. Er wollte das junge Glück, dass nun endlich einen Weg zu finden schien, um mit ihren Dämonen abzuschließen, nicht strapazieren.

»Die kommt damit klar, wenn ich nur zum Tschüss sagen vorbeikomme.« Ihm war klar, dass Yvonne alles andere als glücklich darüber sein würde, wenn er nur zur Tür reinkam, um ihr zu sagen, dass er gleich wieder verschwinden würde. Aber er war sich sicher, dass sie Verständnis für seine Beweggründe haben würde. Dabei würde diese Trainingseinheit die erste werden, die sie nicht zusammen bestreiten würden.

Als er wenig später, noch mit nassen Haaren, bei Cayden an der Tür klingelte, beschlich ihn ein ungutes Gefühl. Wenn sie nun tagelang auf einer Trainingsmission waren, wie würde Cayden damit umgehen? Irgendjemand musste ihren alten Kollegen in dieser Zeit im Auge behalten. Er musste dringend mit Collin sprechen. Als sich im Inneren des Hauses nichts tat, drückte er erneut auf die Klingel. Da er Licht im Flur sehen konnte, musste jemand zu Hause sein. Wieder verstrichen Minuten und das seltsame Gefühl, welches sich schwer auf ihn legte, nahm zu. Ein drittes Mal drückte er die Klingel und zog gleichzeitig sein Handy hervor. Auf dem Display nach Collins Nummer suchend, bekam er zu spät mit, dass die Tür sich öffnete.

»Ey du Rothaut, lebst du auch noch?« Cayden sah ihn mit schräg gelegtem Kopf an. Es fiel seinem ehemaligen Kollegen unüberhörbar schwer, deutlich zu sprechen und Syrell registrierte nur Sekunden nach der Begrüßung den Geruch von Alkohol. Er musste sich zwingen, ruhig zu bleiben. Es würde nichts bringen, Cayden nun anzufahren. Hier und jetzt konnte er nur kurz nach dem Rechten sehen. Argumente halfen hier in diesem Moment nicht weiter. Aber irgendjemand musste mit Cayden reden, wenn er nüchtern war, und verstand, was man ihm sagte. Selbst wenn er ihm nun den Alkohol abnehmen würde, würde es nichts bringen. Dann würde die Situation eskalieren und Cayden vielleicht noch weiter in Richtung Abgrund treiben, an dem er sich gerade befand.

»Hey Snipes, ich dachte ich schau mal vorbei. Kann ich reinkommen?« Syrell schob das Handy zurück in seine Hemdtasche und warf einen ersten Blick ins Haus.

»Klar, willst du ´nen Whisky?« Cayden torkelte vor ihm über den Flur, griff nach dem Türrahmen der Wohnzimmertür und bog um die Ecke. Der Anblick des ehemaligen SEALs fraß sich in Syrells Kopf. Wie konnte man sich derart gehen lassen? Der Schmerz musste unerträglich sein. Wie sollte er Cayden klar machen, dass der Alkohol ihm nicht helfen würde? Auf dem Weg zum Wohnzimmer warf Syrell einen kurzen Blick in die Küche. Dort herrschte nicht, wie er erwartet hatte, Chaos. Es war nicht so aufgeräumt wie sonst, aber bei weitem nicht ein solches Schlachtfeld, wie er es erwartet hatte. Beim Betreten des Wohnzimmers jedoch wurde ihm klar, dass Cayden die Küche wahrscheinlich seit Tagen nicht betreten hatte. Auf dem Wohnzimmertisch standen neben mehreren Whiskyflaschen auch Colaflaschen, und überall lagen Pizzakartons und Papiere herum.

»Setz dich, Indy.« Cayden nahm einen Aktenordner vom Sessel und deutete darauf. Syrell versuchte, im Vorbeigehen einen Blick auf die Papiere zu erhaschen. Das meiste, was er sah, waren Rechnungen. Er fuhr sich kurz mit der Hand über den Kopf und setzte sich dann auf den Sessel. Er musste mit Collin sprechen, und zwar dringend. Sie mussten Cayden so schnell wie möglich, am besten noch in den nächsten Stunden, auf den Boden der Tatsachen zurückholen, sonst entglitt er ihnen. Sollte er doch Yvonne bitten, sich um Cayden zu kümmern? Nein, das Feuer, das in Cayden brannte, würde sie zu sehr verletzen. Sie war im Augenblick nicht in der Lage, mit einer solchen Menge an Emotionen umzugehen, selbst wenn sie etwas anderes behaupten würde.

»Willst du was trinken?«

»Cola.« Syrell fiel es schwer, zu sprechen. Er versuchte verzweifelt, einen Plan zu entwerfen, wie sie ihrem Freund und Kollegen helfen konnten. Aber wenn sie die nächsten Tage, vielleicht auch Wochen, nicht erreichbar waren … Wer sollte ihrem Kollegen dann zur Seite stehen. »War Cat in den letzten Tagen hier?«

»Nein, den hab ich seit Donnerstag nicht gesehen, genauso wenig wie einen von euch. Abgesehen von Nath. Aber der war auch nur zehn Minuten hier und ist dann wieder abgehauen.« Wütend funkelte Cayden ihn an und löste ein berechtigtes Schuldgefühl bei ihm aus. Ja, sie hätten vorbeikommen müssen.

»Wir wollten dir ein wenig Zeit geben, um mal alleine zu sein.« Syrell verkniff es sich zu sagen, dass Cayden jederzeit hätte anrufen oder auch vorbeikommen können.

»Alleine sein ist klasse.« Cayden lachte auf, griff nach der Flasche und nahm einen Schluck. »Dann stört es keinen, wenn du aus der Flasche trinkst.«

»Wann kommt Samira wieder?« In Syrell keimte der Verdacht auf, dass es Cayden nicht mehr gelingen würde, den Haushalt in Ordnung zu halten, und dass er sich noch weiter gehenlassen würde. Dann würde auch Samira in eine Spirale geraten, die ihr das Leben zu Hölle machen könnte.

»Freitag. Du brauchst nicht so zu schauen. Ich hab alles im Griff, ich muss nur diese beschissenen Rechnungen zahlen.« Cayden hatte sich einen der Zettel gegriffen und wedelte damit herum. »Dabei hab ich im Moment so viel Geld wie ´ne Putzfrau. Und diese beschissene Versicherung prüft immer noch, ob sie zahlt. Und wenn sie zahlt, dann auch erst nächste Woche. Die Bank will auch Geld. Die will seit Monaten Geld. Hätte ich auf Jordan gehört, wäre ich schon vor Monaten hin und hätte den Kredit ändern lassen«, fügte er knurrend hinzu und sah ihm das erste Mal direkt in die Augen. Syrell konnte spüren, dass es nicht nur der Schmerz über Jordans Verlust und die Abwesenheit von Samira war, die Cayden verzweifeln ließ. Es war auch der Umstand, dass sein Freund finanzielle Probleme hatte. Er sah sich selbst in einer Abwärtsspirale ohne Ausweg und diesen Umstand mussten sie dringend ändern. Nur konnte Syrell ihm nun schlecht versprechen, dass sie das Geld für die Rechnungen irgendwie aufbringen könnten, ohne zu wissen, um welche Summen es ging und ohne zu wissen, welche Einnahmen Cayden im Augenblick überhaupt noch hatte.

»Was machst du morgen?« Syrell wusste, dass er dann nicht hier sitzen konnte, aber er wollte, dass Collin es tat. Sie würden ihn verlieren, wenn sie ihm jetzt nicht helfen würden. Sie mussten ihn ablenken und doch auch trauern lassen. Aber er durfte nicht vierundzwanzig Stunden am Tag hier sitzen und versinken, denn dann würde genau das passieren, was Yvonne in ihren Träumen gesehen hatte. Dann würde Cayden einer der Twentytwo werden und das wollte keiner von ihnen. Er sollte keiner der Veteranen werden die sich das Leben nahmen.

»Was soll ich schon machen? Ich sitz hier starre das beschissene Telefon an und warte, dass der Typ vom Stand anruft und mir erzählt, dass ein halbes Dutzend neuer Anmeldungen da ist. Dann schlag ich mich wieder jeden Tag mit diesen Idioten rum.« Cayden nahm einen weiteren Schluck aus der Whiskyflasche. »Wisst ihr schon was Neues? Weiß man, wer es war?«

Syrell grübelte kurz, was er sagen sollte. Sie hatten seit Tagen nicht weiter nach Jordans Mörder gesucht, da Mattis es ihnen ausdrücklich verboten hatte und keiner von ihnen den Job verlieren wollte. Sie hatten den Kopf eingezogen und einen Freund hängen lassen, weil eine höhere Instanz es ihnen befohlen hatte. Kurzum, sie hatten die Schwänze eingezogen wie geprügelte Hunde, dabei galt es, um einen von ihnen zu kämpfen.

»Nein.« Er nahm einen Schluck Cola und beobachtete Caydens Reaktion. Den Atem gefrustet ausstoßend, nahm Cayden einen großen Schluck aus der Flasche und sank nach hinten in den Sessel. Syrell hatte mit einem Fluch oder Verwünschungen gerechnet, aber dass sein Freund nun einfach nur dasaß und auch noch die Augen schloss, gefiel ihm nicht. Er spürte etwas, das er nicht zuordnen konnte. Da waren diese unfassbare Wut und die brennende Trauer, aber da war noch mehr. Es fühlte sich an, als würde sich dieses Etwas langsam in Caydens Gefühlswelt schleichen. Aber was es war, konnte Syrell einfach nicht deuten.

»War klar. Ihr habt sicher andere Sachen zu tun und bei den Zuständigen ist sie nur eine Nummer auf einem Berg Akten.« Cayden öffnete die Augen nicht. Erneut nahm er einen Schluck Whisky. Syrell begann darüber nachzudenken, mit welchen Worten er die Flasche an sich nehmen konnte. »Was treibt ihr?« Mit einem lauten Klirren stellte Cayden die Flasche auf den

Tisch, als er sich nach vorne beugte und ihn interessiert ansah. »Däumchen drehen? Parcours? Schwimmen? Sean lässt euch sicher Blut und Wasser schwitzen.« Er stellte die Frage ohne jegliche Emotion in der Stimme, was Syrell einen kalten Schauer über den Rücken trieb.

»Von allem ein bisschen.« Vorsichtig formulierte er die Antwort.

»Dachte ich mir.« Cayden ließ sich wieder nach hinten fallen. Dieses Mal jedoch ohne die Flasche. »Weißt du, ich vermisse sie. Egal wo ich hier hinschaue, sie ist überall. Ich bilde mir sogar ein, ihre Stimme zu hören, wenn es ganz leise ist. Dann meine ich, sie in der Küche zu hören. Das macht mich wahnsinnig.« Cayden richtete seine Aufmerksamkeit von der Zimmerdecke auf Syrell, in dessen Hals sich ein Kloß gebildet hatte.

»Ich würde dir nun gerne etwas sagen, aber ich weiß nichts.« Syrell war nicht mehr in der Lage seinem Freund in die Augen zu sehen. Da war etwas, dass Nathan seinem Bruder, damals gesagt hatte, als Shane umgekommen war. Aber hier und jetzt wollte er es nicht sagen. Es klang einfach zu endgültig und würde Cayden nur unnötige Schmerzen bereiten. Schon damals bei Nathan war er sich nicht sicher gewesen, ob es sinnvoll gewesen war, Nathan die vier Gesetze zu erklären. In diesen Gesetzen war die Rede davon, dass alles, was geschah, genau zum richtigen Zeitpunkt aus den richtigen Gründen passierte. Laut der Gesetze diente jedes Schicksal zur Entwicklung der Betroffenen. Das Vierte der Gesetze bestand aus den einfachen Worten: Was zu Ende ist, ist zu Ende, da ist kein Wenn und Aber. Doch diese Worte wollte und konnte Syrell Cayden nicht sagen.

Erst kurz vor Mitternacht schloss er seine Haustür auf. Er hatte Cayden an diesem Abend nicht helfen können und er war sich sicher, dass er es auch morgen und in den nächsten Tagen nicht konnte. Leise betrat er das Wohnzimmer und fand Yvonne auf dem Sofa schlafend vor. Sie hatte auf ihn gewartet und nun musste er ihr sagen, dass er wahrscheinlich schon in wenigen Stunden wieder gehen musste und dass sie dann für einige Tage getrennt waren.

Vorsichtig setzte er sich an ihren Beinen auf die Couch.

»Hey, Kleines.« Er ließ seine Hand über ihre Seite wandern und schmunzelte, als sie ein leises Murren ausstieß. »Ich bin wieder da.«

»Merke ich.« Murmelnd drehte sie sich auf den Rücken und musterte ihn. Er konnte seine Gedanken nicht verbergen und wollte es auch nicht. In diesem Moment ließ er willig zu, dass sie in seinen Geist abtauchte. Er wollte all das nicht aussprechen, was sich in den letzten Stunden schwer auf ihn gelegt hatte.

»Ich fahre morgen zu ihm.« Sie setzte sich auf.

»Nicht alleine. Sag Collin vorher Bescheid. Der wollte ohnehin zu ihm.« Syrell griff nach ihrer Hand. Er hatte, noch ehe er bei Cayden aufgebrochen war, eine Nachricht an Collin geschickt, der ihm zugesagt hatte, nach Cayden zu sehen.

»Meinst du er …«

»Ich weiß es nicht, aber ich will nicht, dass du mit ihm alleine bist.« Nie im Leben hätte er damit gerechnet, dass er einmal diese Worte sagen würde. Aber es war ihm Ernst. Er hatte Angst, dass Cayden, aus welchen Gründen auch immer, die Kontrolle über sich verlieren würde und dann zu einer Gefahr für Yvonne und vor allem für das ungeborene Kind werden könnte. Er spürte, dass der Gedanke, dass Cayden sie angreifen könnte, sie belastete. »Es wird vorbeigehen. Aber im Moment ist er einfach nicht er selbst.« Er zog sie eng an sich.

»Er wird nie wieder er selbst sein«, flüsterte sie.

»Doch, aber er muss sich nun wiederfinden.« Langsam ließ er seine Finger durch ihre Haare gleiten und spürte ihren warmen Atem an seinem Hals. »Aber da ist noch etwas, was ich euch sagen muss.« Müde lehnte sein Kopf an ihrem.

»Hm?« In ihrem leisen Raunen lag ein Stück Verwunderung.

»Wir müssen wahrscheinlich heute Nacht noch auf eine Trainingsmission.« Leise verließen die Worte seinen Mund und sein Blick wanderte kurz auf die Uhr an seinem Handgelenk. Wenn er Pech hatte, würde in wenigen Minuten einfach das Handy klingeln und er hätte nur eine halbe Stunde, um sich zu verabschieden.

»Hey, es ist Training. Dabei stirbt niemand.« Yvonne löste sich von ihm.

»Na ja.« Er wusste genau wie sie, dass es durchaus schon zu tödlichen Unfällen bei Trainingsmissionen gekommen war.

»Lass das. Ihr macht euer Ding und fertig. Ich wäre gerne dabei.«

Es war nicht nur unüberhörbar, er konnte auch fühlen, dass Yvonne sich noch nicht damit abgefunden hatte, in den nächsten Monaten und wohl auch Jahren, keinen Einsatz mehr bestreiten zu können, da ihre Mission sehr bald ihr beider Leben auf den Kopf stellen würde.

29.

Das penetrante Klingeln seines Handys fraß sich in Caydens Kopf wie das Bohren des Zahnarztes bei einer Behandlung. Es entfachte einen Schmerz, der ihn aus dem Schlaf holte und daran erinnerte, dass es immer noch mitten in der Nacht war und er immer noch auf dem Sessel im Wohnzimmer saß und einer zweitklassigen Talkshow zugesehen hatte. Wieder und wieder klingelte es und er war geneigt, das Handy zu nehmen und an die Wand zu werfen. Welcher Vollidiot rief ihn mitten in der Nacht an? Endlich verstummte der nervende Ton und er schloss die Augen, nachdem er einen letzten Blick auf das halbvolle Glas Whisky geworfen hatte, welches auf dem Tisch neben der fast leeren Flasche stand. Er hatte es übertrieben, aber das war ihm egal, als der Schlaf langsam wieder nach ihm griff. Die Nacht war bis gerade eben traumlos und willkommen dunkel gewesen. Da waren keine Träume oder Ängste. Es war ein willkommenes Nichts gewesen, in dem er sich befunden hatte.

Gerade als er der Meinung war, wieder eingeschlafen zu sein, klingelte es erneut. Entnervt angelte er nach dem Telefon. Die eingeblendete Nummer war ihm fremd. Welcher normal Sterbliche telefonierte nachts um halb zwei? Er drückte die Nummer weg. Allerdings dauerte es nur wenige Sekunden, bis es erneut schrill klingelte. Mit einem tiefen Knurren nahm er das Gespräch entgegen.

»Was soll der Scheiß? Weißt du Lackaffe wie spät es ist?« Es war ihm völlig egal, wer am anderen Ende war. Er wollte nicht gestört werden. Weder jetzt mitten in der Nacht, noch am Tage. Vielleicht sollte er das Handy einfach ausschalten.

»Entschuldigen Sie Mr. Harrison, dass ich sie noch so spät störe, aber …« Die weibliche Stimme am anderen Ende stocke und Cayden schlug die wieder zugefallenen Augen auf. »… es gibt da ein Problem mit Samira.«

Sein Herz setzte kurz aus, als ihm klar wurde, zu wem die Stimme am anderen Ende gehörte. Es war Mrs. Peabody. Er benötigte einen kurzen Moment, um die Worte zu sortieren, die er gehört hatte. Zwei Worte genügten jedoch, damit die Müdigkeit verflog und auch die Wirkung des Alkohols kurzfristig verpuffte.

Problem.

Samira.

»Was ist passiert? Kann sie nicht schlafen, kann ich mit ihr reden?« Er setzte sich auf und ignorierte das Hämmern in seinem Kopf. Vielleicht hatte sie einen Alptraum, von dem sie ihm jetzt erzählen wollte. Genau dieses Szenario hatte er befürchtet, als Jordan und er sich Gedanken darüber gemacht hatten, ob es sinnvoll wäre sie auf diese Fahrt zu lassen. Er hätte sie nicht fahren lassen dürfen. Was, wenn sie schreiend aus dem Schlaf geschreckt war und sich vor ihren Klassenkameradinnen blamiert hatte?

»Ähm …«

Das seltsame Zögern der Klassenlehrerin ließ seine Alarmglocken schrillen. Samira hatte sich nicht blamiert, es war etwas anderes.

»Was ist passiert? Drucksen Sie nicht rum, sagen Sie, was Sache ist.« Er stand auf und begann in der Wohnung umherzulaufen, während er im Hintergrund der Verbindung mehrere Menschen hören konnte.

»Es gibt da ein Problem«, setzte Mrs. Peabody erneut an.

»Verdammt nochmal, das sagten Sie bereits. Was ist mit meiner Tochter?« Cayden konnte die wachsende Anspannung kaum noch ertragen.

»Wir haben eine Nachtwanderung gemacht. Die Kinder waren in Gruppen aufgeteilt und hatten vorgegebene Routen.«

»Was haben Sie? Sind Sie von allen guten Geistern verlassen? Eine Nachtwanderung? Um diese Jahreszeit?« Er rechnete damit, dass Samira sich erkältet hatte und mit Fieber im Bett lag und er sie abholen sollte.

»Es war alles mit den Rangern hier abgesprochen. Sie sind schon auf der Suche nach ihr, Jackie und den anderen beiden Mädchen.« Mrs. Peabody klang gefasst, für die Worte die sie gerade aussprach und die bei Cayden dafür sorgten, dass sein

Herz stehenblieb. »Ich bin mir sicher, sie werden sie in den nächsten Stunden finden.«

»Bitte? Meine Tochter ist verschwunden?« Fassungslos sank er zurück auf den Sessel, das konnte diese Frau nicht ernst meinen.

»Es tut mir wirklich leid, aber ich musste Sie anrufen. Wie gesagt ich denke ...«

»Sie denken? Haben Sie den Verstand verloren? Sie denken? Wissen Sie wie kalt es da noch werden kann?« Auch wenn er in den letzten Tagen den Wetterbericht nur mit einem halben Ohr verfolgt hatte, wusste er, dass im Yosemite Nationalpark und der umliegenden Region nochmals Schnee angekündigt war und das bedeutete Temperaturen weit unter dem Gefrierpunkt. Seine Gedanken überschlugen sich. Wie waren die Kinder angezogen und wie standen die Chancen, dass sie wirklich in den nächsten Stunden gefunden wurden? »Geben Sie mir sofort einen der verantwortlichen Ranger.« Auch wenn der Alkohol ihm das Denken schwer machte, wollte er keinen weiteren Satz mit der Pädagogin wechseln, er wollte mit jemandem sprechen, der für den Park verantwortlich war und die Lage einschätzen konnte. Wenn er nun noch die Möglichkeit hätte, eine Nachricht an Collin oder seine Brüder zu schicken, aber dass musste warten, bis er mit dem Ranger gesprochen hatte, er hatte das Gefühl, erst dann Klarheit zu haben.

»Mr. Harrison, wir haben die Lage im Griff.« Mrs. Peabody wollte ihn mit ihren Worten beruhigen, bewirkte aber das genau Gegenteil.

»Geben Sie mir einen der Ranger. Sofort!« Mit mehr Nachdruck als wahrscheinlich nötig, sprach er seine Forderung aus.

»Sheridan.« Eine tiefe Stimme meldete sich.

»Wissen Sie, wo die Kinder sind?« Cayden platzte mit seiner Frage heraus, ehe er sich überhaupt vorgestellt hatte. »Wie suchen Sie nach ihnen?« Er griff nach der Fernbedienung und begann einen Sender zu suchen, der ihm das aktuelle Wetter zeigte, wurde jedoch nicht fündig, was ihn noch mehr aufbrachte. Warum fand man diesen beschissenen Sender immer dann, wenn man lieber Football schauen wollte, aber nicht, wenn er wissen wollte, wie das Wetter wird.

»Mr. Harrison?« Der Mann schien tatsächlich zu erwarten, dass er sich vorstellte.

»Ja, wo ist meine Tochter?« Er sprang auf und lief unruhig im Zimmer hin und her.

»Das wissen wir noch nicht. Wir suchen immer noch die Wege ab, die die Gruppen genommen haben und hätten nehmen sollen. Bisher haben wir ein Drittel geschafft. Wir sind auch erst seit eineinhalb Stunden unterwegs. Die letzte Gruppe sollte gegen Mitternacht wieder hier sein.« Mr. Sheridan klang tatsächlich ebenso gefasst wie Mrs. Peabody.

»Haben Sie wenigstens eine Idee, wo Sie suchen müssen?«

»Mr. Harrison, wir vermuten die Gruppe auf dem letzten Streckenabschnitt der Wanderung. Aber wir müssen sichergehen, dass sie nicht schon zu Beginn vom Weg abgekommen sind oder Probleme hatten. Die Gruppe ihrer Tochter war die letzte, die wir auf den Weg geschickt haben. Alle haben genaue Anweisungen, was sie im Fall eines Notfalles oder dem Fall, dass sie den Weg aus den Augen verlieren, unternehmen sollen. Wir werden sie sicher finden.«

Wutentbrannt starrte er vor sich hin. Wie konnte dieser Mann sich da so sicher sein und warum zum Geier hatte man ihn dann angerufen.

»Wie ist das Wetter bei Ihnen? Und was zu Teufel waren das für Anweisungen, wenn Sie vier Kinder verloren haben. Wollen Sie mich verarschen? Haben die Kinder ihre Handys dabei? Wie wäre es, wenn Sie sie einfach anrufen?«

Der Ranger atmete hörbar durch. »Die Kinder haben ihre Handys nicht dabei. Mrs. Peabody bestand darauf, dass sie ohne unterwegs sind. Im Prinzip …«

»Im Prinzip? Ich glaub ich spinne«, fuhr Cayden den Ranger an.

»Mr. Harrison, bitte lassen Sie mich ausreden. Im Prinzip sind die Wanderungen kein Problem. Vielleicht haben sich die Mädchen gar nicht verlaufen, sondern irgendwo untergestellt, weil es im Moment immer wieder schneit. Wir werden Sie finden. Ich gehe davon aus, dass wir sie sogar in naher Zukunft finden, da wir mit der Suchaktion fast durch sind.« Sheridan endete.

»Und wenn nicht?« Cayden lief immer noch im Wohnzimmer vor dem Fernseher auf und ab.

»Dann suchen wir nochmal. Aber ich glaube nicht, dass das nötig sein wird.«

»Ich komme zu Ihnen.« Er hatte bereits die Garderobe erreicht und griff nach seiner Jacke. Wie lange würde er brauchen, um nach Yosemite zu kommen?

»Das ist nicht nötig. Wir haben die Lage im Griff, das haben wir Mrs. Delaney auch schon gesagt.«

»Das ist mir völlig egal. Ich möchte bei meiner Tochter sein, wenn Sie sie finden.« Er beendete das Gespräch, ohne auf eine Antwort des Rangers zu warten. Egal ob man Samira bis zu seiner Ankunft gefunden hatte. Er wollte bei ihr sein. Mit der Hand an der Türklinke wurde ihm klar, dass er vielleicht besser nicht selber fahren sollte. Er hatte getrunken, noch dazu nicht wenig. Eigentlich soviel, dass ihn wieder dieser penetrante Kopfschmerz heimsuchen sollte, was er bisher nicht getan hatte. Sein Blick wanderte zu seiner Armbanduhr. Es war fast zwei. Wen konnte er um diese Zeit erreichen? Wer würde ihn kurzfristig begleiten?

Das Team.

Sie könnten ihm sicher auch bei der Suche helfen. Notfalls mit Wärmebildkameras und vielleicht sogar einem Hubschrauber. Er griff nach seinem Handy und wählte Seans Nummer, musste jedoch nach wenigen Sekunden feststellen, dass sein ältester Bruder sein Handy ausgeschaltet hatte. Aber auch Nathan und Syrell waren nicht zu erreichen und er spielte mit dem Gedanken, Yvonne anzurufen. Doch diesen Gedanken verwarf er schnell wieder. Stress war sicher das Letzte, was sie nun brauchen konnte.

Collin.

Mit zitternden Fingern wählte er die Nummer von Collin. Es klingelte unendlich lange, ehe eine mechanische Stimme ihm mitteilte, dass der Teilnehmer nicht zu erreichen war. Wollten ihn alle auf den Arm nehmen, warum war niemand da, wenn er Hilfe benötigte? Erneut wählte er die Nummer von Collin, da ihm die Tatsache, dass seine alten Kollegen nicht erreichbar waren, seltsam vorkam. Womöglich hatten sie einen Einsatzbefehl erhalten oder die lange angekündigte Trainingsmission war endlich gestartet, dann hätte er über Tage, vielleicht sogar eine Woche keine Möglichkeit, seine Freunde und Brüder zu erreichen. Wieder klingelte es bei Collins Anschluss eine gefühlte Ewigkeit, ehe sein Freund dann doch das Gespräch annahm.

»Alter, bist du gestört oder was? Hast du ´nen Plan, wie spät es ist?« Collin war nicht nur unüberhörbar gereizt, er war auch heiser.

»Kannst du mich nach Yosemite bringen?« Wenn man ihn jetzt anhalten würde, würde er in den nächsten Tagen nirgends hinfahren. Dann würde er eine Nacht in irgendeiner Zelle verbringen, um nüchtern zu werden, und anschließend könnte er nicht fahren, weil die Polizei seinen Führerschein einziehen würde. Außerdem wäre es für die Klassenlehrerin besser, wenn er ihr nicht alleine gegenüberstehen würde. Er war sich sicher, dass er sich ihr gegenüber vergessen würde. So könnte Collin ihn daran hindern, irgendeine unüberlegte Dummheit zu tun, weil er einfach sauer auf diese Person war, die sich Pädagogin nennen durfte. Seit wann gingen auf Klassenfahrten Kinder verloren?

»Yosemite?« Collin klang immer noch müde, aber Cayden war sich sicher, dass er nun die Aufmerksamkeit seines Freundes hatte. »Was willst du da?« Es entstand eine kurze Pause, ehe Collin hörbar ausatmete. »Samira?«

»Ja.« Cayden überlegte, wo er mit seiner Erklärung anfangen sollte.

»Was ist passiert? Nur weil sie nicht schlafen kann, willst du nicht mitten in der Nacht los und sie abholen.« Collin fiel ihm in das noch nicht gesprochene Wort und forderte eine Erklärung.

»Sie ist verschwunden.« Cayden schluckte, und wie aus dem Nichts waren die Kopfschmerzen da, die vom Alkohol herrührten.

»Scheiße. Ich komm rüber. Setz dich aufs Sofa und beweg dich nicht.« Die Müdigkeit in Collins Stimme war vollends verschwunden. Da war keine Frage nach dem Warum oder wie.

»Wie lange brauchst du?« Cayden stand planlos im Flur und war froh, dass er sich auf seinen alten Kollegen verlassen konnte, auch wenn es mitten in der Nacht war.

»Eine Dreiviertelstunde.«

»Alter, so lange brauch ich nicht mal zu Fuß. Schwing deinen Arsch aus dem Bett und beweg dich hierher, duschen brauchst du nicht. Sonst fahr ich alleine«, fuhr er Collin an und strich sich durch die Haare. Selbst zu Fuß wäre er schneller bei Collin, aber das wollte er nun nicht extra anführen. Wollte sein Freund vorher duschen, frühstücken und Kaffee trinken oder was?

»Wenn dir das nicht passt, dann fahr selbst!«, knurrte Collin gereizt zurück.

Cayden schnaubte. Sollte er sagen, dass er die dritte Flasche Whiskey seit Jordans Beisetzung geleert hatte? Spätestens wenn Collin hier war, würde er es merken, auch wenn Cayden selbst im Moment nur die Kopfschmerzen spürte, die von der Flasche geblieben waren. Die Wohnung roch sicher bereits nach Whiskey und auch er würde riechen wie eine Brennerei. Außerdem sah es überall in seinen vier Wänden aus, als sei seit Wochen niemand mehr auf die Idee gekommen aufzuräumen.

»Du hast getrunken.«

Im Hintergrund konnte er das Klimpern von Schlüsseln hören.

»Geht dich einen Dreck an.«

»Dann hör auf, den Lauten zu machen. Eine Dreiviertelstunde. Und du bleibst genau da, wo du bist.« Collin hatte das Gespräch beendet, ehe Cayden etwas erwidern konnte. Was sollte das? Wenn sein Freund den Schlüssel doch schon in der Hand gehabt hatte, warum sollte es nun solange dauern, bis er hier war?

Noch nie hatte sich eine Dreiviertelstunde in seinem Leben so lange angefühlt. Noch nie war er den Flur so oft auf- und abgelaufen und hatte so oft aus dem Fenster Richtung Straße geschaut. Er rechnete sogar damit, dass Collin weit länger brauchen würde, als er angekündigt hatte. Schließlich war sein Freund dafür bekannt, zu spät zu kommen. Gerade als Cayden wieder im Wohnzimmer angekommen war, wo er die Whiskeyflasche am Hals hochgenommen hatte und sie nervös hin- und herdrehte, klingelte es an der Tür. Leise aufstöhnend lief er über den Flur, griff nach seiner Jacke und öffnete die Haustür.

»Was willst du hier?« Geschockt starrte er Duncan an, der mit zusammengebundenen Haaren und dicker Jacke vor ihm stand.

»Helfen. Beweg dich.« Duncan drehte sich bereits während er sprach wieder um.

»Du bist der Letzte, von dem ich Hilfe brauche«, raunte Cayden und wollte die Tür bereits ins Schloss werfen, zögerte jedoch.

»Steig ein. Ich kenn mich da aus und ich helf euch suchen.« Duncan hatte sich ihm wieder zugewandt.

»Und dann schubst du meine Tochter einen Abhang runter oder was? Vergiss es.« Cayden schüttelte den Kopf. Er würde Duncan keinen Meter weit trauen. Er sollte endlich diese beschissene Tür zumachen und auf Collin warten. Jetzt hier mit Duncan zu diskutieren brachte nichts. Das Einzige, was es bringen würde, wäre eine weitere Schlägerei, die er hier und jetzt nicht brauchen konnte.

»Ich hab es dir gesagt. Fahr alleine mit ihm.« Duncan drehte sich um und rief die Worte Richtung Einfahrt, wo Cayden erst jetzt den Wagen von Collin entdeckte. Sein Freund hatte die Fensterscheibe hinuntergelassen und lehnte mit dem Ellenbogen im offenen Fenster.

»Snipes, steig ein und diskutier nicht. Ich erklär es dir unterwegs. Wir haben keine Zeit zu vertrödeln.« Collin rief ihm so laut zu, dass er befürchtete, die Nachbarn würden in den nächsten Minuten aus dem Haus kommen und sich wegen des Lärms mitten in der Nacht beschweren. Aber selbst das wäre ihm nun egal. Er wollte nicht mit Duncan in einem Wagen sitzen. Und Hilfe wollte er von dem Mann mit dem weißen Bart erst recht nicht. Lieber würde er alleine aufbrechen.

»Vergiss es.« Kopfschüttelnd sah er zu Collin und ignorierte Duncan komplett.

»Dann bleibst du hier und wir suchen sie alleine.« Collin stieß einen Pfiff aus, als wolle er einen Hund abrufen. Erstaunt beobachtete Cayden, wie Duncan mit den Schultern zuckte und zum Wagen ging.

»Dann fahr ich halt selbst«, blaffte er hinter Duncan her, richtete seine Worte aber an Collin.

»Bist du so blöd, oder tust du nur so?« Duncan drehte sich um und kam mit großen Schritten wieder auf ihn zu. »Du kommst keine fünfzig Kilometer weit, dann haben dich die Bullen aus dem Verkehr gezogen. Du stinkst wie ´ne Whiskeyflasche.« Dicht vor ihm blieb der Hüne stehen und ihm wurde das erste Mal bewusst, wie groß Duncan eigentlich war. Er könnte es locker mit Sean aufnehmen, was den Körperbau anging. »Wenn du vorhast alleine im Yosemite nach deiner Tochter zu suchen, dann mach das, aber dann schreib dein Testament auch gleich, sonst haben wir noch mehr Arbeit«, grollte Duncan nur wenige Zentimeter vor ihm stehend.

»Und warum musst dann ausgerechnet du mit?« Cayden atmete tief durch und versuchte den Groll in sich in Schach zu halten.

»Weil ich da ein paar Jahre gearbeitet habe, bevor ich hierhin gekommen bin? Das war das Einzige, was ich nach der Zeit bei der Navy bekommen konnte. Du weißt selbst, wie schwer es ist, ´nen Job zu bekommen. Alle halten dich für gestört und meinen, dass du im nächsten Moment mit einer Knarre Amok läufst. Oder ist es nicht so?« Duncan legte den Kopf prüfend auf die Seite.

»Kommt ihr nun oder soll ich mir noch ´nen Kaffee besorgen?« Collin brüllte zu ihnen herüber, doch Cayden nahm die Worte nur am Rande wahr, da er auf Duncan konzentriert war, von dem er nicht wusste, ob er ihm trauen sollte oder nicht.

»Wehe, meiner Tochter passiert etwas.« Cayden atmete durch und machte einen Schritt zur Seite, um an Duncan vorbeizugehen. Er konnte hören, wie Duncan tief die Luft einsog.

»Wenn du in diesem Leben noch begreifst, dass mir nicht bewusst war, dass Riccardo ernst macht, dann sag Bescheid«, raunte Duncan ihm dicht hinter ihm zu. »Glaub bloß nicht, dass mich der Tod deiner Frau nicht berührt, sonst wäre ich nämlich nicht hier«, fügte er hinzu, als sie den Wagen von Collin erreicht hatten.

»Glaubst du, nur weil du nun hilfst, macht es das besser?« Cayden drehte sich zu Duncan um.

»Nein, aber ich kann verhindern, dass es noch schlimmer wird.« Ohne ihn anzusehen, zog Duncan die Tür zur Rückbank auf.

30.

Sieben Stunden später trennten sie nur noch wenige Kilometer vom Nationalpark, sie kamen jedoch nur noch schleichend voran. Aus den anfänglichen Schneeschauern war ein anhaltender starker Schneefall geworden, der ihnen die Sicht auf die Straße nahm. An den Straßenrändern hatten sich erste Schneewehen gebildet und die Fahrbahn war an einigen Stellen beengt. Cayden begann daran zu zweifeln, dass sie das Lager, in dem die Kinder sich aufhielten, überhaupt erreichen würden, aber Duncan behauptete immer noch, dass die Zufahrt regelmäßig geräumt wurde. Im Moment sah es jedoch nicht danach aus, dabei war es bereits kurz vor zehn und jeder normale Räumdienst müsste seit Stunden damit beschäftigt sein, die Straßen freizuhalten. Hier jedoch war definitiv noch kein Räumdienst gewesen. Überhaupt hatte Cayden in der letzten Viertelstunde nicht mal ein Auto gesehen. Und so wuchs der Zweifel daran, dass sie auf dem richtigen Weg waren.

»Da vorne links rein.« Duncan deutete auf eine Stelle, die Cayden von der Rückbank aus nicht sehen konnte. Dafür sah er das Blinken seines Handys. Seit Stunden schrieb er mit Jackies Mutter und hatte ihr bereits dutzende Male versprochen, sich zu melden, sobald er etwas wusste. Und sie hatte vor zwei Stunden erneut mit Mrs. Peabody gesprochen, die allerdings keine Neuigkeiten gehabt hatte. Bisher hatte man die Mädchen weder gefunden, noch gab es irgendeine Spur von ihnen, was vor Ort für wachsende Unruhe sorgte. Die Ranger wollten, sobald das Wetter besser wurde, mit Wärmebildkameras und Helikoptern weitersuchen, da sie die Suche aufgrund des plötzlichen Wintereinbruchs komplett eingestellt hatten.

Keine fünf Minuten später konnte Cayden durch das dichte Schneetreiben Häuser erkennen. Sie waren endlich angekommen. Allerdings waren die Hütten, abgesehen von einigen Jeeps, das Einzige, was er sehen konnte. Alles wirkte, als wäre es ein normaler verschneiter Tag. Dabei hatte er gehofft, Ranger zu sehen, die mit Vorbereitungen für die Suche beschäftigt waren. Oder unruhige Menschen zu entdecken, immerhin wurden hier seit bald zwölf Stunden vier Mädchen vermisst.

»Das Blockhaus rechts.« Duncan deutete zur Seite und Collin parkte nur wenige Minuten später den Wagen vor einem großen Blockhaus. Als Cayden die Tür von Collins Honda öffnete pfiff ihm eiskalter Wind um die Ohren und trieb ihm ein Frösteln über den Rücken. Das war kein Wetter für eine Klassenfahrt. Es wäre besser gewesen, wenn die Klasse irgendwo in San Diego oder im näheren Umfeld die Zeit verbracht hätte. Dort war es unwahrscheinlich, im März nochmals von einem Schneesturm heimgesucht zu werden. Hier war um diese Jahreszeit einfach noch alles möglich. Von erstem Frühlingserwachen bis hin zu meterhohem Schnee.

»Verfluchte Scheiße, ich dachte, es wird Frühling. Bei dem Wetter schickt man doch keine Kinder auf Klassenfahrt.« Fluchend stieg Collin aus dem Wagen.

»Sie wollten Skiwandern und die Tiere beobachten. Wenn sie keinen Schnee gehabt hätten, hätten sie normale Wanderungen gemacht«, murmelte Cayden geistig abwesend und erinnerte sich an das, was Mrs. Peabody während des Elternabends erzählt hatte. Sie hatte mit Schnee gerechnet. Sie hatte davon gesprochen, mit Rangern Futterstellen zu versorgen und selbst eine zu errichten. Es hatte so viel auf dem Plan gestanden und er fragte sich, ob auch von einer Nachtwanderung die Rede gewesen war.

»Das ist hier schon öfter passiert. Nachtwanderungen sind immer ein wenig … na ja. Man sollte sie erst machen, wenn Schnee ausgeschlossen ist. Ab Mai. Aber manchmal …« Duncan ging schulterzuckend, ohne den Satz zu beenden, an ihm vorbei und verschwand nur wenige Sekunden später in der Hütte.

»Manchmal, was?« Caydens Frage erreichte Duncans Ohren nicht mehr, da die Holztür hinter ihm ins Schloss fiel woraufhin Cayden Collin irritiert ansah. »Wollte er damit sagen, dass es verantwortungslos …« Er kniff die Augen zu Schlitzen zusammen und in ihm keimte erneut die Wut gegen die Klassenlehrerin auf, die sicher die Planung übernommen und darauf bestanden hatte, eine Nachtwanderung zu machen.

»Keine Ahnung. Lass uns reingehen.« Cayden wurde bewusst, wie kalt es war. Der Wind machte die minus fünf Grad nochmals um zehn Grad kälter und seine Gedanken landeten, mit dem Türgriff in der Hand, beim Inhalt von Samiras Koffer. Für solche Temperaturen hatten sie nicht gepackt. Zumindest nicht, wenn sie länger als einige Stunden unterwegs sein würden. Einen Skianzug hatten sie nicht mehr bekommen und die Verkäuferin in einem Laden hatte ihnen gefütterte Jeans und dicke Pullover verkauft, da die Wintersaison eigentlich bereits vorbei war.

»Mr. Harrison, ich habe Ihnen doch gesagt, dass Sie nicht extra herkommen müssen.« Mrs. Peabody kam bereits auf ihn zu.

»Haben Sie sie gefunden?« Er sah an ihr vorbei, wo sich vom breiten Eingangsbereich vier Räume abtrennten. Dass sie suchend nach hinten sah, ließ ihn kurz hoffen. Doch der einzige, der aus einem der Räume kam, war ein bärtiger Mann in einer dicken Jacke, der direkt auf ihn zuhielt. Auf der braunen Jacke befand sich ein Aufnäher mit dem Logo des Parks. War das einer der Ranger?

»Mr. Harrison. Willkommen im Yosemite Nationalpark auch wenn ich mir wünschte, Sie unter anderen Umständen kennenlernen zu können.« Der Mann reichte ihm die Hand. »Kenny Sheridan. Ich leite die Suchaktion.« Er nickte kurz.

»Danke.« Cayden ergriff die Hand des Mannes, auch wenn er ihn in diesem Moment viel lieber angefahren hätte. »Haben Sie eine Spur?« Cayden zwang sich, ruhig zu bleiben. Dieser Mann war sicher ein Profi und würde ihn mit Fakten, selbst wenn sie schlecht sein mochten, versorgen, und nicht wie die Klassenlehrerin um den heißen Brei herumreden.

»Um ehrlich zu sein, nein. Wir wollten mit Hubschraubern suchen aber Sie sehen ja selbst.« Kenny Sheridan zuckte mit den Schultern. »Aber wie Duncan mir gerade mitgeteilt hat, waren Sie bei der Navy?« Der Ranger musterte ihn kurz.

»Ja, tut das was zur Sache? Das Wetter ändert sich dadurch auch nicht.« Cayden warf einen Blick an Sheridan vorbei und entdeckte Duncan bei drei anderen Männern an einem Tisch. Er konnte erahnen, dass sie eine Landkarte studierten. Collin, der die gesamte Zeit einen Schritt hinter ihm gestanden hatte, trat zu ihm. »Sie kennen Duncan?« Fragend musterte er den Mann, der vor ihm stand und dessen Mundwinkel sich hoben.

»Oh ja, als er damals hier angefangen hat, hatte ich ihn unter meinen Fittichen. Er hat alles Wichtige bei mir gelernt und ist dann irgendwann gegangen, weil … Tja, das Warum weiß ich nicht. Er hat einfach gekündigt.«

»Ist auch egal«, schlussfolgerte Cayden. Er hatte keine Lust, sich nun noch anzuhören, was die beiden in ihren Pausen getrieben hatten oder gar Geschichten aus der gemeinsamen Dienstzeit geboten zu bekommen.

»Können wir Sie bei der Suche unterstützen?« Collin übernahm das Gespräch. Tausend Gedanken schossen Cayden durch den Kopf. Was, wenn sie Samira, Jackie und die anderen Mädchen nicht mehr rechtzeitig finden konnten? Bei den herrschenden Temperaturen konnte man schnell erfrieren.

»Das wäre meine nächste Frage gewesen.« Kenny musterte ihn nur kurz und richtete seine Aufmerksamkeit dann auf Collin. »Wissen Sie, ob eines der Kinder sich vielleicht gut zu helfen wüsste, wenn sie sich verlaufen? Gab es irgendwann mal Gespräche? Haben Sie den Kindern mal etwas geraten? Die Lehrerin hat nur das erklärt, was gesagt werden muss. *›Wenn ihr euch verlauft, sucht Hilfe bei einem Ranger oder einem Erwachsenen‹*. Wir haben die Strecke und einige andere Stellen abgesucht, aber wir mussten aufgrund des Wetters die Suche abbrechen.« Sheridan klang alles andere als begeistert darüber, dass zu diesem Zeitpunkt niemand nach den Kindern suchte. »Aber wir machen bald weiter. Ich werde nicht warten, bis das Wetter sich ändert.«

Cayden konnte spüren, wie sich Collins Blick auf ihn legte und er begann verzweifelt darüber nachzudenken, ob er mit Samira je einen solchen Fall besprochen hatte. Sie wusste sich zu helfen, sollte sie beim Schwimmen abtreiben und sie war in der Lage, mit einer Pistole umzugehen. Aber bei Schnee? In San Diego gab es selten Schnee und in Nigeria seines Wissens nach nie. Überhaupt hatte er solche Schneemassen, wie sich draußen aufzutürmen begannen, zuletzt in seiner Ausbildung gesehen. Und er hasste dieses weiße kalte Zeug.

»Snipes, denk nach. Kommt sie zurecht? Zumindest ein paar Stunden? Was hast du ihr von der Arbeit erzählt?« Collins Stimme grub sich mitten in seine Gedanken.

»Sie kann, wenn sie ein Feuerzeug hat, ein Feuer machen. Ich denke, sie würde sich irgendwo Schutz suchen.« Cayden murmelte die Antwort mehr vor sich hin, als dass er sie direkt an Collin oder Kenny richtete.

»Also Feuerzeuge habe ich den Kindern verboten«, warf Mrs. Peabody von der Seite ein, was Cayden entnervt schnauben ließ.

»Sie sollten wissen, dass es das eine ist, was Sie den Kindern sagen und das andere, was die Kinder machen. Was glauben Sie eigentlich, wie viele Kinder ich hier immer wieder mit Feuerzeugen erwische? Und wissen Sie was? Dieses Mal wäre ich verdammt froh, wenn die Kinder sich nicht an die Regeln gehalten hätten.« Kenny Sheridan warf der Lehrerin einen wütenden Blick zu.

»Sheridan!« Duncan unterbrach ihre Unterhaltung und lenkte ihre Blicke in den Raum, in dem Duncan mit einigen anderen um einen Tisch herum stand.

»Komme.« Kenny Sheridan warf einen Blick zu Duncan, dann wandte er sich wieder ihnen zu. »Kommt mit. Vielleicht seht ihr etwas, dass wir übersehen haben.«

Collin nickte und erreichte den Raum vor Kenny und ihm. Cayden ließ seinen Blick über die Wände schweifen. In diesem Raum gab es dutzende Bilder von Wasserfällen, Parkplätzen und Landschaften, die alle um an die Wand geheftete Landkarten positioniert waren.

Eine halbe Stunde später stand er vor einer Karte und fragte sich verzweifelt, wo Samira sein könnte. Die Ranger hatten den Weg, den die Kinder hätten nehmen sollen, markiert und ihm bereits berichtet, was die anderen Kinder erzählt hatten. Aber keines von ihnen hatte die vier Mädchen gesehen. Zeitlich waren die Kinder in Abständen von zehn Minuten gestartet. Allerdings waren Samira, Jackie, Rose und Michelle die letzte Gruppe gewesen, die gestartet war. Duncan hatte vorgeschlagen, mit ihm und Collin die Strecke nochmal abzusuchen, da er der Meinung war, dass es eine Stelle gab, an der die Mädchen vom Weg abgekommen sein konnten. Sollte das der Fall sein, würde es bei der Witterung schwer werden, in das Gebiet zu gelangen, in dem die Mädchen waren. Die Ranger teilten sich in Gruppen ein und der bestellte Pilot sagte um kurz vor elf ab, da er nicht starten konnte.

»Und ich dachte, wir haben nun Frühling.« Collin zog sich murrend eine dicke Jacke an, die er von den Rangern bekommen hatte, da die Männer ihnen in die Hand versprochen hatten, dass ihre eigenen nicht ausreichend waren. »Snipes, wir finden sie.« Collin legte seine Hand auf Caydens Schulter. Auch wenn er wusste, dass diese Geste ihm Kraft geben sollte, so tat sie es nicht.

»Ich hätte sie nicht fahren lassen sollen. Jordan würde mich umbringen.« Cayden schluckte. Der Gedanke an Jordan und daran, wie sie nun reagieren würde, lag schwer auf ihm. Würde sie ihm Vorwürfe machen oder wäre sie ruhig und gelassen und würde darauf vertrauen, dass die Ranger die Kinder fanden? Vor dem Blockhaus stehend beobachtete er die Schneeflocken, die von dem Wind, der immer noch eisig über die Umgebung pfiff, umhergewirbelt wurden. Dann entdeckte er einen Wagen, der langsam näherkam und schließlich neben Collins Wagen stehenblieb. Als sich die Fahrertür öffnete, entdeckte er Mrs. Delaney, die sichtbar die kalte Luft einsog. Es stiegen noch weitere Frauen aus, denen er beim Näherkommen ansehen konnte, dass sie sehr mitgenommen wirkten.

»Mr. Harrison, wissen Sie, ob man unsere Mädchen schon gefunden hat?« Jackies Mutter blieb vor ihm stehen. Sie war die einzige der drei Frauen, die gefasst auf ihn wirkte. Die anderen beiden hatten verweinte Augen und mussten sich unübersehbar zwingen, nicht in Tränen auszubrechen.

»Nein, bis jetzt nicht. Wir wollen den Rangern beim Suchen helfen«, erklärte er Jackies Mutter, die schwer durchatmete.

»Und ich erzähle Ihnen noch, wie toll Klassenfahrten sind. Sie halten mich sicher für eine Lügnerin.« Jackies Mutter lächelte ihn gezwungen an.

»Damit konnte niemand rechnen.« Langsam kam in ihm der Mann durch, der jahrelang nichts anderes gemacht hatte, als Menschen zu retten und in Krisengebieten zu arbeiten. Da war zwar immer noch das Gefühl, dass er für Samira verantwortlich war, aber auch das, dass da noch andere Kinder waren, die in diesem Moment die Hilfe von Menschen benötigten, die wussten, was sie taten und die sich nicht von ihren Emotionen leiten ließen. Er musste seine Emotionen jetzt abstellen. Zögernd übernahm der SEAL in ihm das Zepter und verdrängte all das, was ihm in den letzten Stunden und Tagen das Leben schwergemacht hatte. Samira benötigte seine Hilfe und die Töchter der Frauen, die nun völlig aufgelöst in das Blockhaus verschwanden, ebenfalls. Da war kein Platz für Emotionen. Er musste sie suchen.

Aufgeben war keine Option.

»Werden Sie sie finden?«, fragend sah Jackies Mutter ihn an.

Cayden nickte, auch wenn er wusste, dass er dieses Versprechen vielleicht nicht einhalten konnte. »Wir werden alles in unserer Macht Stehende tun«, fügte er hinzu. Was würde Mrs. Delaney von ihm denken, wenn sie die Mädchen nicht fanden? Dann hatten sie versagt. Auf ganzer Linie. Nein, er würde sie suchen, bis er sie gefunden hatte.

»Danke Mr. Harrison, passen Sie auf sich auf.« Jackies Mutter legte kurz ihren Arm um ihn. »Ich weiß, dass Sie die Kinder finden werden.« Die letzten Worte flüsterte sie ihm nur noch ins Ohr und jagte ihm so einen kalten Schauer über den Rücken. Als sie von ihm abließ, nickte sie ihm nochmals knapp zu und folgte dann den anderen beiden Frauen, die in der Tür der Blockhütte standen und warteten.

»Na, wach, Snipes?« Collin musterte ihn von der Seite. An der Stimme seines ehemaligen Kollegen konnte er hören, dass er sich in den letzten Minuten verändert hatte. Irgendetwas hatte sich gerade in ihm verändert. Die Angst um Samira und die Trauer um Jordan waren in den Hintergrund gerückt, jetzt hatte er nur noch den Wunsch, die Kinder zu finden. Vor allem, sie schnell zu finden.

»Aye.« Sein Blick wanderte über seine Schulter. Die Tür des Blockhauses stand offen und er sah, wie sich die zwei Frauen, die sich ihm nicht vorgestellt hatten, weinend in den Armen lagen und wie Jackies Mutter Mrs. Peabody anfuhr, die immer wieder versuchte, sich zu rechtfertigen. Im Augenwinkel nahm er jedoch noch etwas anderes wahr. Eine Gruppe Jungs stand in der Tür eines anderen Blockhauses und beobachtete sie.

»Denkst du, was ich denke?« Cayden sah zu Collin, der die Kinder ebenfalls bemerkt hatte.

»Wäre ein starkes Stück«, murmelte Collin, löste seinen Blick aber nicht von der Gruppe.

»Lass uns mal rübergehen und freundlich fragen«, raunte Cayden und wischte sich Schneeflocken aus dem Gesicht.

»Ich habe schon mit den Kindern gesprochen.« Kenny tauchte hinter ihnen auf und hatte das Gespräch zwischen ihnen wohl mitbekommen.

»Und ich glaube, wir sollten nochmal freundlich nachfragen, wenn die schon so neugierig sind«, erwiderte Cayden, ohne dem Ranger Aufmerksamkeit zu schenken. Irgendetwas an dem Verhalten der Kinder war seltsam. Was genau es war, wusste er jedoch nicht.

»Können wir los?« Nun kam auch Duncan nach draußen, der sein Gesicht bereits fast vollständig im Kragen der Jacke versteckt hatte.

»Wir wollen die nochmal fragen, ob sie nicht zufällig vergessen haben, etwas zu sagen«, erklärte Collin und deutete auf die Gruppe, die nun bemerkt hatte, dass sie beobachtet wurden, da die Tür der Hütte zufiel.

»Dann lasst uns fragen und dann los. Die Zeit wird echt knapp und das beschissene Wetter wird erst in vierundzwanzig Stunden besser. Und mit besser meine ich nur, dass es aufhört zu schneien. Arschkalt bleibt es wohl bis zum Wochenende.« Duncan ging, ohne zu warten, an ihnen vorbei und erreichte die Hütte vor ihnen. Cayden rechnete damit dass der Mann, der sich hier gut auskannte und hier bereits mit Kindern zusammengearbeitet hatte, nun einfach hineingehen würde, aber er drehte sich um und wartete auf sie. Als sie zu dritt in die kleine Hütte traten, die mit acht Betten ausgestattet war und eine Sitzecke hatte, die in diesem Moment verwaist war, konnte Cayden sehen, dass die Jungen nur halb so erstaunt waren sie zu sehen, als sie es vorgaben. Die acht Jungen in Samiras Alter sahen sie zwar mit großen Augen an, wirkten aber nicht überrascht. Wenn Cayden ein Wort hätte wählen sollen, um die Gesichter der

Jungs zu beschreiben, wäre es ertappt gewesen. Denn sie warfen sich wissende Blick zu und vermieden es, ihn, Collin oder Duncan anzusehen.

»So, nun mal her mit den Tatsachen. Wo sind die Mädchen?« Collin trat an ihm vorbei mitten in den Raum.

»Wissen wir nicht«, gab ein dunkelhaariger Junge an.

»So, wisst ihr nicht«, wiederholte Duncan.

»Nein.« Wieder war es derselbe Junge, der antwortete.

»Also ich würde mir überlegen, ob ich nicht doch weiß, wo sie sind.« Collin ging an den Betten vorbei, drehte am Ende um und ging zurück. Cayden beobachtete die Reaktionen der Jugendlichen. Die Aufmerksamkeit der meisten war auf den Dunkelhaarigen gerichtet und nicht auf Collin. Dabei war Collin schon alleine aufgrund seiner Augenklappe jemand, dem viele, wenn auch oft unbemerkt, hinterher sahen.

»Wir wissen nicht, wo sie sind.« Wieder sprach der Junge, den alle anderen ansahen.

Cayden sah kurz zu Collin und warf dann einen prüfenden Blick zu Duncan, der ihm nur ein knappes Nicken schenkte. Auch ihnen kam das Verhalten der Kinder seltsam vor. Mit großen Schritten ging er auf den Jungen zu, der locker an seinem Bett lehnte. Cayden packte ihn am Kragen, was ihn einen erstaunten Laut ausstoßen ließ.

»Sicher?« Cayden schob ihn langsam soweit zurück, dass er mit dem Rücken an der Bohlenwand der Hütte ankam. Er hatte nie in seinem Leben damit gerechnet, dass er sich je in einer Situation wie dieser wiederfinden würde. Gewalt gegen Unschuldige, und vor allem gegen Kinder, war ihm zuwider. Aber er hatte keine Ahnung, wie er den Teenager dazu bringen sollte, die Wahrheit zu sagen.

»Was soll der Scheiß? So dürfen Sie nicht mit mir umgehen. Sie sind für uns verantwortlich.« Sichtbar eingeschüchtert brachte der Junge die Worte hervor und sah sich hilfesuchend nach Collin und Duncan um, die ihm aber den Rücken zugekehrt hatten.

»Darf ich nicht?« Cayden musste sich zwingen, seinen Griff nicht noch fester werden zu lassen. Immer wieder hielt er sich vor Augen, dass dieser Junge ebenso alt war wie Samira.

»Nein.« Wieder wanderte der Blick des Jungen an ihm vorbei. »Sie sind Erzieher und dürfen das nicht.«

»Ich bin kein Erzieher und nun will ich von dir wissen wo Samira, Jackie, Rose und Michelle sind«, raunte er dem Jungen zu und konnte nicht verhindern, dass er mit den Zähnen knirschte. »Wo ist meine Tochter?« Er beugte sich noch weiter vor. Der Blick des Jungen wanderte hilfesuchend umher. »Wenn du es mir nicht sagst, hilfst du uns nun, sie zu suchen. Und zwar genau so, wie du jetzt bist. Und wenn ich einen Mucks höre, weil dir kalt ist, binde ich dich an irgend so einen Scheißbaum fest, bis wir sie gefunden haben.« Cayden spürte, wie die Wut von ihm Besitz ergreifen wollte. Sollte dieser kleine Wicht nicht gleich sagen, was passiert war, würde er ihn in Socken durch den Wald jagen, bis er mit der Sprache rausrückte. Wie konnte ein Kind in Samiras Alter so abgebrüht sein?

»Wir haben das Schild umgedreht«, brachte der Junge heiser hervor.

»Welches Schild?«

Cayden konnte die schweren Schritte von Duncan hören, der nun neben ihm stand und dafür sorgte, dass der Junge erschrocken zusammenzuckte.

»Keine Ahnung, so ein Scheißschild halt.« Die Stimme des Teenagers bebte.

»Hast du Wurm eigentlich eine Ahnung, warum die Dinger da stehen? Welches verdammte Schild?«, brüllte Duncan nun derart laut, dass Cayden erstaunt eine Augenbraue hob.

»Keine Ahnung, was da drauf stand«, erwiderte der Junge kleinlaut.

»Fünf Kilometer bis zum Camp. Die Futterplätze waren drauf ausgeschildert.«

Cayden warf erstaunt einen Blick über die Schulter und entdeckte einen anderen Jungen, mit etwas längeren dunklen Haaren, der in dem Moment zusammenschrak, in dem er ihn ansah. Ebenso schnell wie Duncan bei ihm gestanden hatte, hatte er den anderen Jungen erreicht,

»Mitkommen.« Duncan packte den Jungen am Arm und zerrte ihn aus der Hütte.

»Wir sollten auch …« Collin deutete leicht irritiert von Duncans Verhalten mit dem Kopf zur Tür.

»Mit dir bin ich noch nicht fertig. Passiert den Mädchen was, bring ich dich um.« Cayden löste seinen Griff mit einem Stoß von dem Jungen und folgte Collin nach draußen. Die leisen Verwünschungen des Jungen konnte er nur mit Mühe ignorieren. Hätte er in dem Alter mit einem Erwachsenen so geredet, hätte er wahrscheinlich einige Tag nur auf gepolsterten Stühlen sitzen können.

»Die Kids von heute sind auch nicht mehr das, was sie mal waren, oder?« Collin sprach ihn an, während sie hinter Duncan hereilten, der bereits das große Blockhaus erreicht hatte, in dem die Ranger sich zuvor versammelt hatten, die zum Großteil nun bereits auf der Suche waren.

»Was machen Sie mit Zoran?« Mrs. Peabody stürmte in dem Augenblick auf Duncan zu, in dem sie den warmen Raum betraten.

»Der soll mir zeigen, wo sie das Schild umgedreht haben«, murrte Duncan die Lehrerin wütend an.

»Zoran, du hast doch gesagt, du weißt nicht, was passiert ist.« Entrüstet sah Mrs. Peabody den Jungen an.

»Michael hat gesagt, wir sollen es nicht sagen«, rechtfertigte sich Zoran, dessen Blick eingeschüchtert zu Duncan wanderte, der ihn immer noch an der Schulter festhielt.

»Das ist nun völlig egal, wer was gesagt hat, ich will von dir wissen, wo genau das war.« Duncan schob den Jungen einfach weiter, bis sie die Karte erreicht hatten, auf der die Ranger die Stellen markiert hatten, an denen sie bereits gesucht hatten und an denen die Suche nun weitergehen sollte. Duncan zog den Jungen an sich heran und deutete auf die Karte.

»Welches Schild? Wo?« Duncans Stimme war nur noch ein tiefes Knurren und nicht nur Collin wartete gespannt auf eine Reaktion des Schülers, der ratlos auf die Karte starrte.

»Wo verflucht?«, blaffte Duncan, deutete auf die Karte und bekam erneut nur einen hilflosen Blick geschenkt. »Zu blöd, um ´ne Karte zu lesen, aber Schilder umdrehen. Was hast du da gesehen?« Duncan drehte den Jungen zu sich um, dessen Aufmerksamkeit sofort wieder auf das Stück Papier auf dem

Tisch fiel. »Was zum Teufel?« Wütend deutete Duncan auf die verschiedenen Fotos an den Wänden. »Komm mir jetzt nicht damit, dass es da im Winter anders aussieht«, knurrte Duncan mit tiefer Stimme.

Cayden war gespannt, wie lange Duncan noch benötigte, um endgültig aus der Haut zu fahren. Der Junge zögerte kurz und deutete dann auf ein Bild, auf dem ein Wasserfall zu sehen war. Er machte einige Schritte auf das Bild zu, auf dem man neben der Draufsicht auf den gewaltigen Wasserfall auch einen Parkplatz und einen Regenbogen sehen konnte. Er erklärte, dass sie dort an einem Schild einen Zahlencode aufgeschrieben hatten, der von ihrer Klassenlehrerin angebracht worden war und benötigt wurde, um eine Aufgabe zu lösen. Dort hatten die Ranger gemeinsam mit der Lehrerin auch ein Schild positioniert, welches auf einen Pfad deuten sollte, der die Kinder zum nächsten Code bringen sollte.

»Wir haben es zur Seite gedreht.« Mit gesenktem Blick richtete Zoran seine Aufmerksamkeit wieder auf Duncan, der die Luft angehalten hatte und nun einen Fluch ausstieß.

»Ihr seid doch alle zu blöd, um eins und eins zusammenzuzählen. Was bringen die euch überhaupt noch bei? Das ist kein Dummejungenstreich mehr, du Idiot. Wenn du mein Sohn wärst, würdest du nicht nur eins an die Ohren bekommen. Du würdest nie wieder vor die Tür gehen.« Duncan gab Zoran einen harten Stoß, sah dann Cayden an und ignorierte den wütenden Blick der Klassenlehrerin.

»Was hast du deiner Tochter zum Anziehen eingepackt?« Duncan kam auf ihn zu.

»Gefütterte Sachen, weil wir keine Skihosen und so mehr bekommen haben, warum?« In Cayden keimte ein ungutes Gefühl auf und der leise Fluch von Duncan machte klar, dass sein Gefühl ihn nicht täuschte.

»Lasst uns los.« Duncan ging an ihm und Collin vorbei, der planlos mit den Schultern zuckte, wie er es an diesem Tag schon so oft getan hatte. Duncan musste sich dringend angewöhnen, über das, was er dachte, zu sprechen und ihnen seinen Plan auch mitzuteilen. So rannten sie, ohne zu wissen, was er vorhatte, hinter ihm her. Als er an Collins Wagen stehenblieb, stöhnte Collin auf.

»Alter, das ist nur ein Auto und kein Schneemobil.«

Das Schneetreiben hatte etwas nachgelassen, aber es kam immer noch ausreichend von dem kalten weißen Niederschlag vom Himmel und hatte inzwischen alles in eine Landschaft verwandelt, wie man sie sich für Weihnachten wünschte.

»Wir müssen ein Stück fahren. Sonst kommen wir nie da an. Da kann man jetzt fast nicht mehr hin. Wenn die Mädchen clever sind, weiß ich, wo sie sind. Ansonsten können wir nur beten.« Duncan zog die Beifahrertür in dem Moment auf, in dem Collin den Wagen aufschloss. Caydens Magen zog sich bei Duncans Worten schmerzhaft zusammen. Aber er stellte nicht die Frage, wo die Mädchen sein könnten, obwohl sie ihm unter den Nägeln brannte.

Wenig später versuchte Collin, seinen nicht geländetauglichen Wagen über die verschneiten Wege zu dirigieren. Duncan telefonierte und in Cayden wuchs die Unruhe, da er immer noch nicht wusste, wohin sie fuhren.

»Wie wäre es, wenn du uns mal sagst, wo die Kinder vielleicht sind und vor allem, was uns da erwartet? Du tust so, als wäre es ein Geheimnis.« Collin schlitterte mit dem Wagen in eine Kurve und stieß einen Fluch aus, als das Heck gegen eine Schneewehe rutschte.

»Es gibt hier Touren, um die Wasserfälle zu besichtigen. Da steigst du immer weiter neben den Wasserfällen auf. Das ist im Sommer schon gefährlich, weil alles nass und rutschig ist. Ich habe die Touren nie gerne mit Kindern gemacht. Die rennen dann vor, albern rum und zack ist jemand verletzt. Im Winter sind die Pfade gesperrt, weil es Selbstmord wäre, sie zu nutzen. Da ist das Eis auf den Steinen teilweise einen halben Meter dick, weil durchgehend Wasser darauf nieselt und bei diesen Temperaturen sofort gefriert.« Duncan atmete durch. »Die Ranger hatten einen der Codes an einem der Wegweiser dort befestigt. Von dort führen nur zwei Wege weiter. Der eine führt auf einem sicheren Pfad zum Lager, der andere am Wasserfall entlang nach unten. Ich hoffe, dass die Mädchen irgendwo Schutz gesucht haben. Da wird man innerhalb kürzester Zeit klatschnass und bei den Temperaturen ...« Duncan sprach nicht weiter, sondern deutete auf einen Weg, auf den Collin nun abbog. Cayden zwang sich, ruhig zu bleiben. Wenn die Mädchen irgendwo dort abgerutscht wären ... Ihm lief ein eiskalter Schauer den Rücken hinunter.

»Gibt es da Stellen, wo sie sich verstecken könnten? Die müssen doch irgendwann gemerkt haben, dass sie falsch sind.« Collin sah Duncan nicht an, als er ihn ansprach, sondern versuchte den Wagen durch eine Schneewehe zu lenken.

»Es gibt ein paar Stellen zwischen den Felsen, wo man Schutz suchen kann«, bestätigte Duncan, der seinen Blick über die Umgebung schweifen ließ. »Lass uns hier stehenbleiben, das bringt nichts. Wir müssen noch gut einen Kilometer da rauf, und dann wieder runter. Deine Kiste ist mehr was für die Landstraße oder um in der Stadt anzugeben.«

»Sorry. Ich konnte ja nicht wissen, dass ich je einen Wagen brauche, der mit Santa Claus' Schlitten mithalten kann.« Mürrisch schauend, lenkte Collin den Wagen an den Wegesrand, der kaum noch als solcher zu erkennen war. Als Cayden ausstieg, bezweifelte er bereits, dass Collin den Wagen ohne Hilfe wieder auf den Weg bekommen würde. Der Wind begann bereits nach wenigen Minuten, Schneewehen um das Auto zu türmen.

Eine halbe Stunde später stand Cayden an einem tosenden Wasserfall, der hunderte Meter in die Tiefe donnerte und im Sommer sicher ein faszinierender Ort war. Jetzt war es einfach nur kalt und nass. Der Wind peitschte nicht nur Schnee in sein Gesicht, auch feine Wassertropfen sorgten dafür, dass ihm eiskalt wurde und seine Sachen sehr bald durchgeweicht wären. An einigen Stellen hatten sich bereits bizarre Eisgebilde entwickelt. Dabei war es erst seit etwas mehr als vierundzwanzig Stunden unter null Grad.

»Hier hält man es nicht lange aus«, raunte Collin, während er das Wasser beobachtete. Duncan sah sich kurz um und deutete dann auf eine Stelle, an der ein Pfad nach unten führte.

»Wir müssen hier runter. Passt auf, wo ihr hintretet. Die Steine sind spiegelglatt und der Schnee füllt die tiefen Löcher zwischen ihnen so auf, dass ihr nicht erkennen könnt, wie tief sie sind.«

Cayden warf einen Blick auf den für ihn nicht sichtbaren Pfad, den Duncan hinunterstieg. Die Kälte kroch ihm schon jetzt in jede Faser und begann, auf seiner Haut zu brennen. Da war einfach nur Schnee vor dem Mann, den er vor wenigen Tagen noch fast krankenhausreif geschlagen hätte. Nun musste er ihm vertrauen, obwohl er immer noch davon ausging, dass Duncan eine Teilschuld an Jordans Tod trug. Er bemühte sich, genau in die Fußstapfen von Duncan zu treten, während er den Weg hinabstieg. Irgendwo unter dem Schnee gab es eine Treppe, die sich in die Natur eingefügt hatte. Nur war sie im Moment kaum noch zu erkennen.

»Wie weit müssen wir runter? Und wie wollen wir die Mädchen zu dritt raufbekommen?« Collin, der hinter Cayden war, sprach Duncan an, der stehengeblieben war.

»Ganz ehrlich?« Duncan sah zu ihnen auf und schien auf eine Reaktion von Collin zu warten. Auch Cayden drehte sich zu seinem Freund um, der weit hinter ihm war und Mühe hatte, den Weg hinabzusteigen. Als Collin die Blicke bemerkte, die auf ihm lagen, blieb er ebenfalls stehen. »Gafft nicht so.«

Cayden konnte ein Funkeln in dem grau-grünen Auge des ehemaligen SEALs erkennen. Er verkniff sich den Kommentar, dass es vielleicht besser gewesen wäre, wenn Collin am Wagen gewartet hätte. Mit nur einem Auge war es doppelt schwer, die Höhenunterschiede des Pfades zu erkennen. Der Schnee und das feine eiskalte Wasser ließen einen permanent blinzeln, was das Sehen noch zusätzlich erschwerte. »Wie weit, Santa?« Collin knurrte die an Duncan gerichtete Frage erneut.

»Ein Stück noch, da unten geht es unter einem Felsen hindurch, da könnten sie sein. Wir gehen ganz runter, wenn wir sie dann nicht gefunden haben …« Er brach ab, drehte sich um und ging weiter. Cayden wusste, was Duncan sagen wollte. Der Gedanke daran, Samira nie wieder zu sehen, wollte ihn erdrücken. Dann gäbe es nichts mehr in seinem Leben, wofür es sich zu leben lohnen würde. Er hatte doch sein Leben bei der IATF für Jordan und Samira aufgegeben. Dann wäre da nichts mehr. Dann hätte dieser Schritt keinen Sinn mehr.

Langsam stiegen sie weiter den Pfad hinunter und mehr als einmal spürte Cayden das Eis unter der dicken Schneedecke, das ihm das Gehen schwer machte. Die Kleidung wurde mit jedem Schritt schwerer, da sie sich mit Wasser vollsog. Die Jacken mochten vor Wind und Kälte schützen, aber sie waren nicht dazu gedacht an einem Wasserfall zu wandern, dessen feiner Nebel sich auf jede Stofffaser legte. Ein Fluch von Collin, ließ ihn über die Schulter sehen, wo sein Freund sich an einem Baum abstützte. Die Spur im Schnee machte klar, dass er um ein Haar gestürzt wäre. Duncan hatte sich nicht zu ihnen umgedreht. Er ging einfach weiter.

»Alter, wie wäre es mit der Frage, ob alles in Ordnung ist?«, fuhr Collin den wesentlich älteren Duncan an.

»Das hätte sich anders angehört«, erwiderte Duncan, was Collin wiederum einen weiteren Fluch ausstoßen ließ. Cayden schüttelte den Kopf und versuchte, wieder zu Duncan aufzuschließen, der schneller vorankam als er und Collin. Es machte sich bemerkbar, dass Duncan diese Gegend kannte. Er bewegte sich zielsicher den Weg hinunter und entfernte sich immer weiter von ihnen.

Zehn Minuten später konnte er im Schneegestöber die Stelle sehen, von der Duncan wahrscheinlich gesprochen hatte. Von weitem war nur ein natürlicher Tunnel im Felsen zu sehen, der nicht sehr lang war. Cayden beschleunigte seine Schritte und schloss zu Duncan auf.

»Sami?« Laut rufend eilte er an Duncan vorbei.

»Pass auf, da ist es glatt.« Duncans Warnung nahm er nicht mehr wahr, als er ein zweites Mal Samiras Namen rief. Warum antwortete sie nicht? War sie nicht da? Der Tunnel, den er betrat, war keine drei Meter lang. An der einen Seite war glatter Fels, die andere Seite war ausgehöhlt.

»Sami?« Er beugte sich nach unten, um in die kleine Höhle sehen zu können. Ihm stieg der Geruch von verbranntem Holz in die Nase. »Sami?«

»Cay?«

Zitternd zog er sein Handy hervor und leuchtete in die Dunkelheit. Ein Protestlaut ließ ihn lächeln, als er direkt in Samiras Gesicht leuchtete, die auf ihn zugekrochen kam.

»Sami.« Seine Stimme brach, als er auf die Knie sank und die Arme um Samira schlang. Sie war am Leben. Er war nicht zu spät.

»Rose und Michelle sind eingeschlafen. Wir bekommen sie nicht wach.« Ihre Stimme war heiser und er spürte die eiskalte Haut ihres Gesichtes an seinem Hals.

»Wir bringen euch nach Hause.« Duncan leuchtete neben ihm in die Höhle. Cayden entdeckte Jackie, die träge den Kopf hob. Die Mädchen wären in den nächsten Stunden erfroren, wenn sie sie nicht gefunden hätten. Duncan kroch an ihm vorbei auf Jackie zu. »Gib mir deine Hand.«

»Cay, leben sie noch?« Samira trennte sich kurz von ihm und sah ihm in die Augen.

»Wir schauen sofort. Warte hier.« Cayden schob Samira von sich, obwohl er sie am liebsten einfach genommen hätte und gegangen wäre, aber da waren noch die anderen Mädchen. Jackie kam ihm mit kreideweißem Gesicht und blauen Lippen entgegen und wurde von Collin in Empfang genommen, der hinter ihm stand.

»Siehst du sie?« Duncan leuchtete in die Dunkelheit vor ihnen. Die Höhle war hier nur noch knapp einen Meter hoch und die Mädchen hatten sich hier eine fast trockene Stelle gesucht, jedoch waren sie hier nicht vor der Kälte sicher gewesen.

»Ja.« Cayden konnte eine rote Jacke erkennen und kroch ein Stück weiter, um nach dem Mädchen greifen zu können, welches nicht reagierte als er sie an den Schultern hervorzog. Die Höhle machte es ihm schwer, das Mädchen an Duncan weiterzureichen, ohne sie oder sich an den Felsen zu stoßen. Erst als er die leise Bestätigung von Duncan erhielt, dass er loslassen könnte, kroch er erneut in das dunkle enge Loch, an dessen nur knapp etwas über einem Meter hohen Rückwand ein rothaariges Mädchen saß. Sie war in sich zusammengesunken, die Haare waren nass und teilweise gefroren und lagen wirr in ihrem Gesicht. Es gelang ihm, sie auf seine Arme zu ziehen und kniend aus der Höhle zu kriechen. Als er sich umdrehte und umständlich erhob, fiel sein Blick auf Samira, die zitternd vor ihm stand und den Blick auf ihre Schulfreundin gerichtet hatte.

»Cat?« Cayden sah zu Collin, der bei dem Mädchen auf Duncans Arm nach einem Puls suchte. Verbissen versuchte Cayden zu sehen, ob das Mädchen auf seinem Arm noch atmete.

»Sie lebt.« Collin stand nur wenige Sekunden nach seinen Worten bei ihm und tastete bei dem Mädchen, welches er im Arm hielt, nach dem Puls. Je mehr Zeit verstrich, desto unruhiger wurde Cayden. Sein Blick wanderte kurz an Duncan vorbei zu Jackie, deren leerer Blick ins Nichts glitt. Dann sah er ein kurzes Flackern von Jackies Augen und ehe er etwas sagen konnte brach das Mädchen kraftlos zusammen und stieß mit dem Kopf gegen eine Felswand, was ein dumpfes Geräusch auslöste. Collin ließ erschrocken die Hand des Mädchens los, dass Cayden im Arm hielt und Duncan stieß einen Fluch aus.

»Scheiße.« Duncan kniete sich hin, legte das Mädchen, welches er im Arm gehalten hatte, ab und beugte sich über Jackie. Er war unübersehbar damit überfordert, sich um zwei Bewusstlose zu kümmern, was Cayden ihm nicht verübeln konnte. Sie mussten hier weg, und zwar schnell. Es war einfach zu kalt, zu nass und zu gefährlich, um die Mädchen hier zu versorgen.

»Ich glaub, da ist noch ein Puls aber …« Collin zuckte mit den Schultern und sah ihn ratlos an, ehe er sich zu Duncan umwandte.

Cayden schluckte schwer. Würden die Mädchen überleben?

»Wie gedenkst du, dass wir die Kinder hier wegbekommen? Die überstehen das nicht mehr lange.« Collins Worte waren unüberhörbar gereizt. Caydens Aufmerksamkeit wanderte zu Samira, die immer noch zitternd vor ihm stand.

»Beweg dich. Auch wenn es weh tut. Du musst dich bewegen«, flüsterte er ihr zu.

»Die anderen kommen uns entgegen. Wir können hier nur zu Fuß weg. Jeder nimmt ein Kind und Samira?« Duncan sah zu Samira, die ihren Blick hob. »Du musst selbst laufen, ja?« Mutmachend nickte er ihr zu.

»Okay.« Samira machte einige steife Schritte. Sie würden weit länger brauchen, um hier wegzukommen, als sie benötigt hatten, um herzukommen.

»Ich hab Rettungsdecken dabei.« Duncan zog aus seinen Jackentaschen kleine Päckchen. »Dann kühlen die drei hoffentlich nicht weiter aus und dir wird warm.« Duncan reichte eines der Päckchen an Samira weiter.

Einige Minuten später hatten sie die Kinder in die Folien eingehüllt und stiegen den Pfad empor, den sie gekommen waren. Samira fiel jeder Schritt unübersehbar schwer und am liebsten hätte Cayden sie getragen, doch er war darauf konzentriert, Rose zu tragen, die nach Samiras Aussagen als erste eingeschlafen war. Um Samira wach zu halten, ließen sie sich erzählen, was in den letzten vierundzwanzig Stunden passiert war. Cayden war stolz auf sie, da sie erzählte, dass ihnen in Höhe der Höhle aufgefallen war, dass sie wahrscheinlich auf dem falschen Weg waren, sie waren aber nicht umgekehrt, weil der Schnee ihnen die Sicht genommen hatte und sie beschlossen hatten zu warten, bis sich das Wetter beruhigt hatte. Allerdings war das, wie sie alle spürten, nicht passiert. Samira hatte dann mit Rose einige Äste gesucht und es schließlich geschafft, ein kleines Feuer zu entzünden. Sie hatten versucht, in der Nacht wach zu bleiben, was ihnen nicht gelungen war. So war das Feuer ausgegangen und als sie wegen der Kälte aufgewacht waren, war es zu dunkel gewesen, um neues Holz zu holen. Bei Sonnenaufgang hatten sie schließlich nicht mehr die Kraft gehabt, um erneut loszuziehen.

»Cay?« Samira blieb vor ihm stehen und drehte sich langsam zu ihm um. Ihr Blick glitt durch ihn hindurch und es gelang ihm, in der letzten Sekunde sie irgendwie am Arm zu greifen und zu verhindern, dass sie wie Jackie hart auf den Boden aufschlug. Er sank neben ihr auf den Boden und sorgte dafür, dass sie langsam auf den Schnee fiel. Rose rutschte aus seinen Armen und er saß leise fluchend zwischen den Mädchen. Rose würde weiter auskühlen, wenn er sie dort liegen ließ und gleichzeitig wollte er Samira wecken.

»Duncan!« Collin hatte seine Lage bemerkt und kam die wenigen Schritte, die er ihm voraus gewesen war, wieder auf ihn zu.

»Scheiße!« Endlich hatte Duncan bemerkt, was geschehen war und erreichte ihn, die Mädchen und Collin nur wenige

Sekunden später. Mit Michelle auf dem Arm zog er ein Handy aus seiner Jackentasche. Cayden richtete seine Aufmerksamkeit auf Samira.

»Maus, mach die Augen auf. Wir sind gleich da.« Er wusste, dass seine Worte eine Lüge waren. Sie würden noch eine Stunde benötigen, um oben am Wasserfall anzugelangen und eine weitere halbe Stunde, um Collins Wagen zu erreichen.

»Nein, wir können nicht weiter. Sie sind alle bewusstlos. Wie lange braucht ihr noch?« Duncans aufgebrachte Worte erreichten ihn nur knapp. Rose lag immer noch im Schnee und er hatte Samira an sich gezogen, die langsam die Augen wieder aufschlug.

»Hey, du musst aufstehen. Sami, bitte, bleib wenigstens wach.« Gegen die Tränen kämpfend zog er sie eng an sich.

»Zehn Minuten. Wir müssten sie schon fast sehen.« Duncan deutete den Berg hinauf. »Die sind mit Jeeps da und zwei Hubschrauber sind auf dem Weg, um die Kinder in eine Klinik zu fliegen.«

Es war das erste Mal, dass Cayden meinte, in Duncans Stimme Unruhe zu hören. Ihnen lief die Zeit davon. Die Mädchen würden einfach erfrieren. Duncan sank neben ihm in den Schnee und zog Michelle eng an sich, während er selbst Samira an sich zog. Sie konnten nicht weiter. Sie mussten warten. Warten und hoffen, dass die Ranger früh genug kamen und dass sie alle bald in trockenen und warmen Sachen stecken würden.

»Halt durch«, flüsternd strich er Samira die nassen Haare aus dem Gesicht. Die Minuten verstrichen quälend langsam und die Angst, die Mädchen zu verlieren, wuchs.

»Da, sie sind da unten.« Es war die tiefe Stimme von Kenny Sheridan, die Cayden aufsehen ließ. Innerhalb weniger Minuten waren sie von Männern umkreist, die ihnen auf die Beine halfen und die Mädchen an sich nahmen.

»Ich nehm sie.« Cayden klammerte sich an Samira, die ihm ein junger Mann abnehmen wollte. Er war froh, dass der Mann nur mit den Schultern zuckte und sich von ihm und Samira abwandte.

Stück für Stück stiegen sie weiter den Weg hinauf und Cayden konnte mehrfach den Atem von Samira an seinem Hals spüren. Dies Gefühl ließ ihn unbeirrt weitergehen. Sie war am Leben. Wenn auch müde und unterkühlt, aber sie war am Leben. Wenn das nicht der Fall gewesen wäre, wäre er stehengeblieben. Dann wäre da nichts mehr gewesen, wofür er gekämpft hätte. Nichts, was seinem Leben noch einen Sinn gegeben hätte. Der einzige Sinn in seinem Leben war in diesem Moment Samira.

Der Weg zurück zum Plateau war ebenso gefährlich wie der zu den Mädchen. Jeden Schritt, den sie taten, mussten sie mit Bedacht wählen, um nicht auszurutschen. Auch wenn die Ranger ihnen immer wieder halfen, kamen sie kaum schneller voran als zuvor. Es war schwer, mit Samira auf dem Arm das Gleichgewicht zu halten, weil die glatten Steine einen guten Stand unmöglich machten. Als sie das Plateau oberhalb des Wasserfalls erreicht hatten, entdeckte Cayden die Jeeps der Ranger. Sie hatten die Hubschrauber angefunkt und darum gebeten, Michelle und Rose direkt am Plateau abzuholen, was bei der Witterung schwierig werden würde, aber die Piloten wollten es versuchen.

Während einer der Ranger um das Leben von Rose rang, zog Cayden sich mit Samira in einen der Wagen zurück. Die Heizung weit aufgedreht, trennte er sich von seiner nassen Jacke und zog auch Samira die völlig durchnässte Jacke aus.

»Von wegen wasserdicht.« Murmelnd schlang er eine Wolldecke um Samira und zog sie, auf der Rückbank sitzend, auf seinen Schoß. Immer wieder warf er einen Blick aus den Fenstern. Schnee wurde in die Luft gewirbelt, als ein Hubschrauber laut dröhnend über den Fahrzeugen auftauchte. Er konnte Collin und Duncan erkennen, die den Männern halfen, die Mädchen in Tragen zu legen. Nach einer Weile wurde die vordere Tür des Jeeps aufgerissen und Collin sank schnaubend auf den Beifahrersitz.

»Alter, ist mir kalt.«

Cayden beobachtete Collin dabei, wie er sich die Jacke auszog und anschließend Pullover und Shirt über seinen Kopf zog. Auch die Kleidungsstücke seines Freundes waren fast bis aufs Letzte durchtränkt. Aber was Caydens Aufmerksamkeit länger als angebracht bannte, waren die vielen Narben auf Collins Brust und an seinen Armen. Die teilweise unförmigen Narben erinnerten ihn wieder daran, wie knapp auch er dem Tod bereits mehrfach entkommen war.

»Alles klar, Snipes?« Collin hatte seinen Blick bemerkt, reagierte jedoch völlig anders, als er es erwartet hatte. Cayden hatte damit gerechnet, dass Collin ihn wütend anfahren würde.

»Ja, klar, alles klar.« Cayden löste seinen Blick von Collin, der sich eine Wolldecke umlegte.

»Wie geht es ihr?« Sein Kollege beugte sich zwischen den Sitzen hindurch und versuchte so, einen Blick auf Samira zu erhaschen.

»Sie schläft immer noch. Aber ich denke, soweit geht es ihr gut.« Cayden bemerkte, dass auch ihm kalt war und dass eine bleierne Müdigkeit nach ihm griff. »Wie geht es Jackie?« Blinzelnd richtete er die Frage an Collin.

»Die liegt in dem grünen Jeep auf der Rückbank …«

Die Fahrertür wurde aufgerissen und unterbrach so ihre Unterhaltung. Der junge Mann, der Cayden Samira hatte abnehmen wollen, stieg in den Wagen und warf ihm einen kurzen Blick zu, ehe er Collin musterte.

»Sie sollten sich etwas anziehen.«

»Haben Sie was Trockenes hier?« Collin sank kopfschüttelnd nach hinten und Cayden fielen die Augen zu. Obwohl er sich zwingen wollte, nicht einzuschlafen, gelang es ihm nicht. Er war nicht mehr in der Lage, die Augen offen zu halten oder dem Gespräch zwischen dem Fahrer und Collin zu folgen.

»Snipes?« Collins Worte erreichten ihn hallend. Träge öffnete er die Augen und entdeckte Collin, der neben ihm an der Autotür stand und eine grellgelbe Jacke trug. »Soll ich sie reinbringen?«

Verwundert stellte er fest, dass sie an den Blockhütten angekommen waren und Samira immer noch in seinen Armen lag. Er entdeckte Duncan, der mit Jackie auf dem Arm in das Gebäude verschwand und zwei Mütter, die von Rangern zu den Jeeps begleitet wurden.

»Ich mach das.« Er schob seine Beine aus dem Wagen. Brennender Schmerz schoss durch seine Glieder, als er aus dem Wagen stieg. Obwohl er es verhindern wollte, ließ er es zu, dass Collin Samira nahm. Er war nicht in der Lage, sie zu tragen. Sein Körper wollte ihm nicht die Kraft geben, die er benötigte. Die Kälte war in jeden Muskel gekrochen und lähmte ihn immer noch. Cayden schob es dem Schlafmangel der letzten Zeit zu, dass er nicht mehr die Kraft aufbringen konnte, die Collin nun noch hatte.

»Rein mit Ihnen.« Der Ranger, der sie gefahren hatte, dirigierte ihn zur Hütte. Er wurde in einen Raum geschoben, in dem eine Liege stand, auf der Collin Samira abgelegt hatte und in dem eine Frau begann, Samira die verbliebenen nassen Sachen auszuziehen. Sie warf ihm einen kurzen Blick zu.

»Sie sollten auch Ihre Kleidung wechseln. Matt, bringst du ihm was zum Anziehen? Ich kümmere mich um die Kinder.« So schnell, wie sie ihn angesehen hatte, wandte sie sich wieder Samira zu. Erst als Samira in eine dicke Decke eingehüllt auf der Liege lag, wandte die Frau Mitte dreissig sich wieder zu ihm. »Sie sollen die Sachen ausziehen.« Sie wiederholte ihre Aufforderung. »Ich bin gleich wieder da. Ich schaue nur kurz nach dem anderen Mädchen.« Ohne auf eine Antwort oder Reaktion von ihm zu warten, verschwand sie aus dem kleinen Raum, in dem es nur die Liege und einen schwarzen Metallschrank gab. Ein Blick aus dem Fenster zeigte ihm hohe Bäume und machte klar, dass der Schneefall nachgelassen hatte. Nur wenige Flocken rieselten noch am Fenster vorbei und bleiben auf der Kante der Fensterbank liegen. Sein Blick wanderte zu Samira die sich unter der Decke bewegte.

»Hey.« Zitternd ging er auf sie zu und griff nach ihrer Hand, die sie unter ihren Kopf schieben wollte.

»Cay?« Samira öffnete die Augen.

»Ich bin hier Maus. Du hast mir einen ganz schönen Schreck eingejagt.« Er beugte sich zu ihr hinunter und gab ihr einen Kuss auf die Stirn.

»Meinst du, Jay passt von oben auf mich auf?« Forschend sah sie ihn an.

Er spürte, wie ihm Tränen in die Augen stiegen und wie das Lächeln ihn schmerzte, das er ihr schenkte. Es war ein ehrliches Lächeln, aber es war mit einem tiefen Schmerz verbunden, der sicher nie enden würde.

»Ganz bestimmt«, hauchte er leise und griff ihre Hand fester.

»Du weinst.« Samira hob die Hand und legte sie an seine Wange. Er spürte, wie sie die Tränen auffing, die sein Auge verlassen hatten. Wie das Lächeln zuvor fiel ihm das Nicken schwer. Weder wollte er vor ihr weinen, noch es zugeben. »Wenn ich traurig bin, weil meine Mama mir fehlt, denke ich an all die tollen Dinge die wir gemacht haben«, erklärte sie mit einem Lächeln.

Cayden versuchte den Kloß, der sich in seinem Hals bildete hinunterzuschlucken, aber es ging nicht.

31.

Stunden später lag er mit Samira auf der schmalen Liege und streichelte durch das krause Haar des Mädchens. Er hatte nur noch einen Wunsch. Er wollte nach Hause. Collin hatte ihm berichtet, dass Jackie, wie Samira, fast wieder auf den Beinen war und dass auch die anderen beiden Mädchen außer Lebensgefahr waren. Sie hatten es rechtzeitig geschafft. Allerdings hätten sie die Mädchen ohne Duncans Hilfe nicht gefunden.

»Ich komme gleich wieder. Vielleicht können wir dann ja fahren« flüsterte er Samira zu, die eingedöst war und schon vor einer Ewigkeit den Wunsch geäußert hatte heimzufahren, obwohl sie gerne die letzten zwei Tage mit ihren Klassenkameraden verbracht hätte. Aber sie wollte in ihrem Bett schlafen und nicht auf den müffelnden Matratzen der Blockhütte. Samira stieß einen Laut aus, den er als Zustimmung deutete, als er von der Liege glitt. Der Blick auf seine Stiefel ließ ihn stöhnen. Auf dem Boden hatte sich eine Wasserlache gebildet und so ging er barfuß aus dem Raum. Der große Aufenthaltsraum, in dem vor Stunden die Ranger noch auf Karten nach den möglichen Aufenthaltsorten der Kinder gesucht hatten, war fast menschenleer. Nur Duncan, Collin und Kenny Sheridan saßen auf Stühlen an einem Tisch und tranken Kaffee, dessen Duft ihm in die Nase zog.

»Hey Snipes. Wie geht es deiner Kleinen.« Collin musterte ihn prüfend und blieb mit dem Blick auf seinen nackten Füßen liegen.

»Sie will nach Hause«, erklärte er und ließ sich auf einem Stuhl nieder, der Duncan gegenüberstand. »Ich …« Cayden atmete ein. »… wollte mich bei dir bedanken. Ohne dich hätten wir die Kinder nicht gefunden.« Die Worte fielen ihm schwer, da er Duncan immer noch für den Tod von Jordan mitverantwortlich machte und immer noch davon überzeugt war, dass er Riccardo von seiner Tat hätte abhalten müssen, auch wenn nicht mehr sicher war, inwieweit der Italiener Schuld trug.

»Kein Thema.« Duncan griff nach seiner Tasse und nahm einen Schluck. »Aber heute kommen wir hier nicht weg. Die Zufahrt ist zugeschneit. Wir können nichtmal sein Auto holen.« Duncan deutete mit dem Kopf auf Collin. »Aber die Jungs hier waren so nett und haben die Handys aus dem Wagen geholt.« Duncan schob ihm sein Telefon zu.

»Danke. Aber ich werde die Nacht nicht auf der Pritsche da verbringen.« Cayden hatte keine Lust, die gesamte Nacht neben Samira auf einer achtzig Zentimeter breiten Liege zu schlafen.

»Wir haben in einer Blockhütte noch Betten frei. Dann kann jeder in einem Bett schlafen. Von meinen Kollegen kommt auch gerade keiner weg. Aber morgen sollte der Weg wieder frei sein.« Kenny füllte eine Tasse mit Kaffee und schob sie ihm zu. »Kaffee haben wir auf alle Fälle ausreichend da.«

Cayden warf einen prüfenden Blick auf sein Handy. Yvonne hatte mehrfach versucht, ihn zu erreichen, außerdem war die Nummer seiner Bank und eine ihm unbekannte unter denen, die ihn hatten sprechen wollen. Er strich sich über das Gesicht.

»Poison hab ich schon angerufen. Die hatte Angst, dass dir was passiert ist. Das Team ist auf Trainingsmission, deswegen war niemand zu erreichen. Und sie hat sich Sorgen gemacht, weil sie weder dich noch mich erreichen konnte.« Collin nahm einen weiteren Schluck Kaffee. Cayden gab ein leises Brummen von sich. Sollte er Yvonne doch noch anrufen? Er hatte keine Lust, mit der Bank zu sprechen. Er könnte ja erst mit Yvonne reden. Der Gedanke, mit seinem Sachbearbeiter reden zu müssen, verursachte ein unangenehmes Ziehen in seiner Magengegend. Das Telefon zur Seite schiebend griff er nach seiner Kaffeetasse. Erst Kaffee und dann würde er bei der Bank anrufen. Vielleicht wäre es sogar besser, wenn er erst einige Bier trank und das Telefonat dann führte. Er hatte kein gutes Gefühl dabei, dass die Bank versucht hatte, ihn zu erreichen.

Fünf Minuten später war die Tasse leer, er griff nach seinem Handy, erhob sich und ging Richtung Ausgang.

»Ey, du gehst nicht ohne Schuhe raus«, rief Collin ihm nach.

Mit geschlossenen Augen blieb Cayden einen Moment vor der geschlossenen Tür stehen, öffnete die Augen dann wieder und wählte die Nummer der Bank. Inständig hoffte er, dass jetzt, kurz vor achtzehn Uhr, niemand mehr ans Telefon gehen würde, doch er hatte sich getäuscht.

»Mr. Harrison, vielen Dank, dass Sie zurückrufen.« Die Stimme eines jungen Mannes ertönte und Cayden konnte schon an der Stimmlage hören, dass dieses Gespräch alles andere als erfreulich werden würde. Er hatte bereits am Dienstag um ein Gespräch gebeten, da er erfahren hatte, dass Mattis ihn als Trainer nicht mehr sehen wollte und dass es wohl auch noch einige Tage, vielleicht Wochen, dauern würde, bis er wieder eine Gruppe am Schießstand betreuen könnte. Da war zwar immer noch eine Summe aus Jordans Versicherung, die ihm und Samira zustand, aber bisher hatte die Versicherung noch nicht gezahlt. Seine laufenden Kosten musste er trotzdem irgendwie aufbringen.

»Wie kann ich Ihnen helfen?« Cayden begann vor der geschlossenen Tür auf und ab zu laufen.

»Ihr Konto ist nicht mehr gedeckt«, erklärte der Mann, der sich ihm nicht einmal vorgestellt hatte.

»Das ist mir bekannt«, erwiderte Cayden.

»Die Rate für Ihr Haus ist fällig.«

»Weiß ich auch.« Er strich sich mit der freien Hand durch die Haare. Obwohl er hin und her lief, hatte er das Gefühl, mit dem Rücken zur Wand zu stehen.

»Um genau zu sein, Mr. Harrison, rede ich von den Raten seit Januar.«

Cayden stöhnte auf. »Ich weiß.« Er warf einen kurzen Blick zu Collin, der ihn beobachtete. »Können wir das in ein oder zwei Tagen klären? Sie wissen, dass meine Lebensgefährtin umgekommen ist und …« Er holte Luft, da er befürchtete, der Schmerz beim Gedanken an Jordan würde ihn erdrücken.

»Mr. Harrison, das ist uns bekannt, aber wie Sie selbst sagten, Sie sind mit den Raten seit Monaten im Rückstand. Wir werden warten bis die Versicherung ausgezahlt ist, aber sollte es dann nochmals zu einem Rückstand kommen, müssen wir das Haus pfänden. Mr. Harrison, ich möchte Ihnen nicht zu nahe treten, aber Sie sollten sich einen Job suchen, mit dem Sie Ihren Unterhalt bestreiten können.« Die Worte des Sachbearbeiters fühlten sich an wie glühende Dolche, die in ihn gestoßen wurden.

»Sie können mich mal.« Cayden beendete das Gespräch mit knirschenden Zähnen und dem Verlangen, das Handy an die Wand zu werfen. Jordans Versicherung würde sie für einen kurzen Zeitraum in Sicherheit wiegen, aber was sollte er danach machen? Und was bildete sich dieser Schnösel von der Bank ein, dass er ihm Ratschläge geben wollte, wie er sein Leben zu gestalten hatte? Einen Job suchen … Cayden ballte die Hände zu Fäusten. Sein Blick wanderte zu Collin, auf dessen Stirn sich tiefe Falten gebildet hatten. Tief durchatmend ging er wieder auf seinen Freund und Duncan zu.

»Ärger?« Collin legte fragend den Kopf zur Seite und musterte ihn.

»Bank«, antwortete er knapp.

»Uh.« Collin stieß den Atem aus.

»Ich brauch ´nen Job mit einem vernünftigen Verdienst.« Er ließ seine Aufmerksamkeit zwischen Collin und Duncan hin und her wandern, sollte er vor Duncan über seine finanziellen Probleme reden? Collin wusste von seinen Problemen, Duncan konnte sie hingegen wohl bisher nur erahnen.

»Das auf dem Schießstand ist nichts?« Duncan goss sich Kaffee nach und versenkte anschließend eine Unmenge an Zucker in dem Bohnengetränk.

»Da kommen nicht genug Leute.« Cayden starrte seine Kaffeetasse an.

»Dann solltest du doch ´ne Firma gründen.« Collins Blick sprach Bände. Cayden wusste, dass auch Collin Geldprobleme plagten. »Gibt ja noch mehr Leute, die bei der Navy gewesen sind und nun ´nen Job suchen. Kannst ja sowas wie Blackwater aufziehen.«

Cayden stieß ein Murren aus, begann aber gleichzeitig zu grübeln. Als privates Sicherheitsunternehmen für Firmen zu arbeiten wäre eine Möglichkeit. Es gab aber auch die Variante, für die Regierung zu arbeiten. Außerdem hatte er dieses

Hirngespinst schon vor Wochen angesprochen, aber sich nicht getraut, weiter zu denken.

»Also ich wäre dabei.« Collin riss ihn aus seinen Gedanken.

»´ne Veränderung wäre nicht schlecht, nicht, dass ich nicht gerne bei Sascha bin, aber ich hab herzlich wenig Lust, weiter auf verzogene It-Girls aufzupassen«, erklärte Duncan. Cayden hatte nicht damit gerechnet, dass Duncan sich ihm anschließen würde. Schließlich war ihr Verhältnis nicht zwingend das beste, auch wenn er Samira gerettet hatte.

»Bis das läuft, dauert es aber ewig«, gab Cayden zu bedenken. »Ich hab keine Ahnung, was ich wo für Anträge stellen muss, und all diesen Scheiß, wenn man ´ne Firma gründen will.«

»Dann kümmerst du dich um den Kram und wenn du soweit bist, dann sagst du Bescheid. Ich wäre dabei.« Duncan nickte bestätigend.

»Genau, du kümmerst dich um alles und dann sagst du Bescheid. Dann bist du wenigstens beschäftigt.« Collin sah von seiner Tasse auf.

Cayden kniff zweifelnd die Augen zu Schlitzen zusammen.

»Nicht schauen - machen - Snipes. Du kannst natürlich auch Versicherungen verkaufen.«

32.

Zwei Tage später machte der Blick in den Kühlschrank deutlich, dass er keine andere Wahl mehr hatte. Entweder er müsste sich irgendwo einen nullachtfünfzehn Job suchen oder er würde sich selbstständig machen. Es war nichts mehr zu essen da und sein Portemonnaie war ebenso leer wie der Kühlschrank. Die Lage war miserabel. Dazu hatte die Post ihm die Rechnung des Bestatters gebracht, die nur einen Tag nach der Versicherungsbestätigung gekommen war, in dem ihm angekündigt wurde, dass er eine größere Summe ausgezahlt bekam. Nur war ihm beim Blick auf die Rechnung klar geworden, dass die Lebensversicherung von Jordan zu einem großen Teil für die Begleichung der Bestatterrechnung herhalten müsste. Und noch war das Geld nicht da. Bisher gab es nur das Schreiben der Versicherung. Die Hoffnung, dass sein Leben sehr bald wieder ruhiger werden würde und dass er einen Weg finden würde, um all das zu verarbeiten, verpuffte jeden Tag ein Stück mehr.

»Cay?« Samiras heisere Stimme erreichte ihn aus dem Wohnzimmer. Der Unterkühlung war eine Erkältung gefolgt, die Samira gemeinsam mit Jackie auf seinem Sofa bei Filmen auskurierte.

Es war eine spontane ›*Erkältungsfilmeübernachtungsparty*‹, wie die Mädchen es genannt hatten. Was niemand erwähnt hatte, war, dass er den Tag scheinbar damit verbringen sollte, die beiden zu bedienen.

»Was?« Er wollte nicht ins Wohnzimmer und ließ sich kraftlos auf einem Küchenstuhl nieder. Wenn sie heute noch etwas essen wollten, musste er einkaufen und vorher müsste er noch bei der Bank anhalten, sonst konnte er nicht einkaufen. Zur Bank wollte er allerdings auch nicht, weil er damit rechnete, dass er sich dort eine Ewigkeit rechtfertigen musste, oder dass man ihn fragen würde, wie er künftig seinen Unterhalt bestreiten wollte. Womöglich stand sein Haus schon auf irgendeiner internen Verkaufsliste der Bank und man wartete nur darauf, dass er Pleite war.

»Wir haben Hunger.«

Augenrollend ließ er den Kopf auf den Tisch fallen, atmete tief durch und richtete sich wieder auf.

»Ich fahre einkaufen.« Er erhob sich und stellte sich erneut die Frage, die ihn seit seinem Entschluss, sich selbstständig zu machen beschäftigte. Wer würde dafür sorgen, dass Samira versorgt war? Er rechnete damit, dass er auch mal am späten Abend oder in der Nacht Klienten begleiten musste. Was, wenn er während einer Reise für die Sicherheit sorgen müsste? Dann wäre Samira womöglich auch mehr als einen Tag alleine.

»Bringst du uns Popcorn und Chips mit?« Samiras Frage riss ihn aus seinen Überlegungen.

»Mr. Harrison, könnten Sie vielleicht auch Orangensaft mitbringen? Den trinke ich gerne zum Frühstück.«

»Und Limo« warf Samira ein, als Jackie geendet hatte.

»Klar.« Er erhob sich. Hätte Jordan nun auch ja gesagt? Sie hatte Samira nur selten Limo erlaubt. Meist war es beim Wasser geblieben. Sollte er vielleicht doch nur Wasser besorgen? Wobei, das konnten sie doch aus der Leitung bekommen. Stöhnend wurde ihm bewusst, dass er alles andere als ein guter Hausmann war. Das doppelte Danke aus dem Wohnzimmer nahm er nicht mehr wirklich zur Kenntnis. In Gedanken war er bereits bei der Bank. Wenn man ihm dort kein Geld gab, hatte er ein Problem. Seine Brüder waren noch nicht zurück, Collin war selbst abgebrannt und bei Yvonne, Karen und den anderen Frauen des Teams wollte er nicht um Geld bitten. Aber die Bank würde doch sicher so kulant sein und ihm fünfzig Dollar auszahlen. Sie wussten doch, dass er in den nächsten Tagen Geld erwartete.

Eine halbe Stunde später stand er mit verschwitzten Händen am Schalter und wartete darauf, dass der Mitarbeiter sein Telefonat beendete. Minuten verstrichen, der Mann sah ihn mehrfach an, machte aber keine Anstalten, sein Gespräch zu beenden oder einen anderen Kollegen zu bitten, ihn zu bedienen. Cayden bemerkte, dass der Raum sich mit weiteren Kunden füllte und ihn überkam ein Gefühl, das er so nicht kannte. Er fühlte sich alles andere als wohl. Noch nie hatte er

Probleme mit Menschenansammlungen gehabt. Er ertappte sich dabei, wie er jeden genau musterte. Selbst die alte Dame in ihrem dunkelroten Outfit suchte er mit den Augen nach einer versteckten Waffe ab. Verflucht. Er fuhr sich mit der Hand durch die Haare. Hier drohte ihm doch keine Gefahr. Er war in einer Bank, in einer kleinen Filiale, noch dazu mitten in San Diego. Hier gab es niemanden …

»Mr. Harrison, was kann ich für Sie tun?«

Cayden zuckte zusammen. Wie war der Bankmitarbeiter so schnell von seinem Telefon nach vorne an den Schalter gekommen?

»Ich wollte gerne Geld abheben.« Cayden spürte, wie ihm der Schweiß den Rücken hinunterlief. Was war los mit ihm?

»Mr. Harrison, ich kann Ihnen kein Geld auszahlen solange …« Der junge Mann machte eine Pause und warf einen Blick an Cayden vorbei. »Sie wissen, dass ich Ihnen im Moment kein Geld auszahlen kann«, erklärte er flüsternd.

»Es ist fast Wochenende und nächste Woche zahlt die Versicherung …« Cayden war nicht in der Lage weiterzusprechen. Sollte er nun tatsächlich kein Geld bekommen und dann bei Yvonne oder jemand anderem um Hilfe bitten müssen?

»Es tut mir leid. Aber wir können Ihnen erst wieder was auszahlen, wenn das angesprochene Geld eingegangen ist.«

»Wollen Sie mich verarschen? Ich riskiere jahrelang mein Leben, damit Sie hier nachts schlafen können, und dann sind Sie nicht mal in der Lage, mir fünfzig Dollar zu geben, damit ich mir und meiner Tochter was zu essen kaufen kann?«, fuhr er den Mitarbeiter an.

»Es tut mir leid, Mr. Harrison. Ich muss mich auch an Vorschriften halten.« Der Mitarbeiter hatte ein gequältes Lächeln auf den Lippen.

Cayden ertappte sich dabei, wie er mit den Zähnen knirschte. In ihm kochte eine unheimliche Wut auf, die er nur noch schwer kontrollieren konnte.

»Sir?« Eine weiche Stimme sorgte dafür, dass er die Kontrolle über sich wiederfand.

Die Frau in dem roten Kleid stand neben ihm und sah ihn lächelnd an. Sie war sicher achtzig und er hatte sich noch vor wenigen Minuten gefragt, ob sie nicht vielleicht etwas Böses im Schilde führte, weil sein Verstand dabei gewesen war, Amok zu laufen.

»Ja?« Er sah ihr in die dunklen Augen.

»Danke.« Sie reichte ihm die Hand, die er verwundert ergriff. »Mein Mann ist in Vietnam gefallen.« Ihr Lächeln war so warm, das sein Ärger verrauchte. »Geben Sie gut auf Ihre Tochter acht.« Ihr Griff löste sich und erst jetzt registrierte er, dass sie ihm eine Hundertdollarnote zugeschoben hatte.

»Aber …«, kopfschüttelnd sah er sie an und ignorierte die vielen Blicke, die auf ihm lagen.

»Wenn ich Enkelkinder hätte, hätte ich ihnen das Geld gegeben.« Sie nickte und wandte sich von ihm ab. Irritiert sah er ihr nach und drehte sich dann wieder dem Mitarbeiter zu, der alles sehr genau beobachtet hatte.

»Danke für Ihre Hilfe.« Zynisch murrend nickte er dem Bänker zu und eilte der Frau nach. »Entschuldigen Sie?«

Sie hatte bereits ein wartendes Taxi erreicht, drehte sich aber zu ihm um.

»Ich kann das nicht annehmen.« Er wollte ihr den Schein zurückgeben.

»Doch, können Sie.« Wieder wurden ihre Lippen von einem warmen Lächeln umspielt.

»Geben Sie mir Ihre Adresse, dann gebe ich es Ihnen zurück, sobald ich kann.« Er wollte einen Kugelschreiber aus seiner Jackentasche ziehen, stellte aber fest, dass er keinen dabei hatte.

»Bemühen Sie sich nicht. Versprechen Sie mir einfach, dass Sie auf Ihre Tochter achtgeben und sich nicht verlieren.« Sie zog die Tür des Taxis auf und setzte sich auf die Rückbank. »Machen Sie es gut! Und danke für Ihren Dienst.«

Vollends verwundert blieb er an der Straße zurück und starrte dem Taxi nach. Auf der einen Seite hatte er das Geld nicht annehmen wollen, auf der anderen war er froh, dass die Dame so darauf bestanden hatte, dass er es annahm. Denn ohne diese hundert Dollar hätte er woanders nach Geld fragen müssen.

Eine Stunde später war er dabei, die Einkaufstüten auszupacken, als es an der Tür klingelte.

»Ich geh.« Samira hatte bereits das Wohnzimmer verlassen, als er die Chipstüten, die er in der Hand gehalten hatte, zur Seite gelegt hatte. Schulterzuckend zog er eine Packung Popcorn aus der Tasche. Samiras freudiges Aufkreischen ließ ihn dann doch zur Tür sehen.

»Seit wann werde ich denn so begrüßt?«

Samira war Collin um den Hals gefallen, hinter dem Duncan stand, der das Schauspiel musterte.

»Wenn du da bist, sitzt Cay bestimmt später nicht im Wohnzimmer und nervt uns.«

Cayden stieß ein Schnauben aus und Collin hob grinsend den Blick.

»Vielleicht sitzen wir dann alle bei euch im Wohnzimmer«, warf Duncan mit ernster Miene ein.

»Nein, bloß nicht.« Samira löste sich von Collin und rannte ins Wohnzimmer.

»Würde bestimmt lustig werden!« Duncans tiefe Stimme hallte über den Flur.

»Peinlich wäre das!«, rief Samira aus dem Wohnzimmer.

»Ähm.« Cayden stand mit der Tüte Popcorn in der Tür und starrte Collin und Duncan an. Hatte er vergessen, dass sie sich treffen wollten?

»Ich sag doch, der weiß gar nicht, dass wir kommen.« Collin kam auf ihn zu, nahm ihm das Popcorn ab und warf es Duncan zu, der mit der Tüte in der Hand einen Blick ins Wohnzimmer riskierte, wo er die Tüte demonstrativ aufriss.

»Ey, das ist unser Popcorn.«

»Wo steht das?« Duncan hob die Tüte so hoch, dass Samira die aufgesprungen war, sie nicht erreichen konnte.

»Cay hat die für uns mitgebracht. Und wenn du sie mir nicht gibst, hol ich sie mir.« Samira hatte einen Schritt nach hinten gemacht und stemmte die Hände mit einem entschlossenen Gesichtsausdruck in die Seiten.

»Oh oh.« Collin begann zu grinsen. »Ich würde ihr die Tüte geben, sonst wird das schmerzhaft«, erklärte er Duncan, der sie über die Schulter hinweg ansah.

»Die wird gefährlich?« Duncan richtete seine Aufmerksamkeit wieder nach vorne. Cayden konnte sich das Grinsen nicht mehr verkneifen und lehnte sich an den Türrahmen der Küche.

»Bekomme ich die Tüte, bitte?« Samira formulierte die Frage ruhig und höflich, so wie Cayden und Jordan es ihr beigebracht hatten.

»Nein.« Duncan griff in die Tüte, was Cayden zwar nicht sehen, aber am Knistern des Plastiks hören konnte. Im nächsten Moment stieß er den Atem und einen Fluch aus. Die Tüte fiel zu Boden, Duncan wäre fast auf die Knie gesunken, wenn er sich nicht an dem Sofa abgestützt hätte und die Tüte Popcorn segelte auf den Boden, wo sich ein Teil des Inhaltes verteilte.

»Alter«, stöhnend richtete Duncan sich wieder auf. »Wo lernen die Kids denn sowas?« Er drehte sich zu ihm und Collin um, der lachend nach Luft rang.

»Du vergisst, wer ihr Ziehvater ist.« Collin schob sich lachend an Cayden vorbei. »Ich hoffe, deine Familienplanung ist abgeschlossen.«

»Du musst ihr beibringen, dass es auch anders geht.« Mit schmerzverzerrtem Gesicht legte Duncan Cayden die Hand auf die Schulter und Cayden deutete mit nach oben gestrecktem Daumen zu Samira, die mit Jackie das Popcorn aufsammelte.

»Ich hab ihr gesagt, wenn sie der Meinung ist, dass ein gezielter Tritt die beste Möglichkeit ist, um zu flüchten oder halt ihr Popcorn zu bekommen, soll sie es machen.« Nun konnte auch er sich das Lachen nicht mehr verkneifen.

»Ihr habt mit Popcorn geübt?«

»Und mit Chips. Sorry Duncan, ich hab dich gewarnt.« Samira hatte sich unbemerkt Duncan genähert und schlang kurz ihre Arme um ihn, ehe sie wieder im Wohnzimmer verschwand.

»Ich hoffe, das macht sie nicht bei jedem.« Duncan setzte sich auf einen Küchenstuhl.

»Nur wenn sie ihre Opfer mag, und mal jemanden zum Testen braucht, wenn Snipes ihr was Neues beigebracht hat.« Collin hatte sich auf einen anderen Stuhl gesetzt und strich sich über die Haare.

»Na prima, ich wollte schon immer Sparringspartner sein.«

»So Snipes, weswegen wir hier sind. Wir haben mal ein bisschen geplant und telefoniert.« Collin zog einige aufgerollte Stücke Papier, die er in einer Innentasche versteckt hatte, aus seiner Jacke hervor.

Skeptisch musterte Cayden die Blätter, als Collin sie ausgerollt hatte.

33.

»Alter, deine Füße stinken wie …«

»Halts Maul.«

»Sag mal, Nath, hast du Cayden erreichen können?« Sean ignorierte den Streit zwischen Joe und Tom, der eine offene Wunde am Fuß von Joe verarztete.

»Nein.«

Sie hatten bisher nur einmal die Zeit und Möglichkeit gehabt, mit ihren Liebsten zu sprechen, und Nathan hatte gesagt, er wolle ihren Bruder anrufen.

»Hast du überhaupt angerufen?« Sean strich sich durch die Haare und musste blinzelnd die Staubkörner vertreiben, die ihm in die Augen gefallen waren.

»Nein.« Nathan blieb nur wenige Meter von ihm entfernt auf dem Rücken liegen.

Sean schloss schnaubend die Augen. Sie waren seit Tagen hier im Feld und hatten nur die Möglichkeit, unter dem freien Himmel oder provisorischen Unterständen aus Planen zu schlafen. Einige wenige zogen es vor, in den Fahrzeugen zu nächtigen, aber der Platz dort reichte nicht für alle. Die IATF hatte den Auftrag, ihre Stellung immer so zu verlagern, dass das Team aus Berets sie nicht fand, oder, sollten sie doch gefunden werden, den Angriff abzuwehren.

»Ich hab mit Poison gesprochen und sie mit Snipes.« Syrell, der sie über Funk hören konnte und einen der Wachposten besetzt hielt, meldete sich zu Wort.

»Und?« Sean sah verwundert zu Nathan, der die Augen jedoch geschlossen hatte.

»Ich denke, es geht ihm gut.«

Da war etwas in der Stimme des Indianers, das Sean seltsam vorkam.

»Erzähl. Bei Tageslicht trauen die sich eh nicht her.« Sean sank auf den Boden. Er war müde, viel zu müde. Seine Aufmerksamkeit litt seit vielen Stunden und er zweifelte daran, dass er im Notfall noch die richtigen Entscheidungen treffen würde.

»Es gab wohl ein paar Probleme wegen Samis Klassenfahrt. Ist aber jetzt wohl alles in Ordnung«, erklärte Syrell.

»Mädels in dem Alter machen gerne mal Unfug«, warf Wesley über Funk ein, der an einem anderen Posten die Umgebung im Auge behielt. In der Nacht würden sie ihre Stellung wieder wechseln, bis dahin hoffte er, dass ihre Tarnung nicht aufflog.

»Samira macht keinen Unfug.« Tief brummend meldete sich Bear zu Wort, der eigentlich schlafen sollte, damit er später Syrell ablösen könnte.

»Ach komm, wir sind doch auch keine Kinder von Traurigkeit gewesen in dem Alter«, flüsterte Wesley leise über Funk.

»Aber hey, doch nicht auf einer Klassenfahrt, da haben wir uns doch fast gut benommen, aus Angst, dass unsere Eltern uns abholten, wenn es nicht der Fall war.«

Sean war erstaunt, dass dieser Einwurf von Lexi kam. Sie trug ihren Funknamen schließlich nicht umsonst. Angeblich war sie in Bagram immer auf der Jagd nach willigem Fleisch gewesen und hatte jeden nach einer Nacht abserviert. Einige sollen sogar mehrfach auf ihre Tour angesprungen sein.

»Könnt ihr einfach mal die Klappe halten? Ich will schlafen.« Patriks träge Stimme kam von einer Stelle neben dem Humvee, den sie mit einer Plane überspannt hatten, um ihn zu tarnen.

»Spielverderber.« Wesley lachte leise auf.

»Er hat recht. Konzentriert euch auf eure Arbeit.« Sean musste diese Unterhaltung nun beenden, sonst würde sie noch lange so weitergehen und vielleicht irgendwann so laut werden, dass sie sich verraten würden. Auf keinen Fall, wollte er, dass die Berets sie fanden. Auch wenn er dieses Katz- und Mausspiel hasste, so war es doch förderlich für den Zusammenhalt des Teams. Er legte sich neben Nathan, der bereits zu schlafen schien, auf den Boden. Auf dem Rücken liegend starrte er auf einige Äste, die zu einem Baum gehörten, der schon seit vielen Jahren verdorrt war.

»Kommt er wieder mit?« Nathans leise Worte erreichten ihn nicht über den Ohrstecker und so schaltete auch er sein Mikrofon ab.

»Wer?« Leise brummend und sich nicht bewegend wollte er wissen, auf wenn sein Bruder anspielte. Schließlich konnte er nicht von Cayden reden. Der war schließlich kein Teammitglied mehr und sie mussten damit rechnen, dass er auch als Trainer nicht mehr zu Verfügung stehen würde. Zumindest rechnete Sean nicht damit, dass irgendjemand die direkt vom Verteidigungsminister ausgesprochene Kündigung rückgängig machen würde.

»Indy.« Es war nur ein leises Flüstern, welches Nathan ausstieß, als er seinen Kopf zu ihm drehte und ihn mit einem seltsamen Blick musterte.

Diese Frage stellte Sean sich bereits einige Zeit und er hatte es immer noch nicht gewagt, Syrell zu fragen, ob die Trainingsmissionen die einzigen bleiben würden, an denen er teilnehmen würde.

»Ich hab kein gutes Gefühl, wenn er nicht mehr mitkommt.«

Sean konnte in den Augen seines Bruders etwas erkennen, das er nicht sehen wollte. Nathan hatte Angst. Angst davor, dass sie ohne Syrell im Einsatz ernste Probleme bekommen würden.

»Wenn er sich dazu entscheidet, wie angekündigt bei Poison zu bleiben, müssen wir das hinnehmen. Wir haben ein gutes Team hier. Ein Topteam«, verbesserte er sich schnell. Ihm war klar, dass niemand Syrell ersetzen konnte, ebenso wenig wie Yvonne. Aber sie mussten die Entscheidung der beiden hinnehmen.

Nathan stieß ein Murren aus und sah wieder zum Himmel. »Vielleicht sollte ich auch bei Harper bleiben.«

»Spinnst du?« Die Worte platzten einfach aus ihm heraus, dabei stand es ihm nicht zu, egal wen, aus seinem Team von einem Rücktritt abzuhalten. Irgendwann hatten sie alle einen bestimmten Punkt erreicht, an dem es am besten war, wenn sie ihren Dienst quittierten. Und gerade bei Nathan sollte er dafür sorgen, dass er keinen Tag länger als nötig gegen seinen eigentlichen Willen bleiben musste, nur weil er als Captain, nein als Bruder, darauf bestand.

»Ich mein ja nur. Ich komm eh nicht hiervon los. Wenn ich nur auf der Couch liege … das ist nichts für mich.« Nathan schloss die Augen. »Du solltest schlafen.«

»Boah, ich soll schlafen. Wie das denn, wenn ständig einer anfängt hier rumzuquatschen.« Leise motzend schloss Sean die Augen ebenfalls.

34.

»Ich glaube ja nicht, dass man solche Unterlagen so transportiert.« Cayden beobachtete Collin, der die Seiten, die er vor Stunden auf den Tisch gelegt hatte, wieder zusammenrollte. Collin und Duncan hatten einen Plan erstellt, den er der Bank vorlegen konnte, um den Start in die Selbstständigkeit wagen zu können. Außerdem hatten sie gleichzeitig mehrere Stellen gefunden, die Interesse an einem privaten Wachschutz hatten. Teilweise nur als Sicherung von Gebäuden, andere waren explizit auf der Suche nach Leibwächtern. Einige waren Promis, der Großteil jedoch Geschäftsmänner, die sich als Zielscheibe von möglichen Verbrechern sahen und daher gerne viel Geld ausgeben würden, um sich von einem kleinen Team ehemaliger Soldaten und SEALs schützen zu lassen. An Kunden würde es ihnen in der ersten Zeit sicher nicht mangeln. Vielleicht waren irgendwo ja auch Aufträge drin, die mehr als nur einige Wochen oder Monate abdeckten. Collin hatte nur einmal das Wort Privatarmee in denn Mund genommen, aber es gefiel Cayden immer noch. Dabei hatte er sich doch gegen die Armee entschieden. Dieser Widerspruch bereitete ihm Kopfschmerzen.

»Sag mal, wenn wir mal länger unterwegs sein sollten … also ich geh ja eh davon aus, dass wir nie einen Acht-Stunden-Tag haben werden … Wie soll das mit Sami laufen?« Collin sprach etwas aus, dass Cayden bis zu diesem Moment ignoriert hatte. Einzig aus dem Grund, weil er keine Antwort auf diese Frage hatte. Er konnte Samira zwar einige Stunden alleine lassen, aber er wollte und konnte sie nicht länger als einen Tag sich selbst überlassen. Sogar ein Tag erschien ihm als nicht möglich. Das auch Duncan ihn nun musterte, machte klar, dass er dieses Problem schnell lösen musste. Nur wie? Sollte er eine Tagesmutter einstellen, die ihn viel Geld kosten würde und die mit Samiras Ecken und Kanten nicht klar kommen würde? Nein, auf keinen Fall.

»Ich frag Karen«, erklärte er. Karen war die einzige neben den anderen Teammitgliedern, der er Samira anvertrauen würde.

Vor allem, weil Karen Samira schon seit ihrem ersten Tag in den USA kannte und auch schon hin und wieder hier gewesen war, wenn er mit Jordan essen gegangen war und sie ein paar Stunden Zweisamkeit hatten genießen wollen. Diese Abende waren viel zu selten gewesen und doch hatten sie jede Minute genossen. Er konnte sich noch an das dunkelrote Kleid erinnern, das Jordan bei ihrem letzten gemeinsamen Essen getragen hatte. Es war knielang gewesen und schulterfrei, was wohl der Grund gewesen war, warum sie viel früher als geplant nach Hause gefahren und im Schlafzimmer verschwunden waren. Tief einatmend meinte er, Jordans Parfüm zu riechen. Dann lief ihm ein eiskalter Schauer über den Rücken und er öffnete die Augen wieder, die er geschlossen hatte, in der Hoffnung Jordan nochmal vor Augen zu haben.

»Alles okay bei dir?« Duncan musterte ihn fragend. »Es wird sich sicher jemand finden, bei dem sie bleiben kann. So klein ist sie ja auch nicht mehr.«

Cayden atmete tief durch. Klein. Nein, Sami war nicht mehr klein, aber es hätte einen kleinen Grund gegeben, warum er sicher nicht das getan hätte, was er nun tun würde. Oder sollte er es doch nicht machen? Wäre Jordan noch am Leben und hätte sie ihm von dem Kind berichtet, wäre er nicht auf die Idee gekommen, einen Job anzunehmen, bei dem er nicht abends bei seiner Familie sein konnte. Notfalls hätte er auch Staubsauger oder Versicherungen verkauft. Aber sicher wäre er dann nicht auf die Idee gekommen, sich im Sicherheitsgewerbe selbstständig zumachen. Auch wenn der Plan schon vor Jordans Tod bestanden hatte, so hätte er ihn in dem Augenblick, in dem er von ihrer Schwangerschaft erfahren hätte, über Bord geworfen. Schließlich hatte er wegen ihr und Sami seinen Job aufgegeben. Der unglückliche Treffer seines Gegners im letzten Einsatz hatte diesen Ausstieg nur leichter gemacht. Und jetzt warf er einfach all die Vorsätze, bei seiner Familie sein zu wollen, über den Haufen. Und weswegen? Weil er Geld benötigte. Weil er Samira ohne Geld keine Zukunft bieten konnte, so wie er es ihr wünschte. Wäre es mit dem Baby genau so gelaufen?

»Hey.« Wieder war es Duncan, der ihn von seinen Gedanken löste. Dabei wollte er nicht von seinen Gedanken weg. Er wollte in Gedanken bei Jordan sein, bei dem Baby und bei Samira. Er wollte ein ruhiges Leben und nicht jeden Tag um sein Leben und jeden Dollar kämpfen müssen, das hatte er doch schon zur Genüge getan. Jahrelang hatte er seinen Kopf hingehalten, damit andere ruhig schlafen konnten. War es nicht mehr als fair, wenn er nun ruhig schlafen wollte? Wenn andere Soldaten nun seinen Job erledigten?

Nein.

Die Welt akzeptierte keine Pause. Sobald man eine machte, wurde man bestraft. Er ballte die Hände zu Fäusten. Hätte er mehr trainiert, hätte er Jordan diesen einen entscheidenden Meter eher erreicht. Er hätte sie retten können. Aber er hatte sich ausgeruht und gehofft, dass die Arbeit, die sie getan hatte, ausreichend war, um sie über Wasser zu halten.

Ein leises Wimmern erreichte seine Ohren. Ein Geräusch, welches er selbst dann noch hören würde, wenn er neben einem startendem Jet stehen würde. Es fraß sich tief in ihn und er stand auf, ohne auf sein Umfeld zu achten. Wie durch einen Tunnel erreichte er das Wohnzimmer, wo der Fernseher noch lief, Jackie und Samira aber bereits eingeschlafen waren. Samira weinte im Schlaf und rief leise und kaum verständlich seinen Namen. Das tat sie immer. Immer hatte sie nur seinen Namen gerufen, nie den von Jordan. Zwar war auch Jordan es immer gelungen, sie zu beruhigen, aber in den Nächten schien es für sie nur ihn zu geben, der sie aus ihren Träumen retten konnte.

»Pscht. Alles gut.« Er ließ seine Hand durch ihre Haare gleiten. Nach nur wenigen Sekunden hatte sie sich wieder beruhigt und griff nach seinem Handgelenk. Auch das war etwas, was sie in Situationen wie dieser immer wieder tat. Er wusste nicht, ob sie wach war oder sich immer noch im Land der Träume befand. Einen Augenblick blieb er neben ihr knien, vieles in ihm wollte ihm sagen, er sollte einfach hierbleiben, aber er konnte nicht die ganze Nacht neben dem Sofa verbringen. Außerdem war es nicht geplant gewesen, dass die Mädchen auf dem Sofa übernachteten. Sollte er sie wecken, oder doch einfach schlafen lassen? Was würde Jordan tun? Einen Moment schloss er die Augen. Sie würde die beiden wecken und ins Bett schicken. Nur war er nicht Jordan. Er musste nun irgendwie beide Instanzen zusammenbringen. Die, die schlafen auf dem Sofa verbieten würde und die, die sich nicht daran störte. Den Part, der Cola erlaubte und den, der sie verbot. Wie zum Teufel sollte er das machen? Langsam löste er Samiras Griff von seinem Handgelenk und erntete einen mürrischen Laut als Kommentar. Kopfschüttelnd erhob er sich und schaltete den Fernseher aus. Heute Nacht würde er die beiden im Wohnzimmer übernachten lassen. Bei Jackies nächstem Besuch, so nahm er sich fest vor, mussten die zwei in Samiras Zimmer schlafen.

Müde ging er zurück in die Küche, wo er von Collin gemustert wurde.

»Ich glaube, wir machen uns auf den Weg. Geh du morgen zur Bank und frag Karen wegen Samira. Die bekommt das sicher hin.« Collin erhob sich und gab Duncan mit einer unübersehbaren Geste zu verstehen, dass sie aufbrechen wollten.

»Sag uns Bescheid, was die Krawattentiere gesagt haben, damit ich bei Sascha die Kündigung einreichen und die dazugehörigen Schläge einstecken kann. Die wird nicht begeistert sein, aber man muss auch mal neue Wege gehen.« Duncan schob den Stuhl, auf dem er gesessen hatte, mit einem Quietschen zurück.

»Mach ich.« Cayden verwarf den Gedanken, sich wieder an den Küchentisch zu setzen. Duncan verschwand als Erster in den Flur. Collin hingegen blieb einen kurzen Moment vor Cayden stehen.

»Kommst du klar?«

Cayden befürchtete, dass sich Collins Blick buchstäblich in ihn bohrte.

»Klar, was soll die blöde Frage?« Cayden schüttelte den Kopf.

»Nicht, dass du gleich über deine Reserven herfällst, morgen nicht zu Bank gehst oder besser noch, betrunken hingehst. Geh ins Bett schlaf dich aus.« Collin legte kurz seine Hand auf Caydens Schulter.

Eine Viertelstunde später saß Cayden alleine in der Küche. Einige der Unterlagen hatte er dabehalten und starrte die dicht beschriebene Seite, die vor seiner Nase lag, an, ohne auch nur ein Wort von dem, was er las, zu erfassen, geschweige denn zu verstehen. Es waren einfach nur aneinandergereihte Buchstaben, die keinen Sinn ergeben wollten. Er strich sich über die Lider, aber die Müdigkeit wollte sich weder vertreiben noch lindern lassen. Vielleicht sollte er wirklich tun, was Collin gesagt hatte. Ins Bett gehen, schlafen und morgen der Bank seinen, von Freunden geschriebenen, Businessplan vorlegen. In ihm wuchs die Frage, ob es wirklich möglich sein würde, im Sicherheitsgewerbe Fuß zu fassen, und das, obwohl die Idee für dieses Geschäftsmodell schon länger in seinem Kopf herumirrte. Langsam erhob er sich wieder. Den Gedanken an ein Glas Whiskey verdrängte er. Stattdessen warf er nur einen kurzen Blick ins Wohnzimmer. Die Mädchen hatten sich beide noch nicht wieder bewegt und schliefen tief und fest. Somit war sein Schlafplatz belegt. Sollte er sich in Samiras Bett legen? Aber dann müsste er noch in der Nacht auf das Sofa, wenn die Mädchen ihren jetzigen Schlafplatz doch gegen einen bequemeren eintauschen wollten. Blieb nur sein Schlafzimmer. Beim Betreten des dunklen Raumes legte sich ein schwerer Druck auf seine Brust. Er meinte, er könnte Jordans Parfüm riechen.

»Scheiße.« Fluchend warf er einen Blick in den Flur, dann wieder zurück Richtung Bett. War dieser Raum verflucht oder was? Wie viel Zeit würde noch vergehen, ehe dieses Gefühl, welches hier nach ihm griff, verschwand. Er konnte doch nicht ewig diesen Raum meiden. Langsam ging er auf das Bett zu und setzte sich auf den Rand. Einen Moment lang starrte er durch die offene Tür in den Flur, dann ließ er sich einfach auf das Kopfkissen fallen. Er trennte sich umständlich von seinen Turnschuhen und zog die Beine auf das Bett. Er war einfach nur noch müde und nahm sich vor, einige Minuten hier liegen zu bleiben und dann nochmals nach Samira zu schauen, in der Hoffnung, dass sie dann das unbequeme Sofa gegen ihr Bett getauscht hatte. Hier konnte er nicht schlafen.

35.

Als Cayden die Augen aufschlug, schrak er zusammen. Es war draußen bereits hell und die Sonne warf ihre Strahlen in das Schlafzimmer. Sein Blick zum Wecker sorgte dafür, dass er sich ruckartig aufsetzte. Es war Viertel nach zehn am morgen. Er hatte verschlafen. Nicht nur fünf oder zehn Minuten. Er war Stunden zu spät. Samira müsste schon längst in der Schule sein und nun musste er dort anrufen und erklären, warum sie und Jackie nicht da waren. Dann müsste er Jackies Mutter anrufen und ihr von seinem Fehler berichten. Strauchelnd stand er auf und lief vom Schlafzimmer in den Flur und dann ins Wohnzimmer, wo er wie angewurzelt stehenblieb. Weder Jackie noch Samira waren da. Auf der Ferse kehrtmachend lief er in den Flur zurück und riss die Tür von Samiras Zimmer auf. Aber der Raum war ebenfalls leer. Sein Herzschlag begann zu stolpern. In die Küche eilend dachte er über die passenden Worte nach, um Jackies Mutter zu erklären, dass ihre Tochter verschwunden war. Konnte er überhaupt etwas richtig machen? Erst Jordan, die noch am Leben wäre, wenn er schnell genug gewesen wäre oder gar nicht erst zu ihr gerannt wäre, dann die Klassenfahrt und nun verschwanden zwei Mädchen aus seinem Haus. Auf dem Küchentisch lag ein großer Zettel.

Hey,
wir wollten dich nicht wecken und sind zur Schule gegangen.
Heute Nachmittag bleibe ich bei Jackie, ihre Mom weiß Bescheid.
Ich hab dich lieb, bis heute Abend.
Sami

Wie immer, wenn sie ihm oder Jordan einen Zettel geschrieben hatte, zierte ein Herz die Stelle des I Punktes. Nach Luft schnappend gelang es ihm, seinen Herzschlag zu beruhigen. Er setzte sich auf den Stuhl und starrte den Zettel an. Minutenlang fühlte er seinen ruhiger werdenden Herzschlag. Dieser Schreck hatte den letzten Rest Schlaf in einer Form von ihm abgeschüttelt, dass er nicht einmal mehr das Verlangen nach Kaffee verspürte.

Den Tag verbrachte er neben einem Besuch bei der Bank, deren Mitarbeiter heute mehr als freundlich zu ihm gewesen waren, bei Collin und Duncan, denen er erzählte, dass er tatsächlich eine Firma gründen konnte. Die Bank war mit dem, was er vorgelegt hatte, einverstanden, was bei Cayden immer noch für Ärger sorgte. Am Tag zuvor, hatten sie sich geweigert, ihm fünfzig Dollar auszuzahlen, und nun würden sie ihm sogar einen Fuhrpark bezahlen. Sie hatten ihm sogar schon Büroräume angeboten. Die Welt war doch so durchschaubar. Gute Ideen und Arbeit sorgten dafür, dass einem viele Türen offenstanden. Hatte man nichts in der Hand, hatte man auch nichts zu erwarten. Diese Erfahrung hatte er nun im Abstand von nicht einmal einem Tag machen müssen. Nun standen nur noch einige andere Stellen auf der Liste, an denen er sich melden musste. Da Collin noch Termine gehabt hatte, war er zu Duncan gefahren, dessen Haus er bisher nur einmal kurz von außen gesehen hatte. Nun saß er bereits seit Stunden hier und sein Blick wanderte immer wieder auf die vielen Jagdtrophäen. Hin und wieder blieb sein Blick auch auf den Fotos liegen, die in Rahmen zwischen diversen Hirsch- und Antilopengeweihen hingen. Er war sich nicht sicher, was er von dieser Ausstellung halten sollte. War Duncan ein wildgewordener Waffennarr, leidenschaftlicher Jäger oder vielleicht ein Wilderer? Und warum hatte er bei ihm Unterrichtseinheiten genommen, wo er unübersehbar sehr wohl in der Lage war, mit einer Waffe umzugehen? Zweifel an Duncan kamen wieder in ihm auf. Wie ehrlich war dieser Mann?

»Die sind nicht alle von mir, nur ´nen Teil habe ich geschossen.« Endlich kam die Erklärung, auf die Cayden gewartet hatte.

»Warum warst du dann auf dem Schießstand?« In ihm keimte der Verdacht auf, dass Duncan vielleicht nur da gewesen war, damit Riccardo mehr über ihn erfahren konnte. »Du kannst doch schießen, sonst würden die Viecher nicht hier hängen.«

»Ich bin keine zwanzig mehr. Die habe ich alle kurz nach meiner Zeit bei der Navy erlegt. Ich wusste nicht, wohin mit mir. Also habe ich meine Kohle genommen, die ich für andere Zwecke gespart habe und habe gejagt. Ich hab im Yosemite gejagt und Safaris gemacht. Erst bei ´ner Jagd im Nationalpark bin ich auf die Idee gekommen, dass ich als Ranger arbeiten könnte. Bis dahin hab ich mich immer mit irgendwelchen sinnlosen Jobs über Wasser gehalten.« Duncan starrte ein Foto an. »Ich wusste einfach nichts mit mir anzufangen. Sheridan hat mir dann eine Aufgabe gegeben. Aber irgendwie hält mich nichts auf Dauer. Die Arbeit da war toll, die bei Sascha ist auch gut, aber es ist immer die gleiche Leier. Ich brauch mal was Neues.« Duncans Blick fiel nun auf ihn. »Es tut mir wahnsinnig leid, was da passiert ist. Ich wünschte, ich könnte es rückgängig machen. Ich wusste nicht, dass Riccardo ernst machen würde. Ich hatte das Gefühl, dass er das Gespräch mit dir suchen würde. Als dann auch noch Typen von der Regierung hinter ihm her waren, habe ich wirklich gedacht, er würde es nicht wagen.« Duncan holte tief Luft und Cayden musste sich zwingen, ruhig zu bleiben. Duncan war einer von wenigen, die Jordans Tod hätten verhindern können und doch saß er ihm nun gegenüber und erzählte ihm, wie leid es ihm tat. Aber Mitleid brachte Jordan nicht zurück.

»Hast du schon jemanden für deine Kleine?« Duncan wechselte das Thema und riss Cayden so aus dem Tal, in dem er sich gerade einmal mehr befunden hatte. Einmal mehr hatte er Duncan den Tod an den Hals gewünscht.

»Nein.« Das war dieser eine Weg, den er heute noch nicht gegangen war. Karen war die Einzige, der er wirklich zutraute, sich ununterbrochen, über mehrere Tage um Samira zu kümmern, aber er hatte sie noch nicht gefragt. Nicht, weil er befürchtete, dass sie ablehnen würde. Er hatte Angst vor ihrer Reaktion. Da war die Befürchtung, dass sie ihm den Kopf waschen würde. Dass sie ihm sagen würde, er könnte nicht wieder einen Job machen, in dem sein Leben immer in Gefahr war. Und tief in ihm war irgendwo etwas, dass diesen Worten recht geben würde. Dieses winzige Etwas, dass ihm immer wieder zuflüsterte, dass er die Verantwortung für Samira trug und nicht die Gefahr eingehen sollte, verletzt oder gar getötet zu werden, wurde aber schon seit Tagen von dem Wunsch übertönt, sich wieder lebendig zu fühlen. Wieder das Adrenalin zu spüren. Auch wenn es sicher nicht so häufig sein würde wie in den Einsätzen, so hoffte er doch, dass es den ein oder anderen Moment geben würde, in dem er wieder die Anspannung spüren würde. Augenblicke, in denen sein Körper vor lauter Adrenalin Schmerzen und Übermüdung vergaß und seine Sinne alles um sich herum aufnehmen würden.

»Hm«, murrte Duncan leise.

»Hast du Kinder?« Cayden musterte Duncan kurz und ließ seinen Blick dann aus dem Fenster schweifen. Draußen hatte es begonnen zu regnen. Ihm kam in den Sinn, dass der Garten künftig auch seine Aufmerksamkeit benötigte. Er sollte wirklich Karen um Hilfe fragen. Sie würde nicht ablehnen, weder wenn es um Samira, noch wenn es um den Garten ging, von dem er einfach keine Ahnung hatte.

»Nein, diese eine Frau, von der immer alle reden, ist in meinem Leben bisher nicht aufgetaucht.« Wieder war Duncans Antwort nur ein leises Murren.

»Welche Frau?« Irritiert löste Cayden seine Aufmerksamkeit vom Fenster, an dem bereits einzelne Wassertropfen entlang flossen.

»Na ja, die, mit der man den Rest seines Lebens verbringen will. Erst gab es nur die, die mich wollten, weil ich bei der Navy war, dann hassten mich alle Frauen, weil ich Jäger bin, dann wollten sie mich wieder alle, weil ich in der Ranger-Uniform so unglaublich sexy …« Duncan malte Anführungsstriche in die Luft und rollte mit den Augen, »… bin und jetzt kommt es ganz drauf an, ob ich eine beim Klauen erwische, die hassen mich dann, oder ob ich Handtaschen zurückbringe. Oder, die, die geklaut haben, wollen ein Date mit mir, bieten mir ihre Dienste an, damit ich vergesse, dass sie Mist gemacht haben.«

Cayden nickte zögernd und rechnete damit, dass die Liste noch weiter ausgebaut wurde, aber Duncan schwieg. Er selbst hatte Jordan nur kennengelernt, weil Samira sie im ersten Moment nicht hatte leiden können und weil er Samira nicht hatte allein lassen wollen. Das Einzige, was er für Samira gewollt hatte, war, dass sie in Sicherheit war. Auf keinen Fall hätte er zugelassen, dass man sie zurück nach Maiduguri gebracht hätte. Dass es hinterher soweit gekommen war, dass er mit Samira und

Jordan in die USA geflogen war … damit hatte er bei ihrer ersten Begegnung im Krankenhaus nicht gerechnet.

Schmunzelnd dachte er daran, wie arrogant er Jordan im ersten Moment gefunden hatte. Dabei war sie alles andere als das. Sie war eine Frau, die am liebsten alle Menschen hatte retten wollen, die sich irgendwo in Not befanden. Jede freie Minute, von denen sie nur wenige gehabt hatte, hatte sie genau dafür geopfert. Ehe sie ihn kennengelernt und Samira adoptiert hatte, hatte sie jeden Urlaub im Ausland verbracht, um als Ärztin bei Ärzte ohne Grenzen zu arbeiten. Monatelang hatte sie Überstunden geschoben, um eben diese Zeit zu verlängern.

Das Klingeln seines Handys riss ihn aus seinen Gedanken. Er entdeckte Samiras Nummer. »Da muss ich ran«, erklärte er und deutete auf das Handy, was Duncan nur ein müdes Lächeln entlockte.

»Hey Maus.«

»Hey, kannst du mich abholen? Hier bei Jackie läuft gerade der Keller voll und …«

Cayden konnte im Hintergrund die Stimme von Jackies Mutter und einem Mann hören, der wüste Flüche ausstieß. Auch Samira schien auf das Gespräch im Hintergrund konzentriert zu sein, da sie nicht weitersprach.

»Klar, ich komme. Bis gleich.« Cayden lauschte noch einen Moment in den Hintergrund, wo nun ein Streit zwischen Kindern entbrannte.

»Danke, bis gleich.« Samira beendete das Gespräch und sein Blick wanderte aus dem Fenster. Regnete es tatsächlich so stark?

»Ich muss los, Samira bekommt nasse Füße.« Er stand auf.

»Sag nicht, die hat keinen Schlüssel und steht bei dem Wetter vor deiner Tür.« Entsetzt musterte Duncan ihn und begann den Kopf zu schütteln.

»Nein, sie hat einen Schlüssel, aber sie ist noch bei ihrer Freundin und da läuft Wasser ins Haus. Die sind, glaub ich, alle ein wenig angespannt und froh, wenn ein Kind weniger im Haus ist.«

»Na dann muss der Frogman seine Meerjungfrau wohl retten was?« Duncan lachte auf. »Sag Bescheid, wenn wir loslegen wollen, und denk dran, ich habe keine Lust auf irgendwelche It-Girls aufzupassen.«

Als Antwort nickte Cayden nur. Er befürchtete, dass Duncan ihn nur mit weiteren Worten aufhalten würde, wenn er nun erwiderte, dass sie in der ersten Zeit jeden Auftrag annehmen mussten, den sie bekommen konnten. Aber das würde er früh genug bemerken. Die Haustür hinter sich ins Schloss ziehend, warf er einen schnellen Blick zum Himmel. Es regnete in Strömen. Die kleinen Gossen an der Straße waren bis zum Rand gefüllt und die dicken Regentropfen hatten ihn innerhalb weniger Sekunden durchnässt, als er zu seinem Wagen eilte. Er würde eine Viertelstunde benötigen, bis er bei Jackie angelangt war. Im Geiste sah er sich bereits in einer knappen Stunde völlig durchnässt seine Haustür aufschließen. Samira wäre den Rest des Abends schlecht gelaunt, da sie Regen absolut nicht leiden konnte, und würde wahrscheinlich über Stunden im Bad verschwinden, was für ihn hieß, dass er einfach trockene Sachen anziehen musste, ohne eine Dusche zu nehmen. So lief es jedes Mal, wenn sie in einen Regenschauer kam.

Viel später als geplant hatte er endlich das Haus von Jackie erreicht. Der Wetterdienst im Radio hatte angekündigt, dass es noch eine Stunde in dieser Intensität weiter regnen würde und dass bereits einige Straßen wegen Überflutungen gesperrt waren. Auf eine dieser Sperrungen war er jedoch bereits gestoßen, ehe der Wettermann ihn gewarnt hatte. Vor dem Haus von Jackies Eltern stand ein Feuerwehrwagen und Cayden sah zwei Feuerwehrmänner im Haus verschwinden. Hatte es nun auch noch gebrannt? Unruhig parkte er den Wagen, stieg aus und fluchte leise, als seine Füße innerhalb weniger Sekunden nass waren. Er hatte seinen Mustang mitten in einer Pfütze abgestellt, die so tief war, dass das Wasser von oben in seine Schuhe lief. Eilig, und inzwischen wegen des Regens schlecht gelaunt, lief er am Feuerwehrwagen vorbei zum Haus, wo er, weil er mit gesenktem Blick unterwegs war, mit einem der beiden Feuerwehrmänner zusammenstieß.

»Passen Sie doch auf. Wenn Sie hier nichts zu suchen haben, verschwinden Sie wieder. Wir haben zu tun.« Der Mann mit dem schwarzen Helm schob ihn zur Seite und Cayden konnte einen Blick in das Haus werfen. Das Wasser floss wie durch einen Kanal mitten über den Flur.

»Nun stehen Sie doch nicht im Weg.« Erneut wurde Cayden zur Seite geschoben.

»Ich will nur meine Tochter holen«, fuhr Cayden den Feuerwehrmann an.

»Dann machen Sie das, aber stehen Sie nicht im Weg rum, wir müssen auch noch woanders helfen«, murrte der Mann ihn an und verschwand wieder im Haus.

»Samira?« Vorsichtig machte er einen Schritt über die Türschwelle. Das Wasser hatte sich bereits im ganzen Haus verteilt.

»Cay.« Aus einer Tür an der Seite kam Samira auf ihn zu. In den Händen hielt sie ihre Schuhe und stapfte durch das Nass am Boden, als wäre es das erste Mal, dass sie Wasser sah. »Kann Jackie heute Nacht bei uns bleiben? Wir wecken dich morgen früh auch nicht.« Flehend sah Samira ihn an.

Er wollte bereits ablehnen als er Jackies Mutter entdeckte, die, von einem Mann gefolgt, durch die Hintertür ins Haus kam. Sie war bis auf die Haut durchnässt. Jedes ihrer Kleidungsstücke klebte wie eine zweite Haut an ihr und die bunten Gummistiefel, die sie trug, wirkten verstörend auf ihn.

»Mr. Harrison, Sie würden uns wirklich helfen, wenn Jackie die Nacht bei Ihnen verbringen könnte. Hier …« Sie zuckte mit verzweifeltem Blick mit den Schultern.

»Okay.« Samira ansehend nickte er, obwohl er immer noch ablehnen wollte.

»Vielen Dank, Mr. Harrison. Sie helfen uns wirklich weiter. So können wir in Ruhe dieses Chaos aufräumen.« Ellen sah ihn gequält an.

»Gerne.« Wieder verließ ein Wort seinen Mund, welches er so nicht hatte aussprechen wollen.

»Jackie, pack ein paar Sachen zusammen, heute Nacht bleibst du bei Samira. Hier ist eh …« Jackies Mutter zuckte verzweifelt mit den Schultern und ihr Mann verschwand mit einem genervten Gesichtsausdruck wieder über den Flur nach draußen. »Er ist sauer.« Es war nur ein leises Flüstern und es schwang etwas in ihrer Stimme mit, dass Cayden hellhörig werden ließ.

»Wenn Sie Hilfe brauchen, rufen Sie an, egal was es ist.« Auch wenn Cayden vor wenigen Minuten noch den Wunsch gehabt hatte, nur Samira mitzunehmen, so hätte er jetzt gerade neben Jackie auch Ellen mitgenommen, wenn sie ihn darum gebeten hätte.

»Machen wir. Ich bekomme das schon hin«, kurz wanderte ihr Blick über ihre Schulter und sie schien sich zu vergewissern, dass ihr Mann sie nicht hören konnte.

Eine halbe Stunde später stand Cayden in nassen Schuhen neben Samira im Flur und lachte über Jackie, die ihre nassen Socken von den Füßen zog und ihn panisch ansah, da dort, wo sie stand, eine Pfütze entstanden war.

»Ich mach das weg«, beteuerte sie.

»Ich mach das schon.« Er zwang sich, wieder ernst zu werden, da Jackie durch Samira und sein Lachen verwirrt zwischen ihnen hin und hersah. Samira streifte ihre Schuhe von den Füßen, zog die Socken aus und trennte sich von ihren restlichen Sachen, bis sie nur noch in Unterwäsche mitten im Flur stand. Den Berg nasser Sachen aufhebend, machte sie sich auf den Weg ins Badezimmer.

»Würdest du deine Sachen auch ins Bad bringen? Und zieht euch bitte trockene Sachen an.« Immer noch grinsend betrachtete er die Spuren auf den Fliesen. Neben den Fußabdrücken befanden sich in regelmäßigen Abständen große und kleine Wassertropfen auf dem Boden und erinnerten ihn an Tage in der Villa. Dort wo das Team zusammengelebt hatte, wo Samira nicht nur einmal in Kleidung ins Meer gesprungen oder auch geworfen worden war. An die wüsten Worte von Karen und Jordan, wenn die Sand-Wasser-Mischung den Boden der Villa in ein Matschfeld verwandelt hatte. Daran, dass er auch Jordan an einem warmen Tag ins Wasser verfrachtet hatte und daran, dass sie zu zweit dafür gesorgt hatten, dass Karen aus der Haut gefahren war und schließlich gemeinsam mit Samira die Spuren der Wasserschlacht beseitig hatte.

Je länger er die Spuren ansah, desto schwerer wurde sein Herz. Jordan fehlte. Sie hatte eine Lücke hinterlassen, die niemand füllen konnte. Aber er wollte auch nicht, dass sie gefüllt wurde.

»Cay?«

»Ja?« Er tauchte aus seinen Gedanken auf, als Samira ihn rief.

»Das Wasser in der Dusche läuft nicht ab.«

Augenrollend machte er sich auf den Weg ins Badezimmer. Er war kein Handwerker und dieser Abfluss machte bereits seit Monaten Probleme. Da waren soviel Dinge, die sonst Jordan geregelt hatte, um die er sich nun auch kümmern musste. Und wenn es nur das Anrufen eines Handwerkers war, damit er im Bad keine Haie fürchten musste.

36.

Zwei Wochen später stand Cayden neben Dennis auf dem Schießplatz der Naval Base. Es war das erste Mal seit Jordans Tod, dass er wieder hier war. Eine Spur von Jordans Mörder gab es immer noch nicht, und dass er hier wohl nie wieder Unterricht geben würde, war erst vor wenigen Tagen endgültig besiegelt worden, da Mattis sich nicht erweichen ließ, ihn doch als Trainer im Dienst zu lassen. Das Team der IATF war in der Nacht der Überflutung von Jackies Haus zurückgekommen und hatte Cayden am folgenden Tag in das alte Hotel bestellt, das sie nun als Quartier benutzten. Auch wenn er nicht mehr zum Team gehörte, hatte sein Bruder Sean darauf bestanden, dass er dabei war, wenn sie die Trainingsmission auswerteten. Das was er sah und erzählt bekam, klang in seinen Ohren gut, nur Sean schien immer noch der Meinung zu sein, dass es noch nicht gut genug sei und dass sie einen Weg finden sollten, damit er die Schützen des Teams trainieren konnte. Nur war der Schießstand in der Stadt für Einheiten des Teams nicht geeignet und das Gelände der Base fiel aus. Einen anderen Platz, den sie innerhalb einer Stunde erreichen konnten, gab es nicht. Und so hatte Cayden sich einige Tage darauf beschränkt, im Quartier Theorieeinheiten zu geben und einen Tag im Killhouse nach dem Rechten zu sehen.

Jetzt war er hier, um Sean und den anderen zu sagen, wie seine weiteren Pläne aussahen. Und er war sich sicher, dass das Team nicht begeistert sein würde. Nach und nach kam das Team zusammen und schien darauf zu warten, dass er ihnen sagte, dass er wieder als Ausbilder zur Verfügung stand. Selbst Sean und John, die wissen mussten, dass das nicht der Fall war, musterten ihn erwartungsvoll.

»Was gibt's, Snipes? Hast du Mattis weichklopfen können?« Joe, der als CO des Teams immer öfter die Führung übernahm, stellte die Frage, auf die er gewartet hatte.

»Nein. Ich wollte euch sagen, dass es dabei bleibt, dass ich raus bin. Ich will auch nicht zurück. Ich habe in den letzten

Wochen dafür gesorgt, dass ich Sami und mich in Zukunft auch anders versorgen kann.«

»Also doch Versicherungen.« Bear grinste ihn an.

»Nein, ich habe mich mit Collin und Duncan zusammengetan. Wir steigen ins Sicherheitsgewerbe ein. Personenschutz, Analysen von Bedrohungslagen von Firmen und sowas halt.«

Er konnte von einigen ein leises Raunen vernehmen und die Blicke seiner Brüder sprachen Bände. Angedeutet hatte er diesen Schritt bereits mehrfach, aber sie hatten unübersehbar nicht damit gerechnet, dass er es tun würde. Sie hatten wohl tatsächlich mit seiner Rückkehr ins Team gerechnet.

»Okay.« Syrell nickte anerkennend. »Dann wünschen wir dir natürlich alles Gute. Aber ich hoffe, dass wir uns trotzdem weiter regelmäßig sehen.« Syrell hatte Yvonne in seinen Arm gezogen und Cayden konnte nicht verhindern, dass ein Blick auf ihren Bauch fiel. Es war kaum zu sehen, aber da war eine winzige Wölbung, was seinem Herzen einen Stich versetzte.

»Schokolade und das viele Training was ich nicht machen darf«, rechtfertigte sie sich, als sie seinen Blick bemerkte und wahrscheinlich auch bereits in seinen Gedanken herumgestochert hatte. Dabei wusste sie beide, dass dieser Bauchansatz nichts mit Schokolade zu tun hatte.

»Habe ich nicht«, erklärte sie sich, ehe er seinen Gedanken ausgesprochen hatte.

»Poison, geh aus meinem Kopf raus.« Er lächelte ihr zu. Dieser Spruch war früher so oft gefallen. Jetzt war alles anders. Wieder einmal änderte sich alles in seinem Leben. Aber auch wenn es sich fremd anfühlte, so war er sich seiner Sache sicher. Seine Aufmerksamkeit lag auf Yvonne. Sorgte sie etwa gerade dafür, dass dieses Gefühl da war? Ihr knappes Kopfschütteln, welches nur für ihn gedacht war, genügte ihm zwar nicht als Antwort, aber er wusste, dass er nicht mehr bekommen würde. Sie würde nichts sagen.

»Was wird aus Sami? Ich meine, du wirst ja nicht nur vormittags unterwegs sein.« Bear sprach einen Punkt aus, über den Cayden lange nachgedacht hatte und der sich nach drei Tagen, in denen Jackie bei ihm gewesen war, von selbst erledigt hatte.

»Sie wird bei einer Freundin sein«, erklärte er. »Aber sie wird dir und euch sicher trotzdem regelmäßig auf den Zeiger gehen. Sie will babysitten und unbedingt wissen, wie man Karens Salate macht.«

Bears Gesichtsausdruck machte klar, dass sein ehemaliger Kollege mit etwas anderem gerechnet hatte. Aber er hatte lange mit Samira gesprochen. Auch wenn sie gerne bei Bear und Karen war, so zog sie es vor, Zeit mit einer Freundin zu verbringen. Außerdem hatte er mit Collin und Duncan die Vereinbarung getroffen, dass er nie länger als eine Woche von daheim weg sein würde und dass er anschließend eine Woche so arbeiten würde, dass er Zeit mit Samira verbringen konnte. Auch wenn er noch daran zweifelte, dass sie diesen Plan so umsetzen konnten, hatte er sich vorgenommen, es zu versuchen. Ellen war diejenige, die ihm diese Vorschläge überhaupt erst unterbreitet hatte. Sie war es gewesen, die gesagt hatte, sie hätte kein Problem damit, wenn Samira auch mal über eine Woche bei ihr sein würde. Schließlich verstanden die Mädchen sich super. Selbst Mr. Delaney war von der Idee überzeugt gewesen und das, obwohl Cayden befürchtet hatte, er wäre dagegen.

Samiras künftiges Leben war dieser eine Punkt in seiner Planung, der ihm immer wieder Sorgen machte, der auch immer wieder kurz Zweifel aufkeimen ließ. Er und Jordan hatten dafür sorgen wollen, dass Samira ein sicheres, gutes Leben hier in den USA hatte. Nun verschwand erst Jordan und er musste einen Job aufnehmen, der dafür sorgen würde, dass er nur selten zu Hause sein würde. Aber er hatte sich geschworen, diese wenige Zeit intensiv mit Samira zu nutzen.

»Und wie heißt euer Laden? Damit wir wissen, wer künftig noch alles zu den Guten gehört?« Lexi Walker, die die gesamte Zeit im Hintergrund gestanden hatte, ergriff das Wort. Die Art, wie sie ihn ansah, ärgerte ihn. Ihr Blick war abschätzend kühl. Es machte den Eindruck, als störte sie sich daran, dass er diesen Weg ging. Er konnte sich allerdings nicht erklären, warum das der Fall war.

»First Source Security«

Cayden musterte die Anwesenden, in der Hoffnung, an ihrer Reaktionen etwas erkennen zu können.

»Dann sollten wir auf die Jungs der First Source Security anstoßen.« Sean legte einen Arm über seine Schulter. »Und deine Kollegen sollten auch mitkommen. Heute Abend?« Sein Bruder musterte ihn.

37.

Am späten Abend saß er neben Collin, Duncan und seinen Brüdern an der Bar des Hotels, in dem die IATF sich ein neues Zuhause errichtet hatte. Samira war bei Jackie und er könnte, wenn er wollte, die gesamte Nacht wegbleiben, allerdings schaute er im Halbstundentakt auf sein Handy.

»So kannst du deinen Job aber nicht vernünftig machen, Snipes.« Sean sah ihn prüfend von der Seite an. »Sie ist keine fünf und kommt sicher auch eine Weile ohne dich zurecht.«

Cayden murrte eine Antwort, schob sein Handy zurück in seine Hosentasche und sah zu Dennis, der an der Dartscheibe stand und seine Pfeile herauszog.

»Wie macht er sich?« Cayden deutete mit dem Kopf auf Dennis und wandte sich dann Sean zu.

»Es wird. So schlecht, wie du ihn immer gemacht hast, ist er nicht.« Sean grinste.

»Du machst auch ständig jeden schlecht. Wenn es nach dir geht, kann hier niemand was«, erwiderte Cayden.

»Genau, das ist mein Job.« Sean prostete ihm zu. »Habt ihr schon Aufträge?«

»Den ein oder anderen.« Duncan antwortete und Cayden überlegte kurz, ob er sagen sollte, um was es sich handelte, verwarf den Gedanken dann aber wieder, da er befürchtete, Sean würde ihnen einen Plan vorlegen, wie sie ihre Arbeit zu machen hatten. Er würde es nicht böswillig machen, es war der Instinkt seines Bruders, der dafür sorgte, dass er immer die besten Möglichkeiten ausloten wollte. Aber nun war es sein und der Job von Collin und Duncan, Pläne zu erstellen.

»Sean?«

Verwundert folgte Cayden dem Blick von Sean, als der Name seines Bruders fiel. Rafael stand in der Tür und musterte ihn kurz, ehe Sean die Aufmerksamkeit des NCIS Agenten erhielt.

»Ja?« Sean schob sein Bier auf den Tresen.

»Auf ein Wort.« Rafael wirkte angespannt und dass er immer wieder ihn ansah, behagte Cayden nicht.

»Wir können …«

»Draußen reden ja.« Rafael deutete mit strengem Blick auf den Flur an der Tür. Inzwischen war Cayden nicht mehr der Einzige, der Rafael erwartungsvoll ansah. Alle, die noch im Raum waren, schienen davon irritiert zu sein, dass ihr Kollege ein Vieraugengespräch mit Sean forderte. Vor allem um kurz vor elf am Abend. Früher hatten sie immer alles gemeinsam besprochen.

»Ich komme.« Sean glitt vom Hocker und verschwand nur wenig später aus der Tür.

»Riecht nach Ärger, oder?« Collin nahm einen Schluck Bier und musterte Rod, der auf der anderen Seite des Tresens stand und sie mit Getränken versorgt hatte.

Es dauerte eine geschlagene halbe Stunde, ehe Sean mit einem kalten Gesichtsausdruck wieder in den Raum kam, wo er nur einen knappen Meter von der Tür entfernt stehen blieb.

»Hast du Rafe rausgeschmissen, oder was?« Nuyen warf einen Blick an Sean vorbei, der seinen Kollegen mit einem Blick strafte, der sonst nur im Training oder während einer Mission zum Einsatz kam.

»Wir wissen, wer Jordan umgebracht hat.«

Bei Seans Worten rutschte Cayden bereits vom Barhocker.

»Und wohl auch, warum die Kugel für Snipes hätte sein sollen«, fügte Sean hinzu, atmete tief durch und musterte ihn.

»Aber wir wissen es nur inoffiziell. Und ich habe noch keine Ahnung, wie wir das offiziell machen wollen.« Jetzt fuhr sich Sean mit der Hand durch die Haare.

»Sag.« John war aufgestanden und forderte die Erklärung, die alle hören wollten.

»Rafael hat die halben Fingerabdrücke an der McMillan abgeglichen. Mit allen möglichen Datenbanken. Zum Schluss mit der der CIA.«

Ein Raunen ging durch den Raum und sein Bruder wurde mit großen Augen fassungslos angestarrt.

»Die Abdrücke gehören zu achtzig Prozent zu einem Agenten, der einen hohen Posten bekleidet. Rafael hat dann mal gesucht, warum der ein Problem mit Jordan oder Snipes haben könnte.« Nun blieb der Blick von Sean auf Cayden liegen. »Sie war vor sechs Jahren für knapp ein halbes Jahr mit diesem Typen zusammen. Dann haben sie sich getrennt, weil er wohl einen Kontrollwahn hatte oder so. Darüber gab es Unterlagen bei der Polizei. Wie es scheint, konnte er nicht damit leben, dass du ihm die Frau weggenommen hast, die er immer haben wollte.« Sean sah ihn abschätzend an.

Caydens Herz setzte einen Moment aus. Die Worte erreichten ihn nur langsam. Da war ein Mann, der ihn hatte umbringen wollen, weil er mit Jordan ein glückliches Leben geführt hatte.

»Wie heißt der Typ?« Cayden atmete tief durch, in der Hoffnung, den Zorn in Schach halten zu können, der sich gerade entzündet hatte.

»Jeff Ballot.« Seans Aufmerksamkeit löste sich von ihm und wanderte durch den Raum. »Das bleibt hier in diesen vier Wänden. Wir müssen uns nun einen Plan machen, wie wir zweifelsfrei beweisen können, dass er es gewesen ist. Der windet sich sonst raus«, setzte Sean nach. »Wenn der rausbekommt, wer nun Bescheid weiß, stehen wir als Nächstes auf seiner Liste. Außerdem bekleidet er einen Posten, von dem aus er alle belastenden Beweise verschwinden lassen kann.«

Flüche erfüllten den Raum.

»Ich soll nun seelenruhig warten? Soll ich darauf warten, dass er sich womöglich Sami nimmt? Dass er sie umbringt?« Cayden stürmte auf Sean zu. Auf keinen Fall würde er das zulassen. Nur Zentimeter vor seinem Bruder wurde er hart zurückgerissen.

»Snipes, lass es.« Syrell schob sich in sein Sichtfeld und er konnte ein tiefes Raunen von Bear hören, der hinter ihm stand und ihn zurückhielt. »Wir finden einen Weg und wir werden ihn zur Rechenschaft ziehen.« Syrells Hand legte sich auf seine Schulter und der Blick des Indianers bohrte sich in ihn. Cayden war nicht in der Lage, wegzusehen.

Sie würden keine Chance haben, wenn sie nicht einwandfrei, am besten mit Bildern und Zeugen, beweisen konnten, dass dieser Mann der Schuldige war. Die CIA war bekannt dafür, dass auch mal Agenten spurlos verschwanden. Es blieb ihm einfach keine andere Möglichkeit, als zu warten. Warten und darauf zu vertrauen, dass seine Freunde einen Weg fanden, um

Jordan zu rächen und den Verantwortlichen festzusetzen. Aber dieses Warten würde ihn zermürben. Wie lange sollte er warten? Einige Tage würde er überstehen. Vielleicht auch ein paar Wochen, aber sollte er Monate warten? In ihm brannte ein Feuer, dass er nur unter Kontrolle bringen könnte, wenn der Mann, der es entfacht hatte, seine Strafe bekam.

»Du musst warten. Hab Geduld.« Syrells Worte erreichten ihn nur leise.

Der Teil in ihm, der jahrelang ein SEAL gewesen war, hasste es, warten zu müssen. Er war nicht gut im Warten. Er konnte einige Stunden, vielleicht auch Tage, auf eine Zielperson warten, aber alles, was darüber hinausging, war zu viel. Genau das wollte er Syrell an den Kopf werfen, aber die Worte wollten seinen Mund nicht verlassen. Trotz der Wut, die in ihm kochte, konnte er die Worte nicht aussprechen. Es war, als würde Syrell ihn mit aller Gewalt an einem Ausbruch hindern. Er atmete mehrfach durch, ehe es ihm gelang, zu blinzeln. Der eben noch vorhandene Druck war zwar verschwunden, aber der Wunsch, den Mann vor Gericht zu sehen, war immer noch da. Nur war ihm klar, dass es nicht so einfach sein würde, wie er es sich vorstellte. Sie konnten ihn nicht einfach verhaften lassen. Dieser Typ war von der CIA und kein einfacher Dieb.

»Was gedenkt ihr zu tun?« Cayden richtete seine Frage an Sean.

»Rafael will sich alleine drum kümmern. Er will nicht, dass irgendwer seinen Job deswegen riskiert.« Sean sah mahnend zu Liv und Joyce, die auf dem Sofa saßen und nun mit den Augen rollten. »Lasst ihn machen«, setzte Sean nochmals nach.

38.

Auch wenn Cayden am Abend viel zu viel getrunken hatte, nachdem Sean ihm und dem Team der IATF erzählt hatte, wer für Jordans Tod verantwortlich war, stand er nun vor dem Haus der Delaneys und wollte Samira abholen.

Die Türklingel funktionierte nicht und so klopfte er an die Glasscheibe der Haustür, in der Hoffnung, dass ihn jemand hören würde. Erst als er ein weiteres Mal klopfte, hörte er von drinnen Samiras und Jackies helles Lachen, und Ellens Bitte, die Tür zu öffnen. Es tat gut, Samira so lachen zu hören.

»Cay.« Die Tür wurde aufgerissen und ehe er eingeatmet hatte, hing Samira an seinem Hals.

»Hey Maus.« Langsam setzte er sie wieder ab und ertappte sich dabei, wie er sich wünschte, auch wieder einen solchen Lebensmut zu spüren.

»Müssen wir schon los? Ich wollte noch bleiben.« Mit flehendem Blick sah sie ihn an.

»Ja, ich wollte noch mit dir gemeinsam etwas erledigen.« Er kannte sein Ziel für diesen Samstagmorgen.

»Wann kann ich wieder herkommen?« Prüfend und mit dem Wunsch in den Augen, er würde sagen in wenigen Stunden, legte sie den Kopf auf die Seite.

»Montag nach der Schule, denke ich. Ich muss ab Montag arbeiten.« Sein Blick wanderte zu Ellen, mit der er bereits gesprochen hatte und die seinen Arbeitsplan der nächsten Wochen mit ihren Plänen abgeglichen hatte. Samira sah ihn einen Augenblick lang an und schien abzuwägen, ob ein Protest in diesem Moment etwas bringen würde. Dann machte sie sich nickend und ohne ein Wort wieder auf den Weg ins Haus und stand nur wenige Minuten später mit ihrer gepackten Tasche neben ihm.

Er benötigte eine Dreiviertelstunde, ehe er am Friedhof angekommen war. Er wollte mit Samira Jordans Grab besuchen. Er wollte, dass Jordan wusste, was geschah, und dass Samira sehen konnte, dass aus dem Erdhaufen mit den vielen Kränzen ein ganz anderer Ort geworden war. Sein Blick zu Samira, die auf dem Beifahrersitz saß, ließ ihn zweifeln. Sie hatte ihre Hände zu Fäusten geballt, an denen die Knöchel hell hervortraten. Ihr Blick war stur nach vorne gerichtet und er konnte sehen, wie sie schwer schluckte, als er den Zündschlüssel aus dem Schloss zog.

»Magst du mitkommen?« Prüfend sah er Samira an. Was sollte er tun, wenn sie ablehnte?

»Können wir auch zu Logan?« Mit Tränen in den Augen sah sie ihn an.

Ihm gelang nur ein knappes Nicken. Sie besuchten Logans Grab in regelmäßigen Abständen und es war schon viel zu lange her, dass sie dort gewesen waren. Die Tür seines Wagens aufstoßend wartete er darauf, dass auch Samira ausstieg. Sie richtete ihren Blick jedoch nicht auf ihn, als sie die Wagentür ins Schloss warf.

»Fahren wir dann gleich zu ihm?« Sie warf ihm über das Dach seines Wagens hinweg einen Blick zu.

»Machen wir.«

Logan Collister war auf einem anderen Friedhof beigesetzt worden. Bei dem Gedanken an seinen letzten Besuch dort wurde Cayden übel. Neben den Blumen, die Logans Lebensgefährtin immer noch regelmäßig am Grab ablegte, hatte sich das Bild eines Babys befunden, und ein Spielzeugauto hatte auf dem Grabstein gestanden. Logan hatte sein Kind nie kennengelernt, genau wie er sein und Jordans Kind nie kennenlernen würde.

Samira erreichte vor ihm das Grab und blieb andächtig vor dem mit einem Rosenstrauch bepflanzten Platz stehen.

»Cay?« Sie sah ihn nicht an, als sie ihn ansprach und er befürchtete, dass er ihre Frage nicht beantworten konnte. Er hatte Angst vor den Fragen, die nur Kinder stellen konnten.

»Ja?« Lange starrte er auf die Worte, die in den weißen Grabstein gemeißelt waren.

Für die Welt warst du jemand,
aber für jemand warst du die Welt.

»Gehst du auch wieder ins Ausland, wenn du arbeitest?«

Einen Augenblick dachte er über seine Antwort nach. Ganz ausgeschlossen war es nicht, dass er hin und wieder

Geschäftsmänner begleiten würde, aber er würde sicher nicht in Länder fliegen, in denen er damit rechnen musste, erschossen zu werden, weil er Amerikaner war.

»Vielleicht, aber sicher nicht lange, versprochen.«

»Nein.« Sie griff nach seiner Hand und zog daran, bis er seinen Blick vom Grabstein löste. »Versprich mir nichts. Komm einfach wieder, egal wie lange du wegbleibst. Komm einfach wieder nach Hause.«

Cayden rang nach Luft. In diesem Moment klang sie so erwachsen, dass es ihm den Atem nahm. Ihre braunen Augen lagen auf ihm in einer Art, wie er es nicht von ihr kannte. Das Kind, welches vor einer Stunde noch lachend vor ihm gestanden hatte, konnte er in ihrem Blick nicht mehr erkennen. Da war eine junge Frau, die Angst hatte, dass er sie alleine ließ. Dass sie auch ihn verlieren würde. Er wusste nicht, was er erwidern sollte. Er hatte sich geschworen, nie wieder ein solches, Versprechen zu geben, und doch hatte er gerade eines gegeben und trug das nächste schon auf den Lippen.

»Ich komme nach Hause.« Er griff nach ihrer Hand und zog sie an sich. »Versprochen.« Leise murmelte er dieses eine Wort, welches so viel Verantwortung in sich barg, dass er sich nicht sicher war, ob er sie tragen konnte. Dieses eine Wort konnte so viel zerstören. Gebrochene Versprechen zerstörten den Glauben und das Vertrauen an den Menschen, der sie gegeben hatte. Er wollte Samiras Vertrauen nicht verlieren. Um nichts in der Welt.

PERSONENVERZEICHNIS

- Cayden Harrison (Funkname Snipes) ehemaliger Petty Officer.
- Jordan Snow. Ärztin bei Ärzte ohne Grenzen und im Militärkrankenhaus in San Diego
- Samira, kleines nigerianisches Mädchen, das von Cayden und Jordan adoptiert wurde.
- Nathan Harrison Ehemaliger Navy SEAL.
- Harper Lamas. Nathans bessere Hälfte.
- Derrin. Junger Afghane mit zwielichtiger Vergangenheit. Freund von Nathan.
- Tom Roalstad (Funkname Doc) Sergeant und Corpseman des Teams.
- Joyce Dearing ehemalige CIA Agentin und bessere Hälfte von Tom.
- Igor Tarassow (Funk- und Rufname Bear).
- Sean Harrison Senior Chief/Captain.
- Syrell Navajo (Funkname Indy) Petty Officer Second Class.
- Yvonne Banz (Funkname Poison), ehemalige deutsche Polizistin.
- Darrel White (Funkname Banjo) Special Air Service Regiment.

- Harry Flynt (Funkname Crack) Royal Navy Warranat Officer Class 1.
- Roderick Rodriguez (Funkname Rod) Chief Petty Officer,
- John Thomsen (Funkname Eagle) Comanding Officer/ Captain des Teams.
- Karen Baker. Bears bessere Hälfte und immer um das Wohl ihrer Freunde besorgt.
- Nuyen Sato (Funkname LittleOne) Spaßvogel und Sniper.
- Rafael Bishop NCIS Agent.
- Liv Andrews ehemalige CIA Agentin und bessere Hälfte von Jamain.
- Jamain Swayer (Funkname McFly) First Lieutenant
- Lyndsay Archäologie Studentin und Freundin von Roderick.
- Mike Lutrell (Funkname Tex). Commander der Bagram Air Base.
- Trisha Lancaster. Privat und Kommunikationsoffizierin.
- Joe Burnett (Funkname Gambit) Inoffizieller CO des Rescue Teams.
- Steve Ribar (Funkname Sheep).
- Wesley Stone (Funkname Casanova), macht seinem Namen alle Ehre.
- Randall Brinker (Funkname Ferret).

- Lexi Walker (Funkname Bitch), trägt ihren Funknamen nicht ohne Grund.
- Terence Blatter (Funkname Sticks).
- Patrik Blood (Funkname Pippa).
- Aidan McGregor (Funkname Skotti)
- Werner Snyder (Funkname Snake)
- Will Tenner (Funkname Maverik)
- Willie Knox (Funkname Skipper)
- Dennis Falk Freund und alter Kollege von Yvonne

DANKSAGUNG

An erster Stelle möchte ich mich auch hier bei Stefan bedanken ohne den vier Geschichten so nicht entstanden wären. Ohne ihn würde es Agent Ballot nicht geben, der nun langsam sein wahres Ich zeigt.

Danke an Claudia und Gudrun, die nicht nur Sätze und Worte sortiert haben, sondern auch für ein jederzeit richtiges Outfit bei meinen Protagonisten gesorgt haben.

Danke an Katja, Birgit, Regina und Marie, die schon ganz früh Cayden auf seiner schweren Reise begleiten durften.

Danke auch an Petra, Petra, Gerlinde und Astrid die als Betaleser die letzten Fehler aufgespürt haben.

Und ein ganz besonderes Danke an Bianca, die immer wieder für die wundervollen Cover der I.A.T.F Serie sorgt.

Bereits erschienen:

Team I.A.T.F Band 1
Poison Liebe neben dem Fadenkreuz

Team I.A.T.F Band 2
Jagd auf alte Freunde und neue Feinde

Nathan Schatten der Vergangenheit

Team I.A.T.F Band 3
Gebrochene Seele

Team I.A.T.F
Weihnachten wider Willen

Team I.A.T.F Band 4
Mission Hoffnung

Team I.A.T.F Band 5
Verlorenes Leben

Darrel – Nie vergessene Liebe

Team I.A.T.F
Brandheiße Weihnachten

Team I.A.T.F Band 6
Operation zweite Chance

Taylor Helden sterben einsam.

Team I.A.T.F Band 7
Codename Irbis
Eine Ära geht zu Ende

Team I.A.T.F Band 8
Hochzeit auf Umwegen

Team I.A.T.F Band 9
Zehntausend Meilen zur Liebe

Team I.A.T.F. Band 10
Codename Phoenix
Verschollen um Nirgendwo

Team I.A.T.F Band 11
Nur eine Nacht

Team I.A.T.F Band 12
Codename Leviathan – Das Erbe

Don´t touch my Money
(Ein Roman ganz ohne SEALs aber mit einem heißen Kopfgeldjäger)

Vengeance Trilogie
(Drei Kurzgeschichten)

Team I.A.T.F Band 13
Operation Broken Heart – Abschied für immer

Demnächst auch erhältlich:

Team I.A.T.F Band 14
Operation Marriage - Machtlos

First Source Security Band 1
Versprechen zwischen Ruinen

Team I.A.T.F Band 15
Gefangen

First Source Security Band 2
(Bis zur Veröffentlichung ist mir ein guter Titel eingefallen)

Team I.A.T.F Band 16
Protected

Die Autorin ist im Niedersachsen geboren und aufgewachsen. Nachdem sie die Schule abgeschlossen hat, begann sie ihre Ausbildung als Maler und Lackiererin, die sie 2000 abgeschlossen hat. Heute lebt sie in der beschaulichen Samtgemeinde Siedenburg und genießt das Leben mit ihren Kindern. Schreiben ist für sie die Möglichkeit den Leser in fremde Welten eintauchen zu lassen und die eigenen Gedanken zu teilen.

44184432R00157

Printed in Poland
by Amazon Fulfillment
Poland Sp. z o.o., Wrocław